Hans-Peter Ackermann

AF187918

Hans-Peter Ackermann

Der Mond über den Klippen von La Source

Roman

*Bibliografische Information der Deutschen Nationalbibliothek:
Die Deutsche Nationalbibliothek verzeichnet diese Publikation
in der Deutschen Nationalbibliografie; detaillierte bibliografische Daten sind im Internet über www.dnb.de abrufbar.*

© 2019 Hans-Peter Ackermann

Umschlaggestaltung: Karin Kipke / Werdau/Sa.

Herstellung und Verlag: BoD – Books on Demand, Norderstedt

ISBN 978-3-7504-09408

Endlich waren drei lange Studienjahre vorbei. Tony Winford trat aus der Pforte der Universität vom Cambridge auf die staubige Straße heraus, und blinzelte in das helle Sonnenlicht, dieses herrlichen Julitages, des Jahres 1791. Die Sonne brannte so heiß vom Himmel, dass die staubige Straße zu flimmern schienen. Außer zwei rüde aussehenden Hunden, die gerade ihr Liebesspiel unter einem Baum trieben, war weit und breit keine lebende Seele zu sehen.

Gemächlich lief der junge Mann, seine Schultasche unter dem Arm, durch den Park hinüber zur Herberge „Ritas Pinte", wo er seit gut drei Jahren logierte. Diese Unterkunft wurde fast ausschließlich von Studenten und Handlungsreisenden wegen ihrer Sauberkeit und den bezahlbaren Preisen in Anspruch genommen. Nicht das er sich keine bessere Unterkunft hätte leisten können, aber sein Erzeuger war der Meinung, man müsse gerade in der Jugend lernen, sparsam mit seinen Mitteln umzugehen.

In Gedanken war Tony bereits bei seinem Ausflug, den er in wenigen Tagen mit seinen zwei besten Freunden Joshua und Ronny hinauf nach Schottland zur Fuchsjagd unternehmen wollte. Die Vorbereitungen zu dieser Reise, die etwa drei Wochen dauern sollte, waren bereits im vollen Gange, und die drei Freunde freuten sich darauf. Seine Mutter hatte zu Hause sicher schon die Koffer gepackt, wie immer, wenn er für längere Zeit verreisen wollte.

Obwohl sonst im Hause von Lord Winford alle Hausarbeiten von fleißigen und ebenso flinken Bediensteten erledigt wurden, an den Koffer ihres Sohnes, da ließ Elisabeth Winford keine fremde Hand.

Sein stets in Eile befindlicher Vater kommentierte dies gelegentlich mit der ironischen Bemerkung:

„Diese Anwandlungen ungezügelter Mutterliebe wird aus ihm ein Weichei machen!" Seiner duldsamen Ehefrau wiederum entlockte dieser Kommentar bisweilen nur ein verzweifeltes Kopfschütteln.

Der Senior des Hauses Winford hatte besseres zu tun, als sich um die Reisepläne seines einzigen Sohnes zu kümmern. Lord Winford war vollauf damit beschäftigt, sich um seine Textilfabrik und die neu gegründete Gewürzmanufaktur zu kümmern, die den Lebensstandard der Winfords, seine Hobbys die Pferde, und das dazugehörige Gut aufrecht zu erhalten hatten. Tonys Onkel Lester, ein betagter, in die Jahre gekommener Banker, unterstützte ihn dabei und kümmerte sich um alle Fragen, die etwas mit Geld zu tun hatten. Und nun kam dieser edle Spross und künftiger Erbe derer von Winford nach drei Jahren Studium an der alten ehrwürdigen Universität zu Cambridge endlich wieder nach Hause zurück und hatte nichts Besseres zu tun, als für zwei Wochen auf die Jagd zu gehen! Aber so war diese Jugend eben heutzutage nun einmal! Faul, liederlich und durch die Bank vergnügungssüchtig! Dies war jedenfalls die feste Meinung von Tonys Erzeuger.

Tony Winford entstieg am späten Nachmittag der Kutsche und streckte seine von der langen Reise steif gewordenen Glieder. Dabei blinzelte er in das Sonnenlicht des anbrechenden Abends, das seine Strahlen durch das dichte Blätterdach der uralten Platanen schickte, die den Weg zum Schloss säumten. Er hatte die Kutsche vor dem Tor anhalten lassen, weil er den mit Platanen gesäumten Weg zu Fuß gehen wollte, um die Schönheit des Parks mitten im Sommer zu sehen und wieder zu fühlen. Zulange hatte er darauf verzichten müssen.
Es herrschte ein unwirkliche Stille. Keine Menschenseele war weit und breit zu sehen. Irgendwo in der Ferne war leises Donnergrollen zu vernehmen. Die Hitze des Tages hatte riesige dunkle schwarze Wolkengebirge am westlichen Himmel aufgetürmt, die sich sicher in den nächsten Stunden entladen würden. Tony nahm seine beiden Taschen wieder auf und lief als erstes gemächlich hinüber zu den Stallungen, die am Rande einer hohen Mauer lagen, die den Eingang zum Schloss derer von Winfords bildete.
Als er das große Stalltor öffnete und eintrat, schnüffelte er mit Wonne den Duft des frischen Heus ein, und sah sich um. Gerade als er seine Taschen wieder abgestellt hatte und sich entschloss, zu den Pferdeboxen zu gehen, stand plötzlich wie aus dem Boden gewachsen, ein vielleicht vierzehnjähriger junger Bursche mit knallroten Haaren und bunten Sommersprossen im Gesicht vor ihm im Gang. Seine zerrissene knielange Hose und sein ebenso ärmliches notdürftig geflicktes buntes Hemd, gaben

dem jungen Burschen ein verwegenes Aussehen. Er grinste Tony schelmisch an und fragte ihn freundlich:

„Kann ich Ihnen helfen Sir?" Tony musterte das schmächtige Kerlchen mit Wohlgefallen, nickte dann und fragte dann seinerseits lächelnd:

„Bist du hier der neue Stallbursche?" Das mit Sommersprossen übersäte runde Gesicht begann zu strahlen, so dass Tony unwillkürlich ebenso lächeln musste. Der junge Kerl nickte.

„Ja, Sir! Ich bin der neue Stallknecht und alle nennen mich hier nur Mosley!" Tony nickte verstehend, hatte ihm doch seine Mutter vor Monaten einmal geschrieben, dass sie ein Findelkind im Hause aufgenommen und es Mosley getauft hatten, weil der Knabe nicht mal wusste wie er hieß und wer seine Mutter und sein Vater gewesen waren.

„So, so Du bist also das berühmte Findelkind! Ich hörte bereits von dir!" Der Junge nickte und sein Gesicht verfinsterte sich einen kurzen Augenblick, ehe er antwortete.

„Stimmt Sir! Meine Mutter, Gott hab sie selig, hat mich hier im Dorf mit fünf Jahren beim Hufschmied zurück gelassen, danach ist sie verschwunden! Man sagt von ihr, sie treibt sich in London auf den Straßen herum!" Tony hob einen Moment die Augenbrauchen, denn diese Art Damen hatte er bereits die Ehre gehabt kennenzulernen. Meist waren es liederliche Frauenzimmer, die mit Liebesdiensten ihren täglichen Lebensunterhalt verdienten! Tony musterte den Jungen einen Augenblick.

„Behandelt dich der Hufschmied wenigstens gut?", fragte er nun seinerseits den Jungen. Der Junge sah zur Seite und murmelte dann leise:

„Auf jeden Fall gibt es mehr Prügel als zu essen, Sir!" Dabei sah man ihm an, wie es in ihm arbeitete. Tony Winford nickte langsam, weil ihm gerade ein Gedanke durch den Kopf schoss, den er aber erst mit seinem Vater bereden musste. Ja, so war das eben schon immer auf dieser Welt! Wer arm war, wurde obendrauf noch geprügelt! Das ärgerte ihn schon so lange er denken konnte. In den Kolonien waren es die Sklaven, hier im englischen Mutterland waren es die Leibeigenen, die für wenig Essen den ganzen Tag schuften mussten! Trotz seiner noblen Herkunft und seiner feinen Erziehung, hatte er schon frühzeitig dagegen aufbegehrt. Er hielt den Jungen an der Schulter fest, und drückte ihm dann ein Geldstück in die Hand.

„Nimm das! Du kannst doch sicher gut mit Pferden umgehen. Hättest du nicht Lust, mich auf meiner Reise zu begleiten?" Der rothaarige Bengel schaute Tony einen Augenblick fast sprachlos an, dann nickte er mit leuchtenden Augen.

„Ihr wollt mich wirklich als Pferdejunge mitnehmen, Sir?" Tony hielte dem Jungen die Hand.

„Schlag ein, wenn du einverstanden bist. Und hier hast du schon mal eine Anzahlung!" Er warf Ben Mosley noch zwei Geldstücke entgegen, die dieser geschickt auffing und in seinen unergründlichen Hosentaschen verschwinden ließ.

„Das ist dein erstes verdientes Geld für diese Reise! Kaufe dir ein paar neue Hosen und ein neues Hemd beim Krämer. Wenn das Geld nicht reicht, sag dem Krämer, Tony Winford kommt morgen vorbei und bezahlt was ihm noch zusteht."

„Danke Sir!", stammelte Mosley beinahe ehrfürchtig.

„Also bis in drei Tagen! Halte dich für Übermorgen bereit. Ich werde dem Hufschmied Bescheid geben, dass du mich auf meiner Reise begleitest."

Mit diesen Worten verließ Tony den Pferdestall, schulterte seine schweren Reisetaschen und lief den Kiesweg zum Schloss der Familie Winford hinauf.

Da also war sein Elternhaus, dass er drei Monate nicht mehr gesehen hatte. Zehn breite Stufen führten hinauf zu einem großen säulengestützten Eingangsportal. Überall sah man bunte Blumenrabatten und zahllose Rosensträucher. Nur der an das Herrenhaus angrenzende Trakt der Bediensteten sah ein wenig schäbiger aus, wie Tony feststellen musste.

Wie auf Kommando erschien oben auf der ersten Treppe eine hübsche brünette schlanke Frau in den Fünfzigern, und breitete die Arme weit aus.

„Junge, da bist du ja endlich. Herzlich willkommen zu Hause!", trompetete sie mit kräftiger Stimme und kam eilends die Treppen herunter auf Tony zugelaufen, um ihn dann heftig zu umarmen und fest an sich zu drücken.

„Mein Junge! Wie freue ich mich dich endlich gesund wieder zusehen", meinte sie mit Rührung in der Stimme und küsste ihren Sohn leidenschaftlich auf Stirn und Wangen.

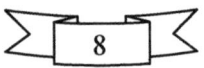
8

„Hallo Mom! Da bin ich wieder!", war alles was der junge Mann in den Armen seiner Mama heraus brachte. Dann ließ er seine Reisetaschen fallen und sah sich einige Augenblicke um, nachdem er sich mühsam aus Lady Winfords Umarmung befreit hatte.

„Hier hat sich aber wenig verändert seit ich das letzte Mal zu Hause war, Mom!", meinte er und lächelte seine Mutter offenherzig an. Diese nickte etwas bekümmert.

„Ja, das stimmt leider! Papa hat immer noch keine Zeit gehabt das Haus der Angestellten neu streichen zu lassen. Es verschandelt die ganze Ansicht. Man sollte es einfach abreißen lassen. Der neue Gärtner hat auch gerade erst angefangen und braucht noch ein wenig Zeit um sich einzuarbeiten", beteuerte sie mit einer wohl mehr gespielten als ehrlichen Leidensmine. Tony grinste verhalten.

„Der wievielte Gärtner ist das eigentlich seit ich weg war, Mom?", fragte er scheinheilig. Seine Mutter wehrte pikiert ab.

„Also weißt du Sohn, sie waren alle nicht gut genug für unser Anwesen!", verteidigte sie sich gegen Tonys leisen Vorwurf. Sie sah ihren Sohn dabei liebevoll an.

„Wir hatten so gehofft, dass du nun die nächsten Wochen hier bei uns verbringst!", meinte sie plötzlich. Tony wehrte lachend ab. Er wusste worauf seine Mutter damit anspielte.

„Mom, ich habe es endlich geschafft. Das Studium ist vorbei! Ich muss endlich einmal wieder das tun was mir Spaß macht. Ich gehe mit Joshua und Ben zwei Wochen auf die Jagd und dann kann Papa über mich verfügen." Die brünette Frau schüttelte vorwurfsvoll den Kopf.

„Ach Junge! Dein Vater hat sich so darauf gefreut, dass du ihm jetzt zur Hand gehen könntest!" Tony lachte über das bekümmerte Gesicht seiner Mutter.

„Ach Mom! Es sind doch nur drei Wochen, dann bin ich wieder zu Hause und kann immer noch hinter den Büchern und Akten verstauben!" Er umfasste seine Mutter an der Taille und gab ihr einen dicken Schmatz auf die Wange.

„Hast du meine Taschen schon fertig gepackt?", war seine nächste Frage. Elisabeth Winford musste lächeln.

„Natürlich ist alles fertig gepackt. Wie der Herr Sohn befiehlt. Du wirst deinem Vater wirklich immer ähnlicher Lord Winford

Junior!" Gemeinsam gingen sie langsam der breiten Freitreppe empor, als plötzlich eine ältere Frau mit weißem Häubchen auf dem Kopf, und einer weißen Schürze um den beachtlichen Busen und Bauch, die Hände in die Seiten gestemmt, oben in der Tür erschien und breit lächelte.

„Melissa! Meine treue Seele, wie geht es dir?", rief der junge Lord erfreut aus. Die füllige Frau um die Sechzig strahlte den jungen Mann über ihre feisten runden Wangen mit ihren kleinen listigen wachen Augen an.

„Ach, mein kleiner Hosenscheißer ist wieder da!", rief sie aus, und lachte dabei schallend.

„Danke Sir, mir geht es gut!" Melissa hatte Tony bereits als Kleinkind auf den Knien geschaukelt. Das gab ihr als Einzige auch das Recht ihn „Kleiner Hosenscheißer" zu nennen. Was sie auch immer wieder weidlich ausnützte. Sie umarmte und drückte den jungen Mann herzhaft an sich. Dabei prustete sie und sagte dann:

„Ich habe Ihnen bereits ein Bad eingelassen, Sir. Ist das Recht?" Tony grinste.

„Kommst du mir dann wie früher den Rücken einseifen meine liebe Melissa?", fragte Tony schalkhaft. Die füllige Frau errötete wie ein junges Mädchen und wehrte ab.

„Aber Mister Tony!" Sie kicherte und wandte sich schnell ab, damit Tony ihr rotes Gesicht und ihre Verlegenheit nicht sehen konnte.

Wenig später saß Tony seinem Vater und seiner Mutter am Tisch im Speisesalon gegenüber. Missmutig vor sich hinschauend löffelte Lord Winford seine Suppe. Leckte dann sorgsam den silbernen Löffel ab, legte ihn auf den Teller zurück und schob diesen ein wenig beiseite. Dann sah er einen kleinen Moment auf seine Hände, und sein strenger Blick richtete sich über seine Augengläser hinweg auf Tony.

„Du willst also allen Ernstes nächste Woche nach Schottland aufbrechen?", fragte er mit säuerlicher Miene. Tony nickte mit vollem Mund und wischte sich mit einer Serviette den kleinen Kinnbart ab. Dann nahm er einen Schluck vom Rotwein und nickte bejahend.

„Leihst du mir deinen Stutzen, Vater?", war seine Antwort, die dem alten Lord doch ein wenig die Sprache verschlug. Der alte Winford verkniff sich eine deftige Antwort und nahm stattdessen ebenfalls einen Schluck Wein, während Tonys Frage immer noch in der Luft hing. Dieses junge Volk war unglaublich heutzutage! Doch Lord Winford wusste, dass er bei seinem reichlich selbstbewussten Sohn mit Druck nicht weiterkam, also wählte er einen Umweg.

Und so lehnte sich Lord Winford, zum Erstaunen seiner Frau, plötzlich in seinen Stuhl zurück und lächelte seinen Sohn über den Tisch hinweg an. Was diesen wiederum ein wenig unsicher machte. Denn jeder kannte ja das aufbrausende Temperament Lord Winfords wenn ihm etwas missfiel! Seine mit einem goldenen Siegelring geschmückte Rechte spielte dabei mit dem silbernen Serviettenhalter. Endlich fragte er seinen Sohn:

„Was wollt ihr eigentlich da oben bei den Wilden jagen?" Tony lachte über die Frage. Typisch sein alter Herr! Alles was nicht rein britisch war, das waren Wilde! Und die Schotten und die Iren sowieso!

„Wir wollen Füchse und Dachse jagen, Vater!", war Tonys kurze Antwort.

„Und wenn uns ein Hirsch vor die Flinte läuft, soll es uns auch recht sein!", setzte er noch schnell hinzu, weil er seines Vaters Liebe für einen richtigen Hirschbraten kannte. Und siehe, da hatte er richtig kalkuliert! Lord Winford strich sich über seinen grauen Backenbart. Der Junge hatte recht! Wieder einmal eine richtige Hirschjagd, das wäre etwas!

„Gut mein Sohn, du bekommst meine Büchse. Aber unter einer Bedingung, ihr bringt mir einen guten Hirsch oder Rehbraten mit! Einverstanden?" Tony strahlte über das ganze Gesicht.

„Selbstverständlich Vater. Du wirst deinen Wildbraten erhalten. Ich schwöre es bei Gott!" Lord Winford rieb sich einen Moment das Kinn, dann sah er seinen Sohn nachdenklich an.

„Hör mal, mein Sohn! Vor ein paar Tagen kam eine Einladung für dich zu den Chamberlains. Desiree erwartet deinen Antrittsbesuch bei ihren Eltern! Ich hoffe, du hast das bei all deinen Reisevorbereitungen nicht aus den Augen verloren! Du weißt, unsere Geschäftsverbindungen mit den Chamberlains verlangen da gewisse Opfer von dir!" Tony fuhr heftig auf.

„Dad, was soll ich denn mit diesem bleichen Kleiderständer! Die ist doch jetzt schon 70 Jahre alt, und rennt jeden Tag in die

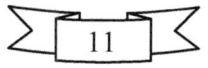

Kirche zum Beichten. Das ist doch keine Frau für mich! Die ist langweilig, fade und ohne Temperament! Niemals werde ich die heiraten, und wenn du mich deshalb enterbst!" So, jetzt war es endlich heraus! Und wie zur Bestätigung, gab es einen lauten Knall und einen Blitz der vom Himmel fuhr. Anschließend ein ebenso lautes Donnerkrachen, so dass sich Elisabeth Winford entsetzt die Hände an die Ohren presste. Tony sprang auf, eilte zur Terrassentür und schloss diese schnell, bevor sie ein heftiger Windstoß aufreißen konnte. Draußen fegte eine Windbö Blätter, Zweige und eine Staubfontäne an den Fenstern vorbei.

Lady Winford sah ihren Sohn verzweifelt an. Wie konnte sich der Junge nur so vehement gegen diese Heirat stemmen! Wobei sie ihm im Grunde ihres Herzens ja Recht gab. Desiree Chamberlain war tatsächlich anders als andere Mädchen in ihrem Alter. Man konnte meinen, sie sei schon als alte Frau auf die Welt gekommen. Und sie glich ihrer Mutter dabei aufs Haar. Sie nahm sich vor, in dieser Angelegenheit nicht weiter auf Tony einzudringen. Er war alt genug, um selbst zu entscheiden was er wollte.

Draußen öffnete der Himmel seine Schleusen. Unter lautem Donnerkrachen setzte ein heftiger Sommerregen ein! Mit einem Schlag war es halb dunkel im Raum, so dass die Bediensteten rasch Leuchter herbei brachten. Lord Winford sah beunruhigt zum Fenster hinaus. Hoffentlich gab es keinen Blitzschlag in der Fabrik oder in seinem Pferdegut! Nicht auszudenken wenn eines der Lagerhäuser abbrennen würde, wo viele hundert Säcke mit Gewürzen standen. Die neue Blitzschutzanlage sollte erst in den nächsten Wochen eingebaut werden.

Lord Winford sah über den Tisch hinweg seinen Sohn an, und meinte dann etwas ruhiger:

„Ich weiß ja, sie ist keine junge Frau wie die anderen. Aber es wird ein Affront wenn du nicht hingehst, den wir uns nicht leisten können. Aber ich könnte natürlich ausrichten lassen, dass du zu ihnen kommst, wenn du von der Jagd zurück bist. Dann hast du noch Zeit zum Überlegen." Tony nickte besänftigt.

„Danke Dad, ich werde darüber nachdenken. So machen wir es!" Aufatmend registrierte Lord Winford Tonys Einlenken und nach einer Weile, dass das Gewitter bereits nach wenigen Minuten wieder abzog. So heftig wie es gewesen war, so schnell war es wieder vorbei.

Plötzlich hörten sie draußen vor dem Salon in der Diele einen lauten dröhnenden Bass, der offenbar über das Wetter zu schimpfen schien. Die Tür wurde stürmisch aufgerissen und ein älterer Herr mit weißen Haaren schüttelte sich das Wasser aus den Kleidern. Dann sah er die Drei am Tisch Sitzenden an, trat näher hinzu, und setzte sich ungeniert auf einen der freien Stühle, direkt neben Tony hin. Das war typisch sein Onkel Lester. Laut, polternd, aber eine Seele von Mensch! Wer ihn nicht kannte, hätte es nie für möglich gehalten, dass sein Onkel Lester ein gebildeter und belesener Mann war. Vor allem aber, er verstand etwas von Geld, und wie man das vermehren konnte. Er war es gewesen, der seinen Vater auf die Idee mit dem Gewürzhandel gebracht hatte, die sie nun von der Plantage des ältesten Bruders der Winfords, auf der weit entfernten Karibik-Insel Dominica bezogen.

Lester Winford putzte zunächst die nassen Brillengläser trocken und sah dann seinen Bruder über den Tisch hinweg einen Augenblick forsch an. Dann griff er in die Tasche seiner weiten Jacke und brachte einen geöffneten Brief hervor. Wortlos legte er diesen auf den Tisch und schob ihn mit zwei Fingern zu seinem Bruder hinüber auf die andere Seite des Tisches. Dieser nahm den Brief wortlos, öffnete ihn, und dann wurde sein Gesicht um eine Nuance bleicher, als er zu Ende gelesen hatte. Mit zitternder Hand legte er den Brief zurück auf den Tisch und sah dabei Tony starr an. Nach einer Weile räusperte er sich, als suche er nach Worten. Endlich schien Lord Winford sich gefasst zu haben, und suchte offenbar nach dem richtigen Anfang.

„Dieser Brief ist von unserem Anwalt aus Dominica! Wie er uns mitteilt, ist Onkel Abraham vor drei Monaten verstorben! Er hat dir, Tony, seine gesamte Plantage vererbt. Wie du weißt, hatte Onkel Abraham keine eigenen Nachkommen. Das ändert natürlich alles. Was wirst du jetzt tun?" Er sah zunächst Tony ernst an, ehe er sich an der Runde wandte. Elisabeth Winford hielt die Hand vor den Mund und begann zu schluchzen. Onkel Lester sah etwas betreten aus dem Fenster als stünde dort die Antwort auf die Frage seines Bruders. Aber auch er sah Tony fragend an, ehe der Hausherr seinen Sohn weiter fragte:

„Wirst du das Erbe annehmen, Tony?" Tony war zunächst erst einmal sprachlos. Mit 26 Jahren war er plötzlich Besitzer einer Plantage in der Karibik! Elisabeth Winford lief laut schluchzend aus dem Salon, und ließ die drei Männer mit betretenen Gesichtern zurück. Und in Tonys Kopf begann ein Gedanke zu hämmern:

„Jagd ade! Desiree ade! Ich muss alles absagen!" Er sah erst seinen Vater und dann seinen Onkel Lester an. Sein Gesicht drückte tatsächlich eine gewisse Freudigkeit aus.

„Das heißt, ich muss schnellstens auf diese Insel reisen?", fragte er sie. Beide nickten mit Nachdruck.

„Wenn du das Erbe annimmst, wovon ich mal ausgehe, dann wirst du tatsächlich so schnell als möglich dorthin reisen müssen", sagte sein Vater beherrscht. Onkel Lester nickte ebenfalls zustimmend.

„Du musst sogar unbedingt dorthin reisen Junge, weil du unsere Interessen vertreten musst. Immerhin beziehen wir alle unsere Gewürze beinahe ausschließlich von der Plantrage unseres verstorbenen Bruders. Du hast eigentlich gar keine andere Wahl, mein Sohn!" Die Bezeichnung „mein Sohn" war Lester Winford einfach so herausgefahren, und Tony hatte es glatt überhört. Nur Howard Winfords Augenlied zuckte einen Moment heftig. Aber sie waren ja eine Familie. Tony atmete tief durch. Dann sagte er gefasst:

„Wann soll ich reisen, Dad?" Howard Winford richtete sich auf und sah seinen Sohn in die Augen.

„Wir werden notfalls ein Schiff chartern, damit du so schnell als möglich reisen kannst. Du wirst also deinen Freunden absagen müssen! Das mit den Chamberlains regele ich selbst!" Tony nickte dankbar.

„Das wird sofort geschehen, Vater. Ich treffe beide sowieso morgen, dann kann ich alles Weitere regeln." Lord Winford nickte und sah seinen Bruder lächelnd an, als wollt er sagen:

„Na siehst du, er ist eben ein echter Winford!" Dann stand er auf und meinte kurz angebunden.

„Ich gehe hinauf und rede nun mit Mutter." Lester Winford nickte nur und sah seinem Bruder skeptisch hinterher, als der die Treppe empor stieg, ehe er sich wieder Tony zuwandte.

„Na, wie fühlt man sich jetzt als Plantagenbesitzer?", fragte der seinen noch recht sprachlosen Neffen. Tony zuckte mit den Schultern.

„Ich weiß es nicht, Onkel Lester. Im Moment irgendwie leer. Alles ist plötzlich anders! Wie leitet man eine Plantage? Ich habe doch überhaupt keine Ahnung davon!" Lester Winford wehrte gutmütig lächelnd ab.

„Das ist alles halb so schlimm, Tony. Es gibt da unten einen guten Verwalter. Wilson Owens war immer die rechte Hand unseres Bruders. Er wird dich schon einweisen und dir alles beibringen was du wissen musst. Eigentlich weiß ich auch nicht warum Abraham auf die Idee kam, ausgerechnet dir die Plantage zu vererben. Aber wenn du Hilfe benötigst, dann zögere nicht dich an mich zu wenden. Ok?" Tony nickte dankbar.

„Aber das wirst du zur Testamentseröffnung in Roseau wohl alles erfahren. Warten wir es einfach ab. Nur Mut junger Mann. Wir haben alle einmal klein und unbedarft angefangen. Man wächst ja bekanntlich mit seinen Aufgaben...", tröstete er seinen Neffen. Doch plötzlich hielt er mitten beim Reden inne und sah Tony eigentümlich an.

„Und was wird nun aus deiner Verlobung mit dieser liebreizenden Desiree Chamberlain? Der Duke of Chamberlain wollte euch doch am liebsten schon dieses Jahr verheiraten! Willst du diese Verlobung auch absagen, bzw. verschieben?" Als er es sagte, sah man in seinen Mundwinkeln ein kleines Zucken, als amüsiere ihn dieses „liebreizende". Denn das war dieses junge adlige Dämchen auf keinen Fall. Und Tony bekam tatsächlich einen roten Kopf. An diese Verlobung hatte er schon die ganze Zeit mit einigem Grausen gedacht! Er kratzte sich am Kopf und sah seinen Onkel offen an, bevor er leise antwortete:

„Sag es nicht Mama Onkel! Aber wegen mir könnten wir diese Hochzeit ganz vergessen! Ich habe nämlich nicht die geringste Lust, nur wegen der wirtschaftlichen Verbindung mit diesem Duke of Chamberlain, dessen langweilige Tochter zu ehelichen! Sie würde mich doch zu Tode langweilen mit ihrem Stickrahmen und ihren Freundinnen." Lester Winford nickte auf einmal lächelnd.

„Das habe ich mir fast gedacht! Bleib doch einfach ein paar Jahre auf der Insel da unten! Schließlich musst du jetzt eine

Plantage leiten, das erfordert Zeit!", lachte er verhalten und blinzelte dem jungen Mann zu. Er sah zunächst Tony ernst an, ehe er bemerkte, dass Lady Winford wieder eingetreten und wohl alles mit angehört hatte. Die hielt sich die Hand vor den Mund und begann wieder zu schluchzen. Die Tränen abwischend meinte sie:

„Die Chamberlains werden uns nicht mehr grüßen! Mein Gott Junge, das kannst du doch nicht machen!" Tony stand auf, ging um den Tisch herum und blieb hinter dem Stuhl seiner Mutter stehen. Dann umfasste er sie mit beiden Armen liebevoll, und schmiegte seine Wange an die Ihrige.

„Mom, soll ich mich ein Leben lang langweilen mit dieser Desiree? Willst du, dass ich ewig unglücklich bin? Um mir vielleicht letztlich dann irgendwann eine heimliche Geliebte zuzulegen?" Elisabeth Winford sah zu ihrem Sohn auf und streichelte ihm liebevoll die Wange.

„Nein, das will niemand! Du hast ja Recht, Junge. Ewig jemand anderes zu lieben, und dabei unglücklich zu sein, ist kein schönes Lebens. Du musst wissen was du willst!" In jenem Moment, als sie das ausgesprochen hatte, hatten sich die beiden Brüder Howard und Lester sekundenlang in die Augen geschaut. Elisabeth Winford aber hatte aus dem Fenster geschaut, als wenn sie dort etwas sehen würde, was sie ein Leben lang vermisst hatte.

Drei Wochen später

Am Morgen eines grauen Augusttages stand Lord Tony Winford Junior am Hafenkai von Plymouth und bestaunte den Segler, der ihn nach Dominica bringen sollte. Neben seinen zahlreichen Koffern stand ein rothaariger junger Bengel, der mit offenem Mund die Schiffe im Hafen bestaunte und sich nicht satt sehen konnte. Eine halbe Stunde später standen beide bereits an Deck der „Henriette of Wales", und sahen dann zu, wie die Haltetaue gelöst wurden und sich das Schiff langsam von der Hafenmauer entfernte, und dann die Segel gehisst wurden.

Unwillkürlich hatte Tony dem Knaben die Hand auf die Schulter gelegt, als das Schiff leicht zu schaukeln begann. Seine Gedanken waren in diesem Augenblick bei seinen Eltern zu Hause, bei seinen Freunden und seinen Bekannten. Eine Sekunde lang dachte er an Desiree und war froh ihr entronnen zu sein. Wie lange würde er das liebliche kleine Städtchen Lynton in der Grafschaft Devon nicht mehr sehen? Dieser kleine beschauliche Ort am Eingang zu dem ziemlich dicht bewaldeten Tal an der Mündung des kleinen schmalen Flüsschens Lyn. Hier, nicht weit von den bizarren Felsenformationen des Valley of the Rocks hatte er Kindheit und Jugend verbracht! In diesen Felsformationen war er mit seinen Freunden aus dem Ort herum geklettert, und nicht selten hatte sich dabei der eine oder der andere den Fuß oder den Arm gebrochen! Und nun trat er seine erste Reise über den großen Ozean an, den man den Atlantischen nannte! In ein Land, oder besser gesagt zu einer Insel, die er nur dem Namen nach kannte! Oft hatte er seinen Vater oder seinen Onkel von dieser Insel in der Karibischen See reden hören. Meist ging es dabei um Gewürze und um Kaffee. Warenballen und Säcke, die alle in ihrem großen Lagerhaus aufgestapelt waren.

Langsam entfernte sich der Segler aus dem großen Hafen von Plymouth. Hier am Eingang dieses Hafens gelang der englischen Flotte im Jahre 1588 der Sieg über die spanische Armada. Und am 6.Spetember 1620 waren von hier aus die Pilgerväter aus Plymouth mit der „Myflower" in Richtung Amerika ausgelaufen! Das alles kannte er noch aus dem Geschichtsunterricht. Wie hatten sie alle andächtig gelauscht, als der Professor vom wohl bekanntesten englischen Seefahrer und Pirat Sir Francis Drake berichtete, der hier aus Plymouth stammte.

Sanft schaukelnd schob sich die „Henriette of Wales" aus dem Hafen. Das Bugsegel zog das schwere Schiff langsam in Richtung des Kanals. Die Mannschaft hatte alle Hände voll zu tun, um die beiden Großsegel zu setzen. Ein stetiger aus Nordost wehender Wind blähte die großflächigen Segel, und verliehen der „Henriette of Wales" immer mehr Geschwindigkeit. Die Wellen schäumten auf wenn sie der Bug des Schiffes durchpflügte.

Draußen im Kanal hatte das Wetter inzwischen aufgefrischt! Vereinzelte jagten dicke dunkle Wolken über den Himmel und verdeckten immer wieder die Sonne. Kaum hatten sie die schützende Bucht von Plymouth hinter sich gelassen, türmten sich die ersten Wellenberge vor dem Segler auf, und nasse Gichtfetzen überzogen jedes Mal das gesamte Schiff. Es begann eine gehörige Schaukelei, wenn die „Henriette of Wales" von einem Wellental in das nächste stürmte. Schiffe wie dieses waren extra für den Warentransport über die Weltmeere gebaut worden. Ihre schnittige Form und die Anzahl der Segel sorgten für eine gute Reisegeschwindigkeit. Außerdem hatten sie eine kleine Anzahl von Geschützen an Bord, um sich gegen Piraten schützen zu können. Und dies war besonders in den Gewässern der Karibik unumgänglich, weil allerlei blutrünstiges Gesindel, auf der Jagd nach Reichtum, immer noch ihr Unwesen trieb.

Mit Kurs Südwest jagte die „Henriette of Wales" aus dem Kanal hinaus auf den Atlantik. Tony Winford hatte bereitwillig mit dem jungen Ben seine Kajüte geteilt. Ursprünglich sollte der Junge in einer Ecke des Laderaumes campieren. Doch Tony hatte Kapitän Sinclair eindeutig klar gemacht, dass er es wünsche, dass sein junger Begleiter in seiner Kajüte unterkommen sollte. Mürrisch und wortlos hatte der Kapitän den Wunsch des jungen Lords zur Kenntnis genommen, und in dessen Kajüte eine zweite Pritsche aufbauen lassen.

Als man sich am ersten Abend gemeinsam zur ersten Mahlzeit traf, saß Ben neben Tony am Tisch des Kapitäns. Ihnen genau gegenüber saß ein bärtiger vierschrötiger Kerl mit Vollbart und einem weiten Hemd, dass seine stark behaarte Brust sehen ließ. Stumm und vor sich hinstarrend beteiligte er sich an keinem der Gespräche am Tisch. Immer wieder musterten seine kleinen dunkeln Augen Tony Winford. Wenn dieser aufsah, blickte er rasch zur Seite.

Tony schob Ben immer wieder mit der Gabel ein Stück des köstlichen Rebhuhns auf den Teller, weil dieser sich offenbar nicht getraute selbst zuzulangen. Man sah Ben an, dass er sich in dieser Umgebung nicht so recht wohl fühlte. Tony schenkte seinem Begleiter das Glas voll Most ein und blinzelte ihm dabei aufmunternd zu.

Kapitän Sinclair und der Erste Offizier Jordan unterhielten sich angeregt über das Wetter. Nach Meinung des Ersten Offiziers würde das Wetter in den nächsten Tagen noch ungemütlicher werden! Tony, der dieses Gespräch nur mit halbem Ohr mit gehört hatte, beschlich ein ungutes Gefühl bei dem Gedanken, dass die Schaukelei noch größer werden würde. Aus dem leisen Gespräch der beiden, entnahm Tony, dass eines der Großsegel wieder eingeholt worden war, um zu verhindern, dass es der Sturm in Fetzen riss.

Das Geschirr auf dem Tisch folgte dem Auf und Ab des Schiffes, und rutschte jedes Mal leise klirrend hin und her. Eine kleine Holzkante am Tischrand verhinderte, dass es zu Boden fallen konnte. Aber das Alles machte offenbar auf die drei Männer auf der anderen Tischseite keinerlei Eindruck. Das Schaukeln eines Schiffes gehörte zu ihrem Leben, wie die Luft zum Atmen. Ben bat Tony leise sich vom Tisch verabschieden zu dürfen. Der junge Lord nickte nur und Ben stand schnell auf und verließ dann rasch einen Gruß murmelnd die Kapitänsmesse. Kaum hatte sich die Tür hinter dem Jungen geschlossen, wandte sich der Erste Offizier an Tony.

„Entschuldigen Sie Sir, aber ist es nicht etwas sonderbar, dass der junge Bursche mit uns zusammen an einem Tisch speist? Ich meine, der Kerl gehört doch in die Mannschaftsmesse oder nicht?" Dabei tupfte er sich pikiert seinen Bart ab, nachdem er einen Schluck Wein zu sich genommen hatte. Kapitän Sinclair starrte Tony ebenfalls von unten herauf an, als erwartete er ebenfalls eine erschöpfende Antwort. Seine stechenden blauen Augen musterten dabei den jungen Lord unverhohlen. Tony Winford lächelte den Ersten Offizier freundlich über den Tisch hinweg an, ehe er ihm antwortete.

„Sir, mit Verlaub! Der Junge ist mein Mündel! Er hat keine Eltern mehr und keine sonstigen Verwandten. Aber er ist treu und vor allem zuverlässig, und so behandle ich ihn wie einen Bruder. Bitte respektiert dies, andernfalls müssten wir uns dazu entschließen, unsere Mahlzeiten in der Kajüte einzunehmen." Den letzten Satz hatte der junge Lord mit so viel Nachdruck ausgesprochen, dass die anderen Anwesenden erstaunt und ein wenig verdutzt, schlagartig schwiegen.

Kapitän Sinclair hob beschwichtigend beide Hände und trat dabei seinem Ersten Offizier unter dem Tisch heftig auf den Fuß.

„Entschuldigt, Sir! Mr. Jordan wollte Euch sicher nicht zu nahe treten. Wenn es Euer Wunsch ist, wird der junge Mann natürlich auch künftig mit uns speisen." Nach diesem Rüffel seines Vorgesetzten zog der Erste Offizier ein undefinierbares

Gesicht, und vertiefte sich in das Stopfen seiner Meerschaum-pfeife. Der Bärtige stand plötzlich abrupt auf, murmelte etwas Unverständliches und verließ die Messe. Tony Winford stand nun ebenfalls auf und empfahl sich den beiden Herren.

Als Kapitän Sinclair und der Erste Offizier allein im Raum waren, begann der Kapitän noch einmal, offenbar ungehalten, die Unterhaltung über dieses Thema, welches sofort für Spannungen gesorgt hatte.

„Mr. Jordan! Ihr seid sehr unklug, wenn Ihr den Sohn des Lords Winford gegen Euch aufbringt! Der junge Lord ist der Erbe des alten Abraham Winford auf Dominica. Es ist eine einflussreiche Familie, und sie haben unser Schiff gechartert. Ihr wollt doch sicher nicht, dass der alte Winford unserem Reeder in den Ohren liegt wegen einer solchen Bagatelle." Diese, für den alten Kapitän erstaunlich lange Rede bedeutete für ihn beinahe einen Gefühlsausbruch. Mr. Jordan starrte seinen Kapitän erstaunt an, nickte dann aber kurz.

„Gut! Verstehe, Sir!", und verließ wortlos die Kapitänsmesse.

Kapitän Sinclair sah seinem Ersten Offizier eine Weile nachdenklich hinterher, ehe er sein Pfeife zu stopfen begann, um dann genüsslich und nachdenklich dicke Rauchschwaden gegen die hölzerne Decke zu blasen.

Tony sah kurz in seiner Kajüte vorbei, weil er dort Ben vermutete. Doch die Kajüte war leer. Und so machte er sich auf die Suche nach dem Jungen. Weit konnte er ja auf einem Schiff nicht sein. Sich immer wieder festhaltend und breitbeinig den Wellengang ausgleichend, ging der junge Lord in Richtung des Ruders, wo zwei kräftige Matrosen mit Seilen festgebunden, das große hölzerne Speichenrad fest umklammert hielten. Die Augen gegen die Gicht mit den Händen abschirmend, entdeckte er Ben dann tatsächlich in einer kleinen Nische unter den abgedeckten Rettungsbooten. Ben rutschte zur Seite, als der junge Lord schnell vor dem nächsten Wasserschwall in den kleinen Raum huschte, der ihnen vor Wind und Wasser Schutz bot. Eine Weile saßen sie in dieser windgeschützten Ecke stumm nebeneinander und sahen zum Himmel hinauf, wo immer noch dunkle Wolken rasend schnell ihre Bahn zogen.

„Warum habt Ihr das für mich getan, Sir?", fragte der Junge plötzlich etwas schüchtern.

„Was habe ich denn für dich getan?", fragte Tony verwundert zurück. Der Junge lächelte.

„Ihr habt mich gegen den Ersten Offizier verteidigt." Tony lachte leise.

„Du hast also gelauscht!" Der Junge schüttelte energisch den Kopf.

„Nein, aber die Luke stand offen, und so konnte ich jedes Wort mit anhören, Sir." Tony Winford streckte sich etwas ehe er dem Jungen eine Antwort gab.

„Ben, ich vertraue dir. So wie mein Dad dir auch vertraut hat, und dir unsere kostbaren Pferde anvertraut hat. Du bist, glaube ich, ein anständiger und aufrichtiger Kerl. Deshalb habe ich dich ja auch mitgenommen. Du wirst auf Dominica die Aufsicht über unsere Pferde übernehmen, das ist eine sehr verantwortungsvolle Aufgabe. Du bist also mein Vertrauter, und weil das so ist, sitzt du auch mit an meinem Tisch. Hier auf dem Schiff und dann später auch auf unserer Plantage!"

Ben überkam in diesem Moment ein grenzenloses Glücksgefühl und er wischte sich rasch zwei kleine Tränen von den Wangen. Noch nie war jemand so gut zu ihm gewesen! Er nahm sich fest vor, seinem Herrn immer redlich und treu zur Seite zu stehen. Dieser Vorsatz sollte allerdings schneller in Erfüllung gehen, als Ben sich das vielleicht gedacht hatte!

Das Wetter war in den folgenden Stunden tatsächlich noch schlechter geworden. Das Schiff stöhnte und ächzte unter den Wassermassen, die sich immer wieder über das Deck ergossen und alles unter sich begruben. Tiefschwarze Wolken kündigten ein neues Unwetter an. Leuchtende, zuckende Blitze noch weit entfernt, erhellten für nur wenige Augenblicke gespenstisch den Himmel. Innerhalb weniger Minuten brach es über die „Henriette of Wales" herein! Elektrische Entladungen, so genanntes Elmsfeuer tanzten auf den Metallbeschlägen des Schiffes wie kleine Feuerteufel, und verbreiteten ein gespenstisches Licht, obwohl es erst gegen halb sechs am Abend war!

Tony Winford, gebannt von diesem Naturschauspiel, stand mit dem Rücken zu den hölzernen reich mit Schnitzereien veredelten Brückenaufbauten, und starrte hinaus auf das Inferno! Mitten in einen neuen Schwall Seewasser peitschte mit hellem

Knall ein Blitz in die Takelage und ließ ein Stück der Rahe in hohem Bogen in der tosenden See auf nimmer Wiedersehen verschwinden. Die elektrische Entladung raste an einem Seil zum Deck hinab und verbrannte es augenblicklich ohne eine Spur von Rauch! Ein Dampen stürzte wie eine hell und lichterloh brennende Fackel auf das Deck und verlosch dort augenblicklich wieder unter den tosenden Wassermassen einer erneuten Woge.

Tony Winford war gerade im Begriff seinen schützenden Standort zu verlassen, um wieder in seine Kajüte zurückzukehren, als es mitten in seiner ersten Bewegung einen ohrenbetäubenden Knall gab, weil eine weitere Rahe abgebrochen war, und die Takelage mit sich reißend, rasend schnell und mit Wucht auf das Deck herab stürzte. Gleichzeitig bekam der junge Lord einen Schlag auf den Hinterkopf, so dass er wenige Augenblicke tatsächlich Sterne zu sehen glaubte. Aber gleichzeitig glaubte er, als er nach oben schaute, über sich auf den Aufbauten eine schemenhafte Gestalt erkannt zu haben, die sie rasch wieder in Nichts auflöste! Krachend stürzte die schwere Last auf ihn herab und begrub ihn unter sich. Augenblicklich zerrte ihn das Gewirr von Segel und Tauen unaufhaltsam in Richtung Reling, wenn sich das Schiff bei einer neuen Welle tief zu Seite neigte! Es würde nicht lange dauern, und er würde samt diesem Gewirr mit über Bord gespült werden!

Zu seinem Entsetzen erkannte Tony plötzlich, dass er nicht nur in einem Gewirr von Tauen und Segelresten gefangen war, sondern ein grobmaschiges Netz über ihm lag, aus dem es kein Entrinnen gab! Verzweifelt versuchte sich der junge Lord irgendwo festzuhalten. Ein neuer Brecher hob das Schiff wieder an und der junge Lord rutschte unaufhaltsam auf dem nassen Holzdeck wieder ein Stück weiter in Richtung der Reling. Nicht lange, und er würde in die tosende See stürzen und jämmerlich ersaufen! In seiner Panik versuchte er sich aus diesem Gewirr dass da auf ihm lag zu befreien! Trotz aller Kraftanstrengungen war er aber erfolglos. Tony zerrte mit aller, ihm noch verbliebener Kraft an dem Netz, als plötzlich über ihm das Gesicht von Ben auftauchte, der ihm irgendetwas zuschrie, was er im Tosen des Sturmes aber nicht verstehen konnte. Unter Aufbietung aller Kraft schlang der Junge ein Tauende aus dem Gewirr um einen

Vorsprung des Treppengeländers, welches nur noch zur Hälfte vorhanden war, und wie ein Zeigefinger in die Luft ragte. Dann zerrte Ben das Gewirr von Segelresten und Tauenden auseinander, zog das Netz zur Seite und befreite so seinen Herrn aus dessen misslicher Lage. Noch ehe Tony Winford einen klaren Gedanken fassen konnte, hatte Ben ihn bereits in den Niedergang gezerrt, bevor der nächste Wasserschwall sie wieder erreichen konnte.

Schwer atmend mit dröhnendem Köpfen lehnten sie beide eine Weile mit dem Rücken an der Wandverkleidung des Ganges. Tony war es schwindelig und er musste sich einen Moment auf den Fußboden setzen. Seine Hand befühlte eine Beule an seinem Hinterkopf, dabei lief ihm Blut über seine Finger! Mit Bens Hilfe erreichten sie endlich die Kajüte. Seufzend ließ sich Tony auf seine Pritsche fallen und verzog dabei schmerzhaft das Gesicht, als Ben die Wunde zu säubern begann.

„Mein Gott, war das ein Schlag! Ich sah Sterne in allen Farben.", stöhnte er und schloss einen Moment tief einatmend die Augen.

„Wie habt Ihr Euch nur so eine Beule zugezogen, Sir? Ihr lagt doch unter lauter Segelzeug und Tauen. Allerdings wie Ihr auch noch unter dieses Netz gekommen seid, ist mir wahrlich ein Rätsel, Sir!" Tony Winford stutzte einen Augenblick. Dann glaubte er sich daran zu erinnern, dass er nur ganz kurz und nur schemenhaft eine Gestalt zu sehen glaubte, die auf den Aufbauten herumturnte und dann schnell wieder im Nichts verschwand. War das nur eine Täuschung gewesen? Nach einigem Zögern erzählte der junge Lord seinem Lebensretter, was er glaubte gesehen zu haben. Ben bekam einen fragenden Gesichtsausdruck und seine hellen blauen Augen sahen für Momente ins Nichts.

„Ihr glaubt also auf der Schanzverkleidung ist jemand über Euch gewesen!" Tony nickte nachdenklich und strich sie völlig in Gedanken wieder über seine Beule am Kopf.

„Ich glaube nicht, dass ich das geträumt habe, Ben. Aber es ging alles so verdammt schnell."

„Das heißt aber doch, dass Euch jemand hier auf dem Schiff nach dem Leben trachtet, Sir!", flüsterte Ben plötzlich ganz leise. Tony Winford schüttelte langsam den Kopf.

„Das kann ich mir nicht vorstellen. Wer sollte es auf mein Leben abgesehen haben? Und vor allem warum? Nein, wir bilden uns das Ganze wohl nur ein!" Er legte sich vorsichtig auf die Seite und fiel schon nach kurzer Zeit in einen tiefen Schlummer. Währenddessen saß Ben auf seiner Pritsche und lauschte auf das unablässige Heulen des Sturmes. Er nahm sich vor, seinen Herrn nicht mehr aus den Augen zu lassen!

Als der neue Tag anbrach, schien endlich wieder die Sonne. Über Nacht war es um einige Grad wärmer geworden. Hatte sie der Sturm soweit nach Süden abgetrieben? Oder war es einfach nur deshalb, weil man mit jeder Meile die man zurücklegte, sich unaufhaltsam dem Äquator näherte? Der Erste war jedenfalls fest davon überzeugt, dass man auf Kurs segelte.

Jetzt, da der Sturm vorbei war, sah man zum ersten Mal seit der Abreise auch den Schiffsarzt Mr. Huxley auf Deck spazieren gehen. Noch ziemlich bleich, lehnte er an der Reling und sah hinaus auf die unendliche Weite des Ozeans. Als er sich unbeobachtet fühlte, griff Dr. Huxley rasch in die weiten Taschen seines Kleiderrockes, brachte eine kleine Flasche zum Vorschein, öffnete hastig den Verschluss und nahm einen langen Schluck daraus. Schnell steckte er die Flasche wieder ein und sah sich misstrauisch um. Als er Ben ansichtig wurde, der über ihm auf der Brücke stand, verzog er verdrießlich das Gesicht und sah dann demonstrativ wieder auf das Meer hinaus.

Ben musste grinsen. Der alte Huxley soff also! Kein Wunder, dass ihm die Hände zitterten, wenn er ein Glas Wein bei Tisch einschenkte. Er nahm sich vor, auch das seinem Herrn zu berichten. Irgendwie war das doch eine komische Mannschaft hier an Bord! Einige der Matrosen sahen aus, als wenn sie geradewegs aus einer der zahlreichen Strafkolonien der Krone kämen. Und dann dieser Vorfall. Kapitän und Erster Offizier steckten pausenlos die Köpfe zusammen und tuschelten, und der Bärtige Namenlose schlich andauernd umher. Oft verschwand er täglich mehrmals in einem der unteren abgeteilten Verschläge, und kam erst nach Stunden wieder zum Vorschein. Ben nahm sich vor, der Sache auf den Grund zu gehen. Irgendwie hatte er ein ungutes Gefühl.

Da er täglich die im Stauraum des Mitteldecks untergebrachten Pferde versorgen musste, hatte Ben keine Mühe sich da unten gründlich umzusehen.

Zur Mittagszeit schlich er sich von der Pferdebox aus in den hinteren Teil des Schiffes. Hier unten war es heiß und stickig. Ungesehen gelangte er in einen der hinteren mit einer Tür abgetrennten Lagerräume. Leise und vorsichtig, jeden Laut vermeidend, schlich er sich den Gang entlang. Vorsichtig öffnete er die Tür einen Spalt und sah hinein. Niemand war da. Rasch huschte er hinein und schloss die Tür wieder hinter sich. Einen Moment sah er sich im Halbdunkel um. An den Bordwänden entlang standen überall große übereinander gestapelte Holzkisten. Mühsam gelang es ihm bei einer der oberen Kisten den Deckel mit einem flachen Eisen anzuheben. Der Deckel knarrte laut, so dass Ben erschrocken innehielt, und hinaus auf den Gang lauschte ob nicht etwa jemand käme. Doch alles war ruhig! Hastig hob er den Deckel der Kiste an und erstarrte einen Moment ungläubig. Dann griff er in die Kiste und brachte einen faustgroßen Granitstein zum Vorschein. Steine? Um was in aller Welt transportierte die „Henriette of Wales" auf dieser Reise Steine in die neue Welt? Hastig öffnete er nun eine zweite und eine dritte Kiste. Überall kamen nur Granitsteine zum Vorschein. Ben setzte sich auf einen Schemel und dachte nach. Gerade als er wieder aufstand hörte er plötzlich auf dem Gang Stimmen die näher kamen. Hastig versteckte er sich in einer Ecke neben der Tür hinter den aufgestapelten Taurollen, und hielt den Atem an, als die Tür quietschend aufging und zwei Männer eintraten. Der eine war der Segelmeister Joshua, ein ziemlich übel aussehender Kerl mit einem halben Ohr auf der rechten Seite, der andere war der Bärtige! Beide unterhielten sich halblaut und lachten. Ben hörte den Segelmacher gerade sagen:

„Die alte Dame wird mit dem Ballast absaufen wie eine bleierne Ente!" Worauf der Bärtige brummig antwortete:

„Übermorgen müssten wir die vorgelagerten Inseln von Guadeloupe erreicht haben. Dann ist es endlich soweit. Hoffentlich säuft der junge Lord schnell mit ab! In der Nacht während des Sturmes hätte es beinahe geklappt! Leider kam mir dieser Rotzbengel dazwischen, um ihm zur rechten Zeit noch zu helfen.

Schade! Dann hätten wir die alte „Henriette" nicht absaufen lassen müssen und alles wäre in schönster Ordnung, und wir hätten unseren Auftrag erledigt. Aber so..." Er sagte noch etwas was Ben nicht verstehen konnte, weil er plötzlich flüsterte. Ben sah, wie der Segelmeister ein kleines Fass Pulver an der Bordwand aufstellte, eine Zündschnur hineinsteckte, und diese dann gut versteckt zwischen den Tauballen hindurch bis zur Tür zurück auslegte. Als er damit fertig war, betrachtete er zufrieden sein Werk und schob noch eine kurzläufige Pistole zwischen zwei Holzbalken über dem Pulverfass. Dann verließen die zwei Männer wieder den Lagerraum. Mit angehaltenem Atem hatte Ben der Unterhaltung zugehört. Er wartete noch eine Weile, dann schlich er sich zurück zu den Pferden, die leise schnaubten. Das ewige Schaukeln des Schiffes und das Unwetter der Vortage hatte die Tiere unruhig und nervös gemacht. Ben betrat die Box des schwarzen Rappen, der seinem Herrn gehörte, streichelte beruhigend dessen Nüstern, und redete leise auf ihn ein.

„Brav Pollux! Brav mein Lieber. Alles ist gut!" Der Rappe legte sein weiches Maul auf Bens Schultern und knabberte ganz vorsichtig an seinem Ohr, als wollte er dem Jungen zeigen, dass er Vertrauen zu ihm habe. Während Ben dem Rappen über das Maul streichelte und ihm eine Mohrrübe gab, dachte er angestrengt über das Geschehen in dem hinteren Lagerraum nach. Nach allem was er gehört hatte, wollten der Segelmeister und der Bärtige das Schiff untergehen lassen! Ben überlegte fieberhaft was er tun sollte. Ob der Kapitän und der Erste Offizier in die Sache eingeweiht waren? Fragen über Fragen stürmten auf den Jungen ein. Er tätschelte dem Rappen noch einmal über den Hals und trat dann, einen plötzlichen Entschluss fassend, aus der Box heraus. Plötzlich stand er dem Bärtigen gegenüber, der offenbar gelauscht hatte. Einen kurzen Augenblick lang sah Ben in die kleinen schwarzen stechenden Augen seines Gegenübers. Dann wandte sich dieser plötzlich abrupt ab, drehte sich auf dem Absatz herum, und verschwand ebenso wortlos wie er gekommen war, breitbeinig wie Seeleute laufend die Treppe hinauf. Ben atmete tief ein und dann wieder aus. Puhh, sein Herz klopfte immer noch heftig! Er musste unbedingt den jungen Lord finden! Ben eilte die Treppen hinauf.

Als er wieder das Deck betrat, sah er sich kurz um. Lord Winford stand auf der Brücke und unterhielt sich angeregt mit den beiden Matrosen am Ruder. Der Junge überlegte kurz. Er musste dem Lord sofort ein Zeichen geben. Aber wie? Kurz entschlossen kletterte er in die Wanten und stieg ein paar Meter hoch, so dass er nun beinahe auf gleicher Höhe mit der Brücke war. Vom Deck herauf hörte er plötzlich die herrische Stimme des Segelmeisters zu ihm herauf schallen!

„Verfluchter Bursche. Was kletterst du da oben herum? Komm sofort herunter oder ich reiße dir beide Ohren ab und werfe dich über Bord!"

Der junge Lord inzwischen aufmerksam geworden, sah zu Ben herüber. Der nickte kurz und heftig in Richtung Kajüte. Dann stieg er wieder langsam Schritt für Schritt aus den Wanten herunter. Unten angekommen, wollte ihn der alte Segelmeister gerade die Ohren lang ziehen, als der junge Lord neben ihnen auftauchte, und sich beschwichtigend einmischte.

„Schon gut, schon gut, Segelmeister. Ich werde mit dem Jungen reden. Er wird es nicht wieder tun." Missmutig knurrend ließ der alte Joshua von Ben ab und ging nach vorn in Richtung zum Bug. Tony Winford ging mit Ben wortlos zurück in die Kajüte. Dort angekommen sah er den Jungen etwas erstaunt an.

„Was sollte denn eben diese Turnerei da oben, Ben? Du weißt, dass dies für uns Passagiere verboten ist!" Er setzte sich neben Ben auf dessen Pritsche und sah den Jungen fragend an. Und nun erzählte Ben flüsternd was er vorhin unten im Lagerraum gehört und gesehen hatte. Tony Winford sah den Jungen einen Augenblick ungläubig an.

„Und du irrst dich auch wirklich nicht?", fragte er ihn leise. Ben schüttelte heftig den Kopf.

„Nein Sir, es ist so wie ich es Euch erzählt habe, Sir! Bei Gott, ich schwöre es Ihnen!"

Tony Winford dachte angestrengt nach. Warum sollte ihm jemand nach dem Leben trachten? Andererseits war das Erlebnis in jener Sturmnacht noch in frischer Erinnerung. Wen hatte er damals gesehen? Oder war es nur eine Einbildung gewesen? Er sah plötzlich den Jungen an.

„Würdest du dich nochmals in diesen Lagerraum getrauen, wenn ich im Gang aufpasse?" Ben nickte sofort und stimmte zu.

„Gut, dann werden wir heute Abend das Pulver gegen Steine austauschen. Wenn der Zeitpunkt gekommen ist, an dem das Schiff untergehen soll, wird Derjenige nicht erst noch einmal in das Fass hineinschauen, sondern schnell die Lunte in Brand setzen und wieder verschwinden! Ich komme mit bis zu den Pferden, von dort aus habe ich jederzeit einen guten Ausblick auf die Treppe. Falls jemand kommt, kann ich dich warnen." Leise schmiedeten sie einen Plan, wie sie am Abend gemeinsam vorgehen wollten. Und so geschah es dann auch.

Kurz nach der Abendmahlzeit standen sie beide in der Nähe der Luke an der Reling und sahen hinaus auf die rollenden Wogen des Atlantischen Ozeans. Ein leichter warmer Wind blähte die Segel der „Henriette of Wales" und schob das Schiff in Richtung Südwest. Die Sonne war im Begriff langsam am Horizont zu versinken. Vom Mannschaftsquartier her hörte man lautes Singen und Gelächter. Bis auf die Wachen auf der Brücke waren alle unter Deck. Auf der Brücke tauchte kurz der Erste Offizier auf, sagte etwas zu den beiden Rudergängern und verschwand ebenfalls wieder. Tony Winford stieß seinen jungen Begleiter mit den Ellenbogen an und flüsterte ihm zu:

„Komm, es ist soweit. Lass uns ungezwungen zu den Pferden hinunter gehen." Ben ergriff den mitgebrachten Holzeimer mit frischem Wasser und beide gingen gemächlich zur Treppe, die hinunter zu den Laderäumen führte. Unten war es bereits dunkel und Tony zündete zuerst seine, dann Bens Laterne an, der sich sofort auf den Weg in den hinteren Laderaum machte. Tony trat in die Pferdebox und redete laut mit seinem Pollux und mit dem nicht anwesenden Ben.

„Ben, kontrolliere noch einmal alle Riemen! Vergiss nicht allen noch eine Extraportion Heu in die Raufen zu geben!" Während er so sprach, saß er auf einer Kiste in der Ecke neben der Leiter und lauschte angespannt nach oben. Ben dagegen schlich sich behände zum hinteren Lagerraum, horchte einen Augenblick an der Tür und öffnete sie einen Spalt breit. Wenn jetzt jemand da wäre, könnte er sich leicht damit herausreden, er sei nur neugierig gewesen. Doch im Lagerraum war es dunkel und keine Menschenseele anwesend. Hastig zog er die Zündschnur aus dem Pulverfass, hob ächzend das Fass an und transportierte es in eine Ecke des Raumes. Dort hob er ein Bodenbrett an, das er tags zuvor schon entdeckt hatte. Unter dem Bodenbrett plätscherte es leise. Es stank ekelig nach fauligem Wasser. Das seit Jahren eindringende Seewasser sammelte sich am Kiel des Schiffes und war ein idealer Platz für Ratten. Angewidert wuchtete Ben das Fass auf die Seite und dann lief das Pulver leise rieselnd hinunter in die stinkende Brühe. Rasch legte Ben das Brett wieder an seinen Platz zurück und brachte das Fass zurück auf seinen Platz. Schweißtriefend packte er es voller Granitsteine und brachte die Zündschnur wieder an, ehe er den Deckel wieder aufsetzte und zudrückte. Einen Moment betrachtete er zufrieden grinsend sein Werk, dann schlich er rasch zurück zu seinem Herrn.

„Alles erledigt, Sir!" Gemeinsam stiegen sie wieder die Treppe empor an Deck, verweilten noch eine Weile an der Reling und gingen dann gemächlich zurück in ihr Quartier.

Wie jeden Abend machte Ben gerade Anstalten das Bett seines Herrn zu richten und schlug die Bettdecke zurück. Da prallte er entsetzt zurück! Tony Winford der sich gerade über die Waschschüssel gebeugt waschen wollte, hörte den erschreckten Ausruf des Jungen und kam neugierig näher. Wortlos deutete Ben mit vor Schreck weit geöffneten Augen auf dessen Bett. Mitten auf der Decke saß eine etwa Handteller große Spinne mit behaarten Beinen und bewegte sich langsam, offenbar in ihrer Ruhe gestört, hin und her. Blitzschnell fasste Tony Winford nach seinem Stiefel und schlug weit ausholend auf das Tier ein. Von der Wucht des Schlages und den Federn des Bettes wurde die Spinne auf den Rücken geworfen und strampelte verzweifelt mit den drei verbliebenen Beinen. Noch einmal schlug Tony zu und warf das Vieh vom Bett herunter. Flüssigkeit trat aus der Spinne aus. Ein paar letzte Zuckungen und das Tier war verendet! Sie rührte sich nicht mehr! Sie starrten beide auf das tote Vieh vor ihnen. Dann nahm Ben eine kleine Schaufel und beförderte die tote Spinne aus der Luke hinaus in die See. Vorsichtig überprüften sie nun beide Schlafstätten. Es fand sich kein Tier mehr und sie beruhigten sich langsam wieder. Tony schüttelte den Kopf.

„Das war eine südamerikanische Vogelspinne, eine der giftigsten Spinnenarten in Südamerika", meinte er zu Ben, der immer noch etwas weiß im Gesicht, das Geschehen zu verdauen versuchte und mit fahrigen Bewegungen seine eigene Pritsche gründlich untersuchte, ehe er sie für die Nacht herrichtete. Tony Winford legte dem Jungen den Arm um die schmalen Schultern. „Danke! Du hast mir nun schon zum zweiten Mal das Leben gerettet, das werde ich dir nie vergessen! Ich bin ewig in deiner Schuld, lieber Freund Ben." Verlegen wehrte der Junge ab. Es dauerte lange bis man die tiefen regelmäßigen Atemzüge der beiden Schicksalsgenossen aus ihrer Kajüte hören konnte. Doch bevor sie sich hingelegt hatten, hatte Ben einer plötzlichen Eingebung folgend, eine hinterlistige Konstruktion über der Tür angebracht, die jeden nächtlichen Störenfried erheblich in seiner Gesundheit beeinträchtigt hätte. Ein Holzdampen, groß wie ein Männerkopf hing genau über der Tür. Wehe dem Unglücklichen, der diese Tür unvorbereitet öffnen würde!

Tony hatte sich entschlossen, den Vorfall mit keinem Wort in der Kapitänsmesse zu erwähnen. Stattdessen beobachtete er heimlich seine Gegenüber am Tisch. Der Bärtige, der seinem Blick wie immer auswich, machte sich dabei am verdächtigsten! Er hieß übrigens Cavier Colon und wollte angeblich seinen Cousin auf St. Vincent besuchen. Nachdem was Ben gesehen und gehört hatte, bezweifelte Tony das allerdings erheblich. Egal wie der Kerl auch hieß, sie würden ihn künftig genau beobachten. Dass die nächtliche Netzattacke und die giftige Spinne sein Werk waren, daran zweifelte Tony beileibe nicht mehr. Blieb also nur noch die Frage, wer steckte dahinter? Wer wollte verhindern, dass er Dominica erreichte? Fest stand jedenfalls, dass dieser Schurke hier an Bord Helfer hatte! Wem konnte man also vertrauen und wem nicht? Noch einen Tag und eine Nacht hatten sie Zeit, bevor die „Henriette of Wales" die vorgelagerten kleinen Inseln von Guadeloupe erreichen und in die Dominica Passage einfahren würde. Ein Anschlag konnte eigentlich nur auf der Höhe der Insel Marie Galante von Erfolg gekrönt sein, die sie übermorgen früh gegen 3.00 Uhr passieren würden!

Noch zwei Tage und zwei Nächte, dann wären sie am Ziel. Ihr Ziel war der Hafen von Portsmouth in dem Douglas Bay, über der das mächtige, stark befestigte englische Fort Shirley thronte.

In diesem Fort lebten beinahe zweihundert Soldaten und hinter den Schießscharten standen zahlreichen Kanonen. Wenn das Schiff also versenkt werden sollte, dann konnte es nur vor Marie Galante passieren, denn dort hatten es die unbekannten Saboteure mit dem Beiboot der „Henriette of Wales" nicht mehr weit bis zum rettenden Ufer! Aber beide Beiboote waren nur mit Seilwinden zu wassern, darin lag ihre Chance. Sie konnten also auf keinen Fall heimlich von Bord gelangen. Und schwimmen war wegen der Haie viel zu gefährlich! Tony Winford nahm Ben nach dem Frühstück einen Moment beiseite.

„Ben, traust du dich nach dem Dunkelwerden die beiden Seilwinden der Beiboote zu zerstören?", fragte er Ben. Der Junge war sofort einverstanden. Tony ermahnte ihn noch einmal zur Vorsicht.

Endlich war es soweit, der Abend brach an! Es war eine ruhige See, wie man sie oft hier in diesen Breiten vorfinden konnte. Langsam versank die riesige goldene Scheibe der Sonne hinter dem Horizont. Immer kleiner werdend sah man bald nur noch einen dünnen Ring aus dem Wasser ragen. Schlagartig, innerhalb von Minuten wurde es dunkel. Als die Sonnenscheibe völlig verschwunden war, herrschte tiefe Dunkelheit auf dem Meer. Nur der Vollmond schickte seine ersten bleichen Strahlen über die endlos erscheinende Wasserwüste und abertausende von Sternen leuchteten am wolkenlosen Himmel. Nur schemenhaft waren die Umrisse der Aufbauten des Schiffes zu erkennen und leise plätscherten die Wellen unter dem Bug vorbei. Das Knarren der Rahen drang wie aus weiter Ferne herunter zu dem jungen Mann, der in einer Ecke der Heckverschanzung eng zusammen gekauert saß und in den schwarzen Himmel starrte. Kurz nach der Abendmahlzeit hatte er sich entschuldigt und die Kapitänsmesse verlassen. Beim Hinausgehen hatte ihn Tony nur kurz angesehen und Ben hatte zurück gelächelt. Jetzt wartete der Junge auf die Wache, die jeden Augenblick auftauchen musste. Und da kam sie offenbar schon! Eine leise Stimme war zu vernehmen. Irgendjemand sang ein Seemannslied und kam langsam näher auf Bens dunkeln Unterschlupf zu, blieb einen Augenblick stehen, zündete sich eine Pfeife an und ging dann weiter. Die Wache machte ihre Runde. Hoffentlich entdeckte ihn jetzt keiner! Langsam stand Ben auf und spähte umher.

Niemand war zu sehen! Die Bug und die Hecklaternen verbreiteten einen hellen Lichtschein, waren aber die einzigen Lichtquellen an Bord, außer der großen Heckfenster der Kapitänskajüte. Hastig lief er barfuß über das Bootsdeck nach Luv und kroch so schnell er konnte unter die Plane des Beibootes. Mit einem scharfen Messer durchtrennte er das Führungsseil, welches das Boot nach oben heben sollte, damit es aus der Verankerung gelöst werden konnte. Es war ein starkes Tau und Ben hatte erhebliche Mühe es soweit anzuschneiden, dass es bei der ersten Belastung auch wirklich reißen musste. Es schlug gerade acht Klasen als ein dunkler Schatten unter der Plane des Beibootes hervor kroch, um dann rasch in Sekundenschnelle lautlos unter der Plane des anderen Beibootes zu verschwinden. Ben Mosley verrichtete flink ganze Arbeit!

Währenddessen saßen Tony Winford, der Kapitän, der Erste Offizier und der Schiffsarzt in der Kapitänsmesse und speisten. Kapitän Sinclair tupfte sich den Bart mit einer Serviette ab und sah Tony spöttisch über den Tisch hinweg an. Sein Gesicht drückte dabei eine gewisse Blasiertheit aus, als er Tony ansprach.

„Euer Mündel ist wohl heute unpässlich, Lord Winford?", fragte er spöttisch und deutete auf den leeren Platz neben Tony. Der junge Lord schüttelte den Kopf, kaute aber ungerührt weiter. Langsam legte er die Gabel neben seinen Teller und lehnte sich leicht zurück. Einen Moment sahen sich der Kapitän und der junge Lord in die Augen, und keiner wollte der Erste sein, der den Blick senkte. Dieses Duell dauerte zwar nur wenige Sekunden, aber der Kapitän gab als erster nach und sah auf seine Fingerspitzen. Warum sollte er es sich mit dem jungen Lord verderben. Tony registrierte diesen Sieg mit unmerklichen lächeln, ehe er dann antwortete.

„Nein Sir, der Junge ist wohlauf. Aber es scheint mir, dass der Junge ein untrügliches Gespür dafür zu haben scheint, wo seine Anwesenheit erwünscht ist und wo nicht. Außerdem kümmert er sich mit großer Aufmerksamkeit um unsere Pferde. Er würde alles tun, damit ihnen kein Leid zugefügt würde!" Den letzten Satz betonte Tony bewusst ein wenig und wartete auf eine Reaktion. Doch die blieb aus! Wussten die Drei etwas oder stellten sie sich nur so unwissend? Aber was hatten sie andererseits davon, wenn ihr Schiff unterging? Sie hatten keine Reichtümer an Bord, von denen sie später hätten leben können. Tony überlegte krampfhaft ob er nicht zumindest den Kapitän in seine Erkenntnisse einweihen sollte. Mit einem leichten Kopfnicken verabschiedete er sich aus der Runde und ging an Deck. Tief atmete er gerade die kühle Nachtluft ein, als er neben sich plötzlich ein Rascheln vernahm. Wie aus dem Boden aufgetaucht stand plötzlich Ben neben ihm und grinste ihn breit an.

„Alles erledigt, Sir!", flüsterte er. Tony zog den Jungen am Ärmel zur Reling. Hier konnten sie sich ungestört und ohne dass sie jemand belauschen konnte leise unterhalten. Ben grinste vor sich hin.

„Ich habe beide Zugseile, die das Boot aus der Verankerung heben angeschnitten. Bei der geringsten Belastung werden sie reißen. Die Bande kann dann nur noch schwimmend das Schiff verlassen!" Tony lachte leise.

„Gut gemacht! Aber stell dir mal vor, wenn der dicke Doktor ins Wasser springen müsste!" Beide lachten bei dieser Vorstellung. Doch Tony wurde schnell wieder ernst.

„Wir haben noch einen Tag und eine halbe Nacht Zeit heraus zu finden, wer alles zu dieser Bande gehört. Ich muss wohl oder übel mit dem Kapitän reden. Ich kann mir keinen Grund vorstellen, warum er sein eigenes Schiff versenken wollte. Bei allen anderen kann man Zweifel hegen! Oder was meinst du?". Er sah Ben fragend von der Seite an. Der Junge, erstaunt, dass er nach seiner eigenen Meinung gefragt wurde, schwieg einen Augenblick.

„Ich wüsste auch keinen Grund weshalb der Käpt`n mit denen unter einer Decke stecken könnte, Sir. Aber ich bin nur ein Pferdeknecht, ich weiß nicht was die hohen Herrschaften denken und warum sie so oft Schlechtes tun!" Lord Winford legte Ben den Arm auf die Schultern.

„Ben, du bist aber alt genug und gescheit genug um dir selbst ein Bild zu machen. Und ich sage es dir noch einmal, du bist auch mein Freund und mein Vertrauter! Du hast mir bereits zweimal das Leben gerettet!" Ben nickte gerührt, sagte aber nichts darauf. Eine unerklärliche Wärme stieg in ihm auf und trieb ihm Tränen in die Augen. So hatte noch niemand mit ihm gesprochen. Er räusperte sich, sah Tony an und sagte leise und mit Nachdruck:

„Ich werde Sie niemals enttäuschen, Sir" Tony nickte lächelnd.

„Das weiß ich, Ben! Komm, lass uns in unsere Kajüte gehen, es ist schon spät."

Der anbrechende Tag schickte seine warmen Sonnenstrahlen über das Meer. Mit geblähten Segeln, zog die „Henriette of Wales" ihre Bahn durch den Atlantik. Von Tag zu Tag war es wärmer geworden. Die Strahlen der Sonne hatten an Kraft gewonnen. Trotzdem war die Stimmung an Bord gespannt und unruhig. Tony Winford stand unmittelbar am Aufgang zum Oberdeck als er dem Kapitän begegnete. Kurz entschlossen sprach ihn Tony an.

„Sir, darf ich Sie einen Moment in ihrer Kajüte sprechen?" Kapitän Sinclair, der sich mit einem Kopfnicken an Tony vorbei schieben wollte, blieb überrascht stehen und wandte sich dem jungen Lord zu.

„Ihr wollt mich sprechen? Worum so geheimnisvoll, Sir?" Tony lächelte den Kapitän an.

„Das was wir zu besprechen haben Sir, sollten wir unter vier Augen bereden!" Sprachs, und ging vor dem Kapitän her in Richtung dessen Kajüte. Als Kapitän Sinclair die Tür hinter sich geschlossen und er Tony einen Platz angeboten hatte, sah er seinen Gast fragend an.

„Also, warum so geheimnisvoll, Sir Winford? Ist eine Verschwörung im Gange?", fragte er und grinste dabei, offenbar belustigte ihn Tonys Geheimniskrämerei. Doch Tony Winford ließ sich nicht verunsichern und musterte sein Gegenüber einen Augenblick lang.

„Sir, Ihr habt tatsächlich den Nagel auf den Kopf getroffen! Es gibt offenbar eine Verschwörung!" Tony sah Sinclair in die Augen und registrierte, dass dieser erbleichte.

„Eine Verschwörung ...", stammelte der Kapitän und sah Tony ungläubig an. Sein Bart zitterte ein wenig und er ließ sich in einen der Lehnstühle fallen. Schnell richtete er sich wieder auf.

„Woher wisst Ihr das? Und wer sind die Verschwörer?" Tony winkte beruhigend ab.

„Noch wiegen sich die Unholde in Sicherheit. Es handelt sich auf jeden Fall um diesen Cavier Colon und den Segelmeister Joshua. Beide beabsichtigen das Schiff in der Dominica Passage zu versenken!" Erregt sprang der Kapitän aus seinem Stuhl auf.

„Woher wisst Ihr das, Sir?", zischte er leise und starrte Tony über den Tisch gebeugt an.

„Wir haben beide belauscht, Sir. Oder besser gesagt, der Junge war zufällig Zeuge eines Gesprächs der Beiden. Sie haben alles vorbereitet, um ein Loch in die Bordwand zu sprengen. Aber wir haben dafür gesorgt, dass dies nicht passieren kann!" Tony berichtete dem Kapitän was sie unternommen hatten um das Unglück zu verhindern. Wieder etwas beruhigt hörte der Kapitän aufmerksam zu und nickte anerkennend.

„Alle Achtung Sir! Trotz Eurer Jugend habt Ihr ausgezeichnet und beherzt gehandelt. Aber was machen wir nun? Habt Ihr einen Vorschlag?"

„Wir lassen sie gewähren, Kapitän! Nur so können wir sie auch überführen. Wir wissen ja nun, wann das Unternehmen starten soll. Die Frage ist nur, wen wir von der Mannschaft einweihen könnten!"

Der Kapitän strich sich in Gedanken über seinen Bart. Dann griff er zur Weinkanne, stellte zwei Gläser auf den Tisch und schenkte die Gläser voll.

„Auf Euer Wohl, Sir Winford. Und danke, dass Ihr uns gewarnt habt!" Sie tranken sich zu und Kapitän Sinclair wippte mit dem linken Fuß auf und ab dabei. Als er sein Glas zurück auf den Tisch stellte, hellten sich seine Züge merklich auf.

„Ich werde mit dem Ersten Offizier reden. Mr. Jordan mag vielleicht ein wenig komisch sein, aber in Sachen Zuverlässigkeit lasse ich nichts auf ihn kommen. Bei unserem Doktor bin ich mir dagegen nicht so sicher!", setzte er noch hinzu und stand auf. Dann wandte er sich noch einmal an Tony.

„Könnt Ihr Euch vorstellen, wer es auf Euch abgesehen hat? Und vor allem warum, Sir?" Tony zuckte mit den Schultern.

„Darüber habe ich mir schon eine Weile den Kopf zerbrochen. Es kann nur mit der Plantage auf Dominica zusammenhängen, Sir. Aber, wenn wir diesen Colon heute Nacht festnehmen, werden wir sicher mehr wissen. Und der Segelmeister Joshua muss uns auch ein paar Fragen beantworten! Vielleicht wissen wir dann wer die Fäden spinnt in diesem Spiel!" Der Kapitän nickte.

„Gut Sir, ich werde meine zuverlässigsten Männer bei dieser Aktion an meiner Seite haben, ihnen kann ich voll vertrauen. Ich werde alles bis dahin vorbereiten!" Sie verabschiedeten sich beide mit einem festen Händedruck und verließen wieder die Kapitänskajüte. Tony atmete tief durch. Nach diesem Gespräch war ihm ein ganzes Stück wohler. Er suchte Ben, um ihm von der Unterredung mit dem Kapitän zu berichten.

Kapitän Sinclair suchte sofort den Ersten Offizier auf. Der wurde einen Augenblick bleich, als er hörte, was da auf dem Schiff vorging. Ungläubig blickte er seinen Kapitän an.

„Seid Ihr sicher, dass dies auch die Wahrheit ist?", fragte er bestürzt. Doch schnell hatte er sich gefasst.

„Gut, dann müssen wir sofort die Waffen an Bord so sichern, dass niemand heimlich, ohne unser Wissen Zutritt hat. Außerdem müssen wir ein paar zuverlässige Leute einweihen, damit sie in der kommenden Nacht den Anschlag verhindern können. Zu zweit mit dem jungen Lord werden wir das nicht schaffen, Sir!" Kapitän Sinclair lächelte.

„Vergesst mir den jungen Kerl nicht. Der scheint ein ganz ausgeschlafener Junge zu sein, den wir ebenso gut gebrauchen können."

Der Tag verging wie jeder andere an Bord. Langsam aber näherte sich die „Henriette of Wales" der Insel Guadeloupe von Nordost her. Heute Nacht würden sie in die Passage zwischen die beiden Inseln Dominica und Guadeloupe einlaufen. Hier würde eine starke Ost-West Strömung das Schiff erfassen, denn sie verließen den Atlantik und fuhren dann in die Karibische See ein. Heiß war es. Die Sonne brannte unbarmherzig auf das Deck herunter, und nur der Passatwind machte das Leben an Bord erträglich. Die Pferde unten in den Boxen wieherten, schnauften, stampften und waren unruhig. Die Hitze machte ihnen zu schaffen. Immer wieder benetzte Ben ihre Nüstern mit dem kostbaren Wasser, was eigentlich zum Trinken da war. Schon einige Mal hatte es böse Worte gegeben, weil nach Ansicht einiger Matrosen dieses kostbare Trinkwasser vergeudet wurde. Lord Winford sehnte die Stunde herbei, wo sie die Pferde ausladen und an Land bringen konnten. Die armen Tiere würden Tage brauchen, um sich wieder vernünftig an Land bewegen zu können. Außerdem war der junge Lord gespannt, was ihn auf Dominica erwarten würde. Doch erst galt es die kommende Nacht heil zu überstehen! So war er, genau wie Ben, unruhig und hielt sich die meiste Zeit auf Deck auf.

Nach dem Abendbrot traf er den Kapitän auf der Brücke an. Sinclair nickte ihm nur kurz zu. Dann gingen sie beide ein Stück zur Seite. Sinclair stopfte sich eine Weile wortlos seine Pfeife, ehe er das Gespräch aufnahm.

„Ich bin Ihnen sehr dankbar, Lord Winford. Ihr habt uns einen großen Dienst erwiesen! Aber ich kann mir immer noch nicht vorstellen, warum dieser Gauner Colon unser schönes Schiff zu den Fischen schicken will! Habt Ihr keine Erklärung dafür?"

Er sah Tony fragend von der Seite an und paffte dicke Qualmwolken in die Luft, die der Wind schnell davon trug. Tony schüttelte den Kopf.

„Nein Sir, ich habe auch nicht die geringste Ahnung, weshalb man dieses Schiff versenken will. Ich frage mich schon die ganze Zeit, warum jemand hier an Bord versucht mir das Leben zu nehmen. Die giftige Spinne vor zwei Nächten war schon der zweite Versuch mich umzubringen." Der Kapitän wandte ihm ruckartig das Gesicht zu.

„Schon der zweite Versuch, sagt Ihr? Was ist noch passiert?"

Und so erzählte ihm Tony von der Sturmnacht und dem Netz unter dem er gefangen war.

„Wenn mein treuer Ben nicht rechtzeitig zur Stelle gewesen wäre, läge ich schon längst auf dem Meeresboden des Ozeans." Kapitän Sinclair sah seinen Reisegast bedauernd an.

„So, so ist das also!", murmelte er vor sich hin. Und dann sich wieder energisch straffend, meinte er:

„Aber nun wissen wir ja was die Kerle wollen! Ein Feind den man kennt, ist nur noch die halbe Gefahr! In Dominica werden wir den Schurken und die, die ihn dabei unterstützen, der Polizei ausliefern. Der Kommandant des Forts ist ein Bekannter von mir aus alten Tagen. Er wird schon herausfinden was dieser Colon und seine Spießgesellen antreibt uns das Lebenslicht ausblasen zu wollen. Haltet Euch also heute Nacht bereit!" Er griff unter sein Wams und schob Tony unauffällig eine Pistole in die Tasche.

„Hier, damit Ihr Euch notfalls verteidigen könnt! Man kann ja nie wissen, was die Gauner alles vorhaben!" Tony fühlte die schwere Waffe in seiner Rocktasche und nickte dem Kapitän zu.

„Danke, Sir! Wenn alles vorbei ist, werde ich dann meinem Vater Bericht erstatten und nicht vergessen zu erwähnen, wie Ihr mir geholfen habt! Es wird Euer Schaden nicht sein." Der Kapitän lächelte wohlwollend über den jungen Mann, der so unerschrocken und doch wohl gut erzogen die Situation beherrschte. Tony nickte dem Kapitän zu und verließ wieder die Brücke. Er wollte gerade zu seiner Kabine gehen, als ihm der Erste Offizier über den Weg lief. Einen Augenblick sahen sie sich starr in die Augen, dann gab der Erste Offizier Tony ein Zeichen, dass er ihm folgen sollte, und ging geradewegs in die Offiziersmesse voran. Tony folgte ihm in einigem Abstand und sah, dass ihn Ben zulächelte, der an der Reling stand und herüber schaute. Tony lächelte dem Jungen zurück und deutete ihm an, dass er dem Ersten Offizier folgen würde. Ben hob kurz seine Rechte zum Zeichen, dass er verstanden hatte und er sich in seiner Nähe aufhalten würde.

Der Erste Offizier stellte zwei Gläser auf den großen Tisch und schenkte etwas Wein ein. Ein Glas davon schob er Tony hin. Dann ergriff er das andere Glas und hob es leicht an.

„Gestattet mir, dass ich Euch meine vollste Unterstützung zusichere, Lord Winford!", sagte er und trank das Glas in einem Zug leer. Dann setzte er sich und bat Tony ebenfalls Platz zu nehmen, indem er auf einen Platz neben sich deutete. Tony setzte sich.

„Der Kapitän hat mich unterrichtet was Ihr in Erfahrung gebracht habt. Und ich muss sagen, es hat mich wirklich sehr erstaunt. Ich weiß natürlich, wir hatten nicht immer die gleiche Meinung, aber ich achte Euern Mut und Eure Entschlossenheit, Sir! Und deshalb sollen Sie wissen, dass ich fest an Ihrer Seite stehen werde, was auch heute Nacht passieren sollte. Ich möchte, dass Ihr wisst Sir, dass Ihr Euch fest auf mich verlassen könnt." Er schenkte ein wenig verlegen die Gläser noch einmal nach und sah Tony mit einem freundlichen Lächeln an. Der, überrascht von der plötzlichen Wandlung des Ersten Offiziers, lächelte etwas verlegen zurück, und meinte dann:

„Verzeiht mir mein etwas jugendliches Ungestüm, Sir! Aber es ist schön zu wissen, auf wen man sich an Bord verlassen kann! Habt Ihr einen Plan?" Mike Jordan öffnete den obersten Knopf seiner Uniformjacke und nickte. „Den haben wir tatsächlich. Wir lassen sie gewähren! Da es zu keiner Sprengung dank Ihrer Hilfe kommen kann, nehmen wir sie fest, wenn sie das Beiboot stehlen wollen um zu fliehen! Es wäre gut, wenn Ihr Euch zu diesem Zeitpunkt bei Euren Pferden aufhalten würdet. Euer junger Freund könnte von dort aus alles beobachten, was da unter Deck los geht und uns notfalls alles berichten. Einverstanden?" Er sah Tony lächelnd an. Der nickte und stand dann langsam auf. „Gut Sir, ich werde Ben unterrichten! Er ist ein helles Kerlchen und wird gut aufpassen. Und ich bin auch zur Stelle, um notfalls eingreifen zu können." Dabei klopfte er auf seine Jackentasche wo sich die Umrisse einer Waffe abzeichneten. Der Erste Offizier lachte leise.

„Ich sehe, Ihr seid gut gerüstet. Dann sehen wir uns vorher noch einmal zum Abendbrot!" Gerade als Tony die Offiziersmesse verließ, sah er, dass Ben neben der Tür gestanden hatte. Tony lachte leise.

„Du bist misstrauisch wie ein alter Polizeiwachtmeister. Hattest du Angst um mich?" Ben grinste und machte eine Geste als wollte er sagen:

„Vorsicht ist besser als Nachsicht!" Gemeinsam begaben sie sich in ihr Quartier.

Das Schiff schaukelte gemächlich über die Wellen. Noch hatte sie der kräftige Passatwind, der beständig in der Passage wehte, noch nicht erfasst. Ganz in der Ferne sah man aber bereits die Umrisse der Küste von Dominica, und etwas undeutlich, auch schon die ersten Umrisse von Basse-Terre, einem Anhängsel der Insel Guadeloupe. Die kleine Insel war so etwas wie ein Flügel eines Schmetterlings. Farbig, prächtig grün bewachsen, mit vielen kleinen Wasserfällen, kurz um, ein Paradies. Bei klarer Sicht konnte man gut die Konturen der sich gegenüber liegenden Inseln sehen. Genau hier, in dieser Durchfahrt zwischen diesen beiden Inseln wollten die Gauner zuschlagen um dann mit dem Rettungsboot Basse-Terre zu erreichen.

Bevor Tony Winford den Niedergang hinunter stieg um zu seiner Kajüte zu gelangen, sah er noch einmal zum Himmel empor. Ein blauer Himmel mit kleinen weißen Wölkchen, und eine hell strahlenden Sonne, die langsam dem Horizont zustrebte und gelblicher wurde, vermittelten einen Eindruck von Ruhe und Friedlichkeit. Tony schloss die Tür und betrat seine Kabine, die er sich mit Ben teilte. Der Junge hatte bereits Wasser für Tony zum Waschen bereitgestellt und putzte Tonys Stiefel. Immer wieder spuckte er auf die Lederstiefel und rieb sie blank. Sie hatten sich entschlossen bis zum Abendbrot noch ein wenig zu ruhen. Wer weiß, was die kommende Nacht alles brachte, und sie wollten wachsam sein, wenn es wirklich losging.

Das Abendbrot in der Offiziersmesse war an diesem Abend schweigsamer als sonst von statten gegangen. Colon, der Bärtige, war überhaupt nicht erschienen und fehlte unentschuldigt. Für die anderen ein sicheres Zeichen, dass etwas in der Luft lag. Drüben in der Mannschaftsmesse war es an diesem Abend ungewöhnlich still.

Ben hatte sich frühzeitig bereits in eine der Nischen der Verschanzung zurückgezogen. Von dort aus wollte er, sobald es finster geworden war, sich hinunter zu den Pferden schleichen. Tony selber hatte einen Posten am Heck des Schiffes bezogen, lehnte lässig an der Verkleidung und sah hinaus auf die leichten Wogen, die das Schiff rasch voran trugen. Der Passatwind blähte die Segel straff auf und sorgte für eine gute schnelle Reisegeschwindigkeit. Langsam wurde es dunkel. Der große rot gelbe Sonnenball versank rasch am Horizont im Meer. Zum Schluss blinzelte nur noch eine kleine gelbliche Korona aus den Wellen heraus, ehe es mit einem Schlag dunkel wurde, und die Sterne am Himmel ihre Leuchtfeuer anzündeten.

Der Wind frischte leicht auf und es wurde etwas kühler. Tony Winford überprüfte noch einmal seine Pistole im Gürtel und ging rasch in eine vom Wind geschützte Ecke. Von hier aus konnte er sowohl das Deck, als auch die Kommandobrücke übersehen. Für einen Augenblick tauchte auf der Brücke die Silhouette des Ersten Offiziers auf. Tony döste eine Zeit vor sich hin, als ihn ein Geräusch auf Deck aufmerksam machte. Zwei Matrosen schlichen barfuß an der Reling entlang, ein dritter ging geradewegs auf die Treppe zu, die unter Deck führte.

Das musste der Kerl sein, der die Lunte zur Sprengung anzünden sollte! Hoffentlich war Ben nicht eingeschlafen. In Nähe des Buges sah Tony einige Schatten die sich langsam und leise dem Rettungsboot näherten. Tony hielt die Luft an und bemühte sich keinen Lärm zu verursachen, als er langsam seine Pistole aus dem Gürtel herauszog. Am ersten Rettungsboot versuchten nun zwei Gestalten die Plane so leise wie möglich herunter zu ziehen. Einer von beiden langte nach der Winde, die das Boot aus der Verankerung heben sollte. Rasch stieg er ein, machte einige Umdrehungen mit der Winde, und das Boot hob sich zuerst am Bug, dann am Heck langsam an. Tony hörte das leise Knirschen des Seils, das über die Holzrolle glitt, und wartete gespannt was geschehen würde! Der lange Kerl an der Kurbel mühte sich nach Kräften und sein Kumpan versuchte ihm beim Drehen zu helfen. Langsam und knarrend hob sich das Boot weiter aus seiner Verankerung. Endlich hatten sie es geschafft!

Tony begann schon daran zweifeln ob das von Ben angeschnittene Seil überhaut reißen würde, als plötzlich wie von Geisterhand berührt, das Seil knallend abriss, und das Boot mit dem Rumpf zuerst steil nach unten in die wogende See plumpste, und sich langsam drehend in den Wogen versank! Während der eine Halunke mit dem Boot ins Wasser gestürzt war, stand der andere erstarrt an der Reling und sah nach seinem Kumpan, der in der See schwamm.

Drei andere Spießgesellen kamen angelaufen, schrien und gestikulierten wild durcheinander, als ihnen klar wurde, dass ihr Plan kläglich gescheitert war, weil auch beim zweiten Boot beim Anheben das Seil gerissen war!

Plötzlich standen der Kapitän, der Erste Offizier und fünf Matrosen mit Musketen bewaffnet auf der Brücke. Als einer der Halunken eine Pistole zog um auf den Kapitän anzulegen, peitschen drei Schüsse durch den Nacht und der Mann sank getroffen zu Boden. Hastig sahen sich einige nach einer Deckung um. Doch als dann auch noch Tony mit gezogener Pistole aus seinem Versteck hervortrat, erkannten sie die Hoffnungslosigkeit ihres Vorhabens und hoben die Hände über den Kopf. So schnell wie der Aufruhr begonnen hatte war er wieder zu Ende! Die Aufrührer wurden nach unten unter Deck geführt und angekettet. Hier würden sie bleiben bis das Schiff seinen Bestimmungshafen auf Dominica erreicht hatte!

Unter Deck hatte Ben die ganze Zeit in einer Box bei dem Lieblingspferd seines Herrn gewartet. Als er plötzlich leise Schritte hörte, drückte er sich an die Bretterwand und sah durch einen Spalt, wie sich Colon langsam den Gang entlang tastete und die Tür zum Lagerraum öffnete. Dann entzündete er seinen Zunder und legte ihn an die Zündschnur an. Zischend begann diese zu brennen! Die kleine Flamme wanderte rasch vorwärts und würde in Kürze das Fass erreicht haben, dass Ben mit Steinen bestückt hatte. Gerade als der Halunke eilends umkehren wollte um in den Gang zu gelangen, sprang Ben aus seinem Versteck hervor. Mit wenigen Schritten hatte er die Tür erreicht, warf sie knallend zu und schob augenblicklich den breiten festen Riegel davor! Der Halunke Colon war eingesperrt und hämmerte in Todesangst gegen die Tür, weil er glaubte, das Fass müsse jeden Augenblick in die Luft fliegen und sein Ende stünde bevor! Doch die Flamme verlosch und alles blieb stumm. Sprachlos starrte Colon auf das Fass, das immer noch unversehrt dastand. Hastig lief er hin und riss den Deckel herunter! Seine Hände fuhren hinein und brachten einen Ballaststein hervor. Keiner Regung fähig starrte er auf den Stein in seiner Hand und begriff langsam, dass man die Bande durchschaut hatte und das Pulver gegen Steine ausgetauscht hatte. Fluchend warf er den Stein in die Ecke und setzte sich auf einen der Seilrollen. Den Kopf in die Hände gestützt wartete er was nun weiter geschehen würde. Offenbar war ihr ganzer schöner Plan aufgeflogen! Irgendjemand musste sie beobachtet haben. Und Colon glaubte in diesem Augenblick zu wissen, wer derjenige gewesen sein musste.

„Dieser verfluchte Rotschopf!", fluchte er leise vor sich hin. Was ihn und sein verpfuschtes Leben nun erwarten würde, konnte er nur ahnen. Es würde wohl der Galgen auf ihn warten! Nicht umsonst hatten sie geplant auf die Insel Basse-Terre zu flüchten, weil dort die Franzosen saßen. Auf Dominica dagegen residierten die Engländer, und die suchten garantiert immer noch nach ihm. Immerhin hatte er vor zwei Jahren eines ihrer Handelsschiffe in der karibischen See vor Honduras versenkt! Seit dem war ein Kopfgeld auf ihn ausgesetzt!

Durch einen unglücklichen Zufall und die Aufmerksamkeit des jungen Ben war das Schiff einer Katastrophe entgangen. Und so lobten sowohl der Kapitän wie auch der 1. Offizier den Jungen in höchsten Tönen als man beim Abendmahl zusammen saß. Ben wusste überhaupt nicht wie er reagieren sollte, denn solcherart Behandlung hatte er noch nie in seinem Leben erfahren. Der Kapitän ließ es sich nicht nehmen die Verschwörer am nächsten Morgen zu vernehmen. Im Beisein des 1. Offiziers, Tony und Dr. Huxley fand die Vernehmung in der Kapitänskajüte statt. Doch keiner der Delinquenten sagte ein Wort, und so wurden sie getrennt wieder unter Deck eingesperrt. Der Friedensrichter von Dominica würde sie schon zum Reden bringen.

Ankunft auf Dominica

Am 25. August 1791 lief die „Henriette of Wales" in die weitläufige Bucht von Portsmouth ein, nachdem sie die Flagge des Britischen Königsreiches gehisst hatte. Oben auf dem Felsen über der Bucht, wo das gewaltige Fort Shirley stand, wurde die Flagge dreimal getoppt. Das hieß, dass man sie als Freund erkannt hatte. In Sichtnähe des bewaldeten Ufers setzten sie Anker, das Ziel war erreicht!
Da es in dem Douglas Bay noch keinen richtigen Hafen gab, wurden zwei leichte Boote von Deck ins Wasser gelassen, und die drei Rädelsführer wurden als erste an Land gebracht. Dort erwarteten sie bereits Soldaten, die sie hinauf zur Festung bringen sollten. Mit Flaggenzeichen hatte man vom Schiff aus das Fort informiert. Mit der zweiten Fuhre brachte man dann Tony, Ben und ihr Gepäck an Land. Der kleine Ort unmittelbar an das Ufer gebaut, bestand aus mehreren kleinen Holzhütten, einigen Läden und einer Art Bürgermeisterhaus. Dort sollte sie ein Wagen erwarten, der sie zur Plantage bringen sollte. Wie immer wenn ein Schiff ankam, hatten sich zahlreiche Neugierige versammelt. Die Nachricht, dass der neue Besitzer der Winford-Plantage mit dem Schiff ankommen sollte, hatte einige ganz besonders Interessierte herbeigerufen.
Einer von ihnen war der Notar und Rechtsanwalt Henk Winterbotten, ein Fünfunddreißigjähriger rotblonder Ire, der neben einem Gespann aus zwei Pferden und einem Wagen stand und zuschaute, wie die Neuankömmlinge an Land stiegen. Dabei

musste er vor sich hin lächeln, denn es war immer wieder lustig anzuschauen, wie sich Menschen an Land bewegen, nachdem sie wochenlang auf See verbracht hatten. Auf dem Kutschbock saßen zwei junge Schwarze und warteten geduldig auf ihre Fahrgäste.

Plötzlich standen ein junger Gentlemen und ein rothaariger Junge mit ihrem Gepäck auf dem Platz und sahen sich suchend um. Winterbotten gab den beiden Schwarzen einen Wink sie sollten ihm folgen. Dann begab er sich zu den zwei Neuankömmlingen und lüftete seinen Hut.

„Mister Winford?", fragte er höflich. Tony drehte sich zu ihm herum und lüftete ebenfalls seinen Hut.

„Ah Guten Tag, dann sind Sie wohl der Notar?", fragte Tony im Gegenzug. Der Notar nickte.

„So ist es, Mister Winford. Ich bin Anwalt und Notar Henk Winterbotten, und bin beauftragt, Sie hier in Empfang zu nehmen. Ihr Verwalter Mister Owen lässt sich entschuldigen, er ist leider im Moment unabkömmlich." Während in der Zwischenzeit die beiden Schwarzen das Gepäck aufgeladen hatten, und Tony mit dem Notar Höflichkeiten ausgetauscht hatte, waren zwei gesattelte Pferde gebracht worden. Winterbotten deutete darauf und meinte dann:

„Ich hoffe, Sie können reiten Mister Winford. Ihr Gepäck hat man offenbar unterschätzt, aber zum Glück hat der Verwalter noch zwei Reitpferde mitgeschickt." Tony und Ben mussten herzhaft über Winterbottens Sorge lachen.

„Mister Winterbotten, wir Winfords können reiten bevor wir laufen lernen. Das ist kein Problem, aber was ist nun mit Ihnen? Kommen Sie mit oder besuchen Sie uns in den nächsten Tagen?" Winterbotten zuckte bedauernd mit den Schultern.

„Ich muss Sie leider der Obhut von Josh und Duncan übergeben, die werden Sie sicher zur Plantage geleiten. Ich habe leider noch eine Aufgabe hier im Ort zu erledigen. Ich denke, ich werden Sie morgen im Laufe des Vormittags aufsuchen. Und dann können wir alles Notwendige schriftlich niederlegen." Er lüftete nochmals seinen Hut und ging dann seines Weges. Tony sah Ben an.

„Na, welches Pferd nimmst du? Such dir eines aus, es gehört ab sofort dir!" Sprachlos starrte Ben seinen Herrn einige Momente an, eh er auf den strammen Falben deutete, der unruhig mit den Hufen stampfte. Der danebenstehende Rappe verhielt sich total entspannt. Als Tony zu ihm trat und ihm das Maul streichelte, hob er den Kopf, sah Tony einen Augenblick an, als wolle er prüfen wer ihn da anfasste, und dann schmiegte er seinen Kopf an Tonys Brust. Jetzt war es an Tony sprachlos zu sein. Das Pferd hatte ihn sofort als einen Freund akzeptiert, obwohl sie sich noch nicht kannten, das war bei Pferden höchst ungewöhnlich. Vorsichtig schob sich Tony in den Sattel des Rappen, der sofort auf seinen Schenkeldruck reagierte. Na das ging ja gut los. Da würde sein stolzer Pollux wohl ein wenig eifersüchtig werden.

Etwas turbulenter ging es bei Bens Versuch aufzusitzen zu. Der Falbe versuchte vorn aufzusteigen als Ben den Zügel in die Hand nahm. Doch das leise freundliche Zureden Bens ließen ihn zusehends ruhiger werden. Ben sah seinen Herrn an, der alles beobachtet hatte.

„Mir scheint Sir, er ist nicht immer gut behandelt worden. Er ist ängstlich und unsicher, ich werde mich viel mit ihm beschäftigen müssen wenn Ihr erlaubt." Tony lachte.

„Dafür habe ich dich ja schließlich mitgenommen, Bruder Ben! Lass uns aufbrechen, damit wir bald unsere Plantage sehen können!" Er gab Josh ein Zeichen und der setzte das Fuhrwerk dann endlich in Bewegung.

In Tony Winfords Kopf reifte seit seiner Ankunft auf der Insel ein Plan. Dieser Pferdejunge Ben Mosley hatte ihn bereits auf der Herreise zweimal das Leben gerettet. So wie er es einschätzte, war Ben ein fleißiger, ehrlicher und anständiger Junge. Er würde ihn ein Jahr lang beobachten, und wenn er sich bewährte, würde er das Mündel Ben Mosley zu seinem Teilhaber machen. Wer wollte es ihm verbieten? Er war schließlich der Eigentümer der Plantage.

Ben Mosley erinnerte sich derweil gerade daran, wie man ihn im Hause Winford damals aufgenommen hatte. Der Hufschmied war ein raubeiniger Kerl gewesen, der stets seine Frau verprügelte, aber jede Nacht in ihrem Bett verbrachte. So hatte er inzwischen fünf Kinder zu ernähren, da war ihm Ben gerade sprichwörtlich in die Quere gekommen. Nur der Frau des Hufschmieds hatte Ben es zu verdanken, dass der ihn nicht auf die Straße zum Betteln geschickt hatte.

Miss Winford hatte zwar auch ein Auge auf den Jungen gehabt, war aber nicht eingeschritten, wenn Ben wieder einmal wegen einer Kleinigkeit verprügelt worden war. Für sie waren arme Leute eben das niedere Volk, welches froh sein musste, wenn man ihm Arbeit und etwas zu essen gab. Seit Ben den jungen Lord kennen gelernt hatte, war sein Leben in eine völlig neue Bahn geraten. Und so nahm er sich vor, dem jungen Herrn jederzeit redlich zu dienen und ihn zu beschützen.

Und so in Gedanken versunken ritten sie einen langen Palmenhain entlang, durchquerten eine Bananenplantage, und erreichten endlich nach einer Stunde ein grünes kleines Tal, umgeben von bewaldeten Bergen und steilen Klippen, hinter denen das Meer rauschte. Sie hatten das „River la Croix", die Plantage derer von Winford, in der Gemarkung La Source erreicht.

Der Wagen hielt vor einem hölzernen Herrenhaus mit Portal und einem Balkon der um das ganze Haus herum gebaut worden war. Alles sah gepflegt und sauber aus. Einige Schwarze säuberten mit einem Besen den Platz vor dem Eingang zum Herrenhaus. Als sie Tony sahen, hielten sie inne, lüfteten den Hut und verbeugten sich tief und grüßten ihn scheu. Sie musterten stumm die Gäste, wohl um zu sehen wie der neue Herr aussah und wie er sich gab. Was sie zu allererst bemerkten war, dass der junge Lord keine Peitsche in den Händen hielt, sie freundlich anlächelte und grüßte. Das war für sie äußerst ungewöhnlich!

Eine schwarze Frau mit beachtlichen Umfang, einer weißen Schürze und einem weißen Häubchen auf dem Kopf, gefolgt von zwei jungen schwarzen Mädchen, gleichermaßen angezogen, begrüßten Lord Winford mit einem Knicks.

„Herzlich Willkommen Massa! Wir hoffen, Ihr hattet eine gute Reise. Wir haben Euch ein warmes Bad vorbereitet, weil Ihr Euch sicher säubern wollt. Danach habe ich derweil etwas gekocht. Ich bin Lucia, die Köchin und Haushälterin des verstorbenen Mister Winford. Gott hab ihn selig!", meinte sie und bekreuzigte sich. Tony ging auf sie zu, reichte ihr freundlich die Hand und begrüßte sie nun seinerseits. Aus den Augenwinkeln sah Ben die erstaunten Augen der Umstehenden, als Tony der

Köchin die Hand gereicht hatte. Offenbar waren sie hier andere Umgangsformen gewohnt.

„Lucia, bitte sorgen Sie dafür, dass mein Gepäck und das meines Freundes Ben Mosley auf die Zimmer gebracht werden. Danach werden wir gerne ein Bad einnehmen und etwas essen." Tony hatte es gerade ausgesprochen, als plötzlich ein Reiter heran preschte, das Pferd hart nach oben riss und es dann zum Stehen brachte. Der Reiter selbst sprang mit einem Satz ab. Und kaum auf den Füßen gelandet, fauchte er die dastehenden Schwarzen an.

„Schert euch an eure Arbeit und klotzt nicht wie die Ochsen! Habt ihr nichts zu tun?", schrie er sie an. Dann wandte er sich Tony zu.

„Entschuldigt Sir, diesen Schwarzen muss man immer wieder in den Hintern treten damit sie sich bewegen! Ich hoffe Ihr hattet eine gute Reise! Ich bin übrigens Ihr Verwalter! Mein Name ist Wilson Owens, Sir!" Während dieses Auftritts des Verwalters, hatte Tony die Augenbrauen leicht angehoben. Solcherart Verhalten war ihm zuwider, doch er schwieg noch und begrüßte den Verwalter mit einem kurzen Kopfnicken. Owen musterte Ben ebenfalls einen Augenblick ohne ihn zu grüßen. Das war dann Tony doch zu viel.

„Mister Owen! Darf ich Euch unseren neuen Stallmeister Benn Mosley vorstellen! Er wird sich künftig um die Pferde unserer Plantage bemühen." Die Tonlage war etwas lauter als wenn sich zwei unterhalten, und konnte so eher als Rüge gelten. Der Verwalter bekam einen sichtbar roten Kopf und nickte dann Ben zu.

„Entschuldigt Sir, ich wollte Sie nicht übersehen oder gar kränken", meinte er zu Ben, der nur hintergründig grinste. Das konnte ja heiter werden! Doch Tony erlöste ihn aus seiner Verlegenheit indem er ihn bat ihm zu folgen. Sie wollten baden gehen. Eine junge Schwarze führte sie hinter das Haus in eine kleine Hütte, dort standen drei große Wannen. Zwei davon waren mit duftendem Wasser gefüllt. Und so badeten sie eine halbe Stunde lang und besprachen sich.

„Sir, der Ton hier auf der Plantage ist nicht anders als bei uns in England in den Fabriken oder bei den Bauern. Nur das hier die Schwarzen die armen Hunde sind", begann Ben das Gespräch. Tony Winford lächelte vor sich hin und nickte leicht.

„Du meinst also, wir sollten das ändern?", fragte Tony zurück. Ben richtete sich im Wasser liegend auf.

„Entschuldigt Sir, es steht mir nicht zu Ihnen Ratschläge zu erteilen. Ich vergesse dies zuweilen, weil Ihr so gut zu mir seid. Entschuldigt also, Ihr werdet selbst wissen, wie Ihr vorgehen wollt." Tony lachte verhalten und richtete sich ebenfalls auf.

„Ach Ben, du bist mein Freund und Retter! Du darfst mir immer deine Meinung sagen. So wie das unter Freunden üblich ist." Ben verzog das Gesicht ein wenig.

„Ihr meint es gut, dass weiß ich zu schätzen, Sir. Aber ich bin kein Adliger wie Ihr! Die Standesunterschiede lassen sowas eigentlich nicht zu." Tony Winford sah belustigt zur anderen Wanne hinüber. Ben bekam einen roten Kopf.

„Ach sieh mal an, du hältst mich dann wohl auch für eingebildet!" Ben begehrte auf.

„Nein, keinesfalls Sir, das wollte ich damit nicht gesagt haben. Aber wenn wir beide in Ihre Kreise kommen, muss ich stets, ob ich will oder nicht, zwei Schritte hinter Euch stehen! Ansonsten gäbe es einen Skandal!"

Tony Winford war mit einem Mal ruhig geworden und dachte nach, was der Junge gerade gesagt hatte. Und er musste zugeben, er hatte ja tatsächlich Recht!" Aber kurz entschlossen stand Tony in der Wanne auf und sah zu Ben hinüber.

„Stehe mal auf, Ben Mosley!" Erschrocken stieg der junge Mann aus dem Wasser und sah seinen Herrn verlegen an, denn so nackt hatten sie sich noch nie gegenüber gestanden. Tony grinste auf einmal.

„Schau uns an, Pferdeflüsterer! Siehst du an uns einen einzigen Standesunterschied wenn wir beide nackt sind?", fragte er Ben. Der schüttelte verlegen mit seinem Kopf.

„Nein Sir, so natürlich nicht!" Tony lachte wieder.

„Siehst du, so kommen wir alle auf die Welt, nackt! Außer vielleicht, na ja dein kleiner Mann ist etwas größer als meiner, aber sonst?" Ben wurde rot und stieg hastig in seine Hose ohne sich abzureiben. Tony rubbelte sich erst trocken ab und meinte dann:

„Ich schätze mal, die jungen Frauen werden ihre Freude mit dir haben, Ben Mosley!" Ben konnte nun auch das Lachen nicht mehr unterdrücken.

„Ihr seid ein Herr, wie ich noch keinen gehabt habe, Sir!" Tony nickte leicht.

„Ich muss dich schon wieder korrigieren, Freund Ben! Ich bin nicht mehr dein Herr, du bist ab sofort frei, und du könntest gehen wohin du willst! Ich hoffe aber, du bleibst hier bei mir! Morgen wenn der Notar kommt, werde ich ein Schreiben aufsetzen lassen, dass aus dir einen freien Menschen macht. Das ist mein Dank dafür, dass du mir zweimal das Leben gerettet hast! Wir arbeiten gleichberechtigt, du bist verantwortlich für die Pferde und alles was dazu gehört. Das ist eine verantwortungsvolle Aufgabe Ben Mosley. Wenn du die bis nächstes Jahr gut erledigst, wirst du hier mein Partner! So, und jetzt gehen wir beide speisen! Komm, Freund Ben!"

Mit einem vollkommen sprachlosen Ben im Schlepptau betraten sie den Salon des Hauses. Der in den Garten hinaus offene Salon war gemütlich und stilvoll eingerichtet. Mehrere große Bilder von den Vorfahren der Winfords hingen an den Wänden. Große Statuen und zahlreiche Vitrinen säumten die Wände. In der Mitte stand ein großer langer Tisch mit zahlreichen Stühlen. Der Tisch war bereits gedeckt. An der Stirnseite hatte man extra einen Platz für den neuen Herrn eingedeckt. Sie sahen sich einen Augenblick um, bestaunten die herrlichen Dinge und vor allem die beiden Flinten und drei Pistolen an den Wänden. Dann setzte sich Tony an die Stirnseite des Tisches und bat Ben neben ihm Platz zu nehmen.

Seit sie auf der Insel angekommen waren, hatte Ben sein Äußeres verändert. Die roten Haare waren gekämmt, das weiße Hemd war sauber, und die braune Hose gebügelt. An den Füßen trug er ein paar braune weiche Schaftstiefel, er war tatsächlich ein junger ansehnlicher Herr geworden.

Sie unterhielten sich gerade was sie am Nachmittag noch tun wollen, als plötzlich laut lachend eine junge Dame mit wallenden roten Haaren, einem bunten Kleid und barfuß in den Salon stürmte und nach Lucia rief. Als sie die beiden Männer dasitzen sah, blieb sie abrupt auf der Stelle stehen und starrte die beiden erschrocken an.

„Ups! Entschuldigung Sir, ich wusste nicht, dass wir schon Gäste haben", entschuldigte sie sich verlegen und wurde dabei leicht rot im Gesicht. Ihre dunkelbraunen Pupillen leuchteten dabei und sie musterte einen kurzen Augenblick Tony, der aufgestanden war, sich leicht verbeugte und vorstellte.

„Hallo Miss! Ich bin Tony Winford und der junge Mann hier ist Ben Mosley. Und wer sind Sie, wenn ich fragen darf?", fragte er sie galant lächelnd. Die junge Frau machte einen Knicks und Anstalten, sich nunmehr gesittet zu äußern. Verlegen meinte sie:

„Entschuldigung Sir Winford, ich wusste nicht, dass Sie schon angekommen sind. Ich bin Mercedes Owens, die Tochter des Verwalters", erwiderte sie mit gesenkten Blick. Im gleichen Augenblick trat Owens in den Salon, sah kurz seine Tochter an, und wandte sich dann an Tony.

„Entschuldigen Sie das Verhalten meiner Tochter, Sir. Mercedes hätte wohl eher ein Junge werden sollen, sie sitzt lieber auf einem Pferd und reitet wie eine Wilde durch die Gegend, als das sie sich bemüht, sich damenhaft zu benehmen."

Die so Gescholtene wurde augenblicklich wieder rot und hätte sich wohl am liebsten in Luft aufgelöst. Doch Tony reichte ihr galant seine Hand und bat die junge Dame mit zu Tisch, genau wie ihren Vater. Davon waren beide so überrascht, dass sie sich kurz unsicher ansahen.

„Setzt Euch mit Eurer Tochter zu uns, Mister Owens! Lassen sie uns das Mittagsmahl dazu nutzen, um über einige Dinge zu reden." Dann rief er nach der Köchin die eilends herbei lief.

„Lucia, seid so nett und bringt für Mister und Miss Owens noch ein Gedeck! Wir werden in Zukunft zu Mittag immer gemeinsam speisen." Und an Owens gewandt:

„Ich bitte Sie sich darauf einzurichten, dass Sie mir nunmehr zur Mittagszeit immer Bericht erstatten, was auf der Plantage gerade im Gange ist." Und dann wandte er sich wieder an Mercedes Owens.

„Miss Owens, ich gedenke in den nächsten Tagen einen Empfang für die Honoratioren der Insel zu geben. Würden Sie mir die Ehre erweisen und eine Liste aufstellen, wen wir da einladen müssen?" Mercedes sah erst ihren Vater und dann Tony erstaunt an.

„Wenn Ihr das wünscht Sir werde ich so eine Liste aufstellen. Es werden ungefähr 10 bis 12 Leute sein, ich erkläre Ihnen dann, um wen es sich dabei handelt und was die so auf unserer Insel treiben." Owens Senior brauste wieder auf. „Mercedes! Sprich nicht so unverschämt! Du bist hier nicht im Pferdestall bei den Knechten!" Tony musste sich das Lachen verkneifen, als er ihre blitzenden Augen sah und den Widerspruch darinnen. Er versuchte Owens zu besänftigen. „Mister Owens, ich habe ihre Tochter gut verstanden. Wie bei uns in England gibt es Leute, die man zwar einlädt, aber deswegen nicht unbedingt mag. Habe ich Recht, Miss Owens?" Er sah Mercedes direkt in die Augen. Die junge Lady hielt diesem Blick für Sekunden stand, doch dann sah sie lächelnd zur Seite und nickte. „Ja, Ihr habt Recht, Sir! So hatte ich es auch gemeint." Ihr Vater sah kurz von einer Tochter zu seinem Dienstherrn, und schien sich wohl einige Gedanken zu machen. Das Gespräch verlief dann problemlos und drehte sich zumeist um die anstehenden Aufgaben. Was Mister Owens allerding stutzig machte, war die Tatsache, dass der neue Herr der Plantage vorhatte, alle auf der Plantage Beschäftigten zusammenzurufen. So etwas hatte es solange er hier tätig war noch nie gegeben. Der alte Lord Winford hatte bestimmt, er hatte es durchgesetzt, und die Bediensteten hatten zu gehorchen. Was hatte der junge Spund hier nur vor? Diese Frage beschäftigte ihn derart, dass er überhört hatte, dass Tony ihn angesprochen hatte. Er schreckte auf. „Entschuldigt Sir, ich war gerade mit meinen Gedanken wo ganz anders! Was habt Ihr gemeint?" Tony lächelte ein wenig spöttisch. „Ich hatte Sie gerade gebeten, mir für die nächsten Tage Eure Tochter zur Seite zu stellen. Sie kann mir die Plantage zeigen, mir alles erklären und Euch so entlasten. Ihr habt sicher derzeit viel zu tun. Machen wir es so, Mister Owens?" Dem armen Verwalter blieb gar nichts anderes übrig als zuzustimmen, obwohl er es mit Argusaugen sah. Aber dies wiederum ließ Mercedes nun ihrerseits schmunzeln. Der junge Herr gefiel ihr, er war nicht so stocksteif wie diese Adligen sonst oft waren. Er schien offen für alles Neue zu sein, und dass er mit allen Beschäftigten reden wollte, fand sie toll. Es sah so aus, als ob in

Zukunft ein neuer Wind auf der Plantage wehen würde. Doch ihre offenkundige Sympathie für den jungen Lord brachte ihr noch am gleichen Abend richtig Ärger mit ihrem Vater ein, als er sie lebhaft rügte.

„Mercedes, was denkst du dir eigentlich? Vergiss nicht wo du herkommst! Ein Lord ist ein Lord, und eine Verwalters Tochter ist und bleibt immer eine Verwalters Tochter! Du bist zur Hälfte eine Kreolin, also höre auf ihm schöne Augen zu machen! Wir alle wissen doch wie sowas am Ende ausgeht! Er ist jung und unerfahren wie mir scheint, zumindest was Frauen betrifft! Lass ihn also in Ruhe, und mache ihm keine schönen Augen! Ich warne dich! Ich müsste dich sonst zu deinem Onkel nach St. Vincent schicken!", blaffte er seine Tochter voller Zorn aufgebracht an. Mercedes aber ließ den Korb mit der Wäsche einfach zu Boden fallen, und rannte zornig in die Nacht hinaus.

„Nicht eine einzige kleine Freude gönnt er mir!", schimpfte sie leise vor sich hin, als sie in die Nacht hinein davon lief. Erst als sie den Palmenhain durchquert und auf den Felsen über dem Meer angekommen war, setzte sie sich auf dem Plateau nieder. Der runde Ball des Mondes spendete sein weiches Licht, und schaffte Konturen in Schwarz, Grau, Blau und Gelb. Sie hörte unten das Meer leise rauschen. Hierher zog sie sich immer zurück, wenn sie Ärger hatte oder traurig war. Seit ihre Mutter nicht mehr da war, und sie mit dem Vater alleine lebte, wurde sie von ihm beschützt und bevormundet. Aber mit dem neuen Herrn würde sicher ein anderer Wind auf der Plantage wehen, dessen war sie sich inzwischen sicher. Dabei hatte der junge Lord doch so herrliche blaue Augen …

„Ach was soll es, er nimmt mich sowieso nicht für voll. Dad wird schon Recht haben", dachte sie im Stillen und stand wieder auf. Im Grunde hatte Dad ja wirklich Recht. Diese Lords aus England waren die Herren, und solche wie sie mussten für sie arbeiten. Langsam schlenderte sie wieder zurück zur Plantage. Auf einmal war sie richtig traurig und setzte sich auf die Stufen der Schnapsbrennerei nieder. Irgendetwas fehlte ihr, und ihre Mutter fehlte ihr besonders. Mit ihr hatte sie über alles reden können, und eine tiefe Traurigkeit überkam sie auf einmal. Tony hatte noch nicht sein Bett aufsuchen wollen und Ben hatte sich offenbar bereits früh in den Pferdestall zu seinem Falben zurückgezogen. Also schlenderte er über den Hof in Richtung der Schnapsbrennerei. Der Wind brachte den Duft der Blüten und des Alkohols zu ihm, und so sog er diese tief ein. Es war eine wunderbar anders riechende Luft als in England! Plötzlich aber härte er ein leises Schluchzen in der Dunkelheit. Er trat vorsichtig und leise näher. Auf den Stufen zur Destille sah er Mercedes sitzen! Er hüstelte leicht und trat näher zu ihr heran. Er sah, wie sie sich schnell mit der Hand über die Augen wischte. Tony setzte sich ohne zu fragen neben sie und reichte ihr wortlos ein Taschentuch. Sie nahm es ebenso wortlos und tupfte sich die Augen ab.

„Nun, Ärger mit dem Herrn Papa gehabt?", fragte er sie um das Gespräch zu eröffnen. Sie nickte noch immer wortlos. Tonys Schuhspitze scharrte im Sand. Plötzlich fragte er sie unvermittelt:

„Würdet Ihr mir die Ehre erweisen und mich noch an den Strand begleiten, ich war noch nicht dort?" Sie sah ihn an und ein leises Lächeln trat auf ihr Gesicht. Sie stand auf, und wie auf ein Kommando liefen sie beide los.

„Warum habt Ihr eigentlich geweint, Mercedes?", fragte er sie nun leise. Die junge Frau sah hinauf zum Himmel und dem großen Mond, der ihr beider Weg beleuchtete.

„Meine Mutter ist vor zwei Jahren plötzlich gestorben. Und seit dem will mich mein Dad am liebsten einsperren. Immer wenn mir ein junger Mann über den Weg läuft, ermahnt er mich, als ob ich mich unzüchtig verhalten würde." Tony musste lachen.

„Oh ja, das kenne ich auch. Aber ich würde eher sagen, Ihr habt ein gesundes Temperament! Aber unsere Eltern haben meistens etwas an uns auszusetzen, das ging mir nicht anders zu Hause. Zum Glück kam nun die Erbschaft dazwischen, sonst hätte man mich wohl mit der jungen Lady Chamberlain verkuppelt. Dürr wie eine Bohnenstange, rennt jeden Tag zur Kirche und schützt sich vor jedem Sonnenstrahl. Mit Euch also in gar keiner Weise zu vergleichen, Mercedes! Wenn ich wirklich einmal zur Heirat vor einen Altar treten werde, dann muss es eine Frau sein sowie Ihr!"

Mercedes blieb ruckartig stehen und sah den jungen Lord in der Dunkelheit mit weit aufgerissenen Augen staunend an.

„Sir, Ihr macht mich ganz verlegen", hauchte sie. Tony lachte leise.

„Entschuldigt, das lag nicht in meiner Absicht, Mercedes! Ich finde Euch eben nett und unterhaltsam, und nicht so affig wie diese noblen Ladys mit ihrem Stickrahmen. Sie dagegen reiten lieber, stimmt's?" Mercedes bejahte es verschämt und sah hinaus auf die ausrollenden Wellen. Sie waren am Ufer angekommen, und stiegen dann in die Felsen um einen erhöhten Platz zu finden. Der Sand unten war schwarz, aber genauso fein wie der gelbe sonst. Sie setzten sich auf den Stamm einer umgestürzten Palme nebeneinander. Tony fühlte sich in Mercedes Gegenwart ausgesprochen wohl, und ihr schien es ebenso zu gehen. Eine Weile schwiegen sie und sahen hinunter auf die ausrollenden Wellen. Diese Klippen waren ein wunderschöner romantischer Platz. Und keiner von beiden wusste zu diesem Zeitpunkt, dass dies einmal ihr beider Lieblingsplatz werden sollte, wenn sie ungestört sein wollten oder Probleme hatten. Tony hätte am liebsten den Arm um die Schultern der jungen Frau gelegt, unterließ es aber lieber, um nicht falsch verstanden zu werden. Stattdessen meinte er:

„Reiten wir morgen früh nach dem Frühstück gemeinsam aus? Wir werden Ben als Anstandshund mitnehmen, damit Ihr Vater keinen Argwohn hegt. Ich will keinesfalls, dass Sie wegen mir Ärger bekommen", setzte er noch hinzu und sah die junge Frau an, um sie dann aber gleich zu fragen:

„Wie alt sind Sie eigentlich Miss Owens?", Sie sah ihn schmunzelnd an und zeigte dabei zwei Reihen kleiner weißer Perlen, als sie leise zu lachen begann.

„Ich bin letzten Monat Achtzehn Jahre alt geworden, Mister Winford.", erwiderte sie leise. Einen Augenblick sahen sie sich gegenseitig an, und Tony sah ihre vollen roten Lippen, die kleine Stupsnase, die dichten schwarzen Augenbrauen und das wohlgeformte Dekolletee. Mit der ganzen Wucht eines Blitzschlages überkam ihn das Verlangen diese junge Frau auf der Stelle zu küssen. Doch er widerstand diesem Drang, stand auf und reichte ihr galant die Hand.

„Kommt Mercedes, ich bringe Euch jetzt nach Hause. Sollte Euer Vater schimpfen, sagt ihm, wir hätten über unsere morgige Aufgabe gesprochen. Aber eine Frage habe ich nun trotzdem noch an Sie." Sie sah ihn fragend an, und er schien einen kurzen Moment nach den richtigen Worten zu suchen. Ihre Hand mit den seinen immer noch festhaltend, meinte er leise: „Wollt Ihr mir in Zukunft eine gute Freundin und Vertraute sein?" Sie sah ihn starr an. Mercedes schien das Herz stehen bleiben zu wollen. Sowas hatte noch kein Mann zu ihr gesagt, und dazu noch ein Weißer! Doch dann nickte sie eifrig. „Ja, das würde ich gerne sein, Sir!", erwiderte sie leise. Tony nickte sichtlich erfreut.

„Gut, dann bin ich ab sofort für Euch Tony! Klar?" Er sah ihr erstauntes Gesicht im Mondschein. Weil sie nichts sagte, fragte er nochmal nach. Da nickte sie, lächelte und meinte:

„So machen wir es Tony, aber nur wenn wir alleine sind! Ansonsten gäbe es nur Gerede." Tony lachte verhalten.

„O.k., meine liebe Lady Owens, so machen wir es." Und wie selbstverständlich ergriff er ihre Hand und zog sie mit sich fort. Lachend erreichten sie wieder den Hof der Plantage und Tony verabschiedete sich vollendet mit Handkuss von ihr.

„Gute Nacht, Miss Owens!"

„Gute Nacht, Tony!", flüsterte Mercedes und lief dann schnell zu ihrem Häuschen, während Tony seinem Zimmer im Haupthaus zustrebte. Mercedes lief in ihre Kammer, schloss die Tür, ließ sich auf ihr Bett fallen, und hätte in diesem Augenblick die ganze Welt umarmen können. Was war denn das gewesen? Der junge Lord hatte tatsächlich mit ihr geflirtet! Einfach so! Oh je, wenn das mal gut ging. Sie umfasste ihr Kopfkissen, presste es fest an sich und hauchte „Tony, oh Tony ..."

Aber noch jemand hatte diese Szene zu später Stunde auf dem Hof beobachtet, und das war ausgerechnet der Verwalter Mister Owens. Er schnaufte ärgerlich.

„Noch keine zwei Tage hier, und schon macht er sich an meine Tochter heran. Wenn das so weiter geht, werde ich sie zu Onkel Theobald nach St. Vincent schicken müssen", knurrte er erbost, und hörte im Hintergrund die Tür von Mercedes Kammer zufallen.

„Diese adligen Schnösel glauben, sie können sich alles nehmen was ihnen gefällt", grummelte er zornig und ging wieder in sein Bett, in dem es so einsam war, seit seine geliebte Frau gestorben war. Leise schluchzte er nach einer Weile vor sich hin: „Warum hast du mich nur verlassen, Margret? Warum nur?", und stöhnte verhalten auf. Auch nach zwei Jahren hatte er den Verlust dieses geliebten Menschen nicht verkraftet. Und manchmal überkam es ihn mit Wucht und aller Gewalt, diese Einsamkeit, dieses Verlassen sein, und das Gefühl allein auf der Welt zu sein. Einzig Mercedes war ihm geblieben. Aber eines Tages würde auch sie ihn verlassen, dessen war er sich wohl bewusst. Aber bis das soweit war, würde er sie beschützen! Und wenn es sein musste, auch gegen ihren Willen.

Am nächsten Morgen trafen Tony, Mercedes und Ben beim Frühstück zusammen. Der Verwalter war schon frühzeitig auf den Beinen gewesen und hatte allein bzw. im Beisein von Lucia gefrühstückt. Mit der Köchin tauschte er sich des Öfteren aus.
„Hast du was bemerkt, dass der Lord um meine Mercedes herumscharwenzelt?", hatte er sie daher gerade heraus gefragt. Lucia hatte gelacht.
„Siehst du schon wieder Gespenster, Wilson? Es sind junge Leute, sie verstehen sich einfach gut. Sei froh, dass der junge Lord dir deine Freiheit lässt und du machen kannst was du willst. Verspiel das lieber nicht! Und wenn sich die beiden verlieben sollten, was du ja zu befürchten scheinst, kannst du auch nichts dagegen tun! Vertrau einfach mal deiner Tochter, Wilson! Sie wird nichts tun, was ihrem guten Ruf schadet. Und ich glaube, der junge Lord ist ein ehrenhafter junger Mann, er weiß genau was man darf und was nicht!" Nach dieser morgendlichen Standpauke war Wilson Owens nachdenklicher als sonst zu seiner Arbeit davon getrabt.
Mercedes erklärte den beiden jungen Männern was sie gedachte ihnen zu zeigen. Die Ländereien waren ziemlich groß, außerdem gab es ein Stück Land, um das es schon seit Jahren Streit mit dem Nachbar gab. Dieser Nachbar hieß Abraham Closter, hatte drei Söhne, Peter, Johan, und Richard, besonders dieser Johan war ein richtig fieses Ekelpaket nach Mercedes Aussagen.
Als sie zu Ende gefrühstückt hatten und aufstanden, um zu den Ställen zu gehen, hielt sie Mercedes plötzlich zurück.

„Entschuldigung Sir, wollt Ihr jetzt so losziehen, ohne Waffen?", fragte sie erstaunt. Die beiden jungen Herren sahen sie genauso erstaunt an.

„Wieso brauchen wir denn hier Waffen, Mercedes?" Die lächelte nur und schüttelte die rote Haarpracht, welches sie mit einem roten Band zu einem dicken Zopf zusammengebunden hatte.

„Wenn ich sagte, dieser Johan Closter ist ein fieser Schweinehund, dann meinte ich auch, dass er nichts unterlässt uns zu ärgern oder zu schaden. Und er trägt immer eine Waffe mit sich herum." Mit dieser Erklärung führte die beiden jungen Herren zu einem Schrank im Salon und öffnet ihn. Drinnen lagerten vier Flinten und mehrere Pistolen samt Munition. Tony nahm eine Muskete heraus und prüfte sie mit Kennerblick. Eine andere gab er Ben. Eine der kleineren Pistolen gab er Mercedes, eine andere steckte er in den Gürtel.

„Hier Lady Owens! Ich hoffe ihr könnt damit umgehen." Da lachte Mercedes laut auf.

„Ich könnte Euch ja mal zu einem Duell herausfordern, Lord Winford! Mal sehen wer von uns beiden besser schießt!"
Tony hielt ihr sofort die Hand hin.

„Topp, diese Wette gilt! Um was schießen wir?" Ben grinste breit.

„Wenn die Miss verliert, muss sie dem Sieger einen Kuss schenken!" Tony lachte verhalten und sah Mercedes sekundenlang in die Augen, ehe er meinte:

„Und wenn er verliert, was ist dann?". Ben grinste wieder und erwiderte mit schelmischem Blick:

„Dann muss der Verlierer der Lady von diesem Mangobaum die letzte Mango ganz oben in der Spitze herunter holen!" Dabei zeigte er auf den großen Mangobaum am Rande des Hofes, der mindestens zwanzig Meter hoch war. Tony sah kurz hinauf und nickte.

„Einverstanden! Wir schießen um diese Wette, aber alle drei! Am Sonntagnachmittag, und jetzt an die Arbeit, es gibt viel zu tun!"

Lucia, die das Gespräch durch Zufall mit angehört hatte weil sie den Tisch abräumen wollte, lächelte vor sich hin.

„Na hoffentlich verrechnet Ihr Euch dabei nicht, edle Herren", murmelte sie und bekreuzigte sich schon mal vorsorglich. Denn wenn Mercedes eins konnte, dann war das Schießen und Reiten!

Im leichten Galopp verließen sie die Plantage und ritten unter Mercedes Führung durch den Regenwald. Vorbei an einem kleinen Wasserfall und einer baufälligen Holzhütte erreichten sie eine Kaffeeplantage. Alles wunderbar gepflegte Büsche mit leuchtenden Beeren, aufgereiht wie zu einer Parade. Ohne Unkraut am Boden, teilweise gestützt mit Holzstangen. Plötzlich standen sie einem Schwarzen gegenüber. Sein Bart und sein Kopfhaar waren schon weiß vom Alter. Er verbeugte sich tief vor Tony. Dieser sprang vom Pferd und hielt dem alten Mann die Hand hin, der aber zu seiner Überraschung nicht wusste was er nun tun sollte.

„Hallo, ich bin Lord Winford. Ich möchte mir einmal ein Bild machen, wie es auf unseren Plantagen aussieht. Hier also bekommen wir zu Hause unseren Kaffee her. Sieh mal einer an!", begeisterte sich Tony und sah die Kaffeebohnen an und prüfte eine davon. Er sah den alten Mann an.

„Verratet Ihr mir bitte wie Ihr heißt?" Der Alte nickte hastig.

„Ja Sir, ich, ich bin Henry, Sir! Ich wohne da drüben in dieser Holzbude, Sir, so kann ich die Plantage immer im Auge behalten", nuschelte er. Tony sah argwöhnisch zu der baufällig wirkenden Behausung hinüber.

„Regnets da nicht rein, Henry?", fragte er den Alten. Der nickte lächelnd.

„Ja, schon. Wenn es richtig regnet wird alles nass. Aber ich bin das schon gewöhnt." Tony sah Mercedes an, die ein dickes Heft und einen Stift mitgenommen hatte.

„Schreibt bitte auf, dass der Henry eine dichte Hütte bekommt! Noch diese Woche! Dein Vater soll zwei Leute beauftragen, die mit Holz und Blech herauf kommen und die Hütte richtig dicht machen!" Mercedes schrieb es fein säuberlich auf. Und dann verabschiedeten sie sich wieder von dem Alten, der ihnen noch eine ganze Weile verwundert hinterher sah. Als nächstes erreichten sie die Bananenplantage. Auch hier standen die großen Bananenbäume wie zur Parade aufgereiht, alles war sauber und aufgeräumt. Hier trafen sie auf drei junge Kerle, groß und kräftig, die freundlich grüßten. Tony stellte sich wieder vor, und Mercedes stellte ihm die drei Jungs vor. Sie waren aus einer Familie.

„So, dass hier ist Leo, das ist Sean, und das ist Frank Harris. Die Harris-Brüder sind berüchtigt für ihre Kampfeslust!", erklärte Mercedes lachend. Die drei wehrten ab.

„Sie schwindelt Sir! Wir wehren uns nur wenn man uns angreift. Und Alkohol trinken wir so gut wie keinen!" Nun lachte Mercedes schallend.

„Sir, weil sie schwarz sind, sieht man nicht, dass sie rot werden beim Schwindeln!" Nach dem ersten Geplänkel zeigten ihnen die drei dann die Bananenbäume. Alles sah gepflegt aus und Tony lobte sie. Wieder wandte er sich an Mercedes.

„Schreib bitte auf, dass die Plantage sehr gut gepflegt worden ist. Sie bekommen eine Belohnung!" Mercedes erstarrte einen Augenblick, Ben grinste nur, und Tony stieg wieder auf sein Pferd. Langsam begriff Mercedes, dass dieser Herr ein ganz anderer war, als die welche sonst Plantagen besaßen. Die Leute würden es ihm danken, dessen war sie sich schon jetzt sicher.

Und dann erreichten sie das Landstück um das es Streit gab. Die Pfähle eines alten Zaunes lagen umgestürzt und kreuz und quer durcheinander. Ben war abgestiegen um sich die Sache genauer anzusehen.

„Hier müsste man einen Zaun mit festen Stützen bauen" rief er Tony zu und ging ein Stück im Wald einen Hang hinauf. Mercedes zupfte Tony gerade am Ärmel und meinte zu ihm:

„Sagen Sie ihm bitte er soll hier hüben bleiben, der Bach ist doch die Grenze!" Als urplötzlich drüben im Wald zwei Gestalten auftauchten. Beide hatten Flinten in den Händen. Offenbar hatten sie Ben noch nicht bemerkt, der hinter einem Gebüsch in Deckung gegangen war, als die beiden auftauchten.

„Was sucht ihr Winford-Geschmeiß hier!", brüllte einer der beiden Kerle. Es war ein langer dürrer Kerl, an beiden Armen tätowiert und mit wirren langen Haaren.

„Der zur Linken ist Johan Closter, Sir!", raunte in diesem Moment Mercedes. Tony hatte seine Flinte quer über seinen Oberschenkeln liegen.

„Wer bist du Waldschrat denn, dass du hier so herum brüllst?", rief Tony zurück. Man hörte wie beide Kerle diskutierten was sie machen sollten. Johan Closter kam mit seinem auf Tony gerichteten Gewehr den Hang herunter gelaufen und grinste. Sein schadhaftes Gebiss sah erbärmlich aus. Tony musste lachen.

„Oh je, hat man dir etwa als Kind alle Zähne gezogen, Closter? Oder siehst du nur so dämlich aus?" Der derart Angesprochene, war für einige Augenblicke sprachlos von so viel Kühnheit. Wer war denn dieser Kerl?

„Was willst du Milchgesicht denn hier, und wer bist du? Hat sich der alte Winford bevor er abgetreten ist einen Windhund zugelegt zum Bellen?", rief der nun seinerseits zurück.

„Ich bin Tony Winford, der neue Besitzer vom La Chroix. Und du stehst mit einem Fuß auf unserer Seite! Machst du noch einen Schritt, schieße ich dir den linken Zeh ab!", erwiderte Tony kalt. Aus den Augenwinkeln sah er, wie Mercedes etwas Abstand zu ihm genommen hatte und die Hand an ihrer Pistole lag. Und dann sah er Ben. Der Kerl saß in einer Baumgabel und hatte das Gewehr auf die beiden Closters angelegt. Johann Closter schielte nach Mercedes und meinte dann:

„Ich würde mir dieses rothaarige Biest da gerne mal ausborgen für ein bis zwei Stunden! Dann bekommst du sie wieder! Aber ich brauche natürlich auch keine Erlaubnis von dir, und ich hole sie mir einfach! Mein Bruder schießt dich aus dem Sattel wenn du dich nur zuckst! Also dann, ich hole sie mir jetzt mal!" Johan Closter war gerade im Begriff sein Gewehr an einen Baum zu lehnen um zwei freie Hände zu haben, als ein Schuss peitschte und der andere Closter schreiend seinen Fuß hielt und wie von einer Tarantel gestochen auf einem Bein hin und her hüpfte. Als Johan Closter erschrocken vom Verlauf der Angelegenheit wieder nach seinem Gewehr greifen wollte, peitschte erneut ein Schuss durch den Wald und seine Flinte machte einen Satz, direkt vor Tonys Füße!

Das alles hatte sich innerhalb von Sekunden abgespielt, und Johan Closter war völlig schockiert. Da musste also noch ein Dritter bei den Winfords im Bunde sein! Mit dieser Erkenntnis ließ er seine Flinte im Stich und ging mit erhobenen Armen rückwärts zu seinem Bruder, der wimmernd auf dem Hosenboden saß und seinen Stiefel festhielt aus dem Blut tropfte. Tony nahm Closters Flinte an sich.

„Die behalte ich für den verwüsteten Zaun, Closter! Und wenn du nochmal über meinen Weg läufst, dann lege ich dich um! Und deinen Bruder gleich mit! Und jetzt haut ab, bevor ich es mir noch anders überlege! Verschwindet, Ihr Gesindel, los!"

Inzwischen war Ben aus seinem Versteck abgestiegen und kam mit dem Gewehr im Anschlag wieder zu seinem Herrn zurück. Der klopfte ihm auf die Schulter.

„Sauberer Schuss mein Freund!" Und mit einem lächelnden Seitenblick auf Mercedes:

„Ich glaube Mercedes, Ihr werdet es schwer gegen uns beide haben." Die junge Frau aber saß immer noch auf ihrem Pferd, und starrte hasserfüllt und regungslos auf die beiden Closters. Tony stieß sie sanft von der Seite an.

„He! Träumt Ihr, Miss Owens?" Sie schreckte auf und sah Tony an.

„Dieser Schweinehund da hat meine Bella einfach im Wald über den Haufen geschossen!" Tony stutzte.

„Und wer war Bella?" Sie wischte sich eine Träne ab.

„Bella war meine Hündin. Sie war erst drei Jahre alt und war mir ausgebüchst hier im Wald. Ja, und dann kam dieser Johan Closter und schoss sie einfach ab. Er habe sie angeblich mit einem Streuner verwechselt."

Inzwischen hatten sich die beiden Closters davon gemacht. Mercedes aber lächelte schon wieder.

„Ihr wart ziemlich mutig! Ich schätze, so ist den beiden schon lange keiner mehr entgegen getreten. Ihr Onkel war dazu zu alt, und mein Vater geht solchen Sachen lieber aus dem Weg. Aber ich schätze, Closter wird diese Schmach nicht auf sich sitzen lassen wollen." Dabei verschwieg sie ihm, dass sie Closter noch aus einem ganz anderen Grund hasste. Danach ritten sie wieder zurück in Richtung Plantage, bis sie Mercedes zu einem Platz führte, wo man unten im Tal die Plantage und das Herrenhaus überblicken konnte. Weit draußen leuchtete das Grünblau des Meeres. Ben beschrieb es mit einem einzigen Satz:

„Was für ein herrlicher Platz! Hier müsste man ein Haus bauen und wohnen." Tony hörte es, lächelte hintergründig, sagte aber kein weiteres Wort.

Als sie zur Plantage zurück kamen brannte ein Feuer mitten auf dem Hof und ein Gestell war aufgebaut. An dem Gestell hing ein Kalb und es duftete über das ganze Gelände. So langsam hatten sich alle Bediensteten bereits eingefunden und saßen herum, lachten und tranken mit Wein versetzten Saft, den die Köchin auf die Veranda gestellt hatte. Zwei junge schwarze Mädchen schenkten aus.

Als Tony Winford auftauchte, in seinem Gefolge Mercedes und Ben, trat mit einem Schlag Ruhe ein. Alle standen auf und verbeugten sich. Er stellte sich auf die erste Stufe des Aufgangs zum Herrenhaus und hob einen Arm. Es war ganz still, nur das Geprassel des Feuers war zu hören. Und dann tönte Tonys Stimme über den Platz.

„Leute! Ich habe euch heute alle hier zusammen gerufen, weil ihr wissen sollt, wem diese Plantage nun gehört. Und ich sage es gleich zu Beginn, ich werde jeden behalten der willig und bereit ist fleißig zu arbeiten. Es wird sich in der nächsten Zeit einiges bei uns verändern. Es wird keiner mehr geschlagen oder gar ausgepeitscht! Wenn ihr Probleme habt, könnt ihr jederzeit zu mir oder zu meinem Freund Ben kommen. Aber auch Miss Owens hier wird euch in Zukunft helfen, wenn jemand krank ist oder andere Hilfe braucht. Wir werden in Zukunft hier auf dieser Plantage zusammenstehen und handeln wie eine große Familie handelt. Einer hilft dem anderen! Ich sage es aber auch ganz klar, wer uns betrügt oder anderweitig schadet, wird sofort entlassen und kann gehen. Und nun wünsche ich euch einen schönen Abend, lasst es euch schmecken!"

Als Tony geendet hatte, begannen auf einmal die ersten zu klatschen, und ihnen folgten immer mehr. Tony verbeugte sich und bedankte sich so. Dann ging er zu dem Tisch an dem der Verwalter und Lucia saßen. Owens sah ihn von unten herauf an wie einen Geist. Sowas hatte er wohl sein Leben lang noch nicht erlebt! Doch dann meinte er:

„Sir, es steht mir nicht zu etwas zu kritisieren, aber das mit der großen Familie kann sehr gefährlich werden. Ohne Angst machen die bald was sie wollen! Ich kann sie nur warnen!" Tony sah seinen Verwalter starr in die Augen, und seine Stimme wurde um eine Nuance leiser.

„Mister Owens, wie Ihr wohl wisst, die Zeit der Sklaverei ist vorbei! Wer arbeitet erhält einen Lohn, der seiner Arbeit entspricht. Das bringt mir zwar etwas weniger Gewinn ein, aber es gibt mir zuverlässige Arbeiter, und das ist viel mehr wert als Gewinn! Diese Menschen haben ein Recht darauf vernünftig behandelt zu werden, und vernünftig leben zu können! Es sind Menschen wie Sie und ich!" Owens sah seinen Herrn einen Augenblick mit zusammengekniffenen Augen an. Wollte der junge Spund die Welt neu erfinden? So war es schon seit Jahrhunderten gewesen, dass die Schwarzen für die Weißen gearbeitet haben. Dafür bekamen sie etwas zu essen und ein Dach über den Kopf. Tony bemerkte den Gesichtsausdruck seines Verwalters.

„Mister Owens, wenn Sie sich außerstande sehen unter diesen Bedingungen zu arbeiten, müssen Sie es mir sagen. Dann muss ich mir einen neuen Verwalter suchen." Und diesen Satz hatte Tony Winford diesmal mit aller Härte ausgesprochen. Er sah das Erschrecken in den Augen der Tochter die alles mit angehört hatte. Aber auch Ben blickte auf einmal ziemlich ernst. Auf diese Art hatte er seinen Boss noch nie reden hören. Wenn er sich früher eine Bemerkung bei dem Hufschmied erlaubt hatte, dann hatte es Schläge gegeben. Sein Herr war ein besonderer Mensch, das stand fest.

Wilson Owens stand mit einem Mal auf und nickte Tony zu.

„Gute Nacht Sir, bis morgen! Ich zeige Ihnen wie besprochen morgen früh die Destille." Und zu Mercedes gewandt:

„Mercedes, kommst du! Es ist schon spät!" Tony sah, dass Mercedes nur widerwillig aufstand und ihrem Vater mit einem Seitenblick auf ihn und Ben folgte. Nach einer Weile meinte Ben dann:

„Ihr habt ihn sicher damit sehr verärgert, Sir. Wo soll er denn hin, wenn Sie ihn hier rauswerfen." Tony sah seinen Freund etwas traurig an.

„Lass dir etwas gesagt sein Ben, einen Verwalter findet man immer wieder. Aber ein Mädchen wie Mercedes nicht! Und das ist mein Problem!" Ben sah seinen Boss zunächst mit offenem Mund an, dann flüsterte er:

„Oh Gott, Ihr habt Euch verliebt?" Tony nickte leicht.

„Gut bemerkt, Bruder Ben. Aber ich weiß, wenn Owens geht, dann muss auch seine Tochter mitgehen." Und bei diesem Gedanken durchfuhr Tony ein Stich. Und wenn er sie nun einfach heiratete? Er dachte an das Entsetzen seiner Eltern, sie würden das nie verstehen. Er ein adliger Spross und eine Verwalters

Tochter! Das wäre in London die Sensation und stünde garantiert in der „Times". Aber was sollte er tun? Er nahm sich vor die Besichtigung der Destille zu nutzen, um mit Owens noch einmal eindringlich unter vier Augen über dessen Amt zu reden.

Am nächsten Morgen erschien dann auch nur Ben zum Frühstück, und sie saßen beide schweigsam am Tisch. Und während Ben sich danach auf den Weg in den Stall begab, ging Tony schnurstracks hinüber in das Sudhaus am Rande der Plantage. Owens war bereits anwesend als Tony eintrat, und hatte den Rohrzucker bereits durch die Presse laufen lassen. Der Rohsaft sah schmutzig braun aus. Owens begrüßte seinen Herrn freundlich lächelnd und bat ihn zu einem Rundgang, als sei nichts geschehen. Nach einer halben Stunde waren sie an der Abfüllanlage angelangt. Owens holte zwei kleine Gläser und füllte ein wenig von dem stark riechenden Rum hinein. Sie kosteten sich durch bis zur Stufe drei, das war die Maische die schon zweimal aufgekocht worden war. Dieses Rohprodukt war jetzt billiger Fusel oder wie Owens meinte: „Lampensprit". Sie saßen auf den Stufen vor der Destille im Schatten eines großen Baumes, als Owens plötzlich von sich aus zu sprechen begann.

„Mister Winford, ich arbeite auf dieser Plantage seit meinem sechzehnten Lebensjahr ununterbrochen, ohne Unterlass. Diese Plantage ist meine und Mercedes Heimat. Wenn ich gehen muss, machen sie meine Tochter und mich heimatlos, und das in meinem Alter. Wer soll mich noch nehmen? Ich habe sicher andere Ansichten als Sie, aber Sie sind der Boss, und Sie bestimmen wo es lang geht. Ohne Wenn und Aber! Entschuldigen Sie also, wenn ich Sie gestern verärgert haben sollte. Meine Tochter sitzt zu Hause, heult wie ein Schlosshund und ist bitterböse auf mich, und das schmerzt mich noch viel, viel mehr. Sie ist alles was ich im Leben noch habe, und ich möchte so sehr, dass es ihr gut geht. Versteht Ihr mich?" Er sah Tony fragend an, als erwarte er nun eine Antwort. Doch Tony ließ sich diesmal Zeit, der alte Wüterich sollte erst ein wenig schmoren. Man sah dem Verwalter die Unruhe förmlich an, bis Tony endlich zu sprechen begann.

„Mister Owens, ich bin sicher noch sehr jung und es mangelt mir an Erfahrung. Aber genau die sollen Sie mir ja vermitteln.

Selbst wenn ich also wollte, ich könnte Sie im Moment gar nicht rauswerfen. Und dann gibt es da noch einen Punkt über den ich mit Ihnen als Vater unbedingt reden muss." Er machte eine Weile Pause, als wolle er sich erst noch sammeln. Owens sah Tony unsicher an, ehe der weiter fortfuhr.

„Mister Owens, es ist so wie es ist! Ich liebe Ihre Tochter. Und ich glaube, meine Liebe wird auch von Ihrer Tochter erwidert. Ich weiß natürlich was das bedeutet, aber gegen eine richtige Liebe ist kein Kraut gewachsen. Und, um Ihnen gleich den Wind aus den Segeln zu nehmen, Mister Owens, es ist keine jugendliche Schwärmerei die Mercedes und mich verbindet. Und es ist von mir aus auch keine momentane Laune! Wir müssen also demnächst eine Entscheidung treffen, nicht jetzt und nicht morgen, aber irgendwann!" Owens saß wortlos und steif da, und dann nickte er nachdenklich.

„Ich habe sowas schon vermutet, Mister Winford. Aber sagen Sie mir, wie soll das gehen? Wie soll eine kreolische Verwalters Tochter einen Lord ehelichen? Man würde Sie in den feinen Kreisen hier und zu Hause in England meiden wie die Pest. Ich glaube aber, Sie wissen das." Tony nickte betrübt.

„Ja, Sie haben ja Recht! Oder haben sie einen reichen Onkel?", fragte er Owens beinahe verzweifelt und dann doch lachend. Der schüttelte den Kopf und zuckte mit den Schultern. Dann sah er Tony an und schmunzelte dabei.

„Sie könnten Mercedes natürlich zu Ihrer Hausdame machen, und dann in wilder Ehe zusammen leben. Aber auch das würde irgendwann jemand auffallen auf dieser Insel, wo jeder jeden kennt! Irgendeine Bedienstete würde es zu Hause erzählen was alle vermuten, und schon würde es die Runde machen." Tony seufzte tief.

„Schade, dass ich jetzt nicht meinen Onkel Lester fragen kann. Der würde Ihnen bestimmt gefallen, Mister Owens."
Der Verwalter schmunzelte leicht.

„Und was würde der ehrenwerte Lord Lester dazu sagen? Ich kenne ihn übrigens, er war schon mal hier." Tony rieb sich den Haarschopf.

„Er würde wohl sagen, heirate sie, und lass das blöde Volk reden!", entgegnete Tony darauf spontan. Und Wilson Owens lachte verhalten auf.

„Die Winfords waren schon immer ein wenig anders als andere vom Adel. Aber überlegen Sie es sich gut, Lord Winford. Meinen Segen habt Ihr, aber macht mir das Mädel nicht unglücklich! Das ist meine einzige Bedingung." Tony war ebenfalls aufgestanden und sie standen sich gegenüber. Da reichte Tony dem Verwalter die Hand, und dieser nahm sie nach kurzem Zögern.

„Ich verspreche es Euch in die Hand, Mercedes niemals unglücklich zu machen, Schwiegervater!" Als das raus war, war Tony selbst erschrocken und Owens lachte.

„Na ja, noch sind wir nicht soweit, Herr Schwiegersohn!", aber dann lachte er ebenfalls und ging wieder kopfschüttelnd an seine Arbeit. Und Tony machte sich stracks auf den Weg zu Mercedes.

Die saß vor dem Haus auf einer Bank und schnippelte gerade Bohnen. Obwohl sie ihn hatte kommen sehen, hob sie diesmal aber nicht den Kopf. Tony setzte sich neben sie und machte die Beine lang, dann verschränkte er die Hände hinter dem Kopf und lehnte diesen gegen die warme Holzwand des Hauses. Weil er aber beharrlich schwieg, platzte es dann aus Mercedes doch heraus.

„Und? Habt Ihr meinen Vater nun gefeuert, Mister Winford? Müssen wir bald unsere Sachen packen und gehen?" Als sie das sagte, funkelten ihre Augen kampfeslustig, doch Tränen rannen ihr die Wangen herunter. Sie warf das Messer mit Schwung in den Topf, stellte ihn auf den Tisch, und sah Tony nun ihrerseits wütend an. Der musste sich das Lachen verkneifen, als er in ihre dunkelbraunen, tränen nassen, blitzenden Augen sah. Doch dann meinte er sehr ernst:

„Nun Miss Mercedes, es war kein leichtes Gespräch zwischen Eurem Vater und mir. Zugegeben, Euer Vater hat für die Familie Winford schon lange und gut gearbeitet, aber jeder von uns hat halt so seinen Standpunkt. Aber ich bin nun mal der Boss, und ich muss mich durchsetzen!"

Mercedes schossen wieder die Tränen in die Augen die sie rasch abzuwischen versuchte, und begann plötzlich heftig zu schluchzen. Tony fuhr dann etwas lauter fort:

„Also Mercedes Owens! Ich habe deinem Vater gesagt.." Und hier machte er eine kurze Pause eher er fort fuhr:

„Dass ich dich von Herzen liebe. Und ich euch daher nicht gehen lassen kann. Am Ende hat er es eingesehen und uns seinen Segen dazu gegeben!" Als er sie ansah, schaute er in ein völlig erstarrtes tränenübersätes Gesicht mit zwei großen braunen Augen, die ihn anstarrten. Und mit einem Mal stieß sie einen schrillen Schrei aus, und schon saß sie auf seinen Oberschenkeln und küsste ihn ohne Unterlass, die Arme um seinen Hals geschlungen. Als er wieder Luft holen konnte, nahm er ihr liebes Gesicht zwischen beide Hände und meinte:

„Mercedes Owens, erweist du mir die Ehre meine Frau zu werden?" Ihr „Ja" kam aus tiefster Seele um dann aber sofort loszulegen.

„Du verflixter Lord! Mich so zu ängstigen, das werde ich dir nie vergessen! Niemals werde ich dir das vergessen! Niemals, bis an unser Lebensende!" Und dann lachte sie schon wieder und setzte sich artig neben Tony auf die Bank.

„Aber wie soll das nun mit uns weiter gehen? Du, der Lord Winford, und ich, des kleinen unscheinbaren Verwalters Tochter? Du wirst fürchterlich Ärger bekommen, liebster Tony! Und deine Eltern werden dich enterben!" Tony lachte.

„Das ist mir alles egal! Diese Plantage ist mein Eigentum, und sie wird uns ernähren. Und mein alter Herr braucht einen guten Kaffee, und den bekommt er von uns, und die Preise bestimme ich!" Mercedes sah ihn lächelnd und nachdenklich zugleich an.

„Du verrückter Lord stürzt dich wegen einer halben Kreolin wie mir in dein Unglück. Das wird niemand verstehen, sie werden uns meiden wie ein paar Aussätzige." Tony winkte ab.

„Mercedes, eigentlich wollte ich ja Ben die Hälfte der Plantage überschreiben, aber nun bekommst du sie wenn wir verheiratet sind! Das ist mein Ernst!", setzte er noch hinzu als er ihr ungläubiges Gesicht sah. Dann grinste er sie an und meinte lachend:.

„Meine Mutter würde sagen - Junge du stürzt dich in dein Unglück!"

Er war aufgestanden und Mercedes lehnte sich an ihn und sah zu ihm auf.

„Und wenn deine Mutter Recht hat?" Er umfasste sie sanft an den Schultern.

„Dann ist das mein Unglück, Miss Winford! Aber solange du mich nur liebst, kann das gar kein Unglück sein!" Dann küsste er sie.

Die junge Emma, die gerade von ihrer Hütte zum Haupthaus lief sah es, und blieb einen Augenblick völlig schockiert stehen. Dann aber rannte sie wie der Wind los. Im Haus angekommen, erzählte sie es dann sofort ihrer Freundin Zoe, die ebenfalls als Zimmermädchen arbeitete. Wenig später war es bereits Gesprächsstoff unten in der Küche, und Lucia lies beinahe vor Schreck um ein Haar die Suppenschüssel fallen.

„Mein Gott, ich habe vergangene Nacht sowas geträumt", flüsterte sie verschreckt. Und so machte diese Neuigkeit die Runde und verlies eines Tages dann auch die Plantage.

Aber noch etwas geschah an diesem Tag. Mercedes hatte am Vormittag einen kurzen Ausritt mit ihrer neuen Stute „Amanda" gemacht, die ihr Tony anlässlich ihrer Verlobung geschenkt hatte. Das Tier war neun Jahre alt. Doch die beiden hatten eine gemeinsame Geschichte, die Tony und Ben leider nicht kannten. Als Mercedes mit der Stute wieder zurückkam, lief ihr der Vater über den Weg und begann sofort mit ihr lautstark zu schimpfen.

„Mercedes! Ich habe dir schon damals mit 12 Jahren gesagt, dass du dich nie wieder auf dieses Pferd setzen sollst. Nicht auf diese Bestie von „Amanda". Hast du vergessen, dass sie dich um ein Haar zu Tode getrampelt hätte damals? Dieses Vieh werde ich erschießen! Ich hätte sie damals schon zum Abdecker bringen sollen! Sie kommt nie wieder in deine Nähe, hast du mich verstanden?", schrie er die junge Frau erbost an.
Wutentbrannt war Mercedes danach davon gelaufen und war ins Herrenhaus geflüchtet. Und nun saß sie weinend in der Küche bei Lucia. Wenig später trafen sich Ben und Tony im Stall, und Ben erzählte ihm von dem Krach, den es bei den Owens gegeben hatte. Tony schüttelte verständnislos mit dem Kopf.
„Warum regt der Alte sich denn dabei so auf?" Ben erklärte ihm, was er bei dem Streit gehört hatte.
„Die „Amanda" die du ihr geschenkt hast, hat sie vor Jahren mal ernsthaft verletzt. Owens wollte sie wegbringen, hat es aber nicht getan. Jetzt hat er Mercedes auf einmal mit der Stute rei-

ten sehen und ist explodiert!" Tony rieb sich das Kinn. Das hatte er natürlich nicht gewusst, und Mercedes hatte kein Wort gesagt. Sie hatte nur sehr vertraut mit der Stute gewirkt. Das hatte ihn zwar gewundert, aber manchmal ist das ja so, dass sich Mensch und Tier auf Anhieb sympathisch finden. Er nahm sich vor mit Owens zu reden. Und zu Ben meinte er: „Hör zu Ben, pass gut auf die Stute auf! Nicht, dass sie eines Tages plötzlich verschwunden ist oder eingeht. Ich werde mit dem Verwalter reden." Er nahm sich vor noch am gleichen Abend mit Owens zu reden.

Tony und Ben waren am Vormittag in die Stadt Portsmouth geritten. Der Gärtner Richard folgte ihnen mit dem Wagen und zwei Pferden davor. Sie brauchten unbedingt Kalk für die Bananen und Tony wollte beim Notar Henk Winterbotten vorsprechen. Als sie dessen Haus erreicht hatten, hörten sie drinnen lauten Streit zwischen einer Frau und einem Mann. Es ging offenbar um die späte Heimkehr des Mannes in der vergangenen Nacht. Ben grinste und zog heftig an der Kette der Haustürglocke. Als die laut zu scheppern begann, war im Haus auf einmal Ruhe. Nach einer Weile öffnete eine Schwarze mit weißer Schürze die Tür und fragte nach ihren Begehr.

„Sagen Sie dem Advokat, Mister Winford steht vor der Tür", blaffte Ben die junge Frau an. Die von der Tonart des Rothaarigen erschreckt, warf die Tür wieder zu und ging zu ihrem Herrn. Tony tadelte währenddessen Ben draußen wegen seines rüden Tones. Doch da öffnete sich schon wieder die Tür und der Notar nahm sie selbst in Empfang, und entschuldigte sich noch. Wobei eigentlich Tony gerade zu einer Entschuldigung ansetzen wollte.

„Ich hoffe Mister Winford, Sie mussten nicht allzu lange vor meiner Tür warten. Patty ist manchmal etwas verwirrt, wenn sie jemand laut anspricht", entschuldigte sich der Notar.

„Bitte nehmen Sie doch Platz!" Er rief wieder nach der bekannten Patty und bat sie für seine Gäste eine kalte Limonade zu bringen. Das junge Mädchen nickte und warf Ben einen bösen Blick zu, den der grinsend erwiderte. Wenig später brachte eine junge Frau das Gewünschte und stellte es auf den Tisch. Der Notar stand wieder auf.

„Mister Winford, darf ich ihnen meine reizende Frau Sarah vorstellen!" Tony erhob sich, begrüßte die Dame des Hauses galant mit einem Handkuss. Ben war ebenfalls aufgestanden und nickte nur. Die junge Frau sah ihren Gatten mit einem giftigen Blick an und verabschiedete sich rasch wieder. Winterbotten stöhnte leise und lächelte dann gequält.

„Ja, die Frauen machen einem manchmal das Leben nicht leicht." Wohl anspielend auf den Krach vor wenigen Minuten. Tony brachte sein Anliegen vor. Er wollte den hinteren Teil der Plantage Ben überschreiben lassen, so dass dieser in Zukunft ein Eigentum hatte.

Was zu diesem Zeitpunkt allerdings niemand wusste, auf diesem Gelände entsprang eine Quelle mit heißem Wasser. Denn Dominica war ja eine Vulkaninsel. Und auch unter dem schlafenden Morne Micotrin brodelte der Boden und der Boiling Lake, auch bekannt als zweitgrößter kochender See der Welt auf 975 Meter Höhe, zeigte, was im Innern der Insel noch vorging.

Als sie am Ende den Notar verließen, hatte er Ben das Grundstück überschrieben und den Notar nebst Gattin zum Sommerfest auf der Plantage eingeladen. Als nächstes führte sie ihr Weg zum Krämer, um den Kalk zu kaufen. Doch der winkte erst mal desinteressiert ab und meinte dann:

„Nur gegen eine Sofortzahlung in bar, Mister Winford!" Tony blieb die Sprache weg. Seit wann hatte jemals ein Winford bar bezahlt. Tony kochte innerlich, als er den Laden wieder verließ um sich auf den Weg zur Bank zu begeben. Einige feine Damen die an diesem Vormittag vor dem Café saßen, machten lange Hälse, und tuschelten als sie vorbei ritten.

Mit dem Geld in der Tasche ritten sie wieder zurück zum Krämer. Tony warf ihm das Geld auf den Tisch, verlangte sofort eine Quittung und ließ dann die Ware aufladen. Den beiden Boys gab er ein Trinkgeld, die das sehr überrascht annahmen. Als sie aus der Stadt ritten, meinte Tony plötzlich:

„Hör mal Freund Ben, ich habe einen Auftrag für dich! Ziehe doch bitte Erkundigungen ein, woher dieser Brown den Kalk bezieht. Den werden wir uns dann als ersten vorknöpfen! Ich glaube, hinter unserem Rücken spielen einige Leute ein fieses Spiel." Ben sah ihn an.

„Du meinst wegen Mercedes?" Tony nickte.

„Ja, das glaube ich tatsächlich. Brown wird nicht der einzige bleiben, verlass dich darauf."

Als sie zu Hause ankamen, herrschte Aufregung. Leo war aus der Kaffeeplantage herunter gekommen, und berichtet, dass in der Nacht zehn Kaffeebäume gefällt worden waren, ohne dass Henry etwas gehört hatte. Der Verwalter schäumte vor Wut und wollte sofort den Closters einen Besuch abstatten. Doch Tony hielt ihn davon ab.

„Wilson, diese Bande triffst du härter, wenn du sie mit den eigenen Waffen schlägst!", erklärte er Owens. Worauf dessen Frage natürlich sofort war:

„Und wie?" Tony hatte bereits eine Idee, aber dazu brauchte er unbedingt Ben, und dann erklärte er beiden was er vorhatte.

In der folgenden Nacht waren er, Owens und Ben mit einem Pferdewagen und einem Fass darauf unterwegs. So gegen Mitternacht erreichten sie den Boiling Lake. Es stank nach faulen Eiern in der Luft. Sie fuhren an einen kleinen Hang, wo ein Weg entlang führte. Oberhalb dieses Weges schlängelte sich ein Bach in dem die stinkenden Abwässer des Sees abliefen. Es war eine schleimige stinkende Brühe die da träge dahin floss. Ben hielt sich die Nase zu, und Owens lachte nur.

„Na komm schon Pferdeflüsterer, jetzt zeig mal was ein Mann ist, nicht nur bei den Weibern!" Unter Scherzen und Flüchen bauten sie einen schmalen Abzweig aus Holz und füllten so das Fass, in dem man sonst die Pferdegülle transportierte. Nach einer guten Stunde war das Fass voll und sie verschlossen es. Dann fuhren sie langsam wieder ins Tal hinab, überquerten den Roseau-River und folgten dem sanft ansteigenden Weg, welcher hinauf zu den Kaffeefeldern der Closters führte. Oben auf dem höchsten Punkt angekommen, ließen sie die stinkende Brühe aus dem Fass in die Wasserverteilungsrinnen der Kaffeeplantage laufen. Da es eine ziemlich steile Hanglage war, ging es rasend schnell, und die Brühe verteilte sich innerhalb des gesamten Feldes auf dem die Kaffeebüsche standen. Als das Fass leer war fuhren sie wieder ab, verwischten aber die Wagenspuren noch gründlich bis hinein in den Wald. Ben hatte diese Idee gehabt. Die Wirkung ihrer nächtlichen Aktion würde verheerend sein. Und so war es dann tatsächlich! Nur was sie auslösen würde, konnte zu diesem Zeitpunkt niemand ahnen.

Als am Morgen der Verwalter von Closters Plantage Jasper Tailor die Kaffeeplantage betrat, blieb er vor Schreck erstarrt stehen! Sämtliche Kaffeesträucher hatten über Nacht braunes welkes Laub bekommen. Sie würden alle eingehen! Alle! Wie vom Teufel gehetzt jagt er mit seinem Pferd zurück zur Plantage und verlangte den Herrn zu sprechen. Dieser erschien im Morgenmantel und war reichlich ungnädig, denn er hatte noch nicht gefrühstückt.

„Was ist denn los, Jaspar? Warum kommst du daher wie vom Leibhaftigen verfolgt? Oder sind die Franzosen gelandet?" Der Verwalter erklärte dem Boss den Sachverhalt und seine Mutmaßung. Closter fuhr aus seinem Stuhl hoch wie einer von der Tarantel gestochen und begann sofort zu brüllen.

„Schafft mir die beiden Unglücksraben herbei! Aber dalli!" Mit den Unglücksraben meinte er seine beiden Söhne. Als die von einer durchzechten Nacht noch benebelt auftauchten, hagelte es zunächst Schläge mit einem breiten Ledergürtel. Obwohl Johan bereist 31 Jahre alt und Peter 24 Jahre alt waren, gab es Prügel wie zur Kindheit der beiden Jungs.

„Wollt ihr beiden Idioten denn unbedingt einen Krieg auf der Insel beginnen?", brüllte sie der Alte an.

„Dieser Neffe vom alten Winford scheint mir kein Hasenfuß zu sein! Erst schießt er dir den kleinen Zeh ab, und nun vernichten sie unsere gesamte Kaffeeernte und keiner kann es ihnen beweisen! Ihr Idioten! Geht mir aus den Augen oder ich vergesse mich!", schrie er hochrot im Gesicht, wurde auf einmal ganz ruhig, und kippte einfach um.

Als Doktor Jones aus der Stadt ankam, konnte er nur noch den Tod des Patriarchen feststellen. Die Kunde verbreitete sich wie ein Lauffeuer auf der Insel. Der alte Closter war tot! Seine Söhne hatten ihn ins Grab gebracht! Aber wer hatte die Kaffeeplantage vernichtet? Es gab Mutmaßungen, aber die wurden nicht laut ausgesprochen. Wer wollte sich schon mit so einer, so unheimlichen Macht anlegen! Nur eines war sichtbar, wann immer und wo immer Tony Winford in den Tagen danach auftauchte, machte man ihm bereitwillig Platz und grüßte verstohlen. Als dann aber auch noch der Krämer eines Tages keinen Kalk mehr hatte, weil der Lieferant aus St. Lucia ausschließlich an das neu eröffnete Kontor der Familie Winford in Portsmouth geliefert worden war, stand fest, dass sich die Kräfte auf der Insel stetig zu verschieben begannen. Tony Winford war dabei, der mächtigste und geachtetste Pflanzer auf der Insel zu werden.

An einem warmen Morgen kam ein berittener Bote vom Fort. Er brachte Tony eine Einladung vom Kommandeur des Fort Shirley. Gemeinsam ritten Ben und Tony am nächsten Morgen nach Portsmouth. Die kleine Ortschaft, in einer flachen auslaufenden Bucht, konnte man getrost idyllisch nennen.

An diesem Morgen öffneten gerade die ersten Händler ihre Läden, und die Marktfrauen überboten sich lautstark an ihren Ständen. Ben ritt direkt neben Tony und zeigte auf eine Tafel, die an einem Baum angebracht worden war. Es war die sogenannte „Friedenseiche", eine Bezeichnung aus dem alten Europa. Hier versammelte sich das Volk, wenn es galt ein Problem zu klären, zu dem auch der Friedensrichter eingeladen war. Wobei es aber in Portsmouth auch ein Gerichtsgebäude und einen Richter und mehrere Konstabler gab.

Sie ritten den langen Bergpfad hinauf und erreichten das große Eingangstor zum Fort. Ein Posten hielt sie auf, um ihre Papiere zu kontrollieren. Die Abfertigung ging schnell voran, denn Mister Tony Winford wurde bereits erwartet. Major Martin Walker war ein Mann um die 45 Jahre alt, lang aufgeschossen, mit ernstem Blick und einem kleinen Kinnbart. Seine rote Uniformjacke saß wie angegossen. Er begrüßte Tony zuerst, und gab dann aber auch Ben die Hand, nachdem Tony ihn vorgestellt hatte.

„Bitte setzen Sie sich, meine Herren.", begann er das Gespräch. Dann sah er auf seine Aufzeichnungen die vor ihm auf den Tisch lagen und fuhr weiter fort:

„Ja, ich möchte Sie über ein paar Details der Aussagen, dieser drei Saboteure von der „Henriette of Wales" informieren. Zum ersten war schnell klar, dass diese drei Halunken nicht von sich aus gehandelt hatten. Man hat sie drüben in England angeworben für dieses Verbrechen. Das Ziel war es, Sie Mr. Winford am Erreichen von Dominica zu hindern, und damit auch die

Übernahme der Plantage „Riviere la Croix" zu vereiteln. Der Auftraggeber ist ein gewisser Joshua Smith. Und dieser Smith ist ein unmittelbarer Kontrahent ihres Vaters, wenn es um Gewürze, Kaffee und Rum aus der Karibik geht. Dieser Mann versucht seit Jahren auf die Belieferung Europas ein Monopol zu erringen. Er hat die drei Gauner anwerben lassen. Und nun kommt aber der Clou. Dessen Verbindungsmann hier auf Dominica ist der uns bekannte Johan Closter! Ich wollte, dass Sie es von mir erfahren, bevor es über drei Ecken bei Ihnen ankommt, und wir hier ein Gemetzel erleben müssen." Tony sah Ben einen Augenblick sinnend an und nickte dann.

„Major Walker, ich danke Ihnen für Ihre Offenheit. Ich denke, die örtliche Gerichtsbarkeit hier, wird die drei Halunken entsprechend bestrafen." Der Kommandeur schüttelte den Kopf und lächelte ein wenig.

„Da muss ich Sie leider enttäuschen, Mr. Winford. Die drei werden mit dem nächsten Schiff zurück nach England gebracht, und dort vor den Richter gestellt. Das Sündenregister von allen dreien ist so groß, dass ich vermute, ihnen wird der Strick blühen. Was Johan Closter betrifft, hat er sich noch keines Verbrechens schuldig gemacht, für das man ihn anklagen könnte. Ich rate Ihnen aber, unbedingt Vorsorge zu treffen, was Ihre Sicherheit der Familien und die Ihrer Plantage betrifft."

Mit diesem Hinweis im Ohr verließen sie wieder das Fort Shirley in Richtung Plantage. Als Tony und Ben wieder den Berg vom Ford hinunter ritten waren sie eine Weile schweigsam. Tony dachte darüber nach, wie er seinen Vater auf schnellstem Wege davon informieren konnte.

„Hör zu Ben, wir müssen wohl oder übel für die Sicherheit der Plantage einiges tun. So wie ich die Sache sehe, werden es diese Closters nicht dabei belassen und nicht nur unsere Zäune demolieren." Ben nickte zustimmend.

„Das halte ich auch für unbedingt notwendig, aber an was hast du dabei gedacht?"

„Nun, wir werden einen Teil unserer Jungs bewaffnen und sie täglich auf Streife schicken. Suche die aus, die am mutigsten sind. Sie erhalten dafür ein Extraentgelt. Außerdem muss ich mit Mercedes Vater reden. Er kennt sich hier besser aus als wir. Er wird wissen wo wir am meisten aufpassen müssen."

Und so geschah es dann auch. Als Tony auf der Plantage ankam war sein erster Weg zu Wilson Owens, den er beim Zuckerrohr fand. Owens hörte aufmerksam zu, dann schaltete er die Presse einen Augenblick aus, damit man sich besser unterhalten konnte.

„Ich habe mir längst sowas gedacht, Mister Winford. Wenn der alte Closter tot ist werden seine Söhne versuchen uns hier kaputt zu machen. Die Frage ist allerding, ob es uns gelingt die anderen Pflanzer auf unsere Seite zu ziehen. Wir sollten sie alle zu uns bitten und mit ihnen reden. Denn beliebt sind die Closters bei niemandem, zumindest nicht die Söhne. Der Alte war eigentlich ganz vernünftig. Ich würde am liebsten schnellstens einen Boten losschicken. Wann gedenken Sie die Zusammenkunft auszurichten?" Tony dachte kurz nach.

„Sagen wir am Samstagabend. Ich sage Mercedes, dass sie eine schöne Einladung schreibt, und die verteilen wir dann!" Owens nickte schmunzelnd.

„Gut Sir, Sie finden meine Tochter im Garten hinten. Sie redet leider im Moment nicht mehr mit mir." Tony lächelte seinem Verwalter nachdenklich zu und dann nickte er.

„Ich habe bereits davon gehört, Mister Owens. Es geht um die Stute „Amanda", wenn ich recht informiert bin?" Owens nickte betreten, und Tony sprach einfach weiter.

„Hören Sie, Sie hatten Ihre guten Gründe, die ich leider nicht kannte. Aber „Amanda" ist eine brave Stute. Warum das damals passiert ist, weiß ich nicht. Aber ich bin mir sicher, sie wird Mercedes nie wieder ein Leid zufügen. Die beiden haben sich begrüßt wie zwei alte Freunde, die sich jahrelang nicht gesehen hatten. Das war ein Zusammentreffen von, na ja sagen wir, zwei weiblichen Wesen, die sich wortlos verstanden haben. Glauben Sie mir, ich würde Mercedes niemals aufsitzen lassen, wenn ich mir nicht sicher wäre, dass alles gut geht!" Owens sah seinen Boss einen Augenblick überrascht an, und kratzte sich am Kinn.

„Ihr habt nicht nur ein Herz für die Menschen, Ihr habt auch ein Herz für Tiere, Lord Winford, und ich vertraue auf Eure Erfahrung mit Pferden. Ich gehe nachher gleich selbst bei Mercedes vorbei und rede noch einmal mit ihr, Euer Lordschaft!" Dann nickte der Verwalter wie zur Bekräftigung, und konnte ein schmunzeln dabei nicht unterdrücken. Tony bemerkte es, sagte aber keinen Ton und schwang sich wieder auf sein Pferd. Eine Weile sah ihm Owens sinnend hinterher als der junge Herr davon ritt. War das eine verrückte Welt! Ein adliger Spross verguckte sich in eine Verwalters Tochter, na hoffentlich ging das auch gut. Aber symphytisch war ihm der junge Lord wirklich, das musste er sich inzwischen eingestehen.

Tony fand Mercedes im Garten zwischen den Zwiebelbeeten wo sie gerade Unkraut jätete. Als sie ihn kommen sah, richtete sie sich auf, legte die Hand über die Augen und lächelte. Tony sprang vom Pferd.

„Mercedes, du musst mir einen Gefallen tun! Wir müssen Einladungen an die anderen Pflanzer schreiben. Du hast eine schöne Handschrift, hilfst du mir dabei?" Sie stieg aus den Beeten heraus und sah ihn an. Kleine Schweißperlen standen auf ihrer Stirn.

„Ja wenn ich Ihnen helfen muss, Mister Winford, dann werde ich das tun. Sie sind der Boss!", erwiderte sie keck, und ihre dunklen Augen blitzten dabei schalkhaft.

Tony schnaufte tief durch, er wusste nur zu gut, wie sie es meinte. Ein wenig Widerspruch war immer dabei, wenn auch nur aus Spaß. Er erklärte ihr die Zusammenhänge und Mercedes wurde sofort ernst.

„Gut, wann wollen wir anfangen?" Er zog die Augenbrauen ein wenig hoch.

„Sagen wir am Abend um 7.00 Uhr, bei mir im Arbeitszimmer? Bist du bis dahin zu Hause fertig?" Sie nickte.

„O.k. Sir, ich bin um 7.00 Uhr bei Ihnen im Office!" Tony stieg wieder auf sein Pferd, winkte ihr nochmal zu, und hielt dann aber noch einmal kurz inne, bevor er davon ritt.

„Übrigens, ich habe mit deinem Dad geredet wegen „Amanda". Du kannst also wieder lieb zu ihm sein, er hat seinen Fehler eingesehen." Dann galoppierte er davon.

Sie sah ihm eine Weile nach bis er von einer Hecke verdeckt wurde, und musste schmunzeln. So einen jungen Herrn hatte sie noch nie kennengelernt! Was der anpackte, packte er mit Herz und Verstand an. Und ausgerechnet sie liebte dieser adlige Spross, sie eine Verwalters Tochter! Sie hätte vor Glück am liebsten laut singen mögen.

Pünktlich um Sieben Uhr betrat Mercedes das Office ihres Arbeitgebers. Sie hatte ein buntes langes, weit schwingendes Kleid an, welches einen beachtlichen Ausschnitt hatte und daher auch guten Einblick in ihre Oberweite gestattete. Tony bot ihr Platz an und Mercedes setzte sich sittsam an den Schreibsekretär.

„Magst du ein Glas Wein, Mercedes?", fragte er sie galant. Sie schüttelte den Kopf.

„Danke, aber ein Glas Most würde ich schon annehmen", erwiderte sie leise. Tony ging kurz aus dem Raum und Mercedes konnte sich in Ruhe umsehen. Sie kannte das Zimmer noch vom alten Winford. Tony hatte es offenbar ein wenig verändert, vor allem aber fielen ihr die vielen bunten Pflanzen auf. Tony betrat wieder den Raum und stellte den gewünschten Most vor sie hin. Er selber nahm ein Glas Wein und sie stießen miteinander an. Dann begann die Arbeit. Sie arbeiteten zwei Stunden konzentriert am Text und an der Gestaltung. Mercedes Vorschläge versetzten Tony in Erstaunen. Sie hatte Geschmack und Stil, das musste man ihr lassen. Zufrieden betrachteten sie dann gemeinsam ihr Werk. Inzwischen war es 22.30 Uhr geworden. Als die Glocke der Uhr schlug stand Mercedes auf.

„Ich muss nach Hause, Sir!", meinte sie etwas unsicher. Er trat vor sie hin und sah sie an.

„Gibst du mir noch einen Kuss zum Abschied?", fragte er sie. Mercedes lächelte.

„Ich wusste, dass du mich das fragen wirst.", erwiderte sie leise, stellte sich auf die Zehenspitzen und gab Tony einen Kuss auf die Wange. Er schmollte.

„Mercedes! Wir sind doch nicht Bruder und Schwester! Ich meinte einen richtigen Kuss, so wie zwischen Mann und Frau üblich." Sie schmunzelte einen Augenblick und meinte dann:

„Na dann zeigen Sie es mir doch bitte, Sir!" Und ehe sie sich versah, hatte Tony die junge Frau in den Arm genommen, eine Hand hinter ihren Kopf gelegt, und küsste sie lang und anhaltend. Als sie wieder Luft bekam, erboste sie sich aus Spaß.

„Aber Mister Winford, sowas tut man doch nicht! Wir sind doch nicht verheiratet! Wo Eure Zunge überall herumgeisterte!" Er lachte ebenfalls.

„Wird Zeit, dass wir das ändern, Young Lady Owens! Und zwar bald! Aber jetzt bringe ich Sie nach Hause!" Er reichte ihr galant den Arm und sie verließen das Haus. Der große gelbe Mond beleuchtete die Szenerie und warf Schatten. Tony begleitete die junge Frau bis zur Tür ihres Hauses, dann verabschiedete er sich mit einem Handkuss von ihr. Mercedes kicherte leise. „So hat sich noch keiner von mir verabschiedet, Tony! Du bist ein Gentlemen!" Tony stutzte und hielt noch ihre Hand fest. „Waren es schon viele die sich zu später Stunde von dir verabschiedet haben?", fragte er sie leise. Sie schüttelte ihre Haarmähne mit der roten Schleife. „Nein Mister Winford! Es war genau gezählt bisher nur einer! Er war nicht von der Insel hier sondern von St. Vincent drüben, und wir waren gerademal 15 Jahre alt. Sein Vater hatte mit meinem Vater ein Geschäft gemacht. Er versprach mir, er wolle mich später heiraten wenn wir alt genug sind. Wie ich in Erfahrung gebracht habe, hat er mit 19 schon geheiratet, hat mindestens drei Kinder, und inzwischen eine Glatze. Brrr!" Tony lachte verhalten.

„All das kann dir mit mir nicht passieren! Ich werde dich auf Händen tragen." Mercedes winkte lächelnd ab.

„Kommt darauf an wie viel ich mal wiegen werde wenn ich drei Kinder bekommen habe! Gute Nacht, Sir!" Sie winkte ihm noch einmal zu und verschwand hinter der Haustür. Tony machte sich leise vor sich hin pfeifend auf den Weg zurück zum Haupthaus. Hätte er allerdings die dunkle Gestalt im Schatten der Bäume bemerkt, wäre er nicht so ruhig geblieben.

Tonys Brief kam wie beabsichtigt, an einem Freitag bei seinen Eltern an. Als Howard Winford ihn zu Ende gelesen hatte, sah er etwas bleich um die Nase aus. Er klingelte nach Betty, der Hausdame.

„Rufen Sie sofort meine Frau und meinen Bruder herbei!", schnarrte er im Befehlston. Als beide wenig später erschienen, schob er ihnen den Brief über den Tisch. Er schlug mit der flachen Hand auf die Tischplatte und schnaufte aufgeregt.

„Dieser verdammte Smith! Kauft sich ein paar Mörder um unseren Sohn zu beseitigen und um uns aus dem Kaffeehandel zu vertreiben! Ich muss unbedingt mit dem Friedensrichter reden!" Lester Winford winkte ab.

„Nicht so hastig, Howard! Warten wir doch erst den Prozess ab. Fängst du jetzt einen Streit an, wird er alles abstreiten. Sagen die Halunken aber aus, dann ist er geliefert! Weißt du was ich so denke? Ich werde das nächste Schiff nehmen und Tony aufsuchen. Dabei kann ich mir auch gleich ein Bild von der Plantage machen." Elisabeth Winford tupfte sich die Augen ab. „Der arme Junge! Ich wusste gleich, dass diese Plantage nur Unheil bringt!" Ihr Gatte winkte ab. „Papperlapapp! Er ist alt genug und er ist ein Winford! Und ich denke, er macht seine Sache sicher sehr gut! Er lässt sich nicht einschüchtern. Aber was deine Reise betrifft Lester, musst du noch ein viertel Jahr warten. Wir haben hier noch ein sehr wichtiges Geschäft abzuwickeln wie du weißt! Danach kannst du von mir aus reisen."

Doch wie es ebenso ist, das Schicksal nimmt manchmal keine Rücksichten auf persönliche Befindlichkeiten.

Am Samstagabend trafen sich die vier größten Pflanzer von Dominica auf der Winford-Plantage. Lucia hatte ein zünftiges Abendmahl bereitet, und Speise und Trank im Salon sorgten für eine ausgelassene Stimmung. Dann stand Tony auf und bat um Ruhe.

„Gentlemen, ich habe Sie heute hierher gebeten, weil wir uns alle mit einer Gefahr beschäftigen müssen. Und diese Gefahr heißt Closter! Dieser Johan Closter wird nicht eher ruhen, bis er einen nach dem anderen von uns vernichtet hat. Der Mann ist skrupellos und gerissen, und er scheut sich vor keiner Gemeinheit! Wir alle, einschließlich unsere Lieben, sind in Gefahr seit der alte Closter tot ist. Ich für meinen Teil, werde einen Teil meiner Leute bewaffnen und sie auf Streife rings um die Plantage schicken. Außerdem sollten wir über eine Nachrichten Überbringungsmöglichkeit nachdenken, mit der wir uns gegenseitig schnell verständigen können, wenn einer von uns in Gefahr ist."

„Wir schießen den Sauhund einfach über den Haufen und gut ist!", rief der sechzigjährige Dirk Harris in die Runde. Tony winkte ab.

„Das wäre sicher der schnellste Weg, aber auch der schnellste um im Gefängnis zu landen, Sir! Wir müssen Beweise sam-

meln, die man dem Gericht vorlegen kann. Ich habe bereits mit Anwalt Winterbotten gesprochen. Er rät uns von Vergeltungsmaßnahmen abzusehen, und stattdessen Beweise zu sammeln." Einige lachten plötzlich verhalten.
„Da fragt man sich doch, wer den Closters die Kaffeeernte zunichte gemacht hat!", meine der junge Oliver Willis und zwinkerte Tony mit einem Auge zu.
Am Ende des Abends war man sich einig, ab sofort eine gemeinsame Wache einzurichten, und eine Möglichkeit der Benachrichtigung zu suchen. Tony war jedenfalls mit dem Ergebnis des Abends zufrieden, als er mit Ben und Wilson Owens noch bei einem Glas Wein und einer Pfeife Tabak beisammen saß. Zumindest waren alle darüber einig geworden, dass man in Gefahr war! Und Ben erhielt von Tony den Auftrag eine „Wachmannschaft" aufzubauen, und alles Notwendige dafür zu veranlassen.

Mercedes kam am nächsten frühen Morgen leise vor sich hin singend ins Herrenhaus, um zu Lucia in die Küche zur Hand zu gehen. In der nächsten Woche sollte das Erntedankfest stattfinden und da gab es viel vorzubereiten. Die schon etwas ältere Lucia sah die junge Frau an, als diese singend zur Tür herein kam.
„Na, heute so fröhlich am frühen Morgen? Denk daran Mädchen, wer früh singt, weint abends, sagt das alte Sprichwort! Oder bist du etwa verliebt?" Mercedes setzte sich auf den alten Holzstuhl und strahlte die Köchin an.
„Mir geht es eben gut, Lucia", erwiderte sie und begann die Mangos auszuschälen. Die Negerin Lucia verzog das Gesicht ein wenig und zeigte dabei ihre schönen weißen Zähne.
„Meinst du wirklich, dass der junge Herr es ehrlich mit dir meint?", fragte sie nun ihrerseits unverblümt. Mercedes legte die geschälte Mango in die Schüssel und leckte sich die Finger danach ab, und flüsterte dann:
„Lucia, er hat mich gefragt, ob ich seine Frau werden will. Er würde das wohl nicht tun, wenn er nur mit mir spielen wollte, oder?" Die Köchin nickte verhalten und lächelte dabei vor sich hin.

„Ja, er ist anders als diese Adligen sonst. Da hast du Recht! Aber was werden die anderen Herrschaften auf der Insel sagen, und vor allem seine Eltern?" Mercedes zuckte unsicher mit den Schultern.

„Das weiß ich auch nicht, Lucia. Schade, dass ich keine Mama mehr habe die ich fragen könnte. Mein Vater hat inzwischen seinen Widerstand aufgegeben und wünscht uns Glück." Sie hatte es kaum ausgesprochen, als die Tür aufging und der junge Herr in die Küche betrat. Ohne auf Lucia zu achten trat er hinter Mercedes die am Tisch saß, und gab ihr von hinten einen Kuss auf die Wange.

„Man hat mir gesagt du seist hier! Ich habe dich nämlich gesucht, Miss Owens." Und erst dann wandte er sich der Köchin zu die am Herd stand.

„Göttin des Herdfeuers, ich bräuchte einen Picknickkorb für drei Leute, und das pronto. Und denkt daran, dass wir heute Abend Besuch bekommen. Der Anwalt Winterbotten mit seiner Gemahlin beehrt uns mit seinem Besuch. Aber bitte kein Fleisch, seine Frau ist Vegetarierin, denke daran." Er sah die Köchin von oben bis unten an.

„Lucia, mir dünkt Ihr seid schlanker geworden! Habt Ihr einen neuen Liebhaber?" Die Köchin brach in Lachen aus.

„Aber Sir, mein Henry ist bald Sechzig. Da ist mit der Liebe nicht mehr viel los! Im Gegensatz zu Euch", setzte sie noch leiser hinzu, doch Tony hatte es gehört. Er drohte ihr lächelnd mit dem Zeigefinger.

„Lucia, Lucia, Euer loses Mundwerk hat sich nicht gebessert seit ich da bin. Schon mein seliger Onkel hat davon geschwärmt! Hattet Ihr etwa eine Liaison mit ihm?" Lucia brauste auf, hochrot im Gesicht, das sogar bei ihrem dunklen Teint auffiel.

„Aber Sir! Lasst das ja nicht meinen Henry hören! Oder wollen Sie, dass ich als alte einsame Frau sterben werde?" Tony lachte schallend.

„Ach Lucia, das war doch nur Spaß! Ihr seid eine liebe treue Seele, die man einfach lieb haben muss. Übrigens, ich finde es gut, dass Ihr Euch ein wenig um meine Braut kümmert." Und dann zu Mercedes gewandt:

„Liebling, kommst du? Wir wollen mit Ben ausreiten und uns sein künftiges Stück Land ansehen." Mercedes lächelte ihn an und antwortete:

„Liebling kommt schon!"

Und so ritten sie wenig später zu dritt im leichten Galopp aus dem Tor der Plantage hinaus in den Regenwald, auf einem Weg der stetig bergauf führte. Der schmale Weg führte sie vorbei zu dem Tal der zahlreichen rieselnden kleinen Wasserbäche. Über schmale Holzbrücken führte der Weg langsam immer weiter in den Regenwald hinein.

Hier oben war man bald am höchsten Punkt der Insel, natürlich neben dem Morne Diablotin, einem ehemaligen Vulkankegel. Aber von hier oben aus konnte man beinahe die gesamte Plantage überblicken. Tony hatte ein Fernrohr dabei und sah hindurch. Plötzlich stutzte er, stellte das Glas ein wenig schärfer, und gab es dann Ben.

„Schau mal, da hinten wo dein Stück Land liegt, siehst du da was?" Ben nickte und fluchte leise vor sich hin.

„Das müssen drei von Closters Leuten sein! Ich glaube, die wollen Feuer legen! Wenn der Wind ungünstig steht, treibt er das Feuer direkt auf unser Zuckerrohrfeld zu! Wir müssen schnellstens runter!"

Und schon saßen sie wieder auf den Pferden und trieben diese so schnell es auf dem holprigen Weg ging an. Eine Viertelstunde später hatten sie das kleine Tal erreicht, als es plötzlich zu Donnern anfing und der erste Blitz irgendwo im Wald einschlug. Kurze Zeit später begann es wie aus Sturzbächen zu regnen. Tony atmete erleichtert auf, denn das Feuer welches die Halunken gelegt hatten, würde schnell wieder verlöschen.

Die drei Gauner von Closters Plantage hatten sich wegen des plötzlich einsetzenden Regens in einen kleinen Unterstand zurückgezogen, den irgendjemand früher mal gebaut hatte. Sie hörten, wie einer der Halunken schimpfte, weil der Regen ihr schönes Feuer wieder gelöscht hatte.

Währenddessen hatten sich Ben, Tony und Mercedes von drei Seiten dem Unterstand genähert, der unter einem riesigen Baum und viel Gebüsch stand, und so ein trockenes Plätzchen bot. Die Pferde hatten sie etwas weiter entfernt angebunden.

Die Musketen feuerbereit näherten sich die Drei dem Unterstand. Tony bewunderte mal wieder im Stillen den Mut seiner Braut. Sie trug übrigens lange Lederhosen, ein buntes Hemd mit einer Weste darüber, und einen Strohhut. So konnte man sie gut und gerne für einen schlanken Mann halten, wenn auch mit buschigem roten Pferdeschwanz. Die letzten Meter schoben sie sich langsam vorwärts. Tony bedeutete Mercedes sie solle nun zurück bleiben. Sollte es eine Schießerei geben, wollte er sie nicht im unmittelbaren Gefahrenbereich wissen. Er sah wie sie schmollte und einen Flunsch zog. Als er ihr mit dem Finger drohte, streckte sie ihm kurz die Zunge heraus und kicherte leise. Tony konzentrierte sich wieder auf das Geschehen vor sich. Er sah wie Ben etwas Papier und trockene Zuckerrohrblätter anzündete. Beides hatte er mitgenommen, weil sie einen Biber in seinem zukünftigen Wohnbereich ausräuchern wollten. Doch jetzt kam ihm der Zunder gerade Recht, um damit den Unterstand anzuzünden. Mit Schwung warf er die brennende Lunte nun von hinten in das trockene Gehölz. Es dauerte keine Minute, und das Holz begann zunächst zu qualmen, und dann züngelten tatsächlich kleine Flammen aus dem Holzgewirr. Eine kurze Windbö fachte das Feuer richtig an. Fluchend, schimpfend und hustend kamen die drei Gauner aus dem Unterstand heraus und sahen vor lauter Qualm und Tränen in den Augen nicht was vorgefallen war. Erst Tonys barsche Stimme brachte ihnen eine gewisse Ernüchterung.

„Hände hoch, Ihr Lumpenpack oder wir schießen Euch gleich hier über den Haufen!", brüllte Tony mit voller Lautstärke. Und da sowohl Ben als auch Mercedes sich bemerkbar machten, sahen sich die Drei umzingelt und ergaben sich. Mercedes sammelte ihre Musketen ein. Einer der Ganoven, ein zottelhaariger Weißer, sah Mercedes an und erkannte, dass sie eine Frau war und riss die Augen auf.

„Ach du Scheiße, ein Weib entwaffnet uns!", fluchte er verhalten und sah sie böse dabei an. Mercedes grinste und schob ihren Hut weiter nach hinten, so dass man ihr rotes Haar sehen konnte. Die drei Ganoven starrten sie an.

„Das ist die Tochter vom alten Owens, die möchte ich auch mal ins Bett zerren", rief einer von ihnen aus. Doch ehe er sich versah, hatte ihm Tony einen gezielten Boxhieb verpasst. Der Mann stürzte rücklings zu Boden. Als er sich wieder aufrappelte sah er Tony wütend an und wischte sich das Blut aus dem Gesicht.

„Das war für deinen Wunsch, meine Braut ins Bett zerren zu wollen, du Hundsfot!", knurrte Tony ihn halblaut an. Ben fesselte währenddessen die Männer mit zwei Stricken. Dann saßen sie auf und ritten im Schritttempo, die Gefangenen zu Fuß hinter her ziehend, wieder der Plantage entgegen. Dort angekommen wurden die Gefangenen in einen alten fensterlosen Keller gesperrt, und Tony schickte einen seiner Männer zum Konstabler nach Portsmouth, damit er die Gefangenen abholen und ins Gefängnis bringen konnte. Auf sie wartete eine Verurteilung wegen Brandstiftung.

Feuer legen war auf den Inseln strengstens verboten, weil die Passatwinde das Feuer so anfachen konnten, dass er alles verbrennen konnte. Und eine Insel ohne Regenwald und Palmen war nur noch ein kahles schroffes unbewohnbares Eiland. Die Erosion würde innerhalb weniger Jahre aus der Insel eine kahle Felsenwüste machen. Und somit war auch die zu jener Zeit übliche Brandrodung auf der Insel Dominica strengstens verboten. Also war auch Bens Strafmaßnahme den Unterstand anzuzünden, nicht richtig gewesen. Aber es konnte ja auch sein, dass ein wenig von dem Feuer, welches die Halunken gelegt hatten, auf den Unterstand übergegriffen hatte …

Die Verhandlung gegen die Gauner begann bereits am Freitagvormittag. Die Drei sagten aus, dass ihnen Johan Closter den Auftrag erteilt hatte und sie gut bezahlt hatte. Außerdem wollte er sie von Dominica nach Erfüllung des Auftrages wegbringen, wohin war ihnen aber nicht gesagt worden. Tony Geduld war am Ende! Kurz nach der Urteilsverkündung rief er Ben zu sich.

„Ben, suche zwanzig der zuverlässigsten Männer aus und gib ihnen Pferde und Waffen. Wir reiten zu Closters Plantage!"
Und dann ritt der Trupp, eine Stabwolke aufwirbelnd, aus dem Tor mit Kurs auf Closters Plantage. Tony ritt neben Ben in der ersten Reihe. Er hatte zwei Pistolen am Gürtel und eine Muskete auf dem Rücken. Ein Bowiemesser steckte in seinem Stiefel. Es war das Geschenk seines Onkels Lester, der es aus Amerika

mitgebracht hatte. Wie ein Sturmwind preschten sie auf das Gelände der Plantage von Closter. Einige Schwarze flüchteten als sie den Haufen sahen der da angeritten kam. Was alle befürchtet hatten war nun eingetreten! Es kam zum Kampf zwischen den Winfords und den Closters. Vor dem großen Portal des Herrenhauses hielten sie an, blieben aber im Sattel.

„Closter komm heraus!", schrie Tony zweimal, aber nichts regte sich. Noch einmal rief Tony:

„Closter kommt heraus oder wir kommen jetzt rein!" Endlich öffnete sich die Tür langsam einen Spalt. Peter Closter, der jüngste der drei Brüder, stand vor ihnen.

„Was wollt Ihr hier auf unserer Plantage?", rief der ziemlich eingeschüchtert zurück. Tony sprang mit einem Satz vom Pferd und ging geradewegs auf den jüngsten Spross der Closters zu. Der sah ihn unsicher an, und trat von einem Bein aufs andere.

„Ich will Euren Bruder Johan sprechen!" Der junge Closter schüttelte den Kopf.

„Der ist nicht mehr auf der Insel! Der hat gestern Abend die Insel verlassen. Ich bin alleine hier, und Richard hat ihn begleitet" antwortete er eingeschüchtert. Man sah ihm an, dass er die Wahrheit sagte und ziemliche Angst hatte. Im Grunde war der Peter kein schlechter Kerl, aber er stand eben unter dem Einfluss seines großen Bruders. Tony nickte.

„Gut, sagt Euren beiden Brüdern, wenn sie sich noch einmal an unserem Eigentum vergreifen, werden sie beide sterben! Ich finde Euch überall, egal wo Ihr Euch verkriecht. Und noch eins, noch ein einziger Angriff auf unser Leben oder unsere Plantage, und Euer schöner Landsitz hier, wird dem Erdboden gleichgemacht! Richtet ihnen das ebenfalls aus!" Tony schwang sich wieder auf sein Pferd und ritt dem Trupp voran wieder von der Plantage. Er ließ einen jungen Mann zurück, der im Zimmer angekommen, erst mal ein Glas Rum trinken musste, so zitterten ihm die Knie. Er war sich sicher, dass dieser Winford seine Drohung wahrmachen würde. Aber er kannte auch die Unberechenbarkeit seines Bruders Johan!

Als sie kurze Zeit später die heimatliche Plantage „Riviere la Croix" wieder erreicht hatten, schickte Ben einen seiner Jungs in die Stadt um Erkundigung einzuziehen, welches Schiff am

Vorabend die Insel verlassen hatte und welches Ziel es gehabt hatte.

Am späten Abend wussten sie, dass die Closter-Brüder nach Grande-Terre, eine der beiden kleinen vorgelagerten Inseln von Guadeloupe, getürmt waren. Sie waren also unter französische Obhut geflüchtet.

Guadeloupe war zwar die Nachbarinsel von Dominica, nur durch einen schmalen Kanal getrennt, aber man war sich gerade nicht ganz freundschaftlich verbunden. Immerhin hatten in den letzten Jahrzehnten die Franzosen mehrfach versucht, Dominica zu erobern. Waren aber jedes Mal von den Engländern wieder vertrieben worden. Aus diesem Grund hatten die Engländer auch das Fort Shirley an der Nordspitze Dominicas errichtet. Die Britische Krone ihrerseits, hatte anfangs aber auch scheel auf die südlich gelegene Insel Martinique geschaut, denn auch dort saßen die Franzmänner. Wobei St. Lucia, St. Vincent, Barbados, Grenada und Trinidad und Tobago im Süden zur Britischen Krone gehörten. Sie alle hatte man den Franzosen nach und nach abgejagt. Am Ende waren die Inseln der Karibik zwischen den Engländern, Franzosen und Holländern aufgeteilt worden. Die ehemaligen spanischen Eroberer aber hatte man erfolgreich vertrieben, so dass diese so gut wie keine Rolle mehr spielten.

Der englische Kapitän Nelson war einer der Erfolgreichsten in diesem Kampf gewesen. Es ging dabei immer um Gewürze, Zuckerrohr, Kakao und Südfrüchte für Europa. Anfangs hatten die Pflanzer Sklaven aus Afrika zur Verfügung gehabt. Und obwohl England die Sklaverei noch nicht offiziell abgeschafft hatte, waren die aus Afrika in die Karibik gebrachten Schwarzen, sogenannte Halbfreie, inzwischen doch schon so gut wie frei.

Trotzdem mussten sie sich bei ihrem Herren abmelden, wenn sie die Insel verlassen wollten oder heiraten wollten. Für Tony war von Anfang an klar gewesen, dass er seine Schwarzen vernünftig behandeln würde. Genauso wie es sein verstorbener Onkel Abraham schon gehandhabt hatte.

Die einheimischen Kariben waren bis auf wenige, die in einem Reservat auf Dominica lebten, alle vernichtet worden. Ein ganzes Volk war einfach verschwunden oder besser gesagt ausgelöscht worden. Und Tony wusste das, hatte viel darüber während des Studiums gelesen, und wollte diesen Zustand radikal ändern. Und so kam es, dass immer mehr Schwarze ihren ehemaligen Herrn davon liefen und im „Riviere la Croix" eine neue Heimat finden wollten. Ihrem neuen Boss waren sie vorbehaltlos ergeben und treu. Und das wiederum brachte Tony nicht nur Freunde auf der Insel ein.

Tony, Ben und Mercedes saßen am Sonntag nach dem Kirchgang auf der Veranda des Herrenhauses auf ihrer Bank und genossen die Ruhe und die Sonne dieses schönen Vormittages. Mercedes trug wieder lange Hosen und ihre karierte Bluse. Die rote Haarpracht hatte sie mit einem weißen Band zusammengebunden und eine Blüte ins Haar gesteckt. Ein kecker weißer Strohhut krönte das Ganze. Kein Wunder, dass Tony sie seine „Göttin" nannte.

Als Wilson Owens aus dem Fenster seines Häuschens hinüber zum Herrenhaus schaute und seine Tochter zwischen den beiden jungen Männern erblickte, verzog er ein wenig das Gesicht. Sie war zwar eine junge hübsche, gut gebaute junge Frau, aber sie hätte wohl lieber ein Junge werden sollen. Schon als sie noch klein war, hatte sie lieber mit Hunden, Katzen und kleinen Eseln gespielt, als mit Puppen oder dem Stickrahmen. Andererseits konnte sie sich ihrer Haut erwehren, konnte schießen und reiten wie ein Kerl, und hatte auch schon mal in jungen Jahren dem einen oder anderen aufdringlichen Kerl eine blutige Nase verpasst. So gesehen konnte er eigentlich stolz auf seine einzige Tochter sein. Dass ihre Mutter schon seit ihrem sechszehnten Lebensjahr fehlte, hatte sicher auch seinen Einfluss auf ihre Entwicklung gehabt. Dabei war Mercedes ja das Ebenbild ihrer Mutter, und beide hatten sich stets gut verstanden.
Einerseits war er inzwischen auch stolz darauf, dass die beiden Europäer aus dem Mutterland die junge Kreolin wie selbstverständlich in ihre Mitte nahmen, aber andererseits bremste ihn sein altes Denken immer noch. Und das hieß - die Weißen waren die Herren, die Schwarzen oder auch die Kreolen waren die Untergebenen. So wie es schon vor hundert Jahren war!
Aber nun hatte ihr beider Leben eine unerwartete Richtungsänderung erfahren. Die Tochter des Verwalters und der adlige

Lord Winford hatten sich tatsächlich ernsthaft ineinander verlieb, wie es schien. Und das machte ihn nicht nur nachdenklich, sondern auch unruhig. Der Schwiegervater eines Lords zu sein, ohne selber aus dem Adelsstand zu kommen, das war in ihrer Zeit beinahe unmöglich und ein Sündenfall. Andererseits, was nützte es ihm, wenn er sich quer stellte? Mercedes wäre unglücklich, und das bisher gute Arbeitsklima wäre dahin. Wenn es die Beiden so wollten, dann mussten sie es auch beide durchstehen! Er konnte nur hoffen, dass der junge Lord es auch wirklich ernst mit Mercedes meinte.

Andererseits konnte er aber beruhigt alt werden, wenn er wusste, dass seine Tochter gut versorgt war. Und dieser junge Lord schien beileibe kein Luftikus zu sein. Was er tat, das tat er mit viel Überlegung und bedachte die Folgen seines Handelns. Auf einmal tat Wilson Owens das, was er sonst in der Vergangenheit noch nie getan hätte. Er verließ das Haus und gesellte sich zu den drei Jugendlichen, die sich angeregt unterhielten. Tony bat ihn sich zu setzen, und Zoe brachte ihm ein Glas Most. Owens brannte sich eine Zigarre an. Ben schnupperte sofort.

„Oh, die riecht aber hervorragend, Mister Owens!" Obwohl sie ja beide Bedienstete waren, sprach Ben den älteren Owens immer noch per Sie an. Und Wilson Owens lächelte.

„Möchten Sie eine davon, Ben Mosley? Aber Vorsicht, die sind ziemlich stark!" Er reichte Ben eine kleine Zigarre und gab ihm sogar Feuer. Ben zog ein, zweimal heftig und begann plötzlich zu husten bis ihm die Tränen aus den Augen liefen. Alle lachten herzlich, und Ben zog nun nur noch ganz wenig, und paffte den Qualm in die Luft.

„Woher kommen die, Mister Owens?" Der Verwalter zeigte hinüber in seinen Garten hinter dem Haus.

„Das ist eigene Ernte. Ich habe ein kleines Feld angelegt und Pflanzen aus Trinidad besorgt. Es ist die erste Ernte heuer. Ich habe mir extra Virginia-Samen besorgt. Diesen auf dem Fensterbrett zu kleinen, Handflächen hohen Pflanzen gezogen und dann ausgesetzt. Sie müssen aber vor praller Sonne geschützt, und reichlich gegossen werden. Je nach Größe kann man den Tabak nach 40 Tagen abernten. Die Blätter einzeln an Schnüre aufhängen um sie zu trocknen. Sind sie genug getrocknet, werden sie zu Bündel geschnürt und aufgeschichtet. Dabei werden durch die Gärung bis 45 Grad erreicht. Da heißt es aufpassen, sonst gibt`s Matsch. Sind die Blätter dann braun geworden, ist der Tabak fertig und man kann sie sortieren. Den weniger guten zerreibt man einfach zu Tabak, den guten wickelt man und so werden sie zu Zigarren. Also eine ziemliche Arbeit, meine Herren!"

Tony hatte die ganze Zeit still zugehört, und Mercedes sah, wie er nachdachte. Und so gut kannte sie Tony nun inzwischen schon, dass ihr klar war, worüber ihr künftiger Ehemann nachdachte. Der sprach seinen Schwiegervater in Spe dann auch an.

„Sagt mal Schwiegerpapa, könnte man daraus nicht ein Produkt machen, dass man verkaufen könnte?" Wilson Owens schaute reichlich erstaunt zu seinem künftigen Schwiegersohn.

„Sir, Sie meinen wir sollten Tabak anbauen? Aber wo? Wir haben keinen Platz mehr", erwiderte er zögernd. Ben begann zu lachen, und als ihn alle ansahen, meinte er leichthin:

„Na vielleicht könnten wir das auf meinem Feld machen. Ich übernehme mit Hilfe von Mr. Owens die Produktion des Tabak!" Zu allem Erstaunen nickte Wilson Owens plötzlich.

„Eine gute Idee, finde ich! Aber das heißt dann auch, wir brauchen so an die fünfhundert Pflanzen. Ich könnte sie zu einem Vorzugspreis eventuell beschaffen." Mercedes hatte die ganze Zeit still daneben gesessen und zugehört. Jetzt schüttelte sie den Kopf und sah die drei Männer skeptisch an.

„Ihr fangt an euch zu verzetteln, Männer! Vorige Woche habt ihr noch überlegt, ob ihr nicht Rinder aufziehen könntet! Jetzt ist es der Tabak." Tony nickte wortlos.

„Mercedes hat natürlich Recht, wir müssen uns schon entscheiden was wir wollen. Die Idee mit den Rindern halte ich inzwischen auch für zu aufwendig. Aber Tabak anbauen ginge nach meiner Meinung sofort! Was sagt ihr dazu?" Er sah sich in der Runde um und sein Blick blieb auf Owens haften.

„Was meinst du, zukünftiger Schwiegervater?" Owens fühlte sich immer noch unwohl in seiner Haut. So hatte ihn der alte Winford nie mitreden lassen. Obwohl auch der auf seine Erfahrung gebaut hatte. Owens holte tief Luft.

„Also wenn Ihr mich so fragt Sir, ich meine, die Idee mit dem Tabak ist gut! Wir sollten uns das Stück Feld anschauen. Vielleicht müssen wir noch etwas roden, da hinten ist zu viel dichter Wald." Tony reichte ihm und Ben die Hand.

„Schlagt ein! Dann gilt es als beschlossen!" Mercedes protestierte plötzlich.

„Und ich? Zählt meine Meinung nicht?" Tony lachte und Vater Owens warf ihr einen warnenden Blick zu.

„Natürlich zählt auch die Meinung meiner zukünftigen Frau! Wir Männer müssen uns nur erst daran gewöhnen. Also schlag mit ein, Mercedes!"

Und so war der Tabakanbau beschlossene Sache. Tagelang ackerte danach Ben auf seinem Grundstück um es zu roden und urbar zu machen. Was ihn allerdings noch mehr erfreute, war die Tatsache, dass innerhalb seiner Grundstücksgrenze eine Quelle mit heißem Wasser entsprang. Schon nach wenigen Tagen hatten sie unterhalb der Quelle eine Grube ausgehoben, diese mit Steinen verfestigt, und dann konnte man bereits auch zur Freude von Tony und Mercedes darin baden. Die vorläufig gebaute Hütte sollte einmal nach Bens Wünschen ein schönes geräumiges Haus werden. Aber manchmal kommt ja alles anders als man denkt oder es kommt viel schneller als man denkt. Und so war es auch diesmal.

Es war ein schöner Sonntagmorgen. Ben war gerade aufgestanden und wollte sich auf den Weg zu seiner Badequelle machen, als plötzlich wie aus dem Boden gewachsen, eine zierliche, hübsche, schlanke junge Kreolin dastand. Sie mochte kaum älter als siebzehn oder achtzehn Jahre sein, also so alt wie Ben. Da er gerade auf dem Weg zu seinem neuen Badeteich war, trug er nur ein paar kurze Hosen und sonst nichts.

Die junge Kreolin und Ben starrten sich vor lauter Überraschung einen Augenblick unverwandt an. Ben ließ keinen Blick von ihr, wie sie so verlegen dastand und ihr Bündel krampfhaft festhielt. Ihr zerschlissenes Kleid war ziemlich kurz und der Ausschnitt gab den Blick frei auf zwei stattliche Erhebungen, deren Spitzen sich durch das Kleid abzeichneten. Ben war augenblicklich wie berauscht von der jungen Dame mit den vielen braunen Locken auf dem Kopf. Was Mercedes an Haaren in Rot auf dem Kopf trug, hatte die Kleine hier in Braun. Er trat langsam auf sie zu.

„Was machst du denn hier? Und wen oder was suchst du hier?",
fragte er sie auf Patois. Dies war eine Sprache der einheimischen Kariben, ein Gemisch aus Englisch, Französisch und ist
auch ein wenig mit dem Jamaikanischen verwandt. Die junge
Frau lachte auf einmal, zeigte dabei zwei Reihen ebenmäßiger
weißer Zähne und antwortete ihm im schönsten reinen Englisch:
„Ich bin Josefine oder auch Josy genannt! Ich komme aus St.
Vincent drüben. Ich bin dort meinem Herrn abgehauen, also auf
der Flucht wie man so sagt. Und ich habe gehört, dass es hier
eine Plantage gibt, auf der man Schwarze und auch uns Kreolen
gut behandelt. Diese Plantage suche ich gerade", bekannte sie
offen. Ben sah sie immer noch atemlos an. Eigentlich war sie ja
wirklich hübsch. Sie hatte eine rotbraune Lockenmähne, die
über die Schultern reichte, ein schmales ebenmäßiges Gesicht
mit einer kleinen Stubsnase, lange gerade Beine und einen runden strammen Busen, der förmlich durch ihre Bluse zu stechen
schien. Ben grinste und deutete auf seinen Pool wenige Meter
weiter.

„Wenn du willst Josy, kannst du mir dort Gesellschaft leisten
und mit baden. Es ist schönes warmes Wasser!" Sie machte einen langen Hals, lachte dann aber verschämt.

„Na ja, ich hab aber nur die Sachen, die ich anhabe. Und noch
ein Kleid hier im Bündel." Ben winkte ab, nahm sie plötzlich
einfach an der Hand und zog sie mit sich fort.

„Na komm schon heimatlose Josy! Ich drehe mich um, du
ziehst dich aus und gehst ins Wasser. Und raus machen wir es
wieder so, ist doch ganz einfach!" Sie sah ihn mit ihren schwarzen Augen spitzbübisch an und meinte dann aber dennoch
ziemlich ernsthaft und überlegend:

„Und du hast nicht die Absicht mich zu besteigen weißer
Mann?" Ben lachte erst herzhaft wegen ihrer Umschreibung,
und schüttelte dann ernsthaft den Kopf.

„Erstens Josy, bin ich ein ehrlicher weißer Mann, zweitens
heiße ich Ben und drittens würde ich sowas niemals tun! Also
komm, lass uns beide in die warme Quelle steigen!" Nach kurzer Überlegung ging er nochmal zurück in seine Hütte und holte
ein Handtuch und ein Hemd für Josy. Als er zurückkam,
schwamm sie bereits im warmen Wasser und es schien ihr sehr
zu gefallen. Ben zog seine Hose aus stieg ebenfalls hinein. Eine

Weile paddelten sie im Kreis, bis Ben sie einfach an beiden Schultern festhielt.

„Und was willst du nun machen, Josy?" Die Kreolin zuckte mit den Schultern und sah Ben unsicher an. Noch traute sie ihm wohl nicht so ganz.

„Ehrlich gestanden, ich weiß es nicht. Ich wollte erst einmal nur weg. Ein Schiff hat mich mitgenommen und heute Nacht unten an der Küste abgesetzt. Mein Dienstherr, der alte geile Bock, wollte mich andauernd besteigen. Und wenn ich mich dagegen wehrte, verdrosch er mich. Da ich ganz allein bin, bin ich einfach abgehauen." Sie sah sie Ben fragend in die Augen.

„Ich hoffe du verrätst mich nicht an die Konstabler, Ben!" Dabei sah sie ihn so eigenartig an, so dass es Ben warm wurde und sein Herz schneller schlug. Und dann kam ihm eine Idee!

„Sag mal Josy, könntest du dir vorstellen, mit mir hier dieses Grundstück zu roden? Ich will hier Tabak anbauen. Und eine Hilfe könnte ich schon gebrauchen, vor allem aber auch, weil meine Sachen wiedermal gründlich gewaschen werden müssten", bekannte er offen. Die Kreolin schwamm direkt vor sein Gesicht und sah ihn ernst an. Dabei blubberte sie mit dem Mund im Wasser. Ihre Augen ruhten einen Augenblick ineinander.

„Ich soll für dich arbeiten? Und was bekomme ich dafür?" Ben schmunzelte vor sich hin und dachte an die Arbeiter auf der Plantage.

„Das gleiche wie bei meinem Boss auf der Plantage! Zwei Dollar die Woche, am Sonntag frei und ein Dach über den Kopf. Und natürlich immer genügend zu essen." Josy drehte sich plötzlich auf den Rücken und Ben sah ihre Brüste mit den festen Brustwarzen. Er wusste nicht wohin er schauen sollte, starrte aber dennoch auf ihre beiden runden festen Hügel im Wasser. Sie lächelte vor sich hin, schwamm eine Runde und kam dann langsam wieder näher an Ben heran geschwommen, und machte Wassertreten.

„Findest du mich hübsch?", fragte sie ihn plötzlich. Ben legte sich auf den Rücken und musste lachen. Er nickte.

„Oh ja, Josy! Hübsch bist du auf jeden Fall! Ich würde sogar sagen, du gefällst mir!", ergänzte er auf einmal den Satz. Plötzlich kam sie ganz nahe an ihn heran, legte ihre Arme um seinen Hals und küsste ihn ganz vorsichtig. Ben erwiderte den Kuss ebenso sanft und wurde ganz nervös dabei. Dann löste er sich schnell von ihr, weil sein kleiner Ben plötzlich nervös geworden war.

„Wenn du mit in der Hütte wohnen willst, müssen wir ein wenig anbauen und umräumen. Damit du auch einen Raum für dich alleine hast. Für den Fall, dass wir uns mal streiten", setzte er noch hinzu und lachte. Josy nickte plötzlich.

„O.k. Ich bin einverstanden, ich helfe dir hier solange ich will. Wenn ich nicht mehr will, gehe ich wieder! Bist du einverstanden?" Ben nickte.

„O.k., Josy, so machen wir es. Ich muss aber meinen Boss Bescheid geben, dass du jetzt hier bei mir wohnst. Er muss das wissen. Davon das du abgehauen bist, sage ich ihm vorerst nichts, versprochen! Ich hoffe, du hast auch die Wahrheit gesagt, und nicht drüben auf St. Vincent jemand umgebracht!"

Einen Moment sah sie ihn beinahe erschrocken an, aber dann stieg sie einfach nackt wie sie war aus dem Wasser. Ben folgte ihr und reichte ihr das Handtuch. Sie lächelte ihn an.

„Würdest du mir den Rücken abtrocknen, Ben?" Er tat es mit Inbrunst und ganz vorsichtig. Plötzlich drehte sie sich einfach zu ihm um und legte beide Arme um seinen Hals. Sie sah Ben in die Augen, und wieder wurde es dem warm ums Herz. Und dann sagte sie leise:

„Wenn du ein guter Mann bist Ben, könnte ich mir vorstellen für immer hier bei dir zu bleiben. Wie ich schon sagte, ich habe keine Familie und bin allein auf der Welt. Mit einem weißen Beschützer lebt es sich einfacher und sicherer heutzutage." Dabei stießen ihre Brustwarzen gegen seine nackte Brust und ihr Oberkörper bewegte sich ganz leicht hin und her …

Einer inneren Regung folgend umarmte Ben die junge Kreolin und küsste sie einfach. Und so standen sie eine ganze Weile da, bis sie auf einmal jemand verhalten hinter sich lachen hörten. Erschrocken legte Ben Josy das Handtuch über ihre nackte Kehrseite und schickte sie flugs in die Hütte. Tony saß grinsend auf seinem Pferd und kam langsam näher heran geritten.

„Entschuldige, aber ich konnte ja nicht wissen, dass du Damenbesuch hast", entschuldigte er sich. Ben klärte ihn über Josy auf. Der schmunzelte nur.

„Na das ist doch toll, da wird sich Mercedes auf jeden Fall freu-
en, wir werden die beiden so schnell wie möglich bekannt machen. Eine Weile redeten sie noch über Bens Fortschritte im
Wald und was er noch zu tun gedachte. Für den Anbau versprach ihm Tony genügend Holz und verabschiedete sich dann
wieder. An diesem Sonntag schien es, als ob das Schicksal für
Ben Mosley eine ganz neue Wendung nehmen sollte.

Und so vergingen die Tage auf der Plantage „Riviere la Croix".
Mercedes und Josy hatten sich wie erwartet rasch angefreundet.
Und ein junger Mann hatte sich von einem Tag auf den anderen
sichtlich verwandelt. Man hatte den Eindruck, Ben Mosley war
mit einem Mal erwachsener geworden. Und er behandelte die
resolute Josy wie eine Prinzessin, so dass diese sich manchmal
wehrte und meinte, sie sei nicht aus Zucker und die schwere
Arbeit doch gewohnt.
In nur wenigen Tagen hatten sie die Hütte um zwei Räume er-
weitert. Das eine Zimmer war für Josy, das andere nannte Ben
im Spaß ihr Kinderzimmer. Als er aber diese Bezeichnung zum
ersten Mal in Josys Gegenwart gebrauchte, hatte sie ihn sekundenlang durchdringend angesehen und geschwiegen. Mercedes
aber hatte es bemerkt und Ben darauf aufmerksam gemacht.
Beim Holz holen liefen sie sich an diesem Vormittag über den
Weg, und Mercedes nutzte die Gelegenheit, um mit Ben zu reden.
    „Ben, es geht mich ja nichts an und ich weiß, dass du Josy
sehr magst. Aber setzte sie nicht so unter Druck, sie könnte das
falsch verstehen. Ich meine damit dein „Kinderzimmer!", wie
du es nennst."
Ben hatte ihr zugehört, dabei genickt und war dann schnell wieder gegangen. Als er an seiner Hütte ankam, war Josy nicht da.
Er rief nach ihr, bekam aber keine Antwort. Langsam ging er in
den Raum den sie bewohnte und sah sich um. In einer Ecke
stand ein kleiner Schrein, mit einem Kreuz, einer kleinen Puppe, und verschiedene bunte Nadeln. Josy war 18 wie sie selbst
gesagt hatte, spielte sie da noch mit Puppen? Irgendetwas war
ungewöhnlich an ihr, wenn nicht gar geheimnisvoll! Wer war
Josy? Diese Frage nahm Bens Denken in Anspruch als er sich
traurig auf die Stufe vor seiner Hütte setzte um nachzudenken.

Hatte er etwas falsch gemacht? Er hatte ihr doch nur zeigen wollen, dass sie ihm etwas bedeutete. Und die Bemerkung mit dem Kinderzimmer war ja nur Spaß gewesen. Einer plötzlichen Eingebung folgend, stand er auf, ging eilig in den Regenwald, folgte dem schmalen bergauf führenden Weg und erreichte so den kleinen Wasserfall. Hier trat heißes Wasser aus dem Felsen und mischte sich mit dem kalten Wasser des kleinen Wasserfalls. In dem Becken darunter hatten sie letztens gebadet. Und tatsächlich, da saß sie! Ben atmete erleichtert auf und ging leise auftretend zu ihr. Als er noch wenige Schritte hinter ihr stand meinte sie plötzlich:

„Du brauchst dich gar nicht anzuschleichen, Ben Mosley. Ich habe dich schon den Berg herauf kommen hören, so wie du geschnauft hast. Setzt dich doch bitte zu mir!" Ben setzte sich neben sie auf den Waldboden. Eine Weile schwiegen sie, doch dann hielt es Ben nicht mehr aus und begann zu sprechen.

„Ich war gerade sehr erschrocken als ich in die leere Hütte kam, Josy! Ich dachte du seiest schon wieder weggegangen. Einfach ohne Abschied wieder verschwunden." Sie sah ihn kurz von der Seite an, ihre Backenknochen mahlten, wie man sehen konnte. Dann sah sie ihn ernst an.

„Hätte es dir was ausgemacht, wenn ich nicht mehr da gewesen wäre?", fragte sie leise. Ben rückte ganz dicht an die junge Kreolin heran, legte vorsichtig seinen Arm um ihre Schultern, und meinte dann halblaut:

„Es hätte mich sehr, sehr traurig gemacht, Josy! Weil ich mich nämlich in dich verliebt habe, und weil ich mir inzwischen vorstellen kann, wie es wäre, wenn du meine Frau wärst. Das mit dem Kinderzimmer habe ich nur aus Spaß gesagt, ich wollte damit nichts andeuten. Aber ich liebe dich Josy, mehr als mein Leben! Also frage ich dich jetzt einfach - willst du meine Frau werden?"

Als Josy ihn ansah, standen plötzlich dicke Tränen in ihren Augen, die sie rasch abwischte. Er sah ihr in die dunklen Augen in denen es glänzte. Plötzlich stand sie auf und zog Ben an der Hand ebenfalls auf die Füße. Dabei sah sie ihm nun ihrerseits tief in die Augen.

„Ben Mosley, ich nehme deine Werbung an! Ja, ich will deine Frau werden! Wir kennen uns zwar erst einen Monat, aber ich glaube, ich könnte keinen besseren Mann finden als dich. Also sage ich ja!" Ungestüm fielen sie sich in die Arme und schmusten so eine Weile. Ben hätte singen können, so froh war ihm ums Herz. Als sie wieder eng umschlungen zurück zur Hütte gingen meinte Josy auf einmal:

„Du Ben, ich habe genau gespürt, dass du da hoch zum Wasserfall kommen wirst! Meine Großmutter war eine kluge alte Frau die vieles voraussehen konnte. Einmal, ich war gerade zehn Jahr alt geworden, sagte sie zu mir:

„Josy, wenn du einmal groß bist, wirst du einen guten reichen Mann heiraten!" Ben musste lachen.

„Na da hast du dir aber mit mir den falschen ausgesucht. Reich bin ich schon mal überhaupt nicht." Josy schüttelte vehement den Kopf.

„Das stimmt so nicht Ben! Du bist reich an Liebe und Fürsorge für andere, du bist also wirklich reich! Meine Großmutter, Gott hab sie selig, hat einmal zu mir gesagt als ich traurig war:

„Josy, Glück ist das Einzige was du verschenken kannst, ohne dass du je Glück gehabt hast. Und du verschenkst viel Glück, Ben Mosley!" Als Ben das hörte, drückte er die junge Frau im Laufen fest an seine Seite und gab ihr einen Kuss.

Innig aneinander gehängt, hatten sie gerade ihre Hütte erreicht, als ihnen plötzlich drei Männern gegenüberstanden. Die drei sahen reichlich schmutzig und zerlumpt aus. Offenbar hatten sie gerade die Hütte durchsucht. Alle drei trugen lange Messer bei sich, einer von ihnen hatte eine Muskete im Arm. Sie grinsten Ben und Josy an, und der Älter der drei rief laut:

„Ach seht mal, da kommen doch die Turteltäubchen! Josy, wir sollen dich zurück bringen zu unserem Herrn! Er hat Sehnsucht nach dir und will dich wieder mal besteigen! Komm lieber mit, sonst müssen wir dem Kleinen da etwas wehtun!" Der Jüngste der Drei krähte:

„He Jungs, der Alte hat aber auch gesagt, wir dürfen uns vorher noch mit ihr vergnügen! Mir wäre jetzt gerade danach!" In dem Augenblick, in dem der vorlaute Schuft zwei Schritte auf Josy zugemacht hatte, zog Ben unter dem Unterbau der Hütte eine schussbereite Pistole hervor und schoss ohne zu zielen dem Jüngeren ins Bein! Mit einem Aufschrei sank dieser zu Boden und hielt sich seinen blutendenden Fuß. Und ehe sich alle versahen, hatte Ben plötzlich eine zweite Pistole in der Hand, die er aus dem Schilfdach gezogen hatte.

„Haut sofort ab, ihr Geschmeiß! Nehmt euern Dummkopf da auch mit und haut ab, bevor ich die Plantage alarmiere! Josy bleibt hier, sie ist meine Frau, sagt das euern Herrn!" Die beiden Unverletzten hoben ihren Kumpan auf und verschwanden mit ihm blitzartig im Regenwald. Josy hatte sich währenddessen auf die Treppe gesetzt und sah Ben ziemlich traurig an.

„Und ich dachte, alles sei vorbei! Ich möchte nur wissen, wie sie mich ausfindig gemacht haben." Doch dann lächelte sie schon wieder.

„Hast du noch mehr solcher Schießeisen versteckt? Die Kerle hätten uns gefährlich werden können." Ben zeigte ihr noch drei Stellen rund um die Hütte wo er vorsorglich Waffen versteckt hatte.

„Hier draußen im Busch musst du immer damit rechnen, dass du unliebsamen Besuch bekommst. Deshalb wirst du auch ab sofort eine Waffe tragen, genau wie ich. Ich glaube nicht, dass dein ehemaliger Herr so schnell aufgeben wird. Wir müssen uns also wappnen! Als nächstes schaffen wir uns zwei Hunde an, ich rede nachher mit Tony." Josy nickte nachdenklich. Diesen Lump auf St. Vincent hatte sie gleich am ersten Tag, als sie hier ankam, verflucht. So wie das früher immer ihre Großmutter getan hatte. Sie hoffte, dass ihr Fluch diesmal auch Wirkung zeigen würde.

Und so geschah es, dass schon am nächsten Tag Ben mit Pferd und Wagen von der Plantage kam, und hinten auf dem Wagen hockten zwei prächtige Rottweiler Rüden. Astor und Pollox hießen sie, und waren aus England irgendwann mit dem Schiff gekommen. Der alte Herr, dem sie gehörten, konnte sie nicht mehr versorgen, also hatte sie Tony ihm abgekauft. Als sie vom Wagen sprangen und Josy sahen, blieben sie neugierig stehen und äugten zu ihr hinüber. Ben hatte ihr die Namen zugerufen, und Josy nahm rasch ein großes Stück Sauschwarte und hielt sie ihnen hin. Doch beide Hunde blieben eisern stehen, schnupperten und sahen immer wieder Ben an. Außer Pollux, der schien Josy sehr zu mögen, und die Sauschwarte noch viel mehr, denn der Hund zeigte an, dass er zu ihr hinlaufen wollte.

„Geh, Pollux! Geh zu Josy! Los!" Und schon lief der Rüde zu Josy, umkreise sie einmal, drückte seinen strammen Körper gegen ihre Beine und setzte sich neben sie hin. Josy gab ihm das Stück Sauschwarte, welche er rasch auffraß.

„Ich glaube, du hast gerade einen neuen Beschützer gefunden!", rief Ben ihr zu und kam nun auch mit Astor näher zu Josy. Auch er bekam ein Stück von der leckeren Sauschwarte, und so hatte Josy im Nu zwei neue Freunde gewonnen, die ihr nicht mehr von der Seite wichen, egal wo sie auch hinging.

Dies sollte sich wenig später noch als Glücksfall herausstellen. Denn eines Tages ging Josy mit den Hunden hinab zur Plantage. Dabei musste sie ein Stück des Regenwaldes durchqueren. Die beiden Hunde liefen ein Stück hinter ihr, als plötzlich die zwei Gauner vom ersten Überfall auf dem Weg standen und sie angrinsten. Einer hatte ein Seil bei sich und deutete an, wofür er es benutzen wollte. Zu allem Überfluss hatte Josy ihre Pistole zu Hause in der Hütte gelassen. Die beiden Gauner grinsten sie siegessicher an.

„So meine liebe Josy! Jetzt haben wir dich doch noch erwischt. Hätte ja nicht gedacht, dass das so einfach wird!", sprudelte der Jüngere heraus. Der Ältere baute sich siegessicher etwa zehn Schritte vor ihr auf dem Weg auf. Plötzlich rief Josy:

„Pollux, Astor! Kommt her, schnell!" Und wie aus dem Nichts tauchten die beiden Hunde auf, stellten sich vor Josy hin knurrten und fletschten die Zähne, jede Sekunde bereit, sich auf die Halunken zu stürzen. Die erbleichten beide und gingen Schritt um Schritt zurück, und die Hunde rückten nach. Josy überlegte gerade was sie tun sollte, als sie Stimmen hörte. Es musste jemand von der Plantage kommen. Und tatsächlich, da kam Mercedes Vater und drei Arbeiter, die Bambusrohre schneiden wollten. Owens erkannte Bens Freundin:

„Was ist Josy? Was wollen die Kerle von dir?" Josy erklärte ihm was los war. Im Nu hatten sie die beiden Gauner entwaffnet und Owens versprach, sie dem Konstabler zu übergeben. Josy setzte ihren Weg fort und suchte Mercedes auf. Als sie ihr alles erzählt hatte, meinte Mercedes:

„Oh je, da wird Ben aber mit dir schimpfen! Du musst die Waffe immer bei dir tragen, ich mache das schon lange so!" Josy sah ein, dass sie einen Fehler gemacht hatte. Und kaum dass sie sich hingesetzt hatten um einen Most zu trinken, stürmte Ben mit großen Schritten und hochrotem Kopf zur Tür herein. „Josy! Verdammt noch mal, warum machst du nicht was ich dir sagte? Wäre Mercedes Vater nicht durch Zufall vorbei gekommen, hätte das aber böse ausgehen können!", fauchte er sie an. Dann setzte er sich sichtlich erleichtert neben sie auf die Bank und schnaufte vom schnellen Laufen. Josy sah ihn von der Seite an und musste lächeln.

„Ach Ben, du hast ja sowas von Recht! Ich war wirklich dämlich die Pistole nicht mitzunehmen, ich gebe es zu!", meinte sie und kniff in Richtung Mercedes ein Auge dabei zu. Ben sah sie sprachlos an und Mercedes grinste in sich hinein. Männer waren doch so einfach zu beruhigen! Und während ihre beiden Gäste schmusten, packte sie Josy eine Reihe von Lebensmitteln und etwas Seife ein. Ben verabschiedete sich wieder von den Frauen, er wollte nach Tony suchen. Und so waren die jungen Frauen wieder alleine. Josy sah Mercedes eine Weile stumm an, doch dann meinte sie:

„Sag mal Mercedes, du bist doch eine Frau. Ich bin mit meinen Tagen schon eine Woche drüber, hat das was zu bedeuten?"

Mercedes sah ihre junge Freundin an und hob die Augenbrauen.

„Habt ihr beide … Ich meine, wart ihr schon intim?" Josy nickte verschämt.

„Ja, schon ein paar Mal. Er ist so ein zärtlicher Liebhaber, ich fühle mich jedes Mal wie eine Göttin dabei." Mercedes schmunzelte und nickte dann.

„Ja weißt du denn nicht wie man verhütet?" Josy schüttelte den Kopf.

„Woher soll ich das wissen! Ich habe doch seit meinem sechsten Lebensjahr keine Mutter mehr." Mercedes rieb sich die Nasespitze und setzte sich neben die junge Frau hin.

„Hm, ja, dann könnte es natürlich sein, du bekommst ein Baby! Aber manchmal verzögert sich das Ganze auch wenn du viel Ärger oder Unruhe gehabt hast. Warte noch ein paar Tage ab. Wenn sich nix tut, dann bringe ich dich zu Doc. Cooper. Er ist ein fescher Mann, hat selber eine Frau und zwei Kinder." Josy sah ihre Freundin an.

„Ob ich Ben was davon erzähle?" Mercedes schüttelte den Kopf.

„Das würde ich noch nicht machen, Männer spielen dann leicht verrückt. Und wenn nix ist, dann hast du nur Unruhe verbreitet. Warte einfach ab bis du dir wirklich sicher bist, und halte Ben nachts etwas auf Abstand. Sag ihm, dir ist nicht gut."

Und während die beiden Frauen sich unterhalten hatten, hatte Ben durch Zufall unter dem Fenster auf der Bank gesessen und geraucht. Aber er hatte jedes Wort was die beiden Frauen gesprochen hatten verstanden. Josy war schwanger? Er nahm sich vor künftig noch mehr auf sie aufzupassen, aber erst einmal nichts zu sagen. Trotzdem hätte er jubeln können! Und so ging er zu Tony in den Stall und erzählte ihm davon. Mit einem Mal umarmte Tony seinen Pferdepfleger und Freund herzlich.

„Wenn das stimmt Ben, dann feiern wir ein richtiges Fest!" Ben grinste.

„Und wann ist es bei euch mal soweit?" Tony zuckte mit den Schultern.

„Keine Ahnung, aber vorher will Mercedes verheiratet sein. Schon wegen der feinen Damen in der Stadt. Eine Nichtadlige, und dann noch schwanger von einem Lord. Kannst du dir vorstellen was das für eine Gerede gibt?" Ben winkte ab.

„Die sollen sich alle um sich selber kümmern! Der Herr Bürgermeister hat schon seit Jahren eine Geliebte hier auf der Insel! Alle wissen es, aber keiner sagt was. Wann wollt ihr eigentlich heiraten?" Tony grinste.

„Also wenn es nach meiner Zukünftigen geht, dann am Palmsonntag nächsten Jahres!" Ben seufzte tief auf.

„Oh je, das ist ja erst der Sonntag vor Ostern! Na das dauert ja noch, haben wir doch gerademal in zwei Wochen erst Weihnachten. Warum denn so spät?"

„Am Palmsonntag ist ihre Mama verstorben. Ihr zu Ehren will sie an diesem Sonntag heiraten. Mir ist es ja egal, aber ich habe vorab schon mal meine Eltern benachrichtigt und eingeladen. Bin gespannt was mein Dad zu Mercedes sagt. Stell dir mal vor, anstatt der blassen dürren Sarah Chamberlain, die Tochter des Verwalters einer Plantage bei den Wilden. Ich stelle mir immer vor, wie er reagiert hat, als Mutter ihm den Brief vorgelesen hat", lachte Tony ausgelassen bei diesem Gedanken.

Und eben dieser von Tony beschriebene Brief kam einen Tag vor Heiligabend auf dem Schloss der Winfords an. Das Zimmermädchen brachte Tonys Mutter den Brief.

„Miss Winford! Miss Winford, ein Brief von ihrem Sohn!", rief sie schon auf der Treppe in den ersten Stock hinauf. Elisabeth Winford nahm den Brief Anna aus der Hand.

„Was musst du da so schreien, Anna?", tadelte sie das junge Mädchen, steckte den Brief in ihre Schürzentasche und ging in den Salon, wo sie ihren Gatten und Onkel Lester zu finden gedachte. Und so war es auch, beide hockten über der Abrechnung der Manufaktur und rauften sich die Haare. Sie hatten ihr gestecktes Ziel nicht erreicht!

„Howard, Lester! Hier ist ein Brief von unserem Tony! Gerade eben angekommen", verkündete sie die Neuigkeit und setzte sich mit an den Tisch. Sie reichte den Brief ihrem Mann, doch der winkte nur ab.

„Ließ vor, ich kann sein Gekrakel immer so schlecht lesen!", knurrte der, verärgert über die Störung seiner Frau. Und die las einen Moment, dann schnaufte sie:

„Oh Gott! Das kann doch nicht wahr sein!" Howard Winford wurde aufmerksam und sah auf.

„Was ist denn Elisabeth, lies doch endlich mal laut vor!", wetterte er nun schon wesentlich lauter. Und Elisabeth Winford begann zögerlich laut zu lesen:

*„Meine liebe Eltern! Ich hoffe, dass meine Post euch noch vor Weihnachten erreichen wird. Mit der Plantage läuft alles bestens, wir bereiten uns darauf vor, mit dem Anbau von Tabak zu beginnen. Erste Versuche von Mr. Owens und Ben waren schon sehr erfolgversprechend. Wenn alles klappt können wir im nächsten Jahr in den Tabakhandel einsteigen! Ansonsten ist hier alles in bester Ordnung. Aber eine Neuigkeit habe ich noch! Ich werde zu Palmsonntag, also vor Ostern des kommenden Jahres die Tochter unseres Verwalters Mercedes Owens hier auf Dominica heiraten. Dazu lade ich euch alle herzlich ein! Mein lieber Ben hat inzwischen auch eine junge Frau an seiner Seite. So grüße ich euch herzlich, wünsche euch ein ruhiges Weihnachtsfest und freue mich auf unser Wiedersehen.
Euer Sohn Tony*

Howard Winford saß in seinem Sessel da, als wenn gerade der Blitz ins Dach des Hauses eingeschlagen hätte! Lester Winford schmunzelte vor sich hin und musste das Lächeln unterdrücken. Elisabeth Winford lehnte in ihrem Sessel, als wenn sie jeden Augenblick in Ohnmacht fallen würde. Plötzlich knallte die flache Hand von Howard Winford auf die Tischplatte! Und mit hochrotem Kopf brüllte er los:

„Diese Hochzeit wird niemals stattfinden! Ist der Junge denn total verblödet da unten! Ich werde ihn enterben! Die Tochter des Verwalters, eine Kreolin, mein Gott! Er ist wohl übergeschnappt!" Lester Winford meldete sich zu Wort. Sanft, aber akzentuiert, sprach er aus was Tatsache war.

„Howard! Wenn er diese Frau heiratet kannst du gar nichts machen! Du kannst ihn natürlich enterben, aber die Plantage da unten gehört ihm alleine! Und wie es aussieht, läuft sie sehr gut. Also, wenn du mich fragst, gebt ihm euren Segen, das spart Ärger und Verdruss. Und denkt daran, ihr seid beide in einem Alter, wo man sich Enkel wünscht! Wichtig ist doch nur, dass er glücklich ist. Also reg dich nicht so auf, das schadet deinem Bluthochdruck!" Dann stand er auf, raffte seine Papiere zusammen und verließ grüßend Bruder und Schwägerin.

Alles war so verlaufen wie es sich Tony im Stillen ausgemalt hatte. Ob er solches Handeln auch in England zuwege gebracht hätte, schob er aber weit von sich.

Das Neujahrsfest stand bevor. Überall wurde im Haus und auf dem Gelände geschmückt, bunte Laternen und Fackeln angebracht, und drei lange Tischreihen auf dem Hof aufgebaut. Tony wollte mit all seinen Bediensteten ins Neue Jahr hinein feiern, und alle freuten sich schon darauf.

Bei Josy hatte sich wieder Normalität eingestellt, und sie war innerlich froh, dass sie doch noch kein Kind bekam. Nur einer war darüber traurig, und das war Ben. Hatte er doch Josy in den letzten Tagen wie ein rohes Ei behandelt, solange, bis es der jungen Frau dann eines abends einfach zu viel geworden war, und sie ihn erbost angefaucht hatte.

„Ben Mosley, höre endlich auf, mich wie eine Glaskugel zu behandeln! Ich bin nicht schwanger und ich kann genauso arbeiten wie du!", hatte sie geschimpft, als er ihr mal wieder einen Weidenkorb mit Holz aus der Hand nehmen wollte. Und wie Frauen nun mal so sind, hatte sie danach noch extra ein paar Scheite mehr aufgepackt und sie ins Haus geschleppt. Ben war ratlos und verstand seine große Liebe einfach nicht. Und so tauschte sich der Junge mit Tony aus. Der hatte wiederum mit Mercedes ja die gleichen Erfahrungen machen müssen. „Freund Ben, verzweifle nicht! Frauen sind ein Mysterium, das wir Männer nie verstehen werden. Sei einfach du, bleib höflich und nett, und gib ihr mal zu verstehen, dass es auch noch andere weibliche Wesen auf der Plantage gibt. Du wirst sehen, das hilft!" Und Ben nahm sich vor, den Tipp seines Freundes zu beachten. Wobei ihr Streit ja nie lange dauerte, und spätestens am Abend wenn sie zu Bett gingen, war alles wieder gut.

Soviel Liebe und Sorge hatte Josy in ihrem Leben noch nie erfahren. Und jedes Mal schämte sie sich danach, weil sie so unwirsch reagiert hatte. Und dann bereitete sie das Abendmahl noch schöner und schmuste mit Ben noch intensiver. Er war nun mal ihre große Liebe, dieser lange, dürre, rothaarige, weiße Kerl.

Und so war eigentlich alles in schönster Ordnung. Wenn dieses verflixte Schicksal nicht immer wieder harte Prüfungen für sie alle bereitgehalten hätte. Und ausgerechnet zum Jahreswechsel sollte das Unheil erneut zuschlagen.

Auf dem großen Hof der Plantage spielte die Musik und die jungen Leute tanzten ausgelassen. Tony, Ben und der Verwalter Owens hatten sich die Zeit bis zum Morgen eingeteilt, wer wann die Aufsicht in der Plantage hatte. Die Zeiten auf der Insel waren unruhig. Einige Arbeiter waren bei anderen Plantagen davon gelaufen, um sich bei den Winfords anstellen zu lassen. Dies hatte zur Folge, dass es Leute gab, die offen gegen diese Plantage hetzten und üble Gerüchte verbreiteten. So wie es aussah, hatte es Johan Closter noch nicht aufgegeben, den Winfords Schaden zuzufügen. Und beim Kirchgang tuschelten die Bibelfrauen über das lose Zusammenleben von Lord Winford Junior und Mercedes Owens. Und so sah sich Tony veranlasst, dem Pfarrer Mr. Jones die bevorstehende Hochzeit zu Palmsonntag des kommenden Jahres anzuvertrauen. Wusste er doch genau, dass der Herr Pfarrer dies sofort an seine weiblichen Gemeindemitglieder weitergeben würde. Ab da wurde es etwas ruhiger, aber Tony traute dem Frieden trotzdem nicht. Als Ben ihn dann in der Nacht ablöste um seine Rundgänge anzutreten, ging Tony zurück zu Mercedes, die fleißig Most ausschenkte, und holte sie zum Tanzen. Im Nu machten die anderen einen Kreis, klatschten und feuerten die beiden Tänzer an. Auch daran zeigte es sich, dass sie inzwischen zu einer Gemeinschaft heran gewachsen waren. Aber wie das oftmals so ist, gab es auch in dieser Gemeinschaft einen faulen Apfel! Und dieser hieß David Martin. Der Mann war um die dreißig Jahre alt, und hatte bevor Tony auf die Insel kam, um Mercedes gebuhlt. Doch die hatte ihn abblitzen lassen, weil er ein Säufer und Schläger war und es mit der Ehrlichkeit nicht so genau nahm. Seitdem warf er Mercedes böse Blick zu, wenn er ihr begegnete.

Und eben dieser David Martin verließ gegen Mitternacht die Feier, schlich sich heimlich zu dem Lagerraum, wo sie die neuen Tabakpflanzen in Kästen aus Holz angepflanzt hatten, um sie so anzuziehen. Und weil Mercedes in diesem Augenblick sich am Stand aufhielt wo der Most ausgeschenkt wurde, und Tony im Herrenhaus war, sah die junge Frau, wie Martin schnell in der Dunkelheit in Richtung Lagerhaus verschwand. Und von einer Vorahnung getrieben, folgte sie dem Kerl heimlich. Mercedes beobachtete, wie sich Martin mit drei Kerlen zwischen den Lagerräumen traf. Einer von denen gab Martin Geld wie es im Mondlicht aussah. Und gerade in dem Moment, als Mercedes aus ihrem Versteck heraus trat, stülpte ihr jemand einen Sack über den Kopf, nahm sie hoch und schleppte sie weg. Martin aber warf ein brennendes Holz in den Lagerraum, und folgte den anderen. Es dauerte nicht lange, und es begann zu brennen.

Währenddessen schleppte man Mercedes weiter weg und verstaute sie wenig später in ein Boot. Was die Kerle aber nicht gemerkt hatten, Mercedes hatte nicht weit weg vom Lagerhaus ein buntes Armband abgestreift und fallen gelassen. Ein zweites auf dem Weg zum Fluss und ein drittes vor dem Einsteigen in das Boot. Man schien sie auf dem Layou River mit einem Boot in Richtung Meer bringen zu wollen. Und tatsächlich nach einer guten Stunde brachte man sie an Bord eines Schiffes und sperrte sie in einer dunklen Kajüte ein.

Auf der Plantage schrie plötzlich während des Tanzes gellend jemand: „Feuer!", und sofort rannte alles was Beine hatte zu dem bereits lichterloh brennenden Lagerhaus. Als Tony und kurz danach Ben dort ankamen war nichts mehr zu retten. Erst jetzt fiel Tony auf, dass er die ganze Zeit nirgends Mercedes gesehen hatte, und so begann er die anderen zu fragen. Alle schüttelten den Kopf, niemand hatte gesehen wohin Mercedes gegangen war. Ben sah seinen Herrn ernst an.

„Tony, ich glaube man hat das Feuer nur gelegt um Mercedes unbemerkt entführen zu können! Wir brauchen die Pferde und suchen alles ab! Los!" Plötzlich kam eine Mutter mit ihrer Tochter näher.

„Herr, meine Tochter hier hat gesehen, wie die Miss in Richtung des Lagerraumes gelaufen ist. Und vorher sind dort schon fremde Männer entlang gerannt." Tony bedankte sich und versprach der Kleinen eine Belohnung. Dann ritten sie endlich los. Und wieder war es Ben, der das bunte Armband als erstes fand. Auch das zweite und das dritte fanden sie, dann standen sie am Ufer des Layou River und die Spur war zu Ende! Sie beratschlagten eine Weile. Wilson Owens war sich sicher, dass man Mercedes stromab ans Meer gebracht hatte und wahrscheinlich auf ein Schiff verschleppt hatte. Er und Tony ritten in der gleichen Nacht noch zum Hafen nach Portsmouth, aber nirgends lag ein Schiff vor Anker. Wie sie so dastanden und beratschlagten, kamen zwei Konstabler näher, die Streife gingen.

„Was sucht Ihr um diese Zeit hier?", war die erste Frage. Tony stellte sich vor und erzählte von der wahrscheinlichen Entführung. Einer der Konstabler schien sich an ein Schiff zu erinnern.

„Also, heute Nacht ist so ein alter Eimer aus Basse-Terre hier eingelaufen. Es waren drei Leute an Bord, und den David Martin sah ich hinaus rudern und an Bord gehen. Er schien Gepäck dabei zu haben. War der Mann nicht von Eurer Plantage, Sir?" Tony nickte.

„Ja Konstabler, er arbeitete bei mir, aber mehr recht als schlecht, deshalb habe ich ihn auch vorige Woche entlassen müssen." Owens war sich sicher, dass dieses Schiff Johan Closter gehören musste.

„Ich bin sicher, man hat meine Tochter rüber nach Basse-Terre gebracht!" Der Konstabler zuckte bedauernd mit den Schultern. „Ja Sir, aber da drüben können wir Ihnen aber leider nicht helfen. Die Insel gehört wie Sie sicher wissen zu Frankreich." Und während Tony und sein künftiger Schwiegervater überlegten was sie nun tun sollten, hatte Ben schon einen Entschluss gefasst. Er scharte alles um sich was reiten und schießen konnte. Sogar Josy war dabei, und dann brachen sie auf zu Closters Plantage. Als sie dort im ersten Morgengrauen ankamen wurde es langsam hell. Ohne Rücksicht auf Verluste ritten sie auf Closters Farm alles nieder, um dann vor dem Herrenhaus zu halten. Ben stellte sich in die Steigbügel und schrie in die morgendliche Stille hinein:

„Egal wer im Haus ist, kommt heraus, oder Ihr verbrennt mit!" Angstschlotternd kamen einige Angestellte im Nachthemd heraus, und zum Schluss erschien der Verwalter mit einer Muskete bewaffnet auf dem Balkon.

„Was wollt Ihr um diese unchristliche Zeit hier auf unserem Grund und Boden, Angestellter von Winford?" Ben ritt ein paar Schritte aus der Reihe der Reiter heraus und sah zu dem Alten hinauf auf den Balkon.

„Es ist Zeit zur Abrechnung, Alter! Euer Herr hat lange genug diese Insel und ihre Menschen terrorisiert! Und nun hat er auch noch die Verlobte meines Herrn entführt! Wenn sie hier ist und Ihr sie herausgebt, ziehen wir wieder friedlich ab. Ist sie nicht hier, könnt Ihr nur noch um Euer Leben laufen, denn dann brennen wir alles nieder was einmal die Closter-Plantage war! Ihr habt Zeit bis die Sanduhr abgelaufen ist!" Einer der Reiter reichte Ben eine kleine Sanduhr, der hielt sie gerade hoch und der Sand begann zu rinnen. Der Alte oben auf dem Balkon zeterte.

„Hier ist keine Fremde Frau in diesem Haus! Wir sind alleine hier! Die Herrschaften sind alle weg!" Ben musste lachen wie der Alte da oben im Nachthemd mit einer Muskete dastand. Die Sanduhr war durchgelaufen. Als Ben wieder hinauf zum Balkon

sah, war der Alte verschwunden. Er sah sich zu seinen Leuten um.
„Alles hört auf mein Kommando! Hier bleibt nichts stehen, Leute! Fangt an! Durchsucht zuerst das Haus! Los!" Sofort rannten mehrere in das Haus hinein und durchstöberten vom Keller bis zum Dach jeden Raum. Hier und da steckte einer eine Kleinigkeit ein die sich zu Geld machen ließ. Dann waren sie durch. Closters Safe schleppten sie zu einem Fuhrwerk und luden ihn auf. Er war sowas wie der Faustpfand. Denn nach Aussagen von Bediensteten hatten die Closters darin mehrere Barren reines Gold gehortet. Woher dieser Reichtum kam wusste niemand. Drei Reiter warfen ihre brennende Fackel durch die offenen Fenster ins Haus. Wenig später begann es zu qualmen und dann brannte es, durch eine morgendliche Brise vom Meer aufgefrischt. Kurz Zeit später stand das hölzerne Herrenhaus in Flammen. Und so erging es den Lagerhäusern und den Ställen, nachdem man die Tiere in Sicherheit gebracht hatte. Gegen 9.00 Uhr am Vormittag sah jeder auf der Insel eine gewaltige Rauchwolke über der Insel stehen. Der Krieg zwischen den Closters und den Winfords hatte endgültig begonnen!

Als kurze Zeit später der Trupp wieder zu Hause ankam, wurden sie schon von Tony empfangen. Er sah das Aufgebot mit Ben an der Spitze und wusste was geschehen war. Als Ben abstieg, trat Tony auf ihn zu und starrte ihn an.
„Du hast einen Krieg eröffnet, der nicht dein Krieg war Ben Mosley! Eigentlich müsste ich dich jetzt entlassen! Aber ich weiß deine Treue zu schätzen, also lass dich jetzt umarmen!" Und schon hatte er den verdutzten Ben in die Arme geschlossen und drückte ihn herzhaft. Als er ihn wieder losließ, meinte er:
„Ich hätte nicht anders gehandelt, Freund!", und hielt Ben die Hand hin, in die dieser einschlug. Und zu Josy die neben Ben stand meinte er:
„Du bekommst einen tapferen Mann, Josy! Du kannst stolz auf ihn sein." Und dann umarmte er auch Josy kraftvoll. Ben sah seinen Herrn mit Dank und Freude in den Augen an.
„Und wie geht es jetzt weiter, Sir?" Tony lächelte und nickte.
„Was würdest du tun, Ben Mosley?" Ben grinste.

„Ein paar Leute nehmen und rüber nach Basse-Terre segeln und Mercedes befreien!" Tony nickte.

„Genau das werden wir jetzt tun! Schwiegervater, Ihr bleibt hier und achtest darauf, dass weiter gearbeitet wird. Wir suchen uns eine Handvoll Jungs aus, die wir mitnehmen. Aber, auch Ihr seid angehalten hier die Augen offen zu halten!" Und so geschah es.

Bereits am Nachmittag hatte Tony ein Schiff gechartert und sie begaben sich mit zwölf Mann auf eine kurze Seereise über den Kanal. Gegen Mitternacht gingen sie an einer günstigen Stelle am Pointe Plate an Land. An der Mündung dieses kleinen Baches der ins Meer floss, lag das Kaff Pointe Lazul. Es war allgemein bekannt, dass sich hier alles erdenkliche Gesindel der Karibik traf. Halsabschneider jeder Art versuchten hier Geld zu verdienen.

Ben hatte sich extra „landfein" gemacht. Zerrissene Hosen, ein löchriges Hemd, aber zwei Pistolen im Gürtel gaben ihm ein bösartiges Aussehen. Josy hatte ihm an Bord noch die Haare schwarz gefärbt. Mit einem Wort, Ben sah fürchterlich aus. Und so brachten sie ihn mit einem Boot an Land. Seine Aufgabe war es, die Closters aufzuspüren. Das Schiff ging in einer kleinen Bucht vor Anker. Josy hatte es sich nicht nehmen lassen Ben zu begleiten. Auch sie hatte sich als Kerl zurecht gemacht, trug lange geflickte Hosen, ein kariertes Hemd, ein Messer und eine Pistole am Gürtel, rundeten das Bild von einem Schurken ab. Auch wenn es ein recht zierlicher Schurke war.

Und so begaben sich die beiden in das morgendliche Gewühl von Pointe Lazul. Langsam durchstreiften sie die Gassen und den Markt, und kamen dabei auch an einer Taverne vorbei. „Pour la chaude Molly" stand über der Tür, übersetzt hieß das wohl „Zur heißen Molly". Ben und Josy traten ein. Zu dieser morgendlichen Zeit war die Kneipe noch so gut wie leer. Aber hinter dem Tresen stand offenbar der Wirt, und der redete doch tatsächlich mit dem Saukerl, dem Ben im Wald einen Zeh abgeschossen hatte. Offenbar war der Wirt tatsächlich der Cousin, den der alte Closter hier auf Bass-Terre haben sollte. Als der immer noch humpelnde jüngere Closter die Taverne wieder verließ, folgten sie ihm unauffällig. Ben sah Josy von der Seite an.

„Jetzt müssten wir zwei Pferde haben!" Josy lachte verhalten.

„In unserem Aufzug reicht auch ein Esel!" Ben sah sie wieder von der Seite an und grinste.

„Na einen hast du ja schon dabei!" Sie boxte ihn in die Seite. Und dann folgten sie beide dem Halunken durch die Gassen aus dem Ort hinaus. Plötzlich sahen sie ein größeres Gehöft, und Closter verschwand gerade hinter einem eisernen Tor. Vorsichtig sahen sie sich um und waren gerade im Begriff, sich auf eine Umrundung des Gehöftes einzurichten, als das Tor wieder aufging. Vier junge Frauen mit Waschkörben traten heraus, bogen am Zaun ab und liefen über eine Wiese zu einem größeren Bach. Und das brachte Josy auf eine geniale Idee. Sie stieß ihren Liebsten an.

„Hör zu Ben, ich brauche einen Waschkorb, ein Kleid, eine Schürze und einen weiße Haube, genau wie diese Frauen da." Ben sah sie mit Unverständnis an.

„Und dann?" Josy schüttelte den Kopf über seine lange Leitung.

„Na dann schließe ich mich den Waschfrauen an, und komme auch so in das Gehöft rein! Wir müssen herausfinden, ob Mercedes tatsächlich hier ist! Ganz einfach!" Als sie sah wie er zögerte, umarmte sie ihn liebevoll.

„Na komm Ben Mosley, ich pass schon auf mich auf", und gab ihm rasch einen Kuss auf die Wange. Plötzlich hörten sie auf der anderen Straßenseite lautes Gegröle.

„Na sieh dir man die zwei an! Zwei Kerle knutschen sich auf offener Straße! Die gehen bestimmt auch in ein Bett", brüllte der andere und schlug sich vor Lachen auf die Schenkel. Ben und Josy machten, dass sie wegkamen, bevor es noch einen Auflauf gab. Daran hatten sie in diesem Moment nun nicht gedacht. Der Vorfall zeigte aber, wie vorsichtig sie sein mussten.

„Da gehe ich morgen früh auch mit rein", flüsterte sie. Ben sah sie erschrocken an.

„Das kommt überhaupt nicht in Frage, Josy!" Sie winkte ab und trat den Rückzug von ihrem Beobachtungsplatz an. Auf dem Weg zurück zum Ort, las sie Ben mal wieder gehörig die Leviten.

„Jetzt hör mir mal gut zu, Ben Mosley! Wenn du so weiter machst, lasse ich mich scheiden bevor wir verheiratet sind! Ich bin mitgekommen weil ich Mercedes helfen will, genau wie du.

Ich pass schon auf mich auf, du dummer Kerl!", und küsste ihn dann trotzdem wieder während sie liefen. Ben sah ein, dass es hoffnungslos war. Diese Frau machte sowieso was sie wollte! „Na das kann ja vielleicht in Zukunft heiter werden!", dachte er im Stillen.

Zurück auf dem Schiff berieten sie was sie nun tun sollten. Und jeder konnte seine Meinung sagen. Der Älteste der Truppe war Paul Jones, ein Kerl wie ein Schrank und Arme wie ein Ringer, und einer dunklen Bass-Stimme.

„Ich denke mir, wir sollten am Abend hingehen, über Nacht eindringen, aber erst dann, wenn wir wissen wo ihre Braut ist, Sir." Tony nickte.

„Ja, und dann weiter?" Er sah sich in der Runde um. Plötzlich meinte Josy:

„Na ist doch ganz einfach, wenn wir wissen wo sie ist, kleiden wir sie als Kerl um und holen sie raus. Und dann nix wie weg! Ich wette in dem Camp hausen alle, die auf den Inseln ringsum gesucht werden. Ein Tipp an die Polizei wäre nicht schlecht. Oder was meint ihr?" Tony lächelte.

„So machen wir es, Leute! Josy hat Recht! Sie geht als erste rein als Waschfrau und sieht sich um. Wir treffen uns dann an einer bestimmten Stelle am Zaun. Und jetzt haut euch aufs Ohr und schlaft eine Runde!"

Während alle schliefen beratschlagten Ben und Tony weiter, denn keiner von beiden konnte jetzt an Schlaf denken. Nur Josy kuschelte in Bens Armen und schnarchte leise, während sie sich flüsternd unterhielten. Dachten sie zumindest. Denn als Ben Tony zuflüsterte:

„Am liebsten würde ich Josy aus der ganzen Sache heraushalten, und selber als Waschfrau da reingehen", schlug sie die Augen auf und meinte:

„Das kannst du aber vergessen, Ben Mosley! Dich würde man nach zehn Minuten schnappen. Dir fehlt nämlich oben herum etwas, du weißt was ich meine?" Ben nickte schmunzelnd, lag doch ein Stück davon gerade in seiner Hand.

Kurz vor Mitternacht kamen sie am Camp an. Da Ben und Josy schon dagewesen waren, fanden sie schnell den richtigen Platz um sich zu verstecken. Die folgenden Stunden mussten sie nun unsichtbar bleiben. Nur Josy wartete in einer Ecke neben dem Tor auf die Waschfrauen bis sie heraus kamen. Diesmal waren es neun! Das kam ihr natürlich zu Gute, und sie lief rasch der Letzten hinterher, da die Frauen in einer Reihe hintereinander liefen, und schloss sich ihnen an.

Es war kaum hell geworden, als Mercedes in ihrer Zelle erwachte. Nebenan schnarchten die Closter-Brüder um die Wette. Durch das vergitterte Fenster drangen eine frische Brise und das Gezwitscher der Vögel herein. Plötzlich aber stutzte sie, und fuhr hoch! Tatsächlich, ganz deutlich war ein Uhu zu hören! So ein Tier gab es doch in diesen Breiten gar nicht! Tony hatte ihr Bilder gezeigt, wie groß diese Vögel werden können und hatte ihr aus Spaß vorgemacht wie sie riefen.

„Uhuu, Uhuu!", tönte es durch den Regenwald. Mercedes Herz begann schneller zu schlagen, das musste, ja das konnte eigentlich nur Tony sein! Noch ein paar Mal rief dieser Uhu dann war Ruhe. Sie hatte sich aber am Fenster stehend gemerkt, aus welcher Richtung der Ruf kam. Mit einem Mal wurde ihr froher ums Herz. Bis jetzt hatten sie die Closter-Brüder noch nicht angefasst. Aber sie war sich sicher, dass es passieren würde! Irgendwann, wenn sie wieder mal besoffen waren. „Mein Gott hilf mir", betete sie jeden Abend. Und jetzt schien Rettung so nahe zu sein!

Früh ließ man sie meistens aus ihrer Zelle heraus, manchmal nahmen zwei bewaffnete Frauen sie mit zum Bach zum Wäsche waschen. So auch an diesem Vormittag. Sie verließen mit einem Korb Wäsche das Tor. Sie waren insgesamt neun Frauen, die sangen und lachten und dem Bach zustrebten. Beim Wäschewaschen hatten sie Zeit und mussten sich nicht beeilen. Mercedes schrubbte gerade eine Hose von Johan Closter, als einen halben Meter neben ihr kniend, eine noch junge Kreolin ihr in die Augen sah und sie angrinste. Mercedes sah einmal hin, und noch einmal, tatsächlich war das Josy! Vor Schreck fiel ihr die Seife aus der Hand. Josy bückte sich rasch und gab Mercedes ihre Seife, dabei flüsterte sie:

„Wir sind hier um dich rauszuholen! Halte dich bereit!" Mit einem Mal stand eine der Aufseherinnen neben ihr und schlug mit der Peitsche zu.

„Was quasselt ihr beiden hier? Ihr sollt Waschen und den Mund halten!", schrie sie und wandte sich wieder gelangweilt ab. Josy sah den blutigen Striemen auf Mercedes nackter Schulter und biss die Zähne zusammen. Sie durften jetzt auf keinen Fall auffallen, sonst war alles verloren. Mittags gingen sie alle wieder zurück zum Camp.

Josy blieb Mercedes mit ihrem Korb auf den Fersen und sah sie eine Hütte an der Grundstücksmauer betreten. An der Tür drehte sich Mercedes noch einmal um, ehe sie eintrat. Josy ging weiter, machte einen großen Bogen, und gelangte so nach einiger Zeit an die Hinterfront der Hütte. Plötzlich sah sie Mercedes am vergitterten Fenster, und sie hörte laute Worte. Sie musste sich mit jemand streiten! Josy schlich näher heran um besser verstehen zu können, worum es ging. Eine Männerstimmte dröhnte:

„Du wirst bald aufhören dich zu wehren, du Teufelsweib! Nochmal trittst du mir nicht in die Eier! Aber dann warte ab, dann werde ich es dir geben, dass du Drillinge kriegst!" Wieder war Mercedes Stimme zu hören.

„Hör doch auf mit deiner Angeberei! Du kriegst mich nie! Niemals! Eher bringe ich mich um!" Mercedes musste rücklings am Fenster stehen, denn Josy sah ihre rote Haarmähne. Schnell griff sie zu ihrem Messer, fasste einige Haarspitzen und schnitt sie ab. Mercedes sah sich erschrocken um und erkannte Josy. Die lachte und flüsterte ihr zu:

„Die sind für deinen Tony! Heute Nacht holen wir dich hier raus! Bye! Bye!" Und dann drückte sie Mercedes ihr Messer in die Hand und verschwand wieder im Busch. Und da fand sie auch das Loch in der Mauer. Oder besser gesagt den Baumstamm über den man rein und raus klettern konnte, weil er über die Mauer hinaus auf den Weg ragte.

Ins eigene Lager zurückgekehrt, gab Josy Tony das rote Haarbüschel.

„Hier Sir, mit einem schönen Gruß von Ihrer Mercedes!" Tony nahm es an sich wie eine Kostbarkeit.

„Wie geht es ihr, sag schon!" Josy grinste.

„Als ich dort war, hat sie gerade einen der Closters in die Eier getreten! Vorher waren wir zusammen Wäsche waschen am Bach." Ben grinste auf einmal.

„Das wart ihr also! Ich habe euch gesehen, aber nicht erkannt. Ich sah nur, dass es Ärger mit der Aufseherin gab." Josy nickte, traurig meinte sie:
„Sie behandeln die Mädchen immer noch wie Sklaven. Es sind zumeist junge Leute, Mädchen und Jungen. Die müssen die Dreckarbeit machen. So wie ich das sehe, haben die Closters und ein paar andere Halunken dort sowas wie eine abgesperrte Zone geschaffen und regieren nach gut dünken." Tony begann über seine Aktion nachzudenken und sprach dann mit Ben.
„Hör mal Ben, was meinst du wenn wir die Konstabler bitten uns zu helfen. Die müssten doch eigentlich daran interessiert sein, dass es solche „Privatinseln" nicht geben sollte. Das sind doch lauter Ganoven in diesem Camp." Ben sah seinen Herrn nachdenklich geworden an.
„Und was ist, wenn ein paar von diesen Beamten mit den Gaunern unter einer Decke stecken und mit abkassieren? Sonst könnte doch sowas auf Dauer nicht bestehen! " Ben schnaufte hörbar.
„Da kannst du natürlich auch Recht haben. Also müssen wir uns selber helfen. Was meinst du wenn wir Josy nochmal ins Camp schicken bevor die ihr Tor schließen?"
„Ehrlich gestanden gefällt mir die Idee überhaupt nicht! Sie ist jedes Mal in Gefahr erkannt zu werden." Tony nickte.
„Ich verstehe dich, Ben. Gut, wir wissen ja wo wir über den Zaun müssen. Ich werde bevor es losgeht Mercedes nochmal mit dem Uhu-Ruf aufmerksam machen. Vom Zaun bis zur Hütte sind es wohl nicht mehr als 100 Meter, meinte Josy. Wo ist sie eigentlich?" Sie sahen sich um, aber Josy war nirgends zu sehen. Ben raufte sich die Haare.
„Ich fresse einen Besen, wenn die nicht schon längst wieder auf den Weg ins Camp ist! Ooch dieses Weib! Die bringt mich nochmal um meinen Verstand!", knurrte er böse geworden. Tony musste trotz des Ernstes der Lage lachen.
„Siehst du Bruder, ohne Frauen macht es keinen Spaß, mit den Frauen aber macht es manchmal auch keinen! Vor allem wenn sie so eigenwillig sind wie unsere beiden Ladys!" Ben nickte erst, meinte dann aber:

„Ja, aber stelle dir mal die Alternativen vor, Boss! Ich sage nur Lady Chamberlain!" Tony stöhnte auf, und verdrehte dabei die Augen.

„Nein! Nur sowas nicht!" Plötzlich hielt er inne und sah seinen Freund an.

„Hör mal Ben, was ich dich schon länger mal fragen wollte. Ist Josy in irgendeiner Glaubensgemeinschaft? Geht sie in eine Kirche?" Ben hielt kurz inne und drehte sich dann zu seinem Boss herum.

„Ich weiß was du meinst, Tony! Sie hat in unserer Kajüte so eine Art kleinen Schrein, eine Holzkiste. Eine schwarze Puppe liegt meist da drinnen und einige Nadeln von verschiedener Länge. Ich habe es auch schon gesehen, aber als ich sie gefragt habe, ist sie mir ausgewichen. Meinst du Josy macht Voodoo?" Tony zuckte mit den Schultern und lächelte dann.

„Na wenn sie dem Closter ein Holzbein anhext wäre das ja nicht verkehrt, oder?" Nachdenklich gingen sie in die Messe zu den anderen.

Tatsächlich war Josy wieder an Land gegangen, hatte dort kurzerhand einen kleinen Jungen, der am Tor stand, an die Hand genommen, und war mit ihm durch das Tor gelaufen. Der kleine Kerl war nicht älter als sechs oder sieben Jahre, und sah sie mit seinen großen dunklen Augen an. Er schien zu Josy Zutrauen zu haben, denn er ging wortlos mit. Als sie drinnen waren, fragte Josy ihn wie er heißt. Der Junge sah sie an, dann meinte er:

„Alle rufen mich Paul!" Josy streichelte ihm über sein schwarzes Kraushaar.

„Und wo ist deine Mama, Paul?" Der Junge schüttelte den Kopf.

„Ich habe keine Mama mehr, die hat der liebe Gott zu sich geholt. Und jetzt ist sie im Himmel." Er zeigte mit seinem kleinen Zeigefinger hinauf in den Himmel. Josy wusste nicht was sie nun mit dem Kleinen anfangen sollte. Aber ihn jetzt einfach so stehen lassen wollte sie aber auch nicht.

„Sag mal Paul, und wo schläfst du und wo isst du? Wer passt auf dich auf?" Der Kleine verzog das Gesicht wegen der vielen Fragen und sah sie traurig an.

„Ach Tante, weißt du, mal esse ich da, mal dort, wer mir was gibt. Meistens jagen sie mich weg. Schlafen tue ich drüben bei den Pferden im Stall. Auf mich passt niemand auf. Ich bin einfach mal auf einen Wagen in der Stadt aufgestiegen und der fuhr hier heraus. Seit dem bin ich hier." Josy sah sich um, sie musste sich unbedingt das Gelände einprägen bevor es dunkel wurde. Da kam ihr eine Idee.

„Sag mal Paul, weißt du wer hier der Boss ist im Camp?" Der Junge nickte.

„Oh ja, das ist dieser böse Johan! Er und seine Brüder bestimmen hier. Die wohnen da drüben!" Er zeigte in die Richtung, wo Josy wusste, dass dort Mercedes Hütte stand.

„Kennst du die rothaarige Frau bei dem Closter?", fragte sie weiter. Wieder nickte der Junge.

„Ja, die kenne ich. Sie heißt Mercedes und hat mir mal eine Banane geschenkt. Ich höre sie oft weinen, wenn ich in der Dunkelheit unter ihrem Fenster stehe. Manchmal unterhalten wir uns auch leise. Oder ich besorge ihr etwas Wasser zum Trinken." Josy kramte einen Zettel aus ihrer Hose und einen Kohlestift zum Schreiben. Dann schrieb sie mit krakeligen Buchstaben:

„Mercedes! Heute Nacht holen wir dich raus! Halte dich bereit! Paul ist mein Freund!! Josy, drückte den Zettel dem Jungen in die Hand.

„Kannst du Mercedes diesen Zettel bringen, gleich jetzt?" Paul nickte, nahm den Zettel und rannte los. Josy setzte sich unter einen Mangobaum und wartete darauf, dass Paul wiederkam. Es dauerte auch nicht lange und er kam zurück. Hastig atmend, blieb er vor Josy stehen.

„Sie hat danke gesagt, und sie freut sich." Er setzte sich neben Josy hin und lehnte sie vertrauensvoll an sie. Und da kam Josy eine Idee.

„Sag mal Paul, würdest du gerne in einer sauberen Hütte auf einer Plantage leben?" Paul sah sie mit seinen großen runden Augen an.

„In deiner Hütte?", fragte er. Josy nickte lächelnd.

„Ja Paul, in meiner und meines Freundes Hütte. Er ist zwar auch ein Weißer, aber er ist ein lieber Mensch und heißt Ben." Paul sah sie skeptisch von unten herauf an.

„Ein weißer Herr und lieb?" Josy lachte leise und nickte wieder.

„Ja Paul, aber er ist kein Herr. Er ist sowas wie ein Verwalter und muss sich um die Pferde kümmern." Paul legte seine Hand auf Josys Bein.

„Darf ich dann bei dir bleiben, Tante Josy?", fragte er mit treuem Augenaufschlag. Josy dachte nicht darüber nach was Ben sagen würde, sie nickte einfach. Der kleine Kerl war ihr so ans Herz gewachsen, dass sie ihn nun nicht mehr einfach im Camp zurück lassen konnte.

„Ja Paul, du kannst bei mir und Ben bleiben, und du bekommst ein eigenes Bett. Und vielleicht nimmt mein Freund dich auch mal zu seinen Pferden mit. Ich werde ihn fragen. Aber jetzt müssen wir uns unsichtbar machen bis es dunkel ist. Du wartest hier an diesem Baum bis ich zurückkomme, ich muss erst nochmal schnell raus. Keine Angst, ich komme bestimmt zurück!" Paul nickte und flüsterte ihr zu:

„Ich bringe dich zu einem Baum wo du rüber steigen kannst, und dort warte ich dann auch auf dich, Tante Josy" Und so geschah es. Josy stieg in den Baum, und von dort über die Mauer wieder zurück auf den Weg, der in den Wald hinein führte.

Die Sonne war gerade am Untergehen, als sie plötzlich auf der anderen Wegseite einen von Bens Männern sah, es war Anton. Sie vertrat ihm den Weg und der Kerl brummte ärgerlich:

„Was willst du von mir, du Waschweib?" Josy gab sich zu Erkennen.

„He, ich bin es doch! Josy!" Der Schwarze schnaufte hörbar. „Mann, wir suchen dich überall! Master Ben tobt und flucht! Er will dir den Hintern versohlen!" Josy lachte belustigt.

„Hör zu Anton, sag ihm, ich bin bei Mercedes. Hier vorn steht gleich ein großer Mangobaum, dessen Äste über die Mauer ragen. Dort könnt ihr heute Nacht rüber steigen. Aber Mercedes müssen wir aus der Hütte holen in der die Closters schlafen, denn ihr Fenster ist vergittert. Sag dem Herrn, wir warten um 1.00 Uhr auf ihn und Master Ben. Ich gehe jetzt wieder zurück" sprachs und ließ den verdutzten Anton zurück. Der überbrachte dann wenig später Josys Nachricht. Tony versuchte Ben zu beruhigen.

„Was ärgerst du dich denn so? Sie macht das doch genau richtig!" Ben erboste sich.

„Ich würde mal hören wollen was du sagen würdest, wenn das Mercedes und nicht Josy wäre! Und so was soll ich mal heiraten! Sie macht einfach was sie will!" Tony sah seinen Freund mitleidig lächelnd an.

„Ben, ich weiß doch genau wie es dir jetzt geht. Aber Josy passt gut auf sich auf, und sie hat Mut! Oder willst du lieber so eine weiße, dürre Bohnenstange die den ganzen Tag am Stickrahmen sitzt? Ich sage da nur Lady Chamberlain. Ben schüttelte den Kopf.

„Um Gottes Willen nein, natürlich nicht. Aber ich mache mir halt Sorgen um sie. Verstehst du das denn nicht?" Tony nickte.

„Doch Ben, das verstehe ich sogar gut. Ich mache mir um Mercedes doch genauso Sorgen da drinnen bei den Closters!"

Ben lehnte sich an den Baum unter dem sie die ganze Zeit gesessen hatten.

„Entschuldige Tony, natürlich machst du dir auch Sorgen um Mercedes. Ich werde froh sein, wenn wir wieder auf unserer Plantage zurück sind." Und so warteten sie bis die Zeit verging. Langsam und träge verrannen die Stunden. Endlich begann es langsam dunkel zu werden. Der gelbe Sonnenball versank stetig hinter dem Horizont im Meer.

Endlich war es Mitternacht, die Kirchenglocke im Ort schlug gerade zwölfmal. Noch eine Stunde, dann würden sie reingehen. Als sie an dem Mauerstück ankamen wo der Mangobaum stand, zog Tony seine Taschenuhr heraus. Es war inzwischen 0.30 Uhr geworden.

„Kommt, wir gehen jetzt rein!", befahl er obwohl es noch zu früh war. Einer nach dem anderen stieg auf den Baum und sprang auf der anderen Seite ins Gras. Irgendwo hörte man noch lautes Gegröle, dort wurde offenbar noch kräftig gefeiert.

„Hoffen wir, dass die Closters da auch mit feiern!", raunte Ben seinem Herrn zu. Langsam näherten sie sich der Hütte, und urplötzlich, wie aus dem Boden gewachsen, stand Josy vor ihnen.

„Kommt, wir müssen um die Hütte herum, der Eingang ist auf der anderen Seite. Von den Closters ist keiner da, die saufen drüben in ihrer Kneipe", flüsterte sie halblaut. Ben schnappte sie am Kragen und zog sie an sich.

„Du Teufelsweib du, jetzt bleibst du an meiner Seite, klar!",
zischte er böse. Doch Josy riss sich los und eilte voraus. An der
Hausecke blieb sie stehen und schaute um die Ecke. Die Luft
schien sauber zu sein. Als Tony die Tür öffnen wollte, war diese verschlossen. Er fluchte leise, doch Ben trat mit voller Wucht
dagegen und die Tür flog mit einem Knall auf. Tony schimpfte
halblaut.
„Na Danke! Das hätte ich auch gekonnt! Du machst alle munter!" Doch dann stürmte er ins Haus. Schaute in zwei offene Türen und an der dritten stand er davor und öffnete sie leise. Mit
einem Mal kam aus der Dunkelheit ein Schemel auf ihn zuge-
rast. Blitzschnell duckte er sich, und der Schemel knallte gegen
den Türrahmen, und dann erschien Mercedes!
„Ach, du lieber Gott! Um ein Haar hätte ich dich niedergeschlagen", hauchte sie, und lag dann auch schon in Tonys Armen. Ben drängte zur Eile.
„Kommt jetzt, küssen könnt ihr euch später noch stundenlang!
Wir müssen verschwinden!" Und dann rannten sie los. Zuerst
stiegen die beiden Frauen über den Zaun, dabei zerriss sich
Mercedes ihr Kleid, dann folgten alle neun Männer. Und dann
begann der Lauf bis in den Ort hinein und dort zu ihrem Boot,
dass sie raus zum Schiff bringen sollte. Alles klappte vorzüglich, und eine Stunde später hissten sie wieder die Segel und
nahmen endlich Kurs auf Portsmouth.
Gegen halb zwei in der Frühe verließen die Closters schwan-
kend die Kneipe. Johan musste sich an Peter und Richard festhalten während er lief, so blau war er. Er lallte:
„So Freunde, heute Nacht verliert diese rothaarige Owens
endgültig ihre Unschuld! Ich bin der erste, weil ich der Älteste
bin! Nach mir darf Richard auf sie steigen, und zum Schluss unser kleiner Peter hier! Und sollte dieses Miststück irgendwann
schwanger werden, ersäufen wir sie draußen auf See! Doch bis
dahin darf jeder am Tag einmal zu ihr! Abgemacht Jungs?" Die
beiden anderen grölten:
„Abgemacht, Bruderherz, wir teilen redlich!" Torkelnd erreichten sie ihre Hütte, sahen dass die Tür kaputt war, und nur
noch an einer Angel hing. Sie stürmten ins Haus, rissen die Tür
zu Mercedes Kammer auf und blieben ernüchtert stehen.

„Scheiße! Sie ist abgehauen! Und jemand hat ihr dabei geholfen!", brüllte Johan außer sich vor Wut und trat dabei mit voller Wucht gegen einen Stuhl, so dass der durch den Raum flog. „Sucht sie! Bringt mir dieses Weib zurück, ich will sie sterben sehen!", brüllte er in blinder Wut. Die beiden Brüder Peter und Richard machten, dass sie schnell wegkamen. Johan in einer solchen Verfassung, war eine Gefahr für alle, auch für sich selber! Mit einigen noch halbwegs nüchternen Strauchdieben machten sie sich auf den Weg in den Ort, der an diesem frühen Morgen noch wie ausgestorben wirkte. Am Bootsanleger, wo ihr Schiff lag, weckten sie den Kapitän.

„He, Barnabas hast du heute Nacht ein Schiff auslaufen sehen?", schrie Peter hinauf. Der bärtige Kapitän schaute verschlafen auf die Lärmenden herunter.

„Was denn für ein Schiff, he? Nachts schlafe ich zumeist, da sehe ich nichts!" Peter winkte genervt ab und sah sich in der Bucht um. Und wenn dieses Weib noch auf der Insel war? Wer sagte denn, dass sie die Insel verlassen hatte. Wer sollte ihr dabei geholfen haben? Er nahm sich vor mit Johan nochmal in aller Ruhe zu reden. So ein Rasseweib mit roten Haaren würde auf dieser Insel niemals unerkannt bewegen können. Irgendjemand traf man immer. Und so ritten sie wieder zurück zu ihrem Camp. Der Bauernhof war nur eine gute Tarnung für ihre Unternehmungen.

Als die beiden Closters zurückkamen war Johan immer noch außer sich. Einer seiner Spione, die er fast auf allen Inseln hier unten hatte, war eingetroffen, und hatte ihm von dem Verlust der Plantage auf Dominica berichtet. Das brachte Johans Blut erst recht in Wallung. Nur mit Mühe konnten sie ihn davon abbringen, sofort rüber nach Dominica zu segeln.

„Johan, sei vernünftig! Wenn du da drüben auftauchst liegst du schneller in Ketten als du denken kannst! Genau das wollen diese Winfords doch! Sie wollen dich auf die Insel locken, und sie haben den Richter und die Konstabler hinter sich!" Langsam ruhiger werdend, setzte sich Johan Closter an den Tisch und beriet sich mit seinen Brüdern, was sie noch tun könnten, um diese Winfords auf Dominica zu erledigen. Aber wo war diese Mercedes? Und so schickten sie Kundschafter über die ganze Insel.

Währenddessen zog die „Seeschwalbe" mit geblähten Segeln durch die Dominica-Passage und hatte gerade die Inseln der Îles des Saintes hinter sich gelassen. Tony Winford stand mit Ben, Mercedes und Paul an der Reling und sie schauten auf die langsam im Hintergrund verschwindenden Inselchen.

„Stellt euch mal vor, die Closters hätten Mercedes auf einer dieser Inseln versteckt. Da hätten wir lange suchen können", bemerkte Ben und sah Josy an, die gerade aus der Kajüte kam. Sie war immer noch als Mann gekleidet, und das stand ihr nicht schlecht. Doch Ben mäkelte an ihr herum. Die braunhaarige Kreolin sah den einen Kopf größeren Mann ernst an.

„Ben Mosley, wenn du so weiter an mir herummäkelst, werde ich mein Bündel packen, Paul mitnehmen und nach unserer Rückkehr gehen. Wir sind noch nicht mal verheiratet und schon willst du über mich bestimmen! Sowas mag ich aber nicht, klar!" Sprachs und machte auf dem Absatz kehrt und verschwand wieder unter Deck. Mercedes sah Ben von der Seite an, der ziemlich betröppelt dastand. Paul, der neben Mercedes stand, sah Ben ebenfalls traurig an und hielt sich plötzlich an ihm fest. Aber auch Tony verstand Ben nicht, und sagte es ihm auch.

„Ben, was ist los mit dir? Sie hat Recht! Seit wir drüben gelandet sind, hast du dauernd was an ihr auszusetzen. Eine Frau wie sie, bekommst du nicht so schnell wieder. Überleg dir das mal." Da ging plötzlich auch Mercedes weg. Nach einer Weile, die sie stumm nebeneinander gestanden hatten, sah Ben Mosley Tony fragend an.

„Hab ich mich wirklich so dämlich angestellt?" Tony nickte ernst.

„Ja, Bruder Ben! Aber warum machst du das? Du liebst sie doch oder nicht mehr?" Ben holte tief Luft.

„Ich habe immer das Gefühl sie ist nur auf Zeit bei mir. Ganz am Anfang hat sie mir gesagt, dass sie erst mal bleiben will, aber wenn es ihr nicht gefällt, dann will sie wieder weggehen. Ich habe versucht ihr jeden Wunsch von den Augen abzulesen, da hat sie mich angeblafft. Blaffe ich zurück, droht sie mir damit wegzugehen. Und nun hat sie auch noch den Kleinen einfach mitgenommen! Also, was soll ich nun tun? Hast du eine Idee?" Tony schüttelte den Kopf.

„Nee, so sind nun mal die Frauen, Ben! Aber ich glaube, Frauen wie Josy muss man einfach machen lassen. Sie tut ja schließlich nichts Böses." Ben lachte spöttisch. „Na Danke, soweit bin ich auch schon gekommen." Er sah seinen Herrn an. „Weißt du was, ich gehe jetzt runter und rede nochmal mit ihr, in aller Ruhe. Wenn das nicht hilft, dann weiß ich auch nicht was ich noch tun soll. Pass bitte auf Paul auf, dass er hier oben bleibt." Und dann marschierte Ben Mosley schnurstracks unter Deck und Mercedes kam gerade wieder herauf und gesellte sich zu Tony und Paul.

„Das sind zwei richtige Holzköpfe!", bemerkte sie und hängte sich bei Tony ein. Kopf an Kopf standen sie da und genossen den Geruch des anderen und die körperliche Nähe. Bis Tony wieder die Augen öffnete und sie schelmisch ansah.

„Sag mal Miss Owens, was hältst du eigentlich von Kindern?" Mercedes lachte und meinte:

„Wieso kommst du jetzt gerade darauf?" Tony umfasste sie an der Hüfte mit beiden Händen.

„Ich hätte gern zwei bis drei! Ich war immer Einzelkind, und das ist blöde." Mercedes lachte und deutete über die Reling hinweg nach unten. Denn unter ihnen war die Kajüte der Frauen. Sie hörten plötzlich Josy laut stöhnen! Tony lachte und meinte leise:

„Ben legt wohl gerade den Grundstein für eine Familie! Wir sollten es ihm nachmachen, meinst du nicht?" Mercedes machte sich aus seinen Armen frei, schob ihr Wuschelhaar zusammen und zog das gelbe Band fest. Dann umfasste sie den kleinen Paul und drückte ihn gegen ihre Beine. Sie sah ihren Liebsten ernst an.

„Du kennst meine Meinung, Tony Winford! Wenn wir verheiratet sind, können wir über das Thema reden, vorher nicht!" Tony nickte und grinste dabei.

„Jawohl, eiserne Jungfrau Mercedes! So soll es sein!" In der Kajüte unter ihnen war inzwischen wieder Ruhe eingekehrt.

Am späten Nachmittag, kurz vor der Ankunft auf Dominica, kamen Josy und Ben wieder an Deck. Eng umschlungen, als sei nichts gewesen standen sie da und schauten gemeinsam wortlos auf das Meer hinaus. Ab und zu sahen sie sich aber wortlos an und lächelten hintergründig, und Josy hielt Paul an der Hand fest. Der Kleine hatte seinen Kopf an Josys Hüfte gelegt und stand wortlos daneben.

„Wie eine richtige Familie", dacht Tony, als er dieses Bild sah.

Endlich ankerten sie wieder in der Bucht von Portsmouth, ein Kahn brachte sie an Land. Am Ufer war gerade Markttag und die Marktfrauen packten langsam ihre Stände zusammen. Zu fünft gingen sie an Land. Mercedes deutete auf Ben und Josy, die den kleinen Paul an der Hand haltend zwischen sich laufen ließen, so als sei er ihr Sohn.

„Schau mal, wie eine richtige Familie!" Tony nickte und dachte an den rothaarigen Ben Mosley den er damals im Pferdestall seiner Eltern zum ersten Mal gesehen hatte. Wie hatte sich der Junge herausgemacht! Es war erstaunlich. Er erzählte Mercedes davon, und die lachte verhalten.

„So ist das nun mal, Lord Winford! Ihr Männer braucht eben eine Frau, die Euch zeigt wo es lang geht!" Tony unterließ den Versuch zu protestieren und grinste stattdessen hintergründig. Im Stillen dachte er aber:

„Man muss euch Frauen nur in dem Glauben lassen, dass es so ist. Dann herrscht auch Ruhe im Haus!"

Mit einer Kutsche ließen sie sich wieder zurück zur Plantage fahren. Als sie dort ankamen, ging Mercedes schnurstracks in ihr Elternhaus. Leise öffnete sie die Tür und sah um die Ecke. Ihr Vater saß am Tisch vor einem Teller mit Brot und Obst, und auf der anderen Seite des Tisches standen ein leerer Teller und ein Glas. Mercedes hüstelte.

„Sag mal Dad, was gibt's denn heute zum Abendessen?", fragte sie so natürlich wie es nur ging. Wilson Owens fuhr herum und starrte auf die Frau in der Tür.

„Mercedes!" Mit einem Satz hatte er seine Tochter in die Armen geschlossen und liebkoste sie immer wieder.

„Mein Mädelchen, du bist wieder da! Was für eine Freude! Hat dich Tony also doch gefunden! Komm, erzähle wie es dir ergangen ist und setz dich zu mir." Und so saßen Vater und

Tochter noch beim Kerzenschein am Tisch und plauderten. Tony sah kurz durch das Fenster und machte wieder kehrt und ging zurück ins Herrenhaus. Sein Schwiegervater hatte jetzt natürlich den Vorrang. Er hatte sicher sehr gelitten unter der Trennung von seiner einzigen Tochter.

Josy, Ben und Klein-Paul erreichten wenig später wieder ihr zu Hause im Regenwald. Paul staunte über die schöne, auf Holzbalken stehende Hütte. Die beiden Hunde umkreisten ihn sofort und spielten mit ihm. Und dann sah Paul den großen Badeteich. „Oh Tante Josy, darf ich da rein gehen und baden?", rief er aufgeregt. Josy lachte und gab ihm einen Klaps auf den Hintern. „Na los! Gehe ruhig mit Ben rein, er badet sicher auch gleich." Ben trat aus der Hütte und nickte schon. „O.k, ich gehe mit ihm baden. Machst du uns etwas zu essen?" Josy schmunzelte.

„Natürlich, ich kann doch meine zwei Männer nicht hungern lassen", erwiderte sie und lächelte hintergründig. Ben sah es, stellte aber keine Frage, soviel hatte er nun schon gelernt. Manchmal war es besser zu schweigen. Und so planschten Ben und Paul ausgelassen im Wasser bis sie Josy zu Tisch rief.

Und so vergingen die Tage und Wochen auf der Plantage „Riviere la Croix". Das Zuckerrohr musste geschnitten werden, die neuen Tabakpflanzen, die nach dem Brand der Scheune wieder bestellt worden waren, wurden ausgesetzt. Doch sowohl Tony als auch Ben waren immer unruhig und sorgten sich um ihre Familien und deren Sicherheit.

Eines Tages wollten Josy und Ben plötzlich für einen Tage weiter runter nach Roseau. Dort war die Verwaltung der Insel. Anstatt wie sonst das Pferd zu benutzen, fuhren sie mit dem vierrädrigen Wagen und zwei Pferden davor.

Sowohl Josy als auch Ben und sogar Paul waren herausgeputzt als sie abfuhren.

Die Köchin erzählte davon Zoe, die erzählte es der kleinen Anna, und die kleine Anna erzählte es dann im Garten Mercedes. Am Mittagstisch fragte Mercedes Tony, wohin Ben und Josy gefahren waren. Doch der zuckte mit den Schultern und schwieg sich aus.

Gegen Abend kamen die drei wieder aus der Stadt zurück, und Josy hatte ein tolles weißes Kleid an, während Ben im schwarzen Anzug daherkam. Mercedes, ihr Vater und Tony saßen gerade beisammen als es an der Tür klopfte. Tony wunderte sich. Wer klopfte da extra an? Also stand er auf und ging öffnen. Mit großen Augen starrte er auf Josy und Ben, die beide herzlich zu lachen begannen. Ben führte Josy an der Hand in den Salon und wandte sich an Mercedes, ihren Vater und an Tony. „Liebe Owens, lieber Freund Tony! Ich möchte euch meine Frau Josy Mosley vorstellen! Wir haben uns heute vom Friedensrichter in Roseau trauen lassen, und sind nun Mann und Frau. Und das hier ist unser Sohn Paul! Wir haben also schon ein großes Kind bekommen, quasi über Nacht!" Den drei am Tisch sitzenden verschlug es zunächst die Sprache, aber dann wurde herzlich gratuliert, und Tony spendierte für den kommenden Samstag ein Ferkel für den Grill, den das musste ja wohl gefeiert werden. Tony gratulierte Ben ganz besonders herzlich.

„Da hast du mich also wiedermal überholt, Freund Ben. Aber ich freue mich für dich und für Josy. Da haben sich tatsächlich drei Heimatlose zu einer Familie vereint. Wir wünschen euch alles Glück dieser Erde!" Und dann umarmte er seinen Freund Ben herzlich. Aber auch Josy wurde geherzt und war ganz gerührt von so viel Herzlichkeit die sie hier umgab.

Später am Abend besuchten Mercedes und Tony die Freunde in ihrer Hütte. Ein kleines Lagerfeuer brannte, die beiden Hunde lagen in der Nähe und passten auf. Paul schlief inzwischen ermattet von der Tagesreise. Josy trank als einzige nur Most, während ihr Mann, Mercedes und Tony Wein tranken. Während die Männer über die bevorstehende Ernte fachsimpelten, unterhielten sich Josy und Mercedes gerade über den neuen Ziegennachwuchs. Bis Josy auf einmal Mercedes Hand nahm.

„Hör mal Mercedes, du bist meine einzige Freundin und du sollst es zuerst erfahren. Ich glaube, ich bin guter Hoffnung. Es ist einfach so passiert als ich Ben kennenlernte. Wir wollen morgen nochmal nach Portsmouth zu Doktor Lewis reiten, um auch sicher zu gehen." Mercedes umarmte die Freundin hocherfreut, meinte dann aber:

„Ich würde an deiner Stelle das Reiten in den nächsten Wochen mal unterlassen. Zu oft haben die Frauen dadurch ganz am Anfang ihr Kind verloren. Das hat mir jedenfalls Lucia mal erzählt und die hat immerhin sechs Kinder." Als Mercedes die Neuigkeit auf dem Heimweg Tony erzählte, meinte der etwas kleinlaut: „Ja, ja um uns herum kommen Kinder auf die Welt, nur von uns ist noch keins dabei." Mercedes tröstete ihn vom Wein etwas angeheitert.

„Ach armer Tony, warte doch noch bis zu unserer Hochzeit. Lange ist es ja nicht mehr." Und so trabten sie durch den Regenwald und waren gerade am Eingang zur Plantage angekommen, als es plötzlich leise zu donnern begann. Sie sahen zum Himmel und erschraken. Der Himmel sah furchtbar und gefährlich aus. Immer wieder zuckten Blitze und es donnerte als wenn Kesselpauken dröhnten. Dann kam langsam der Wind, und mit dem Wind kam der Regen! Ein Tornado kam auf die Insel zu! Tony rannte zu den Ställen und Mercedes rannten zum Haupthaus, um alle Fenster zu verrammeln. Inzwischen orgelte der Sturm in einer Lautstärke bei der man sein eigenes Wort nicht mehr verstehen konnte. Und in diesem Inferno kamen die drei Mosleys angeritten. Während Josy und Paul ins Herrenhaus verschwanden, rannte Ben zu den Pferdeställen und traf dort auf Tony. Gemeinsam sicherten sie alle Tore und versuchten die Pferde durch ihre Anwesenheit zu beruhigen. Ben streichelte den Kopf seines Falben, den er „Rubio" getauft hatte. Draußen tobten die Urgewalten und so manche Palme verlor ihre Krone, und so manche Hütte ihr Dach in dieser stürmischen Nacht. Erst gegen Morgen als es hell zu werden begann, ließ das Unwetter langsam nach, und war dann weiter nördlich in Richtung Guadeloupe gezogen. Überall sah man die Verwüstungen die der Sturm und das Wasser angerichtet hatten. Einige der Unterkünfte der Arbeiter waren ziemlich arg in Mitleidenschaft gezogen, und Tony ordnete sofort die Reparaturen an. Wieder einmal erlebten seine Arbeiter was es heißt, wenn man einen guten Boss hatte. Tagelang werkelten sie, und am Samstag war alles wieder aufgebaut. Bens kleines Haus im Regenwald war unversehrt geblieben, weil es geschützt stand. Nur die Bade-Quelle war übergelaufen und hatte den ganzen Vorplatz überschwemmt und Josys Blumen und Gemüsebeete den Garaus gemacht. Doch die junge Kreolin war nicht aus der Ruhe zu bringen, und Ben staunte immer wieder, was sie als Hausfrau zuwege brachte. Inzwischen hatte sie ja schon ein kleines Bäuchlein bekommen und stöhnte ab und zu, weil es sie beim Arbeiten störte. Ben aber mahnte sie unaufhörlich ja vorsichtig zu sein. Und sogar Klein-Paul machte es Ben nach und achtete darauf, dass Josy ja nicht zu schwer hob. Und so manches Mal schüttelte Josy verzweifelt den Kopf über die Fürsorge ihre beiden Männer.

Die folgenden Monate über hatte man von den Closter-Brüdern nichts mehr gehört, geschweige denn gesehen. Und trotzdem mahnte Tony immer wieder zur Vorsicht, und bat alle die Augen aufzuhalten. Wie berechtigt das war, zeigte sich an einem Abend kurz vor Sonnenuntergang.

Wilson Owens ritt gerade einen Feldrain entlang, wo das Zuckerrohr noch nicht geschnitten war, als plötzlich ein Schuss ertönte und Owens urplötzlich einen stechenden Schmerz in seiner Hüfte verspürte. Mit aller Kraft versuchte er sich auf dem Pferd zu halten und brachte den Hengst zum Laufen. Und so preschte er im vollen Galopp noch bis vor das Herrenhaus und glitt dort ohnmächtig aus dem Sattel. Lucia, die gerade das Haus verlassen wollte, sah den Verwalter vom Pferd gleiten und am Boden liegen bleiben. Erschrocken eilte sie zu ihm und bemerkte das Blut an der Hüfte des Ohnmächtigen. Erschreckt schrie sie um Hilfe.

„Hilfe! Hilfe! Kommt schnell, Master Owens ist verletzt und blutet!", rief sie aufgeregt mit schriller Stimme. Mercedes, die gerade im Salon neue Blumen verteilte hörte sie rufen und eilte hinaus. Da sah sie ihren Vater am Boden liegen.

„Dad, was ist mit dir? Lieber Dad, rede doch mit mir!" Sie starrte auf das blutgetränkte Hemd und zog es langsam aus der Hose.

„Er ist angeschossen worden Lucia! Schicke deinen Sohn sofort zu Doktor Lewis in die Stadt! Schnell!" Und weil gerade drei Jungs aus den Ställen vorbei liefen rief sie diese herbei.

„Holt ein breites Brett, wir müssen ihn in den Salon tragen! Schnell, Jungs!"

Wenig später lag der Verwalter schon auf dem breiten Sofa im Salon und Mercedes säuberte die Wunde ihres Vaters. Wilson Owens war inzwischen wieder aufgewacht und wollte sofort wieder aufstehen. Doch Mercedes drückte ihn sanft aber nachdrücklich zurück in die Kissen.

„Du musst jetzt liegen bleiben, Dad! Ich habe schon nach Doc Lewis geschickt, er muss die Wunde erst untersuchen. Ich glaube aber, so wie es aussieht, ist es ein glatter Durchschuss! Aber du hast viel Blut verloren und musst ruhig liegen bleiben." Owens verzog das Gesicht ein wenig und brummte: „Ist ja schon gut Frau Doktor! Ich bleibe ja liegen", und schloss die Augen wieder. Plötzlich öffnete sich die Tür und Tony betrat mit Doc Lewis den Salon. Und während Doc Lewis Wilson Owens Wunde besah, fragte Tony was eigentlich passiert sei. Mercedes zuckte mit den Schultern.

„Irgendjemand muss auf ihn geschossen haben, ich konnte noch nicht mit ihm darüber sprechen." Tony ging hinüber zu Doc Wilson und seinem Patienten. Der hatte bereits auf dem Rand des Sofas sitzend einen Verband angelegt.

„Also wenn Ihr mich fragt, er hat viel Glück gehabt! Es ist ein glatter Durchschuss. Ein paar Zentimeter weiter nach rechts, und Euer Verwalter hätte jetzt ein großes Problem, denn dort liegt die Milz, und ein Stück entfernt eine Niere. Aber der Schuss hat lediglich die Haut aufgerissen und etwas Speck gestreift. Ein paar Tage Ruhe, dann kann er wieder aufstehen. Es wäre gut, wenn Ihr beim Verbandswechsel etwas Aloe Vera auf die Wunde auftragt. Das desinfiziert und macht die Wundränder geschmeidig." Mercedes, die daneben gestanden hatte, sah Lucia an.

„Lucia, bevor du nach Hause gehst, schneide bitte ein oder zwei Triebe von den Pflanzen im Garten ab und bringe sie mir." Die Köchin nickte und eilte hinaus um das Gewünschte zu holen. Doc Lewis stand auf und ging sich die Hände waschen. Als Mercedes ihm ein Tuch reichte meinte er:

„Miss Owens, ich muss schon sagen, seit der neue Herr hier das Regiment übernommen hat, herrscht irgendwie eine entspannte und ruhige Atmosphäre auf der Plantage. Alles ist freundlicher geworden, man spürt das förmlich. Und Ihr habt sicher auch einen Anteil daran", lächelte der Doktor.

Mercedes nickte und wurde etwas rot.

„Das mag schon sein Sir, aber die Leute in der Stadt zerreißen sich schon ihren Mund." Doc Lewis nickte und winkte ab.

„Ja, ja ich habe auch das Gerede gehört. Lasst Euch von den Leuten nicht verrückt machen. Die da alle reden, die sollten sich mal alle um sich selbst kümmern. Der junge Herr und Ihr seid ein schönes Paar. Ich hoffe, ich erlebe es noch, und kann später Euer erstes Kind mit auf die Welt bringen." Bei den Worten des Doktors war Tony hinzugetreten und Mercedes hatte einen roten Kopf bekommen. Tony lachte.

„Ja Doc, da müssen Sie schon noch ein wenig warten bis wir beide ein Paar sind. Ihr seid übrigens zur Hochzeit zu Palmsonntag herzlich mit Eurer Gattin eingeladen. Aber noch eine Frage. Wie geht es der Frau meines Freundes Ben Mosley?"

Doktor Lewis nahm seine Tasche auf, setzte den Hut auf und lächelte.

„Ach wissen sie Lord Winford, diese junge Frau ist ein wirkliches Phänomen! Sie ist jetzt im zweiten Monat schwanger, aber sie arbeitet trotzdem weiter wie vorher. Und ihr Gatte ermahnt sie immer wieder, aber das hilft nicht viel. Vielleicht könnte ja ihre verehrte Braut mal ein Wort mit ihr reden. So, ich komme in zwei Tagen nochmals vorbei. Passen sie gut auf, dass sich die Wunde ihres Vaters nicht entzündet und legen sie Aloe auf, das hilft bei der Wundheilung und es geht vor allem schneller. Also, dann einen Guten Tag!"

Und so bestieg er sein Pferd wieder und ritt davon. Tony umfasste seine Braut mit einem Arm an der Hüfte, und beide sahen dem Davonreitenden eine Weile nach. Tony gab seiner Braut einen kleinen Kuss auf die Wange.

„Reitest du morgen früh mal raus zu Ben und Josy? Ich glaube, sie ist da draußen ziemlich alleine mit ihren zwei Männern."

Mercedes sah Tony dankbar an.

„Weißt du Tony, ich hatte schon darüber nachgedacht, ob es nicht besser sei, wenn sie alle drei hierher zu uns auf die Plantage ziehen. Wir könnten doch das ehemalige Sudhaus umbauen, es wäre groß genug für eine Familie. Auf jedenfalls ist es aber besser, als da draußen alleine im Regenwald zu leben. Und wenn die Schwangerschaft noch weiter fortschreitet, braucht Josy ab und zu auch Hilfe." Tony sah seine Braut liebevoll an.

„Du bist schon wie eine Mutter aller Leute die für uns arbeiten. Ich finde das sehr gut, und auch ich werde mit Ben darüber sprechen, wenn ich ihn sehe. Mal sehen was er dazu sagt."

Am Nachmittag ritt Mercedes hinaus zu Josy und Ben. Als sie ankam empfing sie der kleine Paul ganz aufgeregt. „Missis, Missis, die Mama, na die Josy liegt drinnen und ihr geht es nicht gut. Und der Ben ist unterwegs im Wald. Ich habe schon laut nach ihm gerufen!", erzählte er ihr ganz aufgeregt. Mercedes betrat die Hütte und sah Josy auf dem breiten Bett liegen.

„Was ist mit dir? Hast du Fieber?" Sie fühlte Josys Stirn, doch sie hatte keine Temperatur. Josy schüttelte den Kopf. „Ich hab mich nur etwas hingelegt, mir war auf einmal etwas schummrig. Jetzt geht es mir schon wieder besser." Sie war im Begriff wieder aufzustehen, doch Mercedes drückte sie sanft in das Kissen zurück. Dabei sah sie sich ein wenig um und entdeckte den kleinen Schrein, von dem ihr Tony erzählt hatte.

„Hör mal Josy, du bist in anderen Umständen! Du musst dich viel mehr schonen, sonst kann es passieren, du verlierst das Kind noch!" Josy verzog das Gesicht.

„Nicht du auch noch, Schwester! Ben nervt mich schon dauernd damit und schimpft mit mir. Die Arbeit macht sich nun mal nicht von selbst. Ich muss dauernd Wäsche waschen, weil die beiden Männer Ferkel sind und alles schmutzig machen." Mercedes musste lachen.

„Ja, ja so ist das als Ehefrau! Meine Mutter hat auch immer geklagt, wenn sie meine schmutzigen Sachen waschen musste. Aber hör mir mal zu, ich hatte eine Idee und ich hab sie schon mit Tony besprochen." Plötzlich verdunkelte sich die Tür und Ben stand da. Er hatte Mercedes letzten Satz auch gehört und sah sie nun fragend an.

„Also, die Sache ist so! Wenn Josy noch eine Weile wartet, wird es ihr immer schwerer fallen hier draußen zu leben. Sie braucht dann Hilfe! Wie wäre es denn, wenn ihr zu dritt und später halt zu viert in das alte Sudhaus auf der Plantage zieht. Tony meint, man könnte es rasch umbauen. Dann bist du näher bei deinen Pferden Ben und du Josy näher bei mir, wenn du Hilfe brauchst. Was meint ihr beide dazu?" Ben hatte sich eine

Pfeife angezündet und sich an den Tisch gesetzt. Er sah Josy einen Moment ernst an und dann meinte er plötzlich:

„Ich halte den Vorschlag für gut! Einen der jungen Kerle oder auch zwei könnten wir hier draußen einquartieren zur Bewachung der Tabakpflanzen. Und Mercedes hat Recht, ich wäre endlich wieder näher an meinen Pferden. Und du Josy, du hast erstens weniger Arbeit und zweitens immer Mercedes in deiner Nähe. Also, ich finde das in Ordnung, wir sollten es machen!"

Josy hatte zugehört, den Mund verzogen und meinte:

„Ooch, und meine schönen Beete hier und unsere Bade-Quelle wird mir auch fehlen. Aber ihr habt natürlich wiedermal Recht! Ich vermute mal, ihr habt euch vorher abgesprochen!"

Mercedes und Ben protestierten einhellig und Josy lachte schon wieder.

„Nee, ihr habt ja Recht! Am Anfang war es schon schön hier im Wald. Aber nun mit dem Kind, ehrlich gestanden, da fürchte ich mich manchmal direkt!" Ben atmete heimlich auf.

„Gut, ich rede gleich mit Tony! Ihr zwei Frauen tragt alles zusammen was wir mitnehmen müssen. Ich komme mit dem Wagen zurück und wir laden alles auf. Wir ziehen eben gleich ein, und bauen dann um! Also los geht`s Mädels!" Und schon war er wieder verschwunden. Josy sah Mercedes von der Seite an und meinte dann nachsinnend:

„Ich glaube, Ben hat da schon lange darüber nachgedacht."

Mercedes nickte ein wenig.

„Sag mal Josy, betest du öfters da an deinem Schrein? Sie deutete mit dem Kopf in die Ecke wo die kleine Kiste stand. Josy sah Mercedes starr an, in ihrem Gesicht arbeitete es.

„Mercedes, das ist meine Sache! Meine Großmutter hat mir eine Gabe mitgegeben, über die ich nicht reden möchte. Es reicht schon, dass sich Ben dauernd Gedanken um mich macht. Der da oben beschützt mich schon!" Sie deutete mit dem Finger zum Himmel hinauf.

„Das glaube ich dir schon, Josy. Ben sorgt sich halt um dich, und Doc Lewis hat mir gesagt, ich solle dir ins Gewissen reden." Josy hatte sich aufgerichtet, hielt mit beiden Händen ihr kleines Bäuchlein und lächelte ein wenig.

„Weißt du, es ist schon komisch, wenn man weiß, dass da drinnen in einem ein neuer Mensch wächst. Man fühlt gleich ganz anders, du wirst es auch noch erleben!". Und dabei lachte sie wie befreit auf. Mercedes schnaufte leicht. Sie sah ein, dass es wohl besser war, nicht weiter in Josy zu dringen wegen dieser Holzkiste. Sie wechselte das Thema.

„Wenn es nach Tony ginge, dann wäre ich schon längst schwanger. Aber ich will erst mit ihm verheiratet sein! Stell dir mal vor, wir sind nicht verheiratet und ich werde schwanger und seine Eltern verhindern die Hochzeit! Dann stehe ich da, und mein Kind hat keinen Anspruch darauf ein Winford zu sein." Josy sah Mercedes mit großen Augen an.

„Ach so! Jetzt verstehe ich dich auch! Traust du Tony das zu, dass er dich im Stich lassen würde?" Mercedes schüttelte den Kopf.

„Nein, eigentlich nicht Josy, aber ich kenne seine Eltern noch nicht. Ich bin gespannt, wie sie mich behandeln werden. Vielleicht meiden sie mich ja, sozusagen die ungeliebte Gespielin ihres reichen Sohnes. Man weiß ja nie wie solche Leute über unsereins denken." Josy nickte und stand langsam auf.

„Diese reichen Eltern können denken wie sie wollen! Weil wir entscheiden, ob wir uns lieben und eine Familie sein wollen!", polterte es plötzlich laut an der Tür! Mercedes und Josy fuhren erschrocken herum. Mercedes bekam einen roten Kopf und stand da wie eine ertappte Diebin. Man sah Tony an, dass er zornig war. Er trat auf Mercedes zu, nahm ihre Hand und sah ihr tief in ihre braunen Augen. Und viel leiser meinte er dann:

„Ich habe mir schon sowas gedacht, Mercedes! Und im Grunde hast du ja auch Recht, so könnte es dir passieren. Aber nicht mit einem Tony Winford, niemals! Ich liebe dich und ich werde dich heiraten, und wenn Himmel und Hölle dagegen sind!" Josy bekreuzigte sich erschrocken.

„Tony, so darf man Gott nicht zürnen!" Tony lachte verhalten und zog Mercedes nun dicht an sich.

„Entschuldige Josy, ich weiß du glaubst an den lieben Gott. Aber wie viel Böses lässt er in der Welt zu! Wenn er so wäre wie man sagt, dann dürfte es so viel Unheil nicht geben. Aber er kann ja nicht überall sein", schloss Tony seine Worte und wandte sich zu Ben um, der ebenfalls wieder eingetreten war.

„Wie sieht es aus, Bruder Ben? Laden wir alles auf und bringen euch dann wieder zurück in die Zivilisation?" Ben strahlte und nickte.

„O.k. Boss, die Leute sind schon beim Aufladen. Und ich habe die beiden Cooper-Brüder mitgebracht, sie übernehmen die Hütte ab sofort, und sie passen auf die Tabakpflanzen auf. Außerdem habe ich eine große Glocke mitgebracht. Die hängen wir in einer Astgabel auf. Und wenn Gefahr droht, können sie die Glocke läuten, und das hören wir in der Plantage auf jeden Fall!" Mercedes lachte und rief Ben zu:

„Du hast vielleicht Ideen! Aber daran hättest du auch schon früher denken können, Ben Mosley! Nicht erst bei deiner Abreise!" Ben sah sie schmunzelnd an und zuckte mit den Schultern, als wollte er sagen: „Na das ist mir eben erst eingefallen!

Und dann ruckte der Wagen an und die Fuhre Hausrat nahm Kurs auf die Plantage. Als sie dort ankamen, hatten Zauberhände bereits alles sauber gemacht, ein großes Holz Bett aufgestellt, sowie Tisch und Stühle und einen Herd aufgestellt. Fürs erste konnten sie so leben, und Ben begann sofort alles einzuräumen. Josy aber musste draußen auf der Bank sitzen und zusehen, was ihr natürlich überhaupt nicht gefiel und sie schimpfte gehörig.

„Wenn der Mann so weiter macht, werde ich fett wie eine Matrone und hässlich! Aber das will er wahrscheinlich, damit mich kein anderer Kerl mehr anschaut!" Mercedes die neben ihr saß, lachte herzhaft.

„Nun hör aber auf Josy! Sei doch froh, dass er kein Säufer und Nichtsnutz ist. Er liebt dich eben, du alter Sturkopf. So einen bekommst du nicht so oft, vor allem wenn es dazu noch Weiße sind. Wir haben eben Glück gehabt mit unserer Wahl. Also sei zufrieden und lass dich verwöhnen. Wenn erst das Baby da ist, hast du noch genug Arbeit." Josy schmunzelte.

„Ja, ja Tante Owens, du musst es ja wissen!" Sie lachten und waren guter Dinge. Wilson Owens der schon wieder herum lief, kam zu ihnen und setzte sich neben die beiden jungen Frauen auf die Bank. Er nickte zufrieden.

„So ist es recht! Der Pferdeflüsterer gehört zu seinen Tieren, die merken nämlich genau wenn er nicht da ist." Er sah Josy von der Seite an.

„Und sie junge Frau Mosley, wie ich hörte stammen sie von St. Vincent? Da drüben habe ich einen Bruder. Er heißt Victor Wilson, wohnt oben an der Nordspitze in Georgetown und ist da der Hufschmied. Und wo habt Ihr gelebt, Miss?"

„In Caliaqua, Sir. Ich habe keine Angehörigen mehr, meine Mutter ist verstorben als ich sechs Jahre alt war", erklärt Josy Owens. Wilson Owens nickte bestürzt.

„Das ist sehr traurig, meine Frau ist vor zwei Jahren von uns gegangen. Aber wie konnten Sie sich da durchschlagen dort? Das ist doch ein wüstes Kaff?" Josys Gesicht wurde ernst.

„Ich arbeitete im „Lover", eine Spelunke. Und von dort bin ich dann eines Nachts abgehauen. Und Euer Ben nahm mich auf." Wilson Owens sah die junge Frau mitleidig an.

„Im „Lover" sagtet Ihr! Das ist doch die übelste Spelunke der ganzen Insel. Gehört die nicht einem Bob Harris?" Josy nickte wortlos und Tränen liefen ihr über die Wangen. Owens entschuldigte sich sogleich.

„Entschuldigung Miss, ich wollte keine alten Wunden wieder aufreißen. Aber wie ich gehört habe, hat man diesen Halunken vor einer Woche erschossen. Die Konstabler wollten ihn festnehmen, da ist er getürmt." Man sah wie Josy innerlich aufatmete und plötzlich wieder lächelte.

„Ich danke Ihnen für diese wundervolle Nachricht, Mr. Ownes. Ja, es ist eine wundervolle Nachricht für mich", ergänzte sie noch einmal. Mercedes sah ihrem Vater direkt in die Augen und schüttelte unmerklich mit dem Kopf, damit er nicht weiter über das Thema redete. Ben rief nach Josy.

„Lieblingsfrau! Du kannst herein kommen, wir sind einstweilen fertig. Alles andere machen wir noch nach und nach. Erlaubst du, dass ich jetzt mit Paul mal zu meinen Pferden gehe?" Josy lachte herzhaft.

„Seit wann musst du mich denn fragen, wenn du zu deinen Pferden willst, he?" Er zuckte mit den Schultern, lächelte und spitzte den Mund zu einem Kuss. Dann lief er mit Paul an der Hand zu den Pferdeställen. Josy sah Mercedes an und lachte befreit.

„Jetzt wird alles gut, Mercedes! Er hat seine geliebten Pferde wieder. Das war wohl der Grund, weshalb er manchmal so unwirsch war. Hast du gesehen wie er sich gefreut hat?" Mercedes nickte zustimmend.

„Ja Josy, du hast recht, alles wird nun gut. Ich kümmere mich jetzt mal um meinen zukünftigen Mann, er wird Hunger haben und in der Küche bei Lucia sitzen." Und so war es dann auch, sie setzte sich zu ihm und gemeinsam aßen sie von der frisch gekochten Suppe. Und beide waren zufrieden mit dem Leben auf der „Riviere la Croix" Plantage. Dennoch zogen wieder schwarze Wolken über der Insel Dominica und den beiden Liebespaaren zusammen.

Nächtliche Rückkehr nach Dominica

Der Wachposten auf Turm II. im Fort Shirley sah hinaus auf das vom Mondlicht kaum beleuchtete Karibische Meer. Immer wieder versteckte sich der melonengroße gelbe Mond hinter den schwarzen Regenwolken. Die Regenzeit war nicht mehr weit, und so kam es immer wieder zu überraschenden Unwettern wie dieses. Seit Stunden schon schüttete es unaufhörlich, und der Wind jaulte um die Festungsmauern. Sergeant Martens, ein Däne in englischen Diensten, sah durch sein Fernrohr, weil er glaubte weiter draußen ein oder zwei Schiffe gesehen zu haben. Doch so sehr er sich auch bemühte, die schlechte Sicht nahm ihm jede vernünftige Sicht. In diesem Moment erschien die Ablösung. Ein Corporal und drei Soldaten marschierten im Gleichschritt auf und Sergeant Martens erstattete dem Postenführer Meldung.

„Sir, keine besonderen Vorkommnisse auf Wache!", meldete er und übergab seinen Posten an den Nachfolger. Auf ihn wartete eine trockene Stube, ein heißer Tee und ein warmes Bett. Wäre das Wetter besser gewesen in dieser Nacht, hätte der Sergeant Martens drei kleine Schiffe gesehen, die sich auf Höhe der Douglas Bay plötzlich teilten und verschiedenen Zielen am Ufer zustrebten. Da es dort oben sehr viel Steilufer gab, gab es auch nur wenige flache Landeplätze, um an Land gehen zu können. Doch Johan Closter und seine Männer kannten sich ja da oben aus, waren sie doch oft dort durch die Wälder gestreift. Mit insgesamt dreißig Mann wollte Johan Closter wieder auf Dominica landen. Sein Ziel war der Northern Forest Reserve und der kleine Weiler Syndicate, von dem aus war man in einer

Stunde unten am Meer im Ort Colihaut. In diesem Waldgebiet wollten sie ihr Camp aufschlagen, um von dort aus ihre Raubzüge durchzuführen. Eines ihrer Ziele war dabei die Plantage von Tony Winford. Johan Closter wollte sich um jeden Preis für den Verlust seiner elterlichen Plantage rächen. Und so hatte er jeden Schritt genauestens geplant.

Doch ganz so unbemerkt wie er geglaubt hatte, war die Landung in dieser Nacht jedoch nicht geblieben. Ein alter Einsiedler, dessen Hütte an einer dieser Landestellen, etwas versteckt im Busch lag, hatte in dieser Nacht nicht schlafen können und war auf seiner Aussichtsplattform in eine große Astgabel gestiegen. Er hatte in einem Moment, als der Himmel etwas aufriss, plötzlich zwei Schiffe gesehen, die vor Anker lagen und von denen mehrere Männer in ein kleines Beiboot umstiegen, um an Land zu gehen. Das hatte ihm doch Sorge bereitet, und so war er rasch vom Baum gestiegen und dem durch den Wald ziehenden Trupp nachgeschlichen.

Die Wortfetzen die er aufschnappte, ließen ihn Schlimmes befürchten. Also folgte er dem Trupp noch eine Weile, bis kurz vor Syndicate, diesem Köhler-Meiler oben im Regenwald, der aus gut zehn Hütten bestand.

Abraham Lewis war Engländer und vor Jahren als Seemann auf die Insel gekommen. Der Liebe wegen war er geblieben, doch seine junge Frau war bei der Geburt ihres ersten Kindes gestorben, und Lewis hatte sich in die Einsamkeit des Forrest vergraben und lebte hier nun schon seit zwanzig Jahren. Er hatte fünf Ziegen, etwa zehn Hühner und sammelte Heilpflanzen die er unten in Colihaut an den Apotheker verkaufte.

Lewis ging wieder zurück zu seiner Hütte und setzte sich in einen kleinen Graben. Denn freitags um die achte Stunde zog hier immer eine Streife der Army vorbei. Sie kontrollierten schon seit langer Zeit den gesamten Strandabschnitt von Portsmouth, bis herauf zur Marceau Bay. Denn immer wieder hatten in der Vergangenheit die Franzosen versucht, Leute an den Strand zu schicken, die das englische Kontrollsystem auskundschaften sollten. Wobei es die Engländer jenseits des Dominica Kanals auch nicht anders machten und in sich in Basse-Terre umsahen.

Und so schlummerte Abraham Lewis in aller Ruhe in seinem weichen Grasbett, bis er auf einmal Stimmen hörte und aufschreckte, weil sechs Soldaten im Mondlicht vor ihm standen.

„He Alter, warst du gestern zu besoffen um noch nach Hause zu gehen oder hat dich deine Alte rausgeschmissen?", fragte der Korporal ihn lachend. Lewis stand mühsam auf und grüßte höflich.

„Korporal, heute Nacht sind unten in der Bay zwei Schiffe gelandet und haben so ungefähr zwanzig Leute abgesetzt! Ich bin ihnen bis nach Syndicate gefolgt. Sie haben Übles vor, wie ich hören konnte!" Der Korporal war mit einem Mal sehr freundlich und hellwach.

„Hast du das nicht etwa in deinem Rausch geträumt, Alter?" Doch Lewis schüttelte den Kopf.

„Nee Korporal, ich bin ihnen ja beinahe eine Stunde durch den Wald gefolgt! Da muss man schon bei klarem Verstand sein um nicht aufzufallen, oder?" Der Soldat bedankte sich bei Abraham und schickte einen Melder zurück zum Fort. Die anderen zogen weiter in Richtung des Weilers Syndikate. Sie wollen erkunden, wo der Trupp abgeblieben war.

Ben war am Vormittag in Portsmouth um für Josy ein Stärkungsmittel beim Doktor zu kaufen, als er auf der Straße einen jungen Sergeanten in seinem Alter vom Fort traf, den er schon längere Zeit kannte. Ben lud ihn auf eine Kanne Bier ein, doch der Soldat lehnte bedauernd ab.

„Du Ben sorry, ich habe nicht viel Zeit! Ich muss unbedingt dem Polizeiposten eine Meldung überbringen. Heute Nacht sollen zwei Schiffe oben bei Colihaut etwa zwanzig Leute an Land gesetzt haben. Keine Ahnung was das zu bedeuten hat. Aber ich denke mal, diese Franzmänner werden nicht so blöde sein, und so einen Trupp zu uns schicken. Die reiben wir doch wie nichts auf!" Ben durchfuhr augenblicklich ein Schreck.

„Und wenn es Leute von Closter sind? Habt ihr da schon mal daran gedacht?", antwortete er dem Soldat. Und der Sergeant sah Ben etwas überrascht an.

„Meinst du wirklich, der Closter will die Insel angreifen?" Ben wiegte den Kopf hin und her.

„Vielleicht nicht die Insel, aber unsere Plantage! Sag das deinem Kommandeur bitte! Er soll uns lieber ganz schnell ein paar Leute schicken." Der Sergeant nickte. „O.k. vielleicht helfen euch ja auch die Konstabler". Ben winkte ab. „Hör auf, die machen sich doch in die Hosen, wenn es mal richtig knallt! Die können Diebe einfangen, aber keine schweren Jungs wie die Closters. Also, sag deinem Boss oben was wir vermuten! Ich muss schnellstens zurück zur Plantage!" Und schon galoppierte Ben mit seinem Falben wieder zurück.

Als er auf der Plantage ankam suchte er nach Tony und nach Owens, beide traf er im neuen Sudhaus bei einer Probe des neuen Rums. Ben lachte. „Das lasse ich mir gefallen, die Herren genehmigen sich einen Schluck zur Feier des Tages! Hört zu, ein Sergeant vom Fort erzählte mir gerade, dass heute Nacht oben bei Colihaut zwei Schiffe etwa zwanzig Leute an Land gebracht haben. Ich sagte ihm, er solle dem Kommandeur ausrichten, dass wir vermuten, dass es Closter mit seiner Bande sein könnte.", sprudelte Ben atemlos hervor. Tony sah ihn fragend an und zog die Augenbrauen zusammen.

„Wie kommst du ausgerechnet auf Closter?" Ben zuckte mit den Schultern.

„Das war mein erster Gedanke, er hat noch eine Rechnung mit uns offen!" Owens der die ganze Zeit zugehört hatte, nickte bedächtig.

„Ben könnte Recht haben, Boss! Wir sollten uns wappnen, und zwar gleich. Er wird es nicht am Tag versuchen, aber in der Nacht glaube ich schon!" Tony zögerte einen Augenblick, doch dann nickte er.

„Gut, aber dann müssen wir unbedingt die Frauen in Sicherheit bringen. Frage, aber wo? Denn auf die wird er es abgesehen haben, neben der Plantage. Ich hoffe nur die Armee schickt uns Hilfe." Wilson Owens stand von seinem Stuhl auf.

„Boss, ich reite sofort zum Fort Shirley! Den Kommandeur kenne ich persönlich, er wird uns bestimmt helfen! Ich reite sofort los!" Wenig später ritt Wilson Owens mit einem Schwarzen aus seinem Sudhaus in Richtung Portsmouth. Tony fand seine Mercedes im Pferdestall.

„Hallo Schatz! Es gibt schlechte Nachrichten! Wahrscheinlich ist heute Nacht der Closter mit etwa zwanzig Leuten oben bei Colihaut an Land gegangen. Was der will kannst du dir ja vorstellen. Rufe alle Frauen und die Kinder zusammen, wir müssen euch unbedingt in Sicherheit bringen. Besonders du und auch Josy, ihr seid beide in Gefahr! Hast du eine Idee, wo wir euch die nächsten Tage verstecken könnten?" Und entgegen aller Befürchtungen die Tony gehabt hatte, weil sie sich verstecken sollten, willigte sie diesmal sofort ein. Sie überlegte eine Weile, dann meinte sie:

„Weißt du was, ich gehe zu Lucia. Mal sehen ob die eine Idee hat." Und schon rannte sie mit fliegenden Röcken davon. Lucia war wie immer in der Küche und Mercedes erzählte ihr von Tonys Wunsch. Die Köchin jammerte.

„Oh je, oh je, das gibt wieder ein Blutvergießen wie damals vor vielen Jahren. Aber ich kenne eine Höhle oben am Morne Diablotin. Sie liegt gut geschützt auf einem kleinen Plateau innerhalb einer Schlucht. Wer da rauf will, muss über einen schmalen Grat laufen. Das geht nur einzeln. Außerdem führt dort ein Wasserlauf mit heißem Wasser aus dem Vulkan vorbei. Da oben kommt niemand an uns heran, wenn wir es nicht wollen, Mercedes!"

Und so geschah es dann auch. Alle Frauen und Kinder sammelten sich auf dem Hof. Jede trug nur ein Bündel mit sich, und auch die Kinder die groß genug waren, trugen etwas. Tony sah Ben von der Seite an und deutete auf das Gewimmel vor ihnen auf dem Platz.

„Meinst du, dass es klug ist, die alle loszuschicken? Wir müssen ihnen Waffen mitgeben, zumindest denen, die damit umgehen können. Das sind vielleicht vier oder fünf, aber mehr auch nicht." Ben rieb sich die Nase.

„Ich würde am liebsten Mercedes Vater mit hochschicken, er ist eine Respektsperson, auf ihn hören sie alle." Tony gab seinem Freund einen Klaps auf den Rücken.

„Eine gute Idee, Ben! Das machen wir, aber ich glaube, der Alte wird meckern." Ben winkte ab.

„Abwarten und Tee trinken, Boss! Er hat seine Tochter da oben bei sich, das wird es ihm leichter machen."

Und tatsächlich, mit Hilfe von Wilson Owens brachten Tony und Ben die Frauen und Kinder noch am Nachmittag hoch zum Morne Diablotin. Es war ein Marsch von beinahe zwei Stunden. Als sie oben ankamen, sahen sie zum ersten Mal die Höhle und den Übergang. Ben hielt Owens am Ärmel fest.

„Hören Sie Mr. Owens, was halten Sie davon, wenn wir in den Übergang ein Fass Pulver eingraben und eine Lunte bis zur Höhle ziehen? Das wäre Ihre letzte Sicherheit! Runter kommen sie dann schon irgendwie, aber zu Ihnen rauf kommt niemand mehr! Und wir könnten oben am Seeufer ebenfalls ein Fass eingraben und mit einer Lunte verbinden. Im Notfall würde das Fass oben am Seeufer einen Abfluss schaffen und ein Teil des Wassers würde in die Schlucht hinunter rasen und alles und jeden wegspülen. Sie wären also sicher!" Owens sah den jungen Mann erstaunt und mit großen Augen an. Dann legte er ihm die Hand auf die Schulter.

„Mister Mosley, Sie sind ein Genie! Das ist eine beinahe hundertprozentige Verteidigung der Höhle! Ich stimme Ihnen voll zu! So machen wir es auch!" Ben war gerührt von so viel Lob und war rot geworden. Tony der alles mitgehört hatte schmunzelte.

„Ja, ja unser Pferdeflüsterer ist ein Stratege! Ich kann nur wieder staunen", meinte er nur und sah Josy und Mercedes an.

„So Mädels, wir müssen uns jetzt verabschieden. Wir haben auch unten auf der Plantage noch viel zu tun. Ich hoffe, wir sehen uns alle gesund wieder. Begebt euch nicht unnütz in Gefahr!" Mercedes und Josy nickten beide, und Josy meinte dann:

„Das Gleiche gilt aber auch für Euch, Sir! Und natürlich für meinen Ben! Sagt ihm das bitte!" Doch Ben kam schon wie gerufen und Josy verabschiedete sich unter Tränen von ihm.

„Pass gut auf dich auf und bleib am Leben, Ben Mosley. Dein Kind will seinen Vater noch sehen und mit ihm reiten gehen", schluchzte sie leise. Sie verabschiedeten sich voneinander und beide Männer hatten diesmal tatsächlich feuchte Augen.

Wenn das Wetter klar war, konnte man am Tage von der Höhle oben am Morne Diablotin bis hinunter zur Plantage schauen. Wer hier oben mitten im Regenwald stand, kam sich vor wie auf einem fremden Planeten. Zahllose bunte Blumen und Sträucher, Palmen ohne Ende, und eine Vielzahl bunter Vögel, die beinahe zahm zu sein schienen. Mehrere Papageien krächzten wegen der Eindringlinge laut und ärgerlich. Dabei beobachteten sie die Menschen ganz genau. Mercedes schmunzelte. „Josy, unsere Radaubrüder da im Baum sind eine gute Wache! Taucht jemand auf, werden sie hübsch lärmen!" Josy sah hinauf zu den Vögeln und nickte. „Schau mal wie wunderbar sie alle aussehen! So eine Farbenpracht", staunte sie. Und so kam die erste Nacht hier oben in den Bergen. Der Verwalter hatte unbedingte Ruhe verlangt, was bei so vielen Kleinkindern aber kaum möglich war.

Und so stand am nächsten Morgen Wilson Owens am Höhleneingang und starrte hinunter, dorthin wo im Morgendunst das Herrenhaus zu sehen war. Seine Pfeife dampfte dicke Qualmwolken in die Luft. Unruhig lief er auf und ab. Es widersprach im Grunde seinem Naturell hier oben untätig herum zu lungern und nichts tun zu können. Und so sagte er Mercedes Bescheid, dass er hinauf zum See gehen wollte, um die Sprengvorrichtung nochmals zu überprüfen.
Mit einer Muskete in der Hand stieg er durch den Regenwald bergan. Die hohen Bäume schützten ihn vor großer Hitze und so kam er rasch voran. Oben angekommen, überprüfte er zuerst das Fass mit dem Pulver, welches man am Vortage in eine Mulde eingegraben hatte. Etwa zwei Meter dahinter begann der See. Wenn die Sprengladung hochging, würde diese vielleicht ein Drittel des Damms wegreißen und so dem Wasser den Weg ins Tal frei machen. Nach seiner Schätzung würde sich der See mindestens bis zur Hälfte leeren. Das Wasser würde hinunter ins Tal schießen, genau unterhalb der Höhle den schmalen Pfad wegreißen und dann weit unten irgendwo in die See fließen. Wenn man dann den Damm wieder aufbaue, würde sich auch das Wasser des Sees wieder anstauen lassen, der er ja von mehreren Bächen gefüllt wurde.
Die Lunte würde gut 10 Minuten brennen bis sie am Pulverfass ankam. Ben Mosley hatte sie sehr sorgsam gegen Regen geschützt, indem er große Stücke Baumrinde darüber gelegt hatte. Genauso wie unter der Lunte ebenfalls Baumrinde lag. Das letzte Stück hatte er sogar durch ein Bambusrohr gezogen und die-

ses mit Erde zugedeckt. Dieser junge Ben Mosley war ihm seit der Befreiung seiner Tochter immer symphytischer geworden. Er war zwar noch sehr jung, aber was er tat, das tat er mit Überlegung. Er war für seinen Herrn Tony Winford eine gute Ergänzung. Überhaupt sah er inzwischen das Vierergespann Tony, Mercedes, Ben und Josy schon längst mit anderen Augen. Diese beiden Paare würden garantieren, dass das „Riviere la Croix" auch in Zukunft weiter bestehen würde. Dessen war er sich inzwischen ganz sicher, und das wiederum beruhigte ihn mit Blick auf die Zukunft!

Auf dem Weg zurück zur Höhle begegnete er dann Josy, die im Wald Pflanzen sammelte. Sie sah ihn und grüßte höflich.

„Hallo Mister Owens! Waren Sie oben am See?" Wilson Owens nickte und nahm der jungen Frau den Korb aus der Hand, da er auch einige Mangos und andere Früchte enthielt und ziemlich schwer war.

„Und Sie Josy, sie tragen mal wieder zu schwer, junge Frau! Ich nehme ihnen den Korb mal ab.", meinte er und schmunzelte dabei. Und so zogen sie beide noch eine ganze Weile gemeinsam durch den Wald. Dann erreichten sie eine Stelle, wo man bis hinunter zur Plantage sehen konnte. Josy blieb stehen und legte die Hand über die Augen. Auch Owens blieb neben ihr stehen.

„Machen sie sich keine Gedanken, Josy! Ihr Ben und all die anderen werden das schon gut überstehen. Schauen sie mal, ich glaube, da sind sogar einige Soldaten zu sehen! Das Fort hat also doch Verstärkung geschickt", versuchte er die junge Frau zu beruhigen. Josy nickte, doch man sah an ihren feuchten Augen, dass sie sich Sorgen machte.

„Ich bete jeden Tag zur Mutter Gottes, dass sie unsere Lieben beschützt, Mister Owens. Dieser Closter ist ein furchtbarer Kerl, man hätte ihn längst erschießen sollen!", entfuhr es ihr. Owens lächelte verhalten.

„Ja, solche Gauner gibt es leider immer wieder. Er will nun wahrscheinlich Rache nehmen für seine verwüstete Plantage. Josy sah ihn nachdenklich an.

„Ich denke, Ben hat damals nicht richtig gehandelt! So ist die ganze Sache nur noch gefährlicher geworden", bemerkte sie leise.

Owens dachte über das was Josy eben gesagt hatte nach. Hatte sie Recht? Aber Männer sahen sowas eben immer anders. Auge um Auge, Zahn um Zahn, so war es halt immer schon gewesen.

„Schauen Sie Josy, was hat dieser Gauner schon für Leid über die Menschen gebracht, auch über uns, aber besonders über Mercedes. Also sehe ich die Sache ein wenig anders als Sie. Ich meine, es war höchste Zeit, ihn von der Insel zu vertreiben. Und Ihr Ben ist ein guter Kerl und sehr mutig. Sie sollten sehr stolz auf ihn sein, Miss Josy!"

Sie erreichten gerade wieder die Höhle, als es drinnen ein Geschrei gab. Zwei Frauen waren sich in die Haare geraten. Owens stellte den Korb ab und ging in die Höhle. Sofort herrschte wieder Ruhe.

„Mandy Karlson, was ist schon dabei, wenn Rachel sich einmal deine Seife nimmt? Wir sind doch eine Gemeinschaft oder nicht?", redete er den Streithähnen ins Gewissen. Es waren gut zwanzig Frauen und gut ebenso viele Kinder hier oben, und alle drängten sich in der Höhle zusammen. Denn Lärm durften sie draußen nicht machen. Und so hatte Mercedes damit begonnen, immer zehn Kinder zusammen zu nehmen, und mit ihnen raus in den Wald zu gehen. Das Spiel hieß - wir verhalten uns so ruhig, dass uns niemand hören und sehen kann. Und tatsächlich begriffen selbst die Kleinsten, worum es bei diesem Spiel ging. Dabei tarnte sie die Kleinen mit Farnblättern und anderen Pflanzen des Waldes, was den Jüngsten natürlich Spaß machte, wenn sie niemand mehr sehen konnte im Gebüsch. Owens, der sich das Treiben von Mercedes eine Weile angeschaut hatte, musste auf einmal schmunzeln. Er sah wie seine Tochter mit den Kleinen umging. Sie würde einmal bestimmt eine gute Mutter werden. Aber da gab es ja noch diese Hochzeit in ein paar Wochen. Aber er hatte seinen Herrn als einen Mann kennengelernt, auf dessen Wort man sich verlassen konnte. Mit seinen 26 Jahren war Tony Winford ein zuverlässiger junger Mann, auch wenn er dem Adel angehörte.

Indessen scharte Closter seine Getreuen um sich. In dieser Nacht wollten sie in die Plantage eindringen, die jungen Frauen rauben, das Haus niederbrennen und sich sofort wieder zurückziehen. Erst beim zweiten Angriff wollten sie dann die Zuckerrohrfelder anzünden und die Plantage dem Erdboden gleich machen, so wie man es mit seiner Plantage gemacht hatte! Er würde alles vernichten, was sich ihm in den Weg stellen würde. Selbst wenn er Portsmouth niederbrennen müsste. Seine Streitmacht war in den letzten Tagen auf 80 Leute angewachsen. Doch seine heimlichen Beobachter hatten nichts davon bemerkt, dass man sich auf der Plantage auf einen Angriff vorbereitete. Dieser Winford war doch nur ein ahnungsloser adliger Dummkopf! Aber diese Mercedes würde er sich holen, und Winford würde sie nie mehr wieder sehen. Genau wie diesem Rothaarigen sein Kreolenweib, dass ihn auf Basse-Terre so an der Nase herum geführt hatte. Beide würde er mitnehmen und sich an ihnen vergehen, das hatte er sich fest vorgenommen! Und wenn er genug hatte, würde er sie den Haien zum Fraße vorwerfen, draußen auf See. Closters Seele war voller Hass! Er hasste alle, die in geordneten Verhältnissen lebten. Dieses ganze Bürgerpack in der Stadt und natürlich auch diese adligen Lordschaften, die auf den Inseln das Sagen hatten. Im Stillen hatte er sich schon überlegt, ob er nicht mit seinen Getreuen eine neue Piratenmacht in der Karibik aufbauen sollte. Halsabschneider gab es auf den Inseln ringsum ja genug. Aber jetzt würde er erst einmal eine alte Rechnung mit diesem adligen Schnösel Winford begleichen! Später würde er dann Schritt für Schritt die ganze Insel unter seine Kontrolle bringen! So waren jedenfalls Johan Closters Pläne.

Langsam verschwand der Mond an diesem Märzabend hinter den Palmen und es wurde unmerklich dunkler. Spätestens um halb Sieben Uhr würde es total finster sein. Wie Schatten bewegten sie sich durch den Wald und passierten wieder die Stelle, wo Abrahams Lewis Hütte stand. Doch der alte Seemann hatte sie gesehen. Rasch lief er zurück zu seiner Hütte und zündete das vorbereitete Feuer auf dem Hochstand neben seiner Hütte an. Es war das verabredete Zeichen, dass es losging. Der Posten oben im Fort Shirley sah es und gab Alarm. Und auf der Plantage sah man den Fackelschein auf einem der Türme.

„Es geht los, Tony!" Ben stand in der Tür, eine Muskete in der Hand und zwei Pistolen am Gürtel. Tony erhob sich aus seinem Sessel, blieb am Kruzifix einen Moment stehen und bekreuzigte sich. Dann folgte er Ben nach draußen. Der Mond war von Wolken verdeckt und kam nur selten einmal heraus. „Sind alle Leute an ihren Posten?" Ben nickte. „Ja, wir haben den Jüngeren je einen Soldaten zur Seite gestellt! Und gerade eben sind mindestens noch zwanzig Leute von der Taylor-Plantage gekommen. Wir können also einen beinahe geschlossenen Kordon um die Plantage ziehen! Ich hätte nie gedacht, dass wir so viel Leute zusammen bekommen." Tony nickte zustimmend. „Du hast Recht, aber die Zusage des Kommandeurs hat uns dabei auch geholfen. Die Insulaner sehen nämlich, dass dieser Closter nicht nur eine Gefahr für uns, sondern auch für sie ist! Wie sieht es eigentlich mit den Konstablern aus?" Ben lachte verächtlich. „Von diesen Hosenscheißern ist keiner zu sehen! Wie ich schon vermutete. Irgendwie muss die dieser Closter in der Hand haben oder zumindest deren Boss. Anders kann ich mir das nicht erklären. Keiner von denen war bisher hier zu sehen!" Sie hatten den Eingangsbereich erreicht. Das große eiserne Tor war verschlossen worden, doch dahinter lagen zehn Soldaten des Forts, schön verteilt, um Eindringlinge ins Kreuzfeuer nehmen zu können. Im Grunde war die Plantage nur von drei Seiten angreifbar, die vierte Seite war ein Felsmassiv, gut einhundert Meter hoch und wild zerklüftet. Egal ob man vom Meer her kam oder aus dem Regenwald, da gab es kein Durchkommen. Die Erbauer hatten sich damals schon etwas dabei gedacht, als die Franzosen immer wieder an Land gehen wollten. Ben verabschiedete sich von Tony.

„So, ich gehe jetzt rüber zum Sudhaus. Es steht zwar am nächsten zum Zaun, aber es ist wie eine Festung mit den dicken Steinmauern. Ich übernehme mit dem dortigen Korporal Williams den südlichen Teil, du musst den westlichen Teil abdecken. Und die Freiwilligen von Taylor decken den Osten ab. Wünsch uns Glück, Bruder, und bleib gesund dabei!" Sie drückten sich fest die Hand und umarmten sich kurz. Ben lachte leise.

„Ich hätte nie gedacht, dass ich mit dir nochmal in den Krieg ziehen würde, Boss!" Tony lachte auf.

„Also ich auch nicht, das kannst du mir glauben! Aber es geht um unsere Existenz hier. Also müssen wir wohl oder übel." Mit einer Handbewegung verabschiedeten sie sich voneinander und jeder strebte seinem Kommando zu.

Closters Streitmacht hatte sich geteilt. Die eine Hälfte wollte auf kürzestem Weg durch das Tor zum Haupthaus. Die andere Hälfte wollte von dem großen Garten her das Haupthaus von hinten angreifen, denn dort vermuteten sie die Familien. Johan Closter blieb bei denen, die über den Graben eindringen wollten. Sein Bruder Richard sollte das Tor überrennen, und Peter war die Reserve wenn es irgendwo Probleme gab. Der Jüngste hatte zu viel Schiss und blieb so in Reserve mit seinen 15 Leuten.

Es ging los! Closters Streitmacht lag gut verteilt in den Büschen. Und Richard Closter schickte seine Leute in der Dunkelheit immer einzeln aus dem Regenwald heraus bis vor den Zaun, und so huschte einer nach dem anderen über den schmalen Fahrweg. Am Tor machten sich zwei daran das schwere Schloss zu knacken. Es dauerte auch nicht lange und sie hatten es geöffnet. Ein kurzer Jubel kam auf, den Richard sofort wieder unterdrückte.

„Haltet das Maul oder wollt ihr die Leute warnen! Wir werden sie jetzt aus dem Schlaf kitzeln mit unseren Messern! Lasst keinen am Leben, los auf!"
Doch kaum hatte er dieses Kommando erteilt und seine Kumpanen waren aufgesprungen, peitschte auf einmal eine Gewehrsalve von links und von rechts des Zufahrtsweges! Die Hälfte seiner Leute war sofort tot! Und noch ehe er begriff was eigentlich los war, sahen sie sich eingekreist. Sie starrten im fahlen Mondlicht in einen Kreis von Gewehrläufen der Soldaten. Richard begriff, dass sie in eine Falle gelaufen waren! Einem seiner Jüngsten gelang es unbemerkt in der Dunkelheit zu entkommen. Der Junge rannte keuchend einen großen Bogen durch das ebene Gelände mit unzähligen Beeten und erreichte den Garten. Doch gerade als er ankam, seinen Boss dastehen sah, und ihn warnen wollte, peitsche auch hier aus allen Fenstern der Hinterseite des Haupthauses eine donnernde Gewehrsalve! Der

Junge brach getroffen zusammen und Johan Closter sprang fluchend in Deckung, ohne die Hiobsbotschaft des Jungen erhalten zu haben.

„Verdammte Scheiße! Was ist denn hier los?", brüllte er und wollte weitere Befehle geben. Doch die meisten seiner Männer waren tot, der Rest flüchtete in wilder Hast durch die Dunkelheit davon, und der Kommandeur stand alleine hinter einem Baum und starrte auf die Hauswand und deren offene Fenster, aus denen aus jedem mindestens zwei Gewehrläufe heraus ragten. Johan Closter hätte vor Wut heulen können! Dabei hatte er sich das alle so schön ausgemalt. Und nun dieses Fiasko! In jeder Hand eine Pistole zog er sich zurück, erreichte einen schmalen Weg und stand plötzlich zwei Wachposten gegenüber. Noch ehe die reagieren konnten, hatte Closter schon mit beiden Waffen geschossen und die beiden Schwarzen lagen am Boden. Ohne weiter auf sie zu achten schlich er sich in Richtung des Regenwaldes, dort wo sich eigentlich nach dem Angriff hätten sammeln wollen. Als er am vereinbarten Platz ankam, sahen ihm zehn Augenpaare ängstlich entgegen.

„Ist das alles?", fragte er mit belegter Stimme. Edward Walker, einer seiner Stellvertreter nickte wortlos. Johan Closter ließ sich zu Boden gleiten und dachte nach. Fest stand, sie waren auf eine bestens vorbereitete Verteidigung getroffen. Und was ihm nun erst auffiel, nirgends hatte er Frauen oder Kindergeschrei vernommen. Dieser Hundsfot Winford hatte ihn wieder einmal ausgetrickst! Sie waren mit Soldaten verstärkt worden, und das war das Schlimmste! Jetzt würde man sie jagen, Tag und Nacht! Wohin sollten sie nun gehen? Zum Meer hin war keine gute Idee. Zum Morne Diablotin hinauf wo es eine Höhle gab schon eher! Er scheuchte seine Leute auf die Beine.

„Los! Wir gehen jetzt durch den Regenwald hinauf zum See unterhalb des Morne Diablotin, und von dort zu unserer Landestelle! Auf Leute!" Johan Closter wusste, dass er verloren hatte, jetzt galt es nur noch den eigenen Hals zu retten!

Als die Schießerei in der Nacht plötzlich begann, hatte Wilson Owens zwei zwölfjährige Buben weiter hinunter in Richtung Tal geschickt, um zu erkunden was da los war. Wenn sie etwas sehen sollten, dann war es ihr Auftrag sofort zurück zu kommen und zu berichten. Und diese Vorsicht sollte sich noch als sehr klug heraus stellen.

Kurz vor dem Morgengrauen kamen die beiden Buben den Berg herauf gehetzt. Atemlos berichteten sie, dass sie mehrere Männer gesehen hatten, die in Richtung der Höhle herauf kamen. „Mister Owens, es kommen mindesten zehn Leute unten herauf! Sie sind nicht gerade sehr leise!", berichtete der Kleine und Owens dankte ihm. Dann rief er sofort Josy und Mercedes zu sich.

„Hört zu, es wird ernst! Closter und seine Leute haben offenbar gehörig was auf die Ohren bekommen, so dass sie sich zurückziehen müssen. Und sie kommen ausgerechnet in unsere Richtung! Wir müssen was dagegen tun! Wie viel Musketen haben wir mit hier in der Höhle?" Josy zählte kurz durch.

„So etwas sechs oder sieben, Sir!" Owens nickte.

„Gut, dann ruft sie alle her, wir müssen uns aufteilen. Ich halte mich in der Nähe der Lunte auf!"

Wenig später lagen sieben junge Frauen, gut getarnt im Gelände oberhalb der Höhle und lauschten in die Nacht hinein. Mercedes hatte ihnen eingeflößt, dass alle nur auf ihr Kommando schießen sollten. Inzwischen hatte sich der Mond von den Wolken befreit, und sie bekamen eine gute Sicht auf das was unterhalb der Höhle geschah. Wilson Owens hockte in einer Mulde neben dem Höhleneingang und hatte den Zunder und den Zündstein parat liegen.

Plötzlich hörten sie weiter entfernt leise Stimmen! Das mussten Closters Leute sein! Oder kam Verstärkung von der Plantage? Mercedes stieß Josy an und flüsterte:

„Was machen wir nun? Nicht, dass wir auf unsere eigenen Leute schießen." Josy reckte sich und rief dann mit verstellter dunkler Stimme durch einen Handtrichter leise: „Johan! Johan!" Und dann kam es auch schon zurück:

„Hier sind wir! Wer seid ihr denn? Bist du es Peter?" Josy kicherte und hielt sich die Hand vor dem Mund. Dann meinte sie zu Mercedes:

„Jetzt weißt du wer kommt! Schieß nicht daneben, Schwester!" Mercedes schnaufte leise.

„Die werden sich wundern!" Dann rief sie laut: „Feuer!" Aber auch Owens hatte den Dialog zwischen Josy und dem Closter gehört und musste lachen trotz dem Ernst der Lage. Die kleine Kreolin kannte offenbar keine Angst. Und dann sah er die Gauner ebenfalls! Breit gefächert kamen sie den Hang herauf, zwischen den Büschen und den Bäumen. Sie waren noch etwa fünfzig Meter vom Übergang zur Höhle entfernt und er musste, ob er wollte oder nicht, jetzt sprengen. Der Zunder glühte im Nu und dann schlängelte sich ein kleines Feuer über den Waldboden. Über ihm knallte auf einmal eine Musketensalve. Die Frauen hatten ohne auf sein Kommando zu warten das Feuer eröffnet. Er hörte Closter noch schreien:

„Deckung Leute, das ist ein Hinterhalt!", dann gab es eine ohrenbetäubende Explosion! Eine Feuersäule sprang in die Luft und erleuchtete alles ringsum. Unter ihnen war das Schreien der Verletzten zu hören, und der Übergang vom Waldweg zur Höhle war verschwunden und es klaffte ein tiefes Loch. Der Zugang zur Höhle war versperrt! Ab und zu hörte man noch vereinzelt Schüsse, die von den Frauen auf die Flüchtenden abgegeben wurden. Owens schrie so laut er konnte:

„Feuer einstellen, Mädels! Es ist vorbei!" Tief durchatmend setzte er sich einen Augenblick auf einen Stein und schüttelte den Kopf.

„Warum müssen Menschen denn immer wieder Krieg spielen, anstatt sich zu vertragen? Erst waren es die Franzosen, jetzt dieser verrückte Johan Closter". Er erhob sich, um die Lage zu erkunden. Hoffentlich waren die Frauen alle noch unverletzt.

Tony war gerade mit Ben auf einem Rundgang um das Herrenhaus herum. Sie wollten nachschauen, ob noch irgendwo Verletzte herumlagen. Plötzlich hörten sie von fern eine Explosion und eine Salve aus Musketen. Ben sah Tony entgeistert an.

„Verdammt, das ist oben bei den Frauen! Die Lumpen haben sich in Richtung der Höhle zurückgezogen. Offenbar kannte die der Closter auch! Los, rufe zehn Leute zusammen, wir müssen ihnen helfen!" Ben spurtete durch die Dunkelheit davon. Tony wollte ihm folgen, als er plötzlich einen dunklen Schatten vor sich auftauchen sah. Noch ehe er reagieren konnte, sah er durch den anbrechenden Morgen etwas durch die Luft fliegen, und dieses Etwas traf seinen linken Arm. Ein stechender Schmerz durchzuckte ihn, doch geistesgegenwärtig hob er den rechten Arm und schoss seine Pistole ab. Im Schein des Mündungsfeuers sah er das verzerrte Gesicht eines Mannes der zu Boden stürzte. Tony stand mit zwei Schritten seitlich neben ihm, doch der Mann rührte sich nicht mehr, er war tot! Die Kugel hatte ihn genau in die Stirn getroffen. Tony befühlte seinen linken Arm der höllisch schmerzte und spürte das warme Blut. Aber von einem Messer bemerkte er nichts. Offenbar hatte ihn die Klinge nur gestreift. Inzwischen hatte er das Herrenhaus erreicht. Moses, ein großer muskulöser Schwarzer sah ihn bestürzt mit seinen großen Augen an.

„Massa, Ihr seid verletzt! Lucia muss Euch verbinden!" Und schon rief er nach der Köchin, die sich geweigert hatte mit hoch in die Höhle zu gehen. Sie besah sich die Wunde und lächelte.

„Das ist nicht schlimm, Sir! Die Klinge hat Sie nur gestreift und eine Scheibe vom Arm abgeschnitten, aber nicht viel!", erzählte sie munter drauflos und verband Tony den Arm. Der bedankte sich bei ihr, gab ihr einen Kuss auf ihre feisten Wangen und rannte wieder davon. Lucia starrte ihm entgeistert hinterher und stammelte:

„Der Herr hat mich geküsst! Wenn ich das meinem Josef erzähle!" Dann schmunzelte sie und ging summend zurück in ihre Küche.

Es war bereits hell geworden als Tony, Ben und die anderen den Hang erklommen und dann vor einem unüberwindlichen Hindernis standen. Der Übergang war verschwunden! Tony rief laut:

„Mister Owens! Seit Ihr noch da?" Und von oben kam lautes Lachen.

„Na klar sind wir noch hier, wo sollen wir denn sonst hin! Der Rückweg ist uns versperrt und fliegen können wir noch nicht!" Ben besah sich den Schaden, den die Sprengladung angerichtet hatte und nickt zufrieden.

„Es hat genau geklappt so wie ich mir das gedacht habe, Sir!" Tony grinste ihn schief an.

„Ja, und wie kommen die Leute jetzt wieder herunter?" Ben kratzte sich am Kopf.

„Ich glaube, wir müssen einen Übergang aus Holz bauen. Einen, den man im Notfall aber rüber schwenken kann. Ich habe da schon so eine Idee." Tony sah ihn beinahe verzweifelt an.

„Und wie lange soll das dauern?" Ben zuckte mit den Schultern.

„Das schaffen wir am heutigen Vormittag! Ich brauche nur eine Handvoll Leute." Tony nickte zustimmend.

„Gut, die sollst du haben! Mache so schnell wie du kannst, als wenn jede Stunde dein Kind auf die Welt kommen könnte!" Ben sah ihn entsetzt an.

„Um Gottes Willen, beschreie es nicht!" Oben erschienen Josy und Mercedes und einige Kinder, die versuchten den zerklüfteten Abhang herab zu steigen. Tony wurde es unten Angst und Bange.

„Mercedes, halte die Lümmel zurück! Wir bauen schnell einen Übergang hin!" Josy lachte aus vollem Herzen.

„Na denken die denn, so ein Abhang hält uns auf?" Und schon hatte sie den Rock zusammengerafft, so dass ihre strammen nackten Beine zu sehen waren, und rutschend und hopsend und auf dem Hosenboden landend, kam sie vor Tony und Ben zum Halten. Ben zog sie hoch und umarmte sie.

„Du verrücktes Weib, du!", schnaufte er, und sie bemerkte wie berührt er war und küsste ihn sanft. Mercedes machte es natürlich ihrer Freundin nach und stand wenig später ebenfalls vor Tony, der sie in seine Arme nahm. Und oben stand Owens und schüttelte den Kopf. Dabei brummelt er schmunzelnd:

„Eine so verrückt wie die andere, von diesen Teufelsweibern! Aber ich finde sie beide wunderbar!" Und dann half er den restlichen Frauen ebenfalls nach unten. Bei der etwas molligen schwarzen Agathe kam er dabei allerdings ins Schwitzen. Owens rutschte zuerst herunter und rief dann Agatha zu, sie solle ihm folgen. Mercedes amüsierte sich köstlich über ihren Dad, als der versuchte die Mollige aufzuhalten als sie angerutscht kam wie eine Woge, und er dabei rücklings mit ihr in ein Gebüsch plumpste. Prustend und lachend kamen die beiden Hand in Hand wieder zum Vorschein. Einen Moment standen sie plötzlich etwas verschämt da, dann ließ Owens Agathes Hand los. Erst jetzt bemerkte Mercedes, dass Tony verletzt war.

„Mein Gott, du bist ja verletzt, Schatz! Ist es schlimm?" Tony schüttelte den Kopf.

„Ist es nicht, der Arm ist doch noch dran. Da wollte einer von mir eine Scheibe abschneiden, aber das hat ihm das Leben gekostet. Ja, leider gab es viele Tote. Von uns zum Glück nur drei Leute, aber dreiviertel von Closters Mannschaft hat den Angriff mit dem Leben bezahlt. Ohne die Hilfe vom Fort wäre das nicht so ausgegangen. Wir müssen den Oberst und seine Frau unbedingt zur Hochzeit einladen als Dankeschön."

„Und den Soldaten spendieren wir ein Fass Rum", ergänzte Mercedes.

Und so war der erste Angriff von Johan Closter auf die Plantage „Riviere la Croix" gescheitert. Aber er hatte mit mindesten noch zwanzig Getreuen entfliehen können. Tony war sich sicher, er würde wiederkommen! Und zwar so oft, bis er ihn getötet hatte! Aus dieser ganzen unseligen Geschichte war inzwischen ein Zweikampf zwischen ihm und Johan Closter geworden, den viele Menschen schon mit dem Leben hatten bezahlen müssen.

Wenige Tage nach dem Überfall auf die Plantage, kam ein Bote aus Portsmouth, der nach Miss Josy verlangte. Er übergab ihr einen versiegelten Brief und ritt wieder von dannen. Neugierig öffnete Josy das Schreiben. Es war von einem Anwalt aus St. Vincent. Als sie diesen Brief Ben zeigte, rieb der sich aufgeregt die Nase, als er ihn gelesen hatte.

„Wenn ich das hier richtig lese, bist du Josy Lindon die Erbin einer alten Zuckermühle bei Richmond, im Nordwesten der Insel! Ich denke, du hast keine Familie auf St. Vincent drüben?" Josy zuckte mit den Schultern.

„Ich kenne keinen Howard Lindon, Ben! Ich wüsste nicht wer das sein sollte. Meine Mutter war eine Miller, also dachte ich, ich heiße auch Miller, so wie meine Mutter und meine Oma." Ben kratzte sich am Hinterkopf.

„Da steht, dass du bei einem Anwalt Turner aus Richmond vorbei kommen sollst, um dort zu erklären, ob du das Erbe annimmst oder nicht." Josy schüttelte verwundert den Kopf, während sie im Türrahmen stand und hinaus auf den Vorplatz der Hütte schaute. Sie dachte angestrengt nach. Ben hatte sich hinter sie gestellt und sie mit beiden Händen umfasst. Sein Kopf ruhte auf Josys Schulter und sein Mund küsste ihr Ohrläppchen. Sie lehnte ihren Kopf liebevoll gegen den seinen.

„Und, was machen wir nun?", fragte sie Ben. Er schnaufte leicht durch.

„Am besten wäre es natürlich, wir beide würden rüberfahren nach St. Vincent. Paul könnten wir ja bei Mercedes lassen. In zwei oder drei Tagen wären wir wieder zurück. Wenn ich mit Tony rede, wird der sicher Verständnis haben, denke ich." Josy nickte.

„Na gut, dann machen wir es so. Kümmerst du dich um ein Schiff welches uns mit rüber nimmt?" Ben nickte und lächelte.

„Siehst du, jetzt machen wir doch noch unsere Hochzeitsreise!" Josy lachte.

„Na danke schön, und dann ausgerechnet nach St. Vincent! Dahin wo ich die schlimmsten Erfahrungen gemacht habe. Aber gut, inzwischen ist diese Scheusal von Wirt ja tot, wie Mercedes Vater berichtete."

Und so geschah es auch. Ben hatte mit Tony gesprochen und die Erlaubnis erhalten, mit seiner Frau nach St. Vincent reisen zu dürfen. Tony hatte aber darauf bestanden, dass sie den Schwarzen Jackson mitnehmen sollten. Jackson war ein Kerl wie ein Baum, der jedem Respekt einflößte, und ihn bewegte die andere Straßenseite zu benutzen.

Keine zwei Tage später legte das Schiff im Hafen von Portsmouth ab, welches Josy, Ben und Jackson nach St. Vincent bringen sollte. Es war ein alter Eimer, hatte aber einen verlässlichen Kapitän. Harry Palmer hatte sich schnell mit seinen Passagieren in ein Gespräch eingelassen. Was er aber über diesen Anwalt Turner zu berichten wusste, gab Ben von Anfang an zu denken. Dieser Turner schien eine ziemlich undurchsichtige Person zu sein. Vor allem aber, er vertrat nicht nur wenig rechtschaffende Bürger, dafür aber auch manches zwielichtige Gesindel.

Kein Wunder also, dass sich Ben mit seinen zwei Mitreisenden nach unten in die einzige Kajüte begab. Er überprüfte seine beiden Pistolen in seinem Reisegepäck. Eine kleine gab er Josy.

„Hier Schatz! Trage sie aber bitte immer bei dir! Wir wissen nicht, was uns drüben auf St. Vincent erwartet." Josy machte sich über Ben lustig. „Also hör mal, der Mann ist Anwalt. Ich kann mir nicht vorstellen, dass er uns schaden könnte. Sowas schadet doch dem Ruf, wenn sich das herum spricht." Ben aber begehrte auf. „Josy, hast du nicht zugehört, was der Käpt`n erzählt hat?", fuhr er sie nervös an. Doch Josy winkte ab. „Erzählt wird manchmal viel, Ben! Warten wir es doch einfach ab." An dem Punkt der Diskussion gab es Ben auf und verständigte sich mit Jackson mit einem Augenzwinkern. Sie waren sich beide einig, gut aufzupassen. Ben hoffte die 145 Seemeilen bis Kingston bis zum nächsten Tag Mittag geschafft zu haben. Und dann mussten sie noch bis hinauf nach Richmond, auch das würde einige Stunden in Anspruch nehmen. Es war also klar, dass sie auch am nächsten Tag noch nichts ausrichten konnten. Tony hatte mal wieder Recht gehabt. Drei Tage mit Anwaltsbesuch in Richmond, und dann gut drei Tage wieder zurück nach Dominica. Und Ben hatte vom ersten Moment an ein ungutes Gefühl. Schwieg aber gegenüber Josy, um sie nicht zu ängstigen.

Tatsächlich erreichten sie zur Mittagszeit des folgenden Tages die Hafenstadt Kingston. Den Rat des Kapitäns befolgend, mieteten sie sich eine kleine Kutsche mit zwei Pferden, denn reiten lassen, wollte Ben seine Josy auf keinen Fall mehr. Und so brachen sie zur Mittagszeit nach Richmond auf. Jackson saß auf dem Kutschbock, und Josy und Ben saßen wie die feinen Herrschaften in den weichen Polstern des Wagens. Zu allem Überfluss hatte Josy aus lauter Spaß ihren weißen Sonnenschirm aufgespannt, und Ben machte sich lustig. „Madam Mosley, wo wünschen Sie heute Abend zu speisen?", fragte er sie, und machte dabei ein Gesicht, wie ein Adliger der Oberklasse. Josy rollte mit den Augen. „Mylord, sie sollten die Diener anweisen eine Sau zu schießen!", erwiderte sie ebenso blasiert, und Jackson lachte auf seinem Kutschbock. Gegen 16 Uhr erreichten sie das Kaff Richmond. Zwei Straßen, einige Spelunken, ein paar Fischerboote am Strand, das war Richmond.

In der Taverne „Zum Goldgräber" fanden sie zwei halbwegs vernünftige Zimmer für zwei Nächte. Ben zahlte im Voraus, was den Wirt sogleich gesprächiger machte. Und Ben erkundigte sich nach einer alten Zuckermühle. Da verzog der Wirt das Gesicht einen Moment und dachte nach. Dann hellten sich seine Gesichtszüge auf.

„Ach, Sie meinen sicher die Zuckermühle vom alten Sanders oben am Wallilabou River. Aber die ist ja schon so verfallen, da muss einer schon viel Geld haben um, die wieder aufzubauen", meinte er und musterte Ben von oben bis unten, als zweifle er an Bens Reichtum.

„Und kennen Sie einen Anwalt Turner?", fragte Ben weiter. Atkinson rieb sich seinen grauen Haarschopf und schüttelte leicht den Kopf und meinte dann verhalten:

„Kennen wäre zu viel gesagt, Mister Mosley. Aber gehört habe ich schon einiges von diesem Herrn." Und dann wandte er sich wieder seinen Gästen zu, als wollte er nicht weiter darüber sprechen. Plötzlich hielt er aber inne und sah Josy und Ben freundlich an.

„An Ihrer Stelle wäre ich sehr vorsichtig Mister Mosley, mehr sage ich aber nicht dazu!" Dann ging er aus der Gaststube, während die drei ihre Zimmer bezogen.

Und so sahen sie auch nicht, dass kurz nach ihnen ein junger Kerl den Gasthof verlies, auf ein Pferd stieg und davon ritt. In Richmond betrat er dann ein kleines Haus am Rande der Stadt und wurde von einem etwa 50jährigen schmuddeligen Mann mit strähnigen langen Haaren offenbar erwartet.

„Sie sind eingetroffen, Mister Turner", vermeldete der Bote. Turner sah von seinem Buch auf.

„Bist du ganz sicher, dass es die Miller auch ist?", fragte er den jungen Kerl. Der nickte und lachte dann.

„Na klar Sir, ich kenne doch die gute alte Josy! Nur hat sie einen Mann und einen Diener dabei. Sie hat sich toll rausgemacht! Ihr Mann ist ein Weißer." Turner nickte nachdenklich.

„Das macht nichts, das wird sie auch nicht retten, Billy! Morgen früh reite ich mit denen raus zur Zuckermühle von dem alten Sanders. Du reitest eine Stunde eher los und bereitest alles vor mit deinen Leuten. Wenn wir sie haben, geht's ab auf den River! Klaro? Der alte Higgins wird sich freuen, wenn er seine

Josy wieder bekommt, und sie wahrscheinlich erst mal drei Tage lang besteigen!", lachte der Anwalt und schlug dann sein Buch zu.

Am nächsten Morgen erschien Anwalt Turner in der Taverne und frug nach den Mosleys.

Der Wirt zog Ben einen Moment beiseite.

„Hört zu, Mister Mosley! Ich hab euch noch ein einzelnes Reitpferd an den Wagen gehängt. Solltet ihr in Not sein, trägt es auch mal zwei Leute. In Kingston unten gibt es einen Schuster mit dem gleichen Namen wie ich, das ist mein Bruder. Dem könntet ihr das Pferd dann wieder aushändigen. Ich meine ja nur, man kann ja nie wissen!"

Ben bedankte sich gerührt von der Umsicht des Wirts und drückte ihm schon mal etwas Geld in die Hand.

Dann fuhren sie mit der Kutsche in Richtung Wallilabou River. Turner wies Jackson den Weg. Unterwegs erzählte er von einem Benjamin Miller, der Josy die Zuckermühle vererbt habe. Doch Josy kannte keinen Mann dieses Namens und wurde langsam unruhig. Ben bemerkte es. Er saß mit verschränkten Armen neben Josy, wobei seine Rechte in seinem Wams an der Pistole unter dem Arm ruhte. Was sollte das hier werden? Diese Frage beschäftigte Ben die ganze Zeit. Und im Stillen keimte plötzlich eine Erkenntnis in ihm auf. War Josy etwa in Gefahr? War das Ganze nur eine Finte sie nach St. Vincent zu locken? Ben flüsterte Josy etwas von seinem Verdacht ins Ohr. Sie sah ihn erschreckt an und ihre Hand rutschte in die kleine Tasche in ihrem Kleid, dort wo die Pistole ruhte.

Nach einer Stunde hatten sie die Zuckermühle erreicht. Ben traf beinahe der Schlag, als er das Anwesen sah, das Ganze war mehr eine Ruine als ein Gebäude, und verstärkte nur seinen Verdacht. Schnell instruierte er Jackson und der Schwarze nickte kurz.

Sie wurden bereits von drei Leuten erwartet. Ben verständigte sich kurz mit Blickkontakt mit Jackson und Josy, ehe sie aus der Kutsche stiegen. Jackson lief ab sofort drei Schritte hinter seinen beiden Herrschaften.

Anwalt Turner führte sie zu einem Teil, der noch ziemlich wohnlich aussah, und öffnete eine Tür.

„Bitte treten Sie ein Miss Mosley und Mister Mosley! Hier werden wir alles Weitere nun besprechen, ich habe alle Papiere bei mir!"

Er öffnete eine Tür, trat ein, und ging zu einem Tisch mit vier Stühlen. Doch in dem Moment, als Ben als Letzter den Raum betreten hatte, flog plötzlich die Tür mit einem lauten Krach zu und Ben bekam einen Schlag von hinten auf den Kopf. Lautlos sackte er zu Boden. Jackson hatte draußen bereits zwei Kerle niedergeschlagen, konnte aber durch die geschlossene Tür nicht eingreifen. Nur Josy stand noch auf den Beinen und begann lauthals zu schreien, als sie begriff was passiert war! Im ersten Moment wollte sie zu ihrer Waffe greifen und schießen, doch dann überlegte sie es sich noch im Bruchteil einer Sekunde. Sie hätte vier Männer außer Gefecht setzen müssen, das war mit ihrer kleinen Pistole unmöglich.

Ängstlich lehnte sie sich gegen die Wand und kreischte auf einmal los:

„Was wollen Sie von mir?" Turner grinste breit und stand mit verschränkten Armen vor ihr.

„Ich soll dich herzlich vom alten Harris grüßen, Josy Miller! Er wartet schon lange auf dich, und wir bringen dich jetzt zu ihm!" Josy heulte vor Wut auf und ergriff den ersten Stuhl der in ihrer Nähe stand.

„Kommt mir ja nicht zu nahe, denn ich bin schwanger!" Turner zögerte einen Augenblick. Diese Neuigkeit war nicht eingeplant, aber das konnte ihm egal sein, er hatte seinen Teil der Abmachung erfüllt. Blitzschnell griffen die drei Männer zu und schleppten die schreiende und tretende Josy zu den Pferden. Im Nu hatten sie die junge Frau wie ein Paket verschnürt, über ein Pferd geworfen und dann ging es im Galopp los.

Drinnen war Ben nach einer Weile langsam wieder zur Besinnung gekommen und rappelten sich auf. Er sah sich mit schmerzverzerrtem Gesicht um. Er war allein! Sofort riss er die Tür wieder auf und taumelte in Jacksons Arme.

„Sie haben die Miss Josy mitgenommen, Sir!", war dessen erste Feststellung. Ben nickte. Ihm war schlagartig klargeworden, dass diese ganze Erbschaftsgeschichte nur eine Farce war, um Josy wieder nach St. Vincent zu locken. Und sie waren darauf rein gefallen! Doch was war nun zu tun? Nach Kingston reiten, dort die Konstabler alarmieren, dann wieder zurück, dass würde alles zu lange dauern. Josy hatte ihm einst erzählt, dass sie in Caliaqua in dieser Spelunke gearbeitet hatte. Dieses Nest lag ein paar Meilen weiter südlich auf dem Weg nach Kingston. Das war die einzige Möglichkeit eine Spur von Josy aufzunehmen. Er war sich sicher, dass dieser Harris Josy dort versteckt halten würde.

Jackson hatte inzwischen draußen alles nach Spuren abgesucht. „Mister Mosley, da hinten sind eine Menge Pferdespuren, mindestens vier Pferde! Die Spur führt nach Süden!" Ben nickte, dann überprüfte er seine Pistolen und gab eine davon Jackson.

„Hier Jackson, falls du sie gebrauchen musst! Und ab jetzt bin ich für dich Ben, klar?" Jackson nickte.

„O.k., Ben, lass uns losreiten! Den Wagen bringen wir vorher noch zurück zur Taverne."

Und so geschah es dann auch. Nach einer kurzen Rast in der Taverne erwarben sie noch ein Reitpferd. Der Wirt gab Ben seine zwei großen Söhne mit, die sich in Caliaqua auskannten. Beide waren kräftige Burschen, und hießen Clark und Johann. Gemeinsam machten sie sich nun auf den Weg nach Caliaqua.

Josy war nach einem Ritt von gut einer Stunde mit verbundenen Augen in einen Raum gebracht worden. Der Geruch kam ihr bekannt vor. Sie musste wieder in der alten Taverne „Lover" von Harris sein. Ihr tat alles weh, seit sie da auf dem Gaul auf dem Bauch hatte liegen müssen. „Hoffentlich hat das Kleine keinen Schaden genommen", dachte sie im Stillen.

Man hatte sie in einen alten Sessel gesetzt und mit verbundenen Augen allein gelassen. Plötzlich öffnete sich die Tür und es trat jemand ein. Schon am Gang erkannte sie sofort Harris! Er zog nämlich ein Bein nach. Bob Harris nahm ihr die Augenbinde ab und grinste breit.

„Na Josy, so sieht man sich wieder! Hättest du nicht gedacht, oder? Vor allem weil ich ja eigentlich tot bin! Aber nun steht mein Geist wieder hier, und die gute alte Josy wird sich jetzt hübsch baden und dann in mein Bett steigen, so wie früher! Und dann meine Taube, machen wir mal wieder richtig Liebe! Wir haben viel nachzuholen!"

Während er so sprach, wippte er von einem Bein auf das andere. Seine zottligen langen Haare waren genauso fade wie seine ganze Kleidung. Außerdem hatte er wohl inzwischen auch ein paar Zähne weniger als früher. Josy begann zu lachen und schob ihre Hand in die Tasche ihres Rockes.

„Harris, du altes schmutziges Ferkel, du solltest eher erst mal baden! Du stinkst ja drei Meilen gegen den Wind. Und sowas will in mein Bett, dass ich nicht lache!" Sie sah wie Harris sie fixierte, noch stand er gut drei Meter von ihr entfernt am Fenster. Josys Erwiderung hatte ihn doch zu tiefst getroffen, und so legte sie noch eins drauf.

„Übrigens Harris, falls du es nicht weist. Ich bin inzwischen verheiratet mit einem Weißen, der ist Verwalter auf Dominica. Und außerdem bin ich schwanger! Wenn mir also was passiert, garantiere ich dir, dass mein Mann dich an den Eiern am nächsten Baum aufhängen wird! Also überlege es dir gut was du tun willst! Das Beste wäre natürlich, du lässt mich wieder gehen. Dann bleibst du am Leben, ansonsten sehe ich schwarz für dich, mein Freund!"

Bob Harris stand einen Moment unschlüssig da wie eine Statue und schien zu überlegen. Eine solche Entwicklung hatte er nicht voraussehen können. Doch sein Zorn wuchs, auf dieses kleine aufmüpfige Kreolenweib. Er hatte sich schon auf ihr liegen sehen, und jetzt sowas! Er machte einen unbedachten Schritt auf sie zu - blieb aber dann wieder stehen. Er wusste, Josy konnte sehr gut mit Messern werfen. Und sie hatte immer noch eine Hand in der Tasche ihres Rockes.

„Harris, noch einen Schritt und du hast keine Eier mehr in deiner Hose!", kam es drohend von ihr vom Sessel herüber. Als er sich endlich lachend zum Gehen umwandte, meinte Josy:

„Harris, ich habe Hunger und Durst! Bring mir was! Wenn du freundlich zu mir bist, können wir über alles reden!" Harris stutzte einen Augenblick. Was meinte sie mit: „über alles reden"? Er schöpfte Hoffnung, dass sie es sich doch noch überlegen würde. Im Grunde war sie doch wie alle diese Kreolenweiber! Er ging hinaus und verschloss wieder die Tür. Josy machte es sich auf dem großen Sessel bequem. Eine Hand an der Pistole, dämmerte sie dahin. Draußen begann es langsam dunkel zu werden.

Josy schreckte hoch, als plötzlich die Tür wieder aufging und eine junge Schwarze kam herein. Sie brachte Brot, Fleisch, Wasser und Wein, stellte es auf den Tisch und betrachtete einen Moment die junge Frau.

„Sieh mal an, du bist also seine frühere Matratze, ja?" Josy sah die junge Schwarze an und nickte.

„Und du bist dann wohl meine Nachfolgerin, oder?", meinte sie zu ihr. Zu ihrer Überraschung nickte die Schwarze und meinte dann leise:

„Was soll ich denn machen, ich komme hier nicht weg. Mein Dad hat Schulden beim alten Harris vom Saufen, und ich arbeite sie ab." Josy lächelte die junge Frau an.

„Hau doch einfach ab, so wie ich damals!" Die Schwarze wackelte mit dem Kopf und grinste.

„Und nun bist du wieder hier! Dumm gelaufen!" Josy winkte ab.

„Mein Mann wird mich hier rausholen, ich bleib nicht hier!" Die Schwarze ging zur Tür, drehte sich dort nochmal um und meinte dann leise:

„Den Wein würde ich an deiner Stelle nicht trinken! Mach´s gut, Josy!" Und schon war sie draußen und schloss die Tür wieder ab. Josy stand auf, ging zum Fenster und kippte dort den Wein hinaus. Sie kannte Harris Gepflogenheiten, sie hätte ihn so oder so nicht getrunken. Am Fenster stehend betrachtete sie sich das eiserne Gitter davor.

Währenddessen näherten sich Ben und Jackson dem kleinen Ort Caliaqua. Nach dreimal fragen hatten sie herausgefunden, dass es eine Taverne „Lover" an der Hauptstraße gab. Und dort residierte der Wirt Bob Harris. Und so erfuhr Ben zum ersten Mal, dass dieser Harris also nicht von den Konstablern erschossen worden war. Er erfreute sich bester Gesundheit. Als sie sich der Taverne näherten, sahen sie schon von weitem, dass es da ziemlich viel Betrieb gab. Und Ben fasste augenblicklich einen Plan.

„Hör zu Jackson, reite du nach Kingston zum Hafen. Gehe zum Kapitän und erzähle ihm was uns passiert ist. Er soll dir ein paar Leute mitgeben, damit wir die Taverne hier aufmischen können! Alle sollen Waffen mitbringen! Ich erwarte euch heute gegen Mitternacht zurück. Alles klar?" Jackson nickte, schwang sich auf sein Pferd und preschte im Galopp davon. Ben aber begab sich ohne Zögern in die Taverne. Als er eintrat schlug ihm eine Wolke von Alkohol, Tabaksqualm und sonstigen Ausdünstungen entgegen. Er setzte sich auf einen Platz neben der Tür. Es war jetzt 18.00 Uhr. Wenn alles klappte, konnte Jackson um Mitternacht wieder zurück sein. In einer Stunde würde die Sonne untergehen. Eine kraushaarige junge Schwarze kam und fragte ihn, ob er was trinken wolle. Ben bestellte eine Kanne Bier. Die junge Frau sah ihn sonderbar an und lächelte als sie wieder ging. Als sie mit dem Bier kam und die Kanne abstellte, meinte sie leise: „Ihr seid fremd hier, stimmts? Sucht Ihr Josy?" Als Ben erstaunt nickte, deutete sie mit dem Kopf in Richtung Hinterausgang und ging wieder. Ben atmete erleichtert auf. Seine Josy war also hier. Er hätte jubeln können. Aber nun hieß es doch noch warten.

Josy hatte es sich auf dem Sessel bequem gemacht und war eingeschlummert. Zur Sicherheit hatte sie aber einen Stuhl gegen die Tür gekippt. Sollte jemand die Tür öffnen, würde der Stuhl umkippen und sie aufwecken.
Plötzlich wurde sie wach! Ein lautes Uhuu, Uhuu ertönte unmittelbar vor ihrem Fenster. Diesen Ruf kannte sie doch noch von Mercedes Befreiung damals! Dann sah sie am vergitterten Fenster einen Schatten. Rasch stand sie auf und lief hin. Da schob sich eine Hand hindurch, es war Bens Hand. Sie küsste sie heftig. Und dann erzählte er ihr leise was er vorhatte. Wenn die Verstärkung da war, würde man sie rausholen und die Taverne in Schutt und Asche legen. Zufrieden legte sich Josy wieder in ihren Sessel und wartete. Dabei hörte sie auf jeden Laut draußen auf dem Gang.
Die Zeit verrann und der Trubel in der Taverne wurde langsam weniger. Ben hatte sich inzwischen sein Pferd wieder geholt. Plötzlich hörte er die Straße herauf Hufgetrappel. Ein Pulk von gut zehn Reitern kam. Allen voran ritt Jackson. Ben ging ihnen entgegen und begrüßte sie leise. Sie besprachen sich. Während die Männer in die Taverne gingen, wollte Ben hintenherum zu

Josys Fenster gehen und mit einem Seil und dem Pferd das Gitter heraus reißen und Josy dann heraus holen.

„So Jungs, kauft euch erst einen Drink, und dann macht ihr mal richtig gute Laune da drinnen! Macht die Hütte zu einer Ruine!"

Er hatte es kaum ausgesprochen, als plötzlich ein Schuss durch die Nacht hallte, dem ein Schrei folgte. Ben rannte zu Josys Fenster und sah durch das Gitter. Drinnen jammerte jemand ziemlich laut, während vorn in der Gaststube plötzlich der Lärm losging. Was war passiert?

Harris, stark angetrunken, hatte Josys Tür geöffnet, den Gürtel und seine Hose aufgemacht und gebrüllt:

„Jetzt treiben wir es beide, Josy Miller! Bis zum Morgengrauen wird durchgemacht!" Dann hatte er seine Hose fallen lassen, war herausgestiegen und war im Begriff gewesen, sich auf Josys Schlafstelle zu stürzen. In diesem Augenblick sah er plötzlich einen Feuerstrahl aus Josys Hand aufleuchten. Der Schlag gegen seinen Unterleib war so heftig, dass er umfiel und schreiend liegen blieb. Genau in diesem Augenblick flog das Gitter an ihrem Fenster heraus und Ben schrie:

„Josy, Schatz! Komm raus!" Josy flog förmlich mit einem Satz durch das Fenster in Bens Arme und kicherte:

„Da hast du aber lange gebraucht, um mich da rauszuholen! Ich musste meine Unschuld verteidigen! Der Sauhund besteigt niemand mehr!"

Plötzlich stand die junge Schwarze vor ihr und sah sie bittend an:

„Josy, kannst du mich mitnehmen? Ich will weg hier!" Josy erzählte Ben kurz, was es mit der jungen Frau auf sich hatte. Der nickte nur.

„O.k., nehmen wir sie eben auch noch mit! Vielleicht verguckt sich ja Jackson in sie. Wenn das so weiter geht, sind wir bald eine Kolonie von lauter Flüchtlingen!"

Als sie abzogen, war von Bob Harris Taverne nicht mehr viel übrig. Er selbst würde wohl kaum überleben, und so würde sich Josys Problem vielleicht endlich erledigen.

Sie ritten langsam durch die Nacht. Josy saß auf Bens Beinen und ließ ihre zur Seite herunterbaumeln. So wie eben feine Damen zu reiten pflegten. Hinter ihnen ritt eine ganze Armada von Wachposten die aufpassten. Aber Harris unseliges Treiben würde wohl in dieser Nacht ihr Ende gefunden haben. Ben wunderte sich nur, warum Bob Harris sich so viel Mühe um seine Frau gemacht hatte. Immerhin hatte er ja eine Nachfolgerin für Josy gehabt. Und so war sich Ben noch nicht sicher, ob sie nunmehr endlich Ruhe haben würden. Und diese Unruhe war gerechtfertigt, denn Harris hatte im Auftrag von Johan Closter gehandelt. Das aber sollte Ben erst viel später erfahren.

Als sie am nächsten Morgen den Hafen von Kingston wieder verließen, achtete niemand auf einen Segler, der etwas außerhalb des Hafens ankerte. Es war Closters Schiff, die „Amorice".

Ankunft von Lester und Elisabeth Winford auf der Insel

Zwei Wochen vor dem Hochzeitstermin von Mercedes und Ben lief an einem sonnigen Morgen die Brigg „Josephine" in die Prinz Rupert Bay ein und warf in der Bucht von Portsmouth Anker. Im Nu machten sich zahlreiche kleinere Transportboote auf den Weg, die Passagiere und die Waren an Land zu transportieren. Jedes Einlaufen eines Schiffes war für die Eigner der kleinen Boote eine willkommene Ergänzung ihres kärglichen Einkommens. Unter den fünf Passagieren die mit an Bord waren, war auch ein älteres Paar von vornehmer Herkunft, was man an ihrer Kleidung sah.

Der Herr hatte weißes dichtes Haar, einen Oberlippenbart und trug einen hellgrauen Zylinder und einen gleichfarbigen Frack. Sie, war eine ältere Lady, blondes Haar, und gekleidet in ein wunderbares hellblaues Kleid. Beide hatten eine Unzahl von Koffern und Kisten dabei, die alle an Land gebracht werden mussten.

Eine Stunde später standen beide etwas unschlüssig an Land und sahen sich um. Der vornehme Herr rief einen in der Nähe stehenden Konstabler zu sich. Der kam, ganz seiner Aufgabe bewusst, langsam näher und nickte leicht.

„Kann ich Ihnen helfen, Sir?" Der Mann nickte freundlich lächelnd und lüftete kurz seinen Zylinder.

„Ich denke doch, dass Sie das können. Mein Name ist Lord Winford und das hier ist Lady Winford!", dabei deutete er auf die Dame neben sich. Der Konstabler kam plötzlich in Bewegung und nahm unwillkürlich Haltung an.

„Wie kann ich Ihnen dienen, Sir?", fragte er nun seinerseits höflich.

„Also Konstabler, ich suche eine Kutsche die uns und unser Gepäck zur Plantage „Riviere la Croix" bringt. Wen könnten sie mir empfehlen, Konstabler?" Der Polizist dachte kurz nach, dann überzog sein Gesicht ein Lächeln.

„Sir, wenn ich Sie bitten darf hier kurz zu warten. Ich eile und besorge Ihnen ein angemessenes Reisegefährt. Es dauert keine zehn Minuten." Und schon sauste er im Eilschritt davon. Lester Winford und Lady Winford gingen einstweilen in den Schatten eines Baumes. Als er sah, dass ein kleiner Bengel um den Berg Gepäck herumstreunte, rief er ihn zu sich.

„Junge, komm mal her! Würdest du bitte auf unser Gepäck aufpassen! Dafür bekommst du einen Schilling von mir!"

Dabei warf er dem Jungen das Geldstück zu. Der fing es geschickt auf, grinste breit und ging zu dem Gepäck zurück. Dort setzte er sich auf eine der Kisten und erfüllte so seinen Auftrag.

Eine gute Viertelstunde später kam der Konstabler mit einem Gefährt, bestehend aus zwei Pferden, einem viersitzigen Wagen mit einer großen Ladefläche. Gemeinsam mit dem Pferdelenker lud der Polizist das Gepäck auf. Als der Lord ihm ein Geldstück zustecken wollte, lehnte er es dankend ab. Wenig später fuhren sie los. Elisabeth Winford war noch nie in der Karibik gewesen, umso mehr staunte sie über den Duft der in der Luft lag und die Blütenfülle und den Regenwald durch den sie fuhren.

„Schau mal Lester! Mein Gott ist das aber wunderschön hier! Diese Blütenpracht, aber ziemlich warm ist es, muss ich schon sagen." Lester Winford lachte.

„Man gewöhnt sich daran Elisabeth, du darfst nur kein Korsett mehr tragen, das engt zu sehr ein, und man muss viel trinken!" Elisabeth war bei der Nennung des Korsetts rot geworden wie ein junges Mädchen.

„Aber Lester!", rügte sie ihn und lächelte dabei. Inzwischen hatte die Kutsche die Plantage erreicht. Sie passierten das große eiserne Tor, fuhren den sauberen Weg entlang und erreichten das Herrenhaus. Vor der Freitreppe hielt der Wagen an. Kaum

standen sie, kam auch schon ein schwarzer junger Mann, verbeugte sich leicht und meinte dann:
„Wen darf ich melden, Sir?" Lester Winford schmunzelte. „Sage deinem Herrn, der Onkel und die Mama sind angekommen!" Der Schwarze sah sie erschrocken mit großen Augen an.
„Oh, Sir! Entschuldigung, niemand hat Sie avisiert!" Lester lachte, nahm den Arm seiner Schwägerin und marschierte einfach los die Treppen hinauf. Der Schwarze überholte sie und rannte nun flugs vor ihnen auf dem langen Gang entlang bis zu einer großen Doppeltür, wo er anklopfte.
„Herein!", erscholl es von drinnen. Der Schwarze schob die Tür auf und lies die Besucher eintreten. Der junge Mann hinter einem Schreibtisch sah kurz auf, starrte einen Augenblick die Besucher an, um dann aufzuspringen. Freudestrahlend kam er auf sie zu.
„Mama! Onkel Lester! Was für eine Freude euch zu sehen! Warum habt ihr euch nicht angemeldet, wir hätten euch doch vom Hafen abholen können. Und wo ist Papa?" Mit einem Schlag wurden die Gesichter seiner Besucher ernst. Elisabeth Winford trat auf ihren Sohn zu und nahm seine Hand.
„Tony, dein lieber Vater ist vor einem viertel Jahr plötzlich verstorben. Das Herz war es. Es ging ganz schnell. Er ging abends zu Bett und stand früh nicht mehr auf, er ist im Schlaf gestorben ohne Schmerzen." In Tonys Augen glitzerte es verdächtig, und er begrüßte nun seinen Onkel herzlich. Dann griff er zu einer kleinen Klingel und läutete kurz. Ein junges Mädchen mit weißer Schürze und weißen Häubchen auf den schwarten Haarschopf trat an.
„Patty, sage Melinda wir haben Besuch aus England, sie soll schnell ein Mahl zubereiten. Und gehe bitte auch meine Verlobte holen! Wenn du das erledigt hast, richte bitte zwei Gästezimmer her!" Das Mädchen verbeugte sich lächelnd und eilte wieder hinaus. Lester hatte sich die ganze Zeit umgesehen.
„Junge, ich muss schon sagen, du hast aus dem alten Kasten ein schönes Heim gemacht! Bei meinem letzten Besuch sah das alles noch ziemlich kärglich aus." Tony nickte zufrieden.
„Ja das stimmt, Onkel Lester. Aber das haben wir alles Mercedes zu verdanken. Sie ist bereits sowas wie die neue Herrin des

Hauses und gibt sich viel Mühe." Lester grinste und sah seine Schwägerin an.

„So, so, na dann bekommen wir gleich die zukünftige Frau unseres Lords zu sehen! Ich bin wirklich mal richtig gespannt!" Elisabeth Winford dagegen verzog keine Miene, und man konnte ihr nicht ansehen was sie dachte. Plötzlich klopfte es kurz, und die Tür öffnete sich. Herein kam eine Kreolin, mit einer roten Lockenhaarpracht wie man sie selten sieht. Dazu trug sie ein buntes Kleid mit dezenten Ausschnitt und dazu passende Schuhe. Tony blieb der Mund offen stehen, ebenso Onkel Lester. Der starrte die junge Frau an wie eine göttliche Erscheinung. Elisabeth Winford aber stand plötzlich auf und ging lächelnd auf die unsicher dreinschauende junge Dame zu und hielt ihr die Hand hin.

„Sei herzlich gegrüßt, Mercedes Owens! Mein Sohn hat nicht übertrieben als er dich in einem seiner Briefe beschrieben hat. Du wirst eine schöne Braut sein, da bin ich mir sicher", meinte sie, beugte sich nach vorn und drückte ihre Wange gegen die von Mercedes. Tony registrierte es, und Onkel Lester auch. Lady Winford hatte etwas getan, was vor ihr noch keine Winford getan hatte, sie hatte eine Bedienstete auf die Wange geküsst! In diesem Augenblick war Tony klar, dass Mercedes und seine Mutter gut miteinander auskommen würden, und er atmete insgeheim auf. Onkel Lester blinzelte ihm verstohlen zu.

Während Elisabeth Winford sich nach dem Essen zurück zog um sich auszuruhen, unternahmen Onkel Lester und Tony einen kleinen Ritt über das Gelände der Plantage. Die Sonne senkte sich im nahenden Abend langsam dem Horizont zu, als die beiden Reiter auf einer Anhöhe über die Plantage bis hinunter zum Meer schauen konnten. Onkel Lester war begeistert. Am meisten aber freute er sich über den Versuch Tabak anzubauen. Gründlich betrachtete er sich die Pflanzen und war voll des Lobes.

„Tony, das wird bestimmt ein guter Tabak! Ihr habt da eine wunderbare Sorte ausgesucht, die das Klima hier gut verträgt. Das könnte mal ein einträgliches Geschäft werden." Tony freute sich über das viele Lob seines Onkels.

„Onkel Lester, es wäre wohl nicht dazu gekommen, wenn nicht unser Verwalter die Idee gehabt und es im eignen Garten ausprobiert hätte. Also gilt auch ihm am Ende das Lob, und ich glaube, dass er dafür natürlich eine Belohnung erhalten muss." Der Onkel lachte leise vor sich hin.

„Du bist und bleibst halt immer noch unser Gerechtigkeitsfanatiker, Tony. Aber wenn es so ist, dann steht ihm auf jeden Fall ein Anteil zu, zumal wir ja auch bald Verwandte sein werden." Langsam ritten sie nebeneinander wieder zurück zur Plantage. Doch Tony plagte die ganze Zeit über noch eine Frage. Vor dem Erreichen der Plantage zügelte er nochmal sein Pferd.

„Sag mal Onkel Lester, was hat Papa wirklich dazu gesagt, als mein Brief ankam und er erfuhr, dass ich Mercedes heiraten will?" Onkel Lester lachte verhalten.

„Nun mein Sohn, er war ein echter Winford, mit dem niederen Volk lässt man sich nicht ein, das war immer schon seine Meinung. Also auch in deinem Fall. Zunächst wollte er dich enterben in seiner ersten Rage. Am Ende sagte er gar nichts mehr zu diesem Thema. Und ich glaube fest, er wäre auch nicht mit auf diese Reise gegangen. Aber sein Tod hat nun ja alles verändert. Im Übrigen müssen deine Mutter und ich sowieso noch einmal mit dir unter vier Augen reden."

Tony sah seinen Onkel fragend an, aber der sagte kein weiteres Wort dazu. Am Schluss ihres kleinen Rundrittes kamen sie an den Stellen vorbei, wo Closters Halunken gestorben waren. Sie stiegen vom Pferd und nahmen die Zügel in die Hand. Lester Winford betrachtete die vier Kreuze am Waldrand.

„Und ihr habt tatsächlich die Closter-Plantage dem Erdboden gleichgemacht? Ich muss schon sagen, das war eine richtige Meisterleistung! Jetzt weiß jeder auf der Insel, wer hier das Sagen hat." Tony zuckte mit den Schultern.

„Ich muss ehrlich gestehen, ich weiß bis heute noch nicht, ob das unser Recht war, Onkel. Aber Ben hatte so entschieden und die Sache einfach selbst in die Hand genommen." Onkel Lester lachte erheitert.

„Was sagst du? Der kleine rothaarige Bengel war das? Das erstaunt mich doch sehr!" Tony nickte.

„Ja Onkel, der kleine rothaarige Bengel hat sich herausgemacht und hat schon eine Frau die ein Kind erwartet. Du wirst staunen, wie er sich verändert hat. Ihm untersteht übriges allein die Tabak-Plantage und unsere Pferde." Onkel Lester schüttelte mit dem Kopf und blieb stehen.

„Wie ich sehe, machst du vieles anders, als wir es von früher her gewohnt sind. Das erstaunt mich einerseits, andererseits aber nötigt es mir Hochachtung ab! Ich bin mir sicher, die Leute hier auf der Plantage mögen dich als ihren Herrn."

In das Gespräch vertieft waren sie wieder am Herrenhaus angekommen und übergaben die Pferde an einen schwarzen Jungen, der von einem großen stämmigen rothaarigen Mann noch letzte Anweisungen bekam. Und neben ihm stand eine junge schwangere Kreolin.

„Guten Abend, Lord Winford!", grüßte der Rothaarige. Onkel Lester sah ihn erst verblüfft an.

„Du bist Ben Mosley?", fragte er unsicher. Der Rotschopf nickte lächelnd.

„Stimmt, Sir! Ich bin Mosley und das ist meine Frau Josy hier!" Er schob die junge Frau ein wenig nach vorn. Und Onkel Lester gab ihr wie selbstverständlich die Hand.

„Miss Mosley, ich freue mich sie kennenzulernen. Bitte begleiten sie uns doch." Und schon reichte er ihr den Arm und führte die junge Frau in den Salon, wo alle anderen schon anwesend waren. Auch die Begrüßung zwischen dem Onkel und dem Verwalter fiel freundlich aus, man kannte sich ja bereits.

„Ich muss schon sagen, seit ich das letzte Mal hier war, hat sich eine Menge verändert. Ich habe noch nie eine Plantage hier unten gesehen, die so meisterlich geleitet wird", konstatierte Onkel Lester und Owens lächelte etwas verlegen.

„Ja Sir, seit ihr Neffe hier sagt wo es lang geht, hat sich viel zum Besseren geändert. Die jungen Leute haben eben neue Ideen, und das muss ja nicht falsch sein."

Als Mercedes und Tony, die nebeneinander saßen, das wiederum hörten, sahen sie sich an und schmunzelten. Vor Monaten hatte das noch ganz anders geklungen.

Und so wurde es ein wunderschöner Abend, und Lucie hatte sich sehr viel Mühe in der Küche gegeben, was auch Elisabeth Winford entsprechend würdigte. Mercedes hatte sich vorsorglich von Tony verabschiedet, und so aßen die drei verbliebenen

Winfords noch am Tisch. Tony sah, dass seiner Mutter etwas auf der Seele lag.

„Mutter, sag doch, bedrückt dich etwas? Ist es die Hochzeit oder fühlst du dich hier nicht wohl?" Doch Elisabeth Winford schüttelte den Kopf.

„Nein Tony, es ist nichts von alledem! Ich fühle mich hier sehr wohl, und deine Braut finde ich allerliebst. Es ist etwas anderes, etwas was mit unserer Vergangenheit zusammenhängt." Bei dem Wort „unserer" sah sie den neben sich sitzenden Lester vielsagend an.

„Also Tony, ich will es kurz machen! Ich lernte deinen Vater erst kennen, als ich Onkel Lester schon ein Jahr kannte. Und wir hatten eine Liaison die ich meiner Eltern wegen beenden musste. Diese hatten mit den Eltern deines Vaters vereinbart, dass wir heiraten sollten. Es ging wie immer ums Geschäft. Und so musste ich eben deinen Vater heiraten. Wenige Wochen nach der Hochzeit stellte ich jedoch fest, dass ich bereits schwanger war. Schwanger von Lester Winford, dem Bruder deines Vaters. Also Onkel Lester hier, ist dein richtiger Vater!"

Seufzend, wie von einer großen Last befreit, lehnte sich Elisabeth in die Kissen zurück. Lester Winford saß daneben und paffte versonnen seine Zigarre, und sah dabei Tony unverwandt an. Der musste erst einmal verdauen, was er da gerade aus dem Munde seiner Mutter vernommen hatte. Tony schenkte die Gläser noch einmal voll und nahm selber einen großen Schluck Wein. Erst jetzt begriff er, warum er zu seinem Vater von Anfang an ein doch gespanntes Verhältnis gehabt hatte, während er mit Onkel Lester problemlos ausgekommen war.

„Wusste Vater davon, Mutter?", fragte Tony nun. Sie nickte wortlos.

„Ja, als du zehn Jahre alt geworden warst, waren wir einmal baden, alle zusammen. Und Vater stellte fest, dass du an der linken Seite unter dem Oberarm ein kleines Muttermal hattest, das Gleiche, dass auch Onkel Lester dort hat. Da musste ich es ihm beichten. Er hat mir das nie zum Vorwurf gemacht und auch seinem Bruder gegenüber nie ein böses Wort verloren. Aber von diesem Tag an lebten wir nur noch zusammen, aber nicht mehr wie Mann und Frau. Er hat mich nie mehr zärtlich berührt." Tony sah seinen neuen Vater an und musste plötzlich lachen.

„Nun gut, da hatte ich also zwei Väter, wer hat das schon! Ich hoffe, wir werden noch viele schöne Jahre miteinander verbringen!" Und Lester Winford nickte sichtlich beruhigt und erleichtert.

„Sohn, das könnte tatsächlich schneller geschehen als du denkst. Deine Mutter und ich haben uns nämlich schon lange überlegt, unsere Besitzung drüben in England zu verkaufen und uns einen Geschäftspartner zu suchen, der die Waren von hier, drüben für uns verkauft. Da käme uns die alte Closter-Plantage gerade Recht! Wir könnten sie den Closters abkaufen, zumindest das Land." Tony zog die Augenbrauen hoch.

„Oh, entschuldige Vater! Das wird nicht so einfach werden. Wir befinden uns quasi mit den Closters im Krieg!" Lester nickte nachdenklich.

„Das weiß ich auch, Junge! Aber Geld hat schon so manchen Konflikt schnell entschärft! Den Brüdern geht es doch nicht darum etwas anzubauen, zu ernten und zu verkaufen. Ich denke, die würden bei der richtigen Summe schnell zugreifen!" Tony dachte einige Zeit still nach, ehe er sagte:

„Im Moment wissen wir nicht einmal, ob sie sich noch hier auf der Insel herumtreiben oder ob sie wieder drüben in Basse-Terre sich aufhalten." Onkel Lester sah Tony an.

„Ist das ein großes Problem das festzustellen, Sohn?" Tony schüttelte den Kopf.

„Nein, das ist es nicht. Aber Mercedes und ich wollen in drei Wochen heiraten, da wäre es schön, wenn es friedlich bliebe." Lester Winford gähnte verhalten.

„Gut, ich werde nächste Woche nach Basse-Terre rüber segeln. Mal sehen, was ich herausfinden kann." Elisabeth und Tony sahen ihn erschrocken an.

„Was willst du tun? Das ist zu gefährlich!", warf Tony ein und seine Mutter schaute Lester erschrocken an.

„Bist du nicht gescheit? Du bist doch kein junger Mann mehr, Lester!" Der lachte nur verhalten und winkte ab.

„Was soll mir denn als Händler passieren, he? Ich reise mit Obst und was wer weiß noch, was man verkaufen kann. Wem soll ich da auffallen?" Tony grinste.

„Dad, du bist trotzdem noch ziemlich abenteuerlustig!", bemerkte er. Wenig später zog man sich zurück.

Drüben im Haus der Owens brannte noch ein Licht. Tony sah es und ging leise hinüber. Er sah, dass es Mercedes Zimmer war und er klopfte dreimal kurz. Das Fenster öffnete sich und eine junge Frau im Nachthemd sah heraus.

„Tony, bist du es?" Der lachte leise.

„Na wer soll es denn sonst sein, he? Oder klopft noch jemand anders als ich bei dir?", fragte er zurück. Mercedes gab ihm eine Kopfnuss und schloss das Fenster. Tony dachte schon sie sei eingeschnappt, doch da öffnete sich leise die Tür und die junge Frau in einen Umhang gehüllt, huschte heraus. Er nahm sie in die Arme und küsste sie.

„Entschuldige, das war nicht so gemeint", hauchte er, und sie lachte leise und hauchte:

„Und die Kopfnuss war auch nicht so gemeint!" Sie lachten beide und setzten sich auf die Bank vor dem Haus, und er erzählte ihr was er am Abend erfahren hatte. Mercedes war zunächst sprachlos. Meinte dann aber:

„Nun ja, sowas gibt's also nicht nur bei unsereins. Auch die Adligen haben da so ihre Probleme." Sie sprachen darüber, dass Onkel Lester rüber nach Basse-Terre wollte, und Mercedes fand es sehr mutig. Überhaupt, dieser neue angehende Schwiegervater war ihr überaus sympathisch.

Aber der symphytische Lord Winford hatte in dieser Nacht noch eine neue Idee im Kopf. Warum sollte man eigentlich für etwas Geld ausgeben und es kaufen, wenn man es als Schadenersatz auch so bekommen konnte? Immerhin hatten die Closters beim ersten Mal die Scheune mit dem Pflanzgut abgefackelt, und erst vor kurzem mit ihrem Angriff auf „Riviere la Croix" ebenfalls ziemlichen Schaden verursacht. Diese Schandtaten bedurften einer Sühne! Und so änderte er seine Pläne und verzichtete damit gleichzeitig auf eine Reise nach Basse-Terre.

Stattdessen ritt am nächsten Morgen Lord Lester Winford nach Portsmouth zum Friedensrichter seiner Majestät des Königs Georg III. von England. Der Friedensrichter war schon knapp an die siebzig Jahre und hörte nicht mehr so gut, weshalb man mit ihm ziemlich laut reden musste. Dies wiederum hatte zur

Folge, dass man auf der Straße vor seinem Haus bei offenem Fester beinahe jedes Wort verstand, was der Geheimhaltung allerdings nicht gerade dienlich war. Als Lester eintrat stand das Fenster weit offen damit die frische Brise vom Meer durch den Raum ziehen konnte. Der alte Mister Calvin setzte sich Lord Winford gegenüber und sah ihn fragend an. Der deutete auf das offene Fenster. Lord Calvin sah sich fragend über die Schulter, verstand aber nicht was sein Gast von ihm wollte. Kurz entschlossen stand Lord Winford auf und schloss das Fenster, da grinste der Friedensrichter verstehend und nickte.

„Sie wünschen, Sir Winford?", fragte er mit seiner Greisenstimme die sich anhörte wie ein quietschendes ungeöltes Rad. Dabei hob er sein Hörrohr ans Ohr und in Richtung des Besuchers. Lester Winford versuchte ihm sein Anliegen nahe zu bringen. Der alte Friedensrichter verstand sogar was er wollte und nickte dann zustimmend.

„Nehmen sie sich einen Anwalt und reichen sie Klage ein, Mister Winford. Das Gericht wird dann entscheiden." Und mit dieser kurzen Auskunft war Lester entlassen. Als er gerade wieder den Gehweg betrat, flog das Fenster mit Schwung auf, das er gerade vorher geschlossen hatte, und Lester musste lachen.

„Seltsame Sitten hier", knurrte er und machte sich auf die Suche nach einem Anwalt. Und wie es der Zufall wollte, traf er auf den Anwalt Henk Winterbodden. Als der hörte worum es ging, erklärte er sich sofort bereit den Fall zu übernehmen. Immerhin kannte er ja Tony Winford. Zwei Stunden später brachte ein Bote die Klageschrift zum Gericht. Lester Winford war zufrieden und kehrte zur Plantage zurück. Als er auf Tony und Owens traf und ihnen erzählte, was er in Angriff genommen hatte, meinte Owens nur:

„Oh je, da haben sie aber einen Strohhaufen angebrannt, der wird lichterloh brennen, Sir!" Doch anstatt eines Brandes überraschte Dominica ein ganz anderes Unheil!

Der Hurrikan von 1792

Seit Tagen schon war das Wetter launig, ganz im Gegenteil wie es sonst um diese Jahreszeit war. Es lag eine bleierne Schwere in der Luft, die selbst den Vögeln zu schaffen machte. Kein

Windhauch regte sich und die Temperaturen stiegen bis auf 32 Grad am Tage an.

Tony und sein künftiger Schwiegervater Wilson Owens standen im Hof bei den Pferdeställen und sahen hinauf zum Himmel. Dieser hatte in den Morgenstunden bereits eine gelblich-braune Farbe angekommen. Owens schüttelte besorgt den Kopf.

„Wenn mich nicht alles täuscht, sieht das aus wie Vorboten eines Hurrikans, Sir! Sowas hatten wir 1754 schon einmal, damals kamen 1000 Menschen ums Leben hier auf der Insel. Wir sollten vielleicht Vorkehrungen treffen." Tony sah Wilson ungläubig an.

„Und was würdest du tun, Schwiegervater?" Der sah ihn an und grinste ein wenig.

„Alles festbinden was davon fliegen kann, mein lieber Lord!", erwiderte er schmunzelnd. Beide hatten in den letzten Wochen, die nahende Hochzeit vor Augen, eine Art persönliche Beziehung aufgebaut, aber nur wenn sie alleine waren. Waren Angestellte dabei, blieben sie beim „Sie". Tony nickte.

„Hoffen wir, dass es nicht so schlimm wird. Nicht, dass wir noch die Hochzeit verschieben müssen!" Owens zuckte mit den Schultern.

„Du hast noch keinen ausgewachsenen Hurrikan erlebt, mein lieber Tony! Frag mal deine Braut, die weiß was da losgeht!" Tony nickte zustimmend.

„Gut, du kümmerst dich um die Gebäude, Ben um die Pferde und die Ställe und ich werde versuchen etwas in Portsmouth zu erfahren. Das Hafenamt hat vielleicht schon Neuigkeiten. Wir müssen versuchen, dass wir, falls es ganz schlimm wird, die Leute in Sicherheit bringen können. Überlege mal wie und wo, Schwiegervater!"

„Dachte ich mir schon", brummte Owens freundlich lächelnd und ging seiner Wege. Tony suchte zunächst Ben und fand ihn natürlich im Stall. Als er ihm erklärte was Owens befürchtete, wurde Ben blass.

„Wo willst du denn 25 Pferde unterbringen?" Mercedes, die plötzlich hinter ihnen stand und alles mit angehört hatte meinte:

„Notfalls müssen wir sie hoch in den Regenwald bringen und dort freilassen. Sie sind das gewöhnt im Freien zu leben. Obwohl sie natürlich auch Angst vor dem Sturm bekommen." Ben runzelte die Stirn. „Wenn wir nicht die Tabakpflanzen da oben hätten, würde ich sagen, wir bringen sie da hoch." Tony kratzte sich am Kopf. „Was wiegt schwerer für uns, der Verlust von vielleicht 20 Pferden oder der Verlust von ein paar Tabakpflanzen?" Ben protestierte vehement und bekam einen roten Kopf. „So kannst du das doch nicht vergleichen! Die Pflanzen haben ein Jahr gebraucht um sich zu entwickeln. Und jetzt wo sie so weit sind, sollen sie die Pferde niedertrampeln? Niemals, Tony!" Mercedes sah, dass sich zwischen ihrem Zukünftigen und Ben ein Konflikt anbahnte. Sie versuchte zu vermitteln. „Wir schicken ein paar von den jungen Kerlen mit hoch die aufpassen können!" Ben lenkte plötzlich zur Freude von Tony ein. „Also gut, ich reite jetzt mit zwei Leuten hoch und wir versuchen eine Art Pferch vorzubereiten!" Tony gab seinem Freund einen Klaps auf den Rücken. „Ich wusste du bist mein bester Mann und dir fällt was ein!", dann verabschieden sie sich voneinander. Mercedes und Tony begannen mit ihrer Runde im Gelände. Immer wenn sie auf ihre Arbeiter trafen sprachen sie mit ihnen. Die Frauen und die Kinder sollten sich bei Sturmwarnung vor dem Haupthaus treffen. Mercedes würde sie rauf in die Freshwater-Höhle führen, mitten im Regenwald an einem wunderschönen See gelegen.

Während alle mit den Vorbereitungen beschäftigt waren, kümmerte sich Josy liebevoll, gemeinsam mit Paul, um die Kleinsten. Immer wieder ging sie aus der Hütte hinaus und sah in den Himmel, der inzwischen eine schmutzig-gelbe Färbung angenommen hatte. Paul sah sie an der Tür stehend an. „Kriegen wir ein schlimmes Wetter, Josy?", fragte er sie. Josy nickte bedrückt. „Ja Paul, es sieht ganz so aus. Ich überlege schon was wir mit den Kleinen hier machen, wenn es tatsächlich in den nächsten Stunden losgeht. Ihre Mamas müssten sie eigentlich abholen. Läufst du mal los und suchst die Mamas, bitte!" Paul nickte.

„O.k., Tante Josy. Ich renne ganz schnell zu den vier Leuten und sage, sie sollen ihre Kinder abholen." Sprachs und schon war er weg. Josy wollte gerade in die Hütte zurückgehen, als es ganz entfernt leise grollte, es donnerte! Inzwischen hatte auch der Wind ganz langsam, beinahe unmerklich zugenommen, und kräuselte die losen Blätter über den Platz. Josy war verzweifelt. Eigentlich hätte sie jetzt schnell zu ihrer Hütte laufen müssen, um nachzusehen, ob dort alles noch in Ordnung war. Außerdem mussten ja Fenster und Türen verschlossen werden. Aber sie konnte ja die kleinen Würmer nicht einfach hier allein zurück lassen. Josy setzte sich auf einen Stuhl und begann zu weinen. So hilflos und allein hatte sie sich schon lange nicht mehr gefühlt. Aber dann fasste sie einen Entschluss! Sie musste die Kinder unbedingt in Sicherheit bringen. Inzwischen war Paul zurückgekommen, er hatte niemand angetroffen. Doch Josy ließ sich nicht mehr aufhalten, sie musste jetzt etwas tun, und wenn dabei ihre Hütte drauf ging! Mit den Worten:

„Komm Paul, ich habe eine Idee!", zogen sie mit einem kleinen Tafelwagen los, auf dem die fünf kleinen Plantagenbewohner saßen.

Ben hatte bereits mit drei Helfern die Pferde auf Trab gebracht, und führte sie bergauf, in Richtung seiner ehemaligen Hütte bei den Tabakpflanzen.

Mercedes und Tony waren zu Pferd unterwegs zur Bananenplantage. Die drei Brüder hatten inzwischen schon von sich aus Vorkehrungen getroffen, so dass Mercedes nun endlich zurück zur Plantage reiten konnte, um die Frauen zusammenzutrommeln. Tony hatte sich mit Owens an die Sicherung aller Türen und Fenster gemacht. Ihre Hilfsmannschaft bestand aus neun Farbigen. Und so wurde gehämmert und gesägt was das Zeug hielt.

Mercedes hatte alle Frauen inzwischen zusammen gerufen. Plötzlich gab es Geschrei! Bei vier Frauen fehlten die Kinder! Die Säuglinge waren nicht auffindbar, genauso wenig wie von Josy. Eine der Frauen kreischte plötzlich los:

„Diese Hure aus St. Vincent hat sie entführt! Sie hat das Chaos ausgenutzt und hat die Kleinen mitgenommen! Holt die

Konstabler!" Mercedes trat wutentbrannt auf die Frau zu und gab ihr eine schallende Ohrfeige.

„Höre auf solch einen Unsinn zu verbreiten, Leila!", schrie sie die junge Frau an.

„Josy ist meine Freundin, und sie würde niemals etwas tun was den Kindern schadet! Sie wird sich in Sicherheit gebracht haben, weil ihr nicht da ward! Wo warst du eigentlich? Warum hast du dein Kind nicht abgeholt, Leila?", schrie sie die Kreolin an. Eine der Frauen meinte halblaut:

„Dazu hatte sie keine Zeit! Sie hat vorhin noch mit Moses aus der Tischlerei gevögelt! Drüben hinter der Werkstatt, ich habe sie gesehen!" Im Nu war der schönste Krach im Gange, bis Mercedes ihre Pistole herauszog und einen Schuss in die Luft abgab. Mit einem Schlag war Ruhe!

„So, Ruhe jetzt! Wir ziehen jetzt geordnet ab und gehen hoch zur Höhle am Freshwater-See!" Sie sah sich noch einmal um, dachte einen Augenblick an Tonys Mutter und seinen Vater, dann zogen sie los.

Der Wind hatte sich inzwischen zu einem Sturm entwickelt, der Staubfontänen durch die Luft wirbelte und die ersten Dächer von kleineren Hütten abdeckte. Und dann begann es auf einmal zu regnen. Es war die reinste Sintflut! Man konnte von einer Seite des Platzes nicht mehr die andere Seite sehen, so dicht fiel der Regen.

Owens und Tony hatten sich jeder ein Pferd bereitgestellt und festgebunden. Es war jetzt 17.30 Uhr, aber es war schon beinahe dunkel. Jetzt konnten sie nur noch abwarten, wie sich der Sturm entwickeln würde. Sie beratschlagten was sie tun sollten. Owens war dafür in den Rumkeller zu gehen, der war fest gemauert und hatte ein schweres Stahldach. So blieb ihnen nichts weiter übrig als auch die beiden Pferde mit dahinein zu nehmen. Das war allerdings nicht so einfach, es ging erst zwei Treppen hoch und dann wieder drei Treppen hinunter. Tony dachte an Mercedes, an Ben und Josy und all die anderen.
Vor allem aber machte er sich Sorge um seine Eltern. Die waren da drüben auf der Closter-Plantage mit drei Schwarzen Jungs ganz alleine. Hoffentlich hielt das alte Plantagenhaus dem Sturm stand.

Das richtige Unwetter begann dann erst gegen 23.00 Uhr. Mit einem Mal war es draußen totenstill. In diesem Moment waren sie im Auge des Hurrikans. Kein Windhauch, kein Tropfen Regen, nichts. Man hätte meinen können, alles sei bereits vorbei. Der Himmel hatte eine gelblich-braun-schwarze Färbung angenommen, weil ihn der bleiche Mond anleuchtete. So musste der Weltuntergang aussehen …

Plötzlich begann es wieder zu tosen, und dieses Tosen schwoll immer mehr an, bis es zu einem Jaulen wurde. Als wenn tausend Furien auf einmal ins Feuer gerieten, so jaulte es in den höchsten Tönen. Tony bekam Gänsehaut, Owens bekreuzigte sich mehrmals. Und dann begann das eigentliche Inferno. Man konnte meinen auf dem Londoner Bahnhof zu stehen, und einhundert Züge donnerten auf einmal in die Bahnhofshalle. Die Destille begann in ihren Grundfesten zu vibrieren. Draußen schepperte etwas am Haus vorbei und zerbarst laut krachend. Ganze Palmwedel sausten durch die Luft, wie von einer Kanone abgeschossen. Mehrere Dächer der Hütten zerbröselten im Sturm und die Blechdächer segelten davon. Immer wieder hörte man es bersten und splittern.

Oben in der Höhle am Freshwater-See herrschte Unruhe. Würde die Höhle den Gewalten standhalten? Mercedes versuchte die Leute zu beruhigen. Vereinzelt kamen plötzlich immer wieder Männer von der Plantage herauf. Mercedes fragte sie, ob sie ihren Vater und Lord Winford gesehen hätten. Aber alle schüttelten die Köpfe. Mercedes dachte in diesem Moment an Josy. Warum hatten sie eigentlich nicht nach ihr gesucht, ehe sie abgerückt waren. Mercedes machte sich insgeheim große Vorwürfe. Zumal die betreffenden Frauen kaum noch Herr ihrer Nerven waren, weil ihre Babys nicht bei ihnen waren.

Ben und seine acht Leute hatten sich rasch in eine kleine Felsenschlucht verzogen, in der es eine winzige Höhle gab. Immer wieder sahen sie die Pferde wiehernd und irre vor Angst draußen vorbei rennen. Aber jedes Rausgehen war mit Lebensgefahr verbunden. Palmen kippten um, und ganze Kronen von Palmen segelten durch die Luft, wie mit Armen wedelnde Geisterspinnen.

Ben betete zum ersten Mal in seinem Leben zum lieben Herrgott, damit er seine Josy verschone und beschütze. Wo mochte sie jetzt sein? Lebte sie überhaupt noch? Was hatte sie mit den Kindern unternommen, die ihr anvertraut worden waren? Fragen über Fragen zermarterten sein Gehirn. Er war drauf und dran hinunter zur Plantage zu laufen, trotz der Gefahr, die ihm da drohte.

Gegen drei Uhr am Morgen schien der Sturm endlich nachzulassen, das Schlimmste schien vorbei zu sein. Sofort machten sie sich auf die Suche nach den Pferden. Zwei fanden sind in den Klippen, sie waren tot, abgestürzt in der Nacht. Amanda fanden sie dann in der Badequelle stehend, mit unruhigen Flanken. Ben holte sie vorsichtig und beruhigend heraus. Die Stute legte ihren Kopf auf seine Schulter und schnaufte ihm ins Ohr, als wenn sie froh war, dass endlich alles vorbei war und als wollte sie sich bei Ben bedanken. Ben führte sie am Zügel zurück zu den anderen. Es waren noch 19 Pferde, sechs hatten sie verloren. Seine Tabakplantage sah aus, als wenn ein Elefant durchgetrampelt wäre. Nur etwa die Hälfte der Pflanzen stand noch.

Schon kurz nach Sonnenaufgang waren die ersten wieder unten auf dem Hof der Plantage. Es sah furchtbar aus. Die Hälfte der Palmen stand da wie mahnende Zeigefinger, ohne Kronen und ohne Wedel. Der überwiegende Teil der Hütten hatte keine Dächer mehr. Zwei der drei Pferdeställe waren nur noch ein Schutthaufen aus Holzbalken. Ben stand da und wischte sich die Tränen ab als er das sah. Am Vormittag stellte sich endlich heraus, dass nur eine alte Frau die nicht mehr laufen konnte, in ihrer Hütte ums Leben gekommen war. Aber wo zum Teufel waren Josy, die vier Babys und Paul?

Tony, Mercedes und Ben lagen sich gerade in den Armen, als Owens noch hinzukam. Er umarmte alle drei einzeln. Auf die Frage nach Josy, konnten sie nur mit den Schultern zucken. Keiner hatte sie gesehen, sie war einfach weg. Und wieder kam dieses Gerücht auf, das die Kreolin Leila am Vortage ausgesprochen hatte. Als Ben davon hörte explodierte er förmlich. Drei Mann mussten ihn festhalten, sonst wäre er der jungen Leila an den Kragen gegangen. Tony versuchte ihn zu beruhigen.

„Ben, das musst du doch verstehen! Die Frau sucht ihr Baby! Sie meint das nicht wirklich so! Alle wissen, das Josy sehr verantwortungsvoll ist. Sie muss sich irgendwo versteckt haben. Aber wo?" Als das Tony ausgesprochen hatte, sah ihn Mercedes plötzlich einen Augenblick starr an und nickte dann leicht. „Du könntest Recht haben, Liebling! Sie hat sich vielleicht irgendwo eingesperrt und kommt dort nicht mehr heraus. Aber wo? Ich muss mit meinem Dad reden!" Und schon sauste sie davon und suchte ihren Vater, der schon dabei war, die ersten Dächer wieder zu reparieren. Sie erklärte ihm ihre Vermutung. Wilson Owens legte den Hammer beiseite und dachte nach. Er sah Mercedes an. „Hör mal Tochter, es gab doch einige Höhlen drüben im Wald, wo ihr euch als Kinder immer versteckt habt." Er kratzte sich am Kopf. „Pass auf, sag Ben er soll zehn Leute zusammen rufen. Wir durchkämmen jenseits vom Zaun den Waldstreifen. Schnell! Lauf!"

Josy hatte die ganze Nacht damit zugebracht, die Kleinen zu beruhigen. Zum Glück hatte sie Ziegenmilch und Kokosnusswasser mitgenommen. Damit konnte sie einstweilen den Hunger der Kleinen stillen. Als der Sturm nachzulassen schien, und es draußen ruhiger wurde, wollte sie ihr Versteck verlassen um nachzusehen. Aber die Holzluke ließ sich nicht mehr öffnen! Josy bekam es mit der Angst. Niemand wusste wo sie war, keiner konnte sie suchen! Wenn da draußen ein Baum auf der Klappe lag, war sie verloren. Die Luke war so stabil gezimmert, wie man es früher gebraucht hatte, als man hier unten die Kokosnussernte einlagerte. Wasserdicht und von innen abgestützt mit Balken. Sie zündete die letzte Kerze an und sah sich um. Ihre vier Schützlinge, Maria, Dorothea, Lavinia und Pedro lagen nebeneinander und schliefen friedlich. Eigentlich mussten sie bald mal gewickelt werden. Sie hatte zwar Aloe Vera dabei, aber keine ausreichenden Tücher zum Abwischen, und Blätter gab es hier unter der Erde auch nicht. Josy begann zu frieren, aber das war wohl mehr die Angst.

Plötzlich fand sie eine alte geschmiedete Eisenkralle und versuchte diese in den Spalt zwischen Balken und Türblatt zu schieben. Es war mühselig, aber sie kratzte und klopfte immer weiter. Nach einer Stunde mühseliger Plackerei hatte sie ein kleines Loch geschaffen, durch das endlich frische Luft herein kam. Müde und erschöpft legte sie sich ein wenig neben ihre Schützlinge und dämmerte ein. Plötzlich schreckte sie auf. Hörte sie da nicht Hundegebell? Rasch sprang sie auf, und wie auf Kommando begann erst Pedro und dann die drei Mädchen zu greinen. Josy lachte auf einmal.

„Ja! Schreit so laut ihr könnt! Schreit nur!", rief sie und versuchte durch das kleine Loch etwas zu sehen. Plötzlich schnaufte ihr eine Hundeschnauze ins Auge, der eine feuchte Zunge folgte, die sich in das Loch hinein bohrte. Und dann begann es draußen zu bellen und zu winseln. Astor und Pollux hatten sie gefunden. Rasch hatte man die Palme von der Holzluke herunter gezerrt, und dann öffnete sich die Klappe und Ben stand im Gegenlicht des anbrechenden Morgens da.

„Josy! Liebling, du lebst! Gott sei Dank!", brachte er nur noch heraus, und dann brach der große starke Ben tatsächlich in Tränen aus. Nach einer Weile erzählte Josy, warum sie hier herüber gelaufen war. Sie hatte vor längerer Zeit einmal diesen Unterstand gefunden. Und so hatte sie geglaubt, hier unten besonders sicher zu sein. Das eigene Haus hatte einiges abbekommen, war aber wieder zu reparieren.

Alle waren aber froh, dass am 1. April zu Palmsonntag der ganze Spektakel vorbei war und der Sturm und Regen weiter nach Norden gezogen war. War es am Samstag noch etwas regnerisch, so strahlte am Palmsonntag die Sonne von einem klaren blauen Himmel.

Die Hochzeit

Und so nahte der lang ersehnte Palmsonntag 1792. Schon am frühen Morgen huschte eine junge Dame aufgeregt in Tonys Schlafgemach und rüttelte den Schlafenden.

„Tony, du musst aufwachen! Tony!" Der junge Lord fuhr erschrocken empor und starrte Mercedes an. Gähnend meinte er:

„Was ist denn los? Habe ich etwa die Hochzeit verschlafen? Wie spät ist es denn, Schatz." Doch Mercedes nahm Anlauf und sprang auf ihn drauf. So auf Tony sitzend, erklärte sie ihm: „Also hör mal du verschlafener Bräutigam, hat irgendjemand eigentlich an unsere Ringe gedacht? Du wolltest dich doch darum kümmern", entfuhr es ihr und sie war den Tränen nahe. Er sah in ihre dunklen traurigen Augen in denen Tränen standen und musste sich das Lachen verkneifen.

„Oh Gott! Der Hurrikan hat mich alles vergessen lassen, Liebling! Du hast ja Recht Schatz! Wir können nicht heiraten, wir haben keine Ringe. Erst der Hurrikan, dann die viele Arbeit, ich habe es einfach vergessen", erwiderte er nun traurig mit vollem Ernst. Und da begann Mercedes tatsächlich zu weinen und schluchzte:

„So eine Schande, alle auf der Insel werden über uns lachen! Die wollen heiraten und haben gar keine Eheringe! Huhhuu!", schniefte sie schluchzend. Tony nahm seine Braut in die Arme und zog sie rasch unter seine Decke.

„Komm zu mir, du armer Hase! Dann leben wir eben weiter in wilder Ehe zusammen, willst du?" Sie wischte sich die Tränen ab und nickte dann trotzig.

„Natürlich, Lord Winford, ich will!" Tony fingerte derweil in seinem Nachttischkasten herum, bis er eine kleine Schachtel spürte und nahm sie heraus.

„Ach weißt du Mercedes, ich habe hier vor Tagen ein paar alte billige Zinn-Ringe aus meiner Schulzeit gefunden, als ich noch am Schultheater mitspielte. Die könnten wir ja eigentlich auch nehmen, oder?" Mercedes wischte sich die Tränen ab und meinte:

„Na ja, wem fällt das schon auf. Nehmen wir halt diese alten Dinger einstweilen. Hauptsache wir haben Ringe!" Tony reichte ihr die Schachtel und Mercedes klappte sie auf. Starrte einen Augenblick auf die Ringe, dann stellte sie die Schachtel wieder in den Nachttischkasten, schob ihn zu, und dann fuhr sie aus dem Bett hoch, warf sich auf Tony und bearbeitete ihn mit Händen und mit Zähnen.

„Du Sadist! Mich so weinen zu lassen und noch dabei zu lachen! Das werde ich dir nie, nie, nie vergessen!", schrie sie völlig losgelöst, während Tony auf einmal lauthals um Hilfe schrie.

Plötzlich flog die Tür auf, und mit einer schussbereiten Pistole in der Hand stand Elisabeth Winford in der Tür und schaute betroffen auf das sich wälzende junge Paar im Bett. Kopfschüttelnd verließ sie fluchtartig wieder das Zimmer. Mercedes hatte sich ausgetobt und holte wieder die Ringe hervor. Herrlich gearbeitet, aus Gold, Silber und mit einem wunderbaren Brillanten blau-grünlicher Farbe in der Mitte.

„Sind die wunderschön!", bestaunte sie die beiden Ringe in der kleinen Schachtel..

„Die waren aber bestimmt teuer, stimmt's?" Tony zuckte mit den Schultern.

„Für die schönste aller Frauen auf Dominica kann es nicht teuer genug sein!", erwiderte er und fühlte seine Unterlippe, in die sie ihn gebissen hatte. Er lächelte sie an.

„Du bist eine richtige kleine feuerspeiende Hexe!" Sie musterte ihn schmunzelnd und meinte dann nur:

„Also sieh dich vor, Lord Winford, falls du vor hast mich je zu betrügen!" Er schüttelte den Kopf.

„Niemals, Miss Winford! Niemals!" Er sah auf die Uhr auf dem Schränkchen.

„Aber nun raus aus meinem Bett, du loses Weibsstück! Ich muss zu meiner Hochzeit!" Mit wackelndem Hinterteil verließ Mercedes sein Zimmer und eilte zurück nach Hause um sich umzukleiden.

Zwei Stunden später stand die geschmückte Kutsche auf dem Hof vor dem Herrenhaus. Zuerst erschien der Bräutigam im Frack und mit Zylinder, sowie einem kurzen Stock mit Knauf. Und wenig später kam die angehende Braut, und Tony musste tatsächlich zweimal hinschauen. Mein Gott sah sie süß aus. Ihre wallende rote Lockenpracht von einem weißen Band mit Blüten gebändigt, dazu ein langes reich verziertes weißes Kleid. Nur die Schuhe machten Mercedes Sorgen, wann hatte sie jemals sowas getragen. Doch ihr Vater, auch im Frack, stützte sie leicht. Die vier Mädchen, welche die Schleppe trugen, waren ebenso gekleidet wie die Braut. Josy hatte ganze Arbeit geleistet, denn wochenlang hatte sie geschneidert. Einst hatte sie es bei einer Pflegefamilie gelernt, jetzt konnte sie das Gelernte auch anwenden. Obwohl ihr Umfang schon ganz schön zugenommen hatte, war auch sie in ein weites Kleid geschlüpft. Und selbst Ben trug zum ersten Mal in seinem Leben einen Frack. Nur wohl fühlte er sich in dieser „Zwangsjacke" überhaupt nicht, wie er ihn bezeichnete.

Die Glocken von St. James läuteten an diesem Vormittag besonders laut und lange, als Vater Owens seine Tochter in die Kirche führte und sie dort vor dem Altar dem Bräutigam übergab. Die Kirche war brechend voll. Ganz Portsmouth schien sich versammelt zu haben, um diese Sensation zu sehen. Eine Kreolin ihres Standes heiratete einen englischen Lord! Wann hatte es das je gegeben! Selbst eine Gruppe Soldaten vom Fort Shilling in Gala-Uniform war anwesend, aber wohl mehr zur Sicherheit, als zum Feiern. Tony hatte sie und den Kommandeur des Forts mit seiner Gattin eingeladen, sowie natürlich auch die drei anderen Plantagenbesitzer der Insel. Und dann begann die Trauung und ein kleiner Kinderchor sang dazu ein Requiem.

Hochwürden Middelfort vermählte das Paar und Elisabeth Winford wischte sich eine Träne nach der anderen aus den Augen. Ihr einziger Sohn trat nun in den heiligen Stand der Ehe. Lester Winford schluckte ebenfalls krampfhaft.

Als das Brautpaar unter Hurra-Rufen die Kirche verließ, achtete niemand auf einen Mann, der in etlicher Entfernung an einem Zaun stand und zum Brautpaar hinüber starrte. Dieser Mann war kein anderer als Johan Closter! Er spuckte aus und knurrte:

„Ihr werdet den Tag bereuen, an dem ihr diese Insel betreten habt! Und dich Mercedes, werde ich bald zur Witwe machen! Und dann hole ich dich zu mir!" Mit diesem Fluch wandte er sich um und verschwand wie ein Geist wieder im Gebüsch. Hätte nur noch gefehlt, dass er eine Rauchwolke hinterlassen hätte.

Die Regenzeit hatte begonnen. Pünktlich wie bestellt regnete es immer zur gleichen Zeit am Tage und in der Nacht. Das alles war auf den Inseln in der Karibischen See normal, und alle stellten sich darauf ein.

An einem Freitag begaben sich Lester und Elisabeth Winford nach Portsmouth zum dortigen Gericht. Vertreten wurden sie von Anwalt Henk Winterbodden.

Mit einem Male ging die Tür auf und Peter Closter betrat mit seinem Anwalt aus St. Vincent den Gerichtssaal. Anwalt Withehouse war um die sechzig Jahre, trug eine breitrandige Brille und war ein ziemlich kleiner aber beleibter Mann. Henk Winterbodden sah seine Mandanten an und meinte leise und dabei spöttisch grinsend:

„Das ist der beste Anwalt von St. Vincent, wir werden heute viel Spaß haben." Die Winfords wunderten sich insgeheim, wieso man mit einem Anwalt vor Gericht viel Spaß haben könnte. Der Richter seiner Majestät des Königs erschien und alle erhoben sich. Winterbodden lächelte siegessicher. Nach kurzer Verlesung der Anklage gegen die Familie Closter, begann die Verhandlung und Henk Winterbodden bekam das erste Wort. Und so schilderte er die Vergehen der Closters ausgiebig, angefangen von der Entführung von Mercedes Owens mit 14 Jahren, der Hausdame der Winfords, bis hin zu den beiden Überfällen. Dabei sei ein kaum zu beziffernder Schaden entstanden, den man auf insgesamt 50.000 englische Pfund beziffern müsse. Bei der Nennung dieser Zahl ging ein Raunen durch die Zuschauer, und der Richter musste um Ruhe bitten.

„Sind Sie nun fertig mit Ihrer Aufzählung, Mister Winterbodden?", fragte der Richter den Anwalt. Als dieser bejahte, wandte er sich nun dem Anwalt der Gegenseite zu. Und nun wurde es tatsächlich lustig, denn Anwalt Withehouse hatte einen Sprachfehler und stotterte. Mitten in dessen mühselig vorgetragenen Erwiderungen, die den Richter offenbar heftig ärgerten, fiel der Richter dem Anwalt energisch ins Wort.

„Mister Withehouse, dass Ihre Mandanten allesamt schuldig sind, dürfte außer Zweifel stehen. Nicht umsonst hat es ja der Hauptangeklagte heute vorgezogen nicht zu erscheinen. Meine Frage ist nun an Sie, kann Ihr Mandant die Schuldsumme von 50.000 englischen Pfund an den Geschädigten zahlen? Ja oder nein!" Anwalt Withehouse erhob sich wieder und stotterte:

„Nnnein, nnnatürlich nnicht, Euer Ehren". Richter Blair erhob sich, setzte seinen Hut auf und meinte dann laut:

„Damit ist es beschlossen und verkündet, das Land der Closter-Plantage mit allem was darauf steht, fällt an den Kläger Mister Lester Winford! Das Urteil ist sofort rechtskräftig!"

Dann schlug er dreimal mit seinem Hammer auf das hölzerne Pult und rief:

„Die Sitzung ist geschlossen!" Peter Closter und sein Anwalt zogen rasch und wortlos von dannen, und Lester Winford drückte seine heimliche Liebe Elisabeth kurz aber kräftig an sich und meinte dann zu ihr:

„Schatz, wir werden uns heute noch unsere neue Besitzung anschauen. Ich denke, wir werden auf dieser Insel bleiben und ein neues schönes Herrenhaus bauen, dir einen schönen Garten anlegen, und mal schauen was wir noch anbauen können. Ich denke Kaffee wäre eine gute Idee!"

Als sie zurück zur Plantage kamen wurden sie schon mit Neugierde erwartet. Als Tony das Urteil erfuhr, wirbelte er seine Mutter im Kreise herum.

„Mom, ich glaube ihr werdet uns wohl erhalten bleiben. Wir freuen uns schon sehr darauf, und so bekommt Mercedes zumindest noch eine Ersatzmama." Elisabeth wurde ganz rot.

„Aber Tony, sie ist eine erwachsene Frau, sie wird mich nicht als Mom brauchen, denke ich." Plötzlich meinte eine Stimme lachend:

„Oh doch! Da irrt Ihr liebe Schwiegermutter. Ich werde noch viel von Euch lernen müssen. Der Haushalt meines Vater war bisher klein und übersichtlich, aber so ein großes Haus, das macht viel mehr Arbeit." Elisabeth Winford nahm ihre Schwiegertochter an die Hand und meinte dann sanft lächelnd:

„Nun Mercedes, du hast doch genügend Personal oder nicht?" Die junge Frau nickte.

„Ja, Madam, das schon. Aber ich möchte auch gerne wie bisher selbst zugreifen. Ich werde mich nicht hinlegen und zuschauen wie Andere arbeiten. Sowas gefällt mir nicht." Elisabeth Winford schaute etwas pikiert in die Runde, sagte aber kein Wort, Tony wie auch Lester schmunzelten vor sich hin. Hier prallten zwei Welten aufeinander, das sah man sofort. Die zukünftige Herrin vom „Riviere la Croix" war eine aus dem Volk, das war wohl klar.

Im Grunde genommen lief alles seinen gewohnten Gang. Lester Winford war tagtäglich unterwegs, um seine neue Plantage aufzubauen. Dazu hatte er junge Männer von der Insel angeheuert, die gerne bereit waren für Geld zu arbeiten. Und Lester Winford zahlte gut.

Eines Morgens beim Frühstück sprang Mercedes plötzlich auf und rannte hinaus. Wenig später kam sie wieder herein, tupfte sich die Augen ab und trank einen Schluck Wasser. Elisabeth Winford hatte sie sofort aufmerksam angeschaut und geschmunzelt. Für sie war klar, Mercedes war schwanger. Als sie dann alleine waren, legte Elisabeth den Arm um die Schulter ihrer Schwiegertochter und sah sie lächelnd an.

„War dir vorhin übel?" Mercedes nickte und verzog ein wenig das Gesicht.

„Stimmt, irgendwie muss ich mir den Magen verdorben haben. Das geht schon die ganze Woche so." Elisabeth lacht leise.

„Könnte es nicht auch sein, dass du schwanger bist?", fragte sie mitfühlend. Mercedes sah sie erschrocken an.

„Oh je, Schwiegermama, du meinst ich bekomme tatsächlich ein Baby?" Elisabeth nickte lächelnd.

„Wäre das so undenkbar?" Mercedes errötete und schüttelte wortlos den Kopf. Elisabeth nahm ihr den Weidenkorb ab und meinte dann:

„Du solltest bald Doktor Lewis aufsuchen, dann weißt du es genau."

Wenige später machte sich Mercedes auf den Weg zu ihrer Freundin Josy. Die saß vor dem Haus auf der Bank und Josy begrüßte sie herzlich. Dann fragte sie Josi, wie bei ihr die Schwangerschaft so verlaufen wäre, ob sie mit Übelkeit zu kämpfen gehabt hätte. Josi sah ihre Freundin fragend an.

„Warum willst du das eigentlich wissen? Bist du etwa auch schwanger?" Mercedes musste schmunzeln.

„Ich glaube ja, aber ich muss erst noch zum Doc in die Stadt."
Und dann tauschten sie sich aus, und als Mercedes die Freundin wieder verließ, war sie sich sicher, dass sie ein Kind erwartete.

Am Abend saßen Toni und Mercedes gemütlich auf der Veranda und genossen die Kühle. Tony las Zeitung und rauchte, Mercedes unternahm den Versuch zu stricken und schimpfte mehrmals, weil es nicht recht klappen wollte. Tony sah von seiner Zeitung auf.

„Sag mal Schatz, was versuchst du denn da zu stricken?" Mercedes hielt inne und lächelte verhalten, ehe sie meinte: „Babyschuhe." Tony staunte, überlegte und erwiderte dann lächelnd: „Ach so, für Josys Baby" Mercedes schüttelte mit dem Kopf. „Nein Schatz, nicht für Josys Baby. Wir beide bekommen ein Kind." Sie sah wie Tony sie völlig verdattert anschaute und dann erst langsam begriff, was sie gesagt hatte. Da sprang er auf, warf die Zeitung weg und nahm sie in seine Arme. „Sag das nochmal, Miss Winford!" Mercedes lachte herzhaft und nickte. „Ja, du hast richtig gehört! Wir bekommen in neun Monaten ein Baby, du kannst schon mal Geld sparen!" Tony strahlte wie die Sonne persönlich und sprudelte hervor: „Er bekommt sobald es geht ein Pferd! Eine schönes Fohlen!" Mercedes schüttelte amüsiert den Kopf. „Und was bekommt das Kind wenn es ein Mädchen wird?" Da stutzte Tony erst und begriff wo Mercedes hinaus wollte. „Na ebenfalls ein Pferd! Unsre Tochter wird doch nicht mit einem Stickrahmen spielen, oder?" Mercedes zuckte mit den Schultern. „Das weiß man nicht Tony. Wir werden es ja bald sehen." Er sah sie kritisch an. „Du bist tatsächlich voller geworden, dass mir das nicht schon eher aufgefallen ist!" Mercedes protestierte. „Meinst du etwa ich bin fett geworden, he?" Und dabei schwang sie sich auf Tonys Schoß und wollte ihn beißen. Sie rangelten eine Weile bis sie plötzlich hinter sich ein Räuspern vernahmen. Erschrocken fuhren sie herum. Vor ihnen standen Lester und Mercedes Vater und lächelten. „Na, kaum verheiratet und schon bekommt der Ehemann Schläge?", bemerkte Lester belustigt. Die jungen Leute protestierten. Plötzlich meinte Mercedes: „Ach so, damit ihr beide euch schon mal überlegen könnt was ihr dem Baby schenken wollt, sagen wir es euch heute gleich - wir bekommen ein Baby und ihr beide werdet Grandpa!" Wilson und Lester sahen sich beide einen Augenblick wortlos an. Dann folgte ein langes:

„Waaas? Wir bekommen ein Baby?" Und beide begannen zu lachen.

„Glückwunsch, ihr Turteltauben!" Lester zog Wilson Owens am Ärmel.

„Komm Grandpa Owens, darauf müssen wir doch glatt einen Trinken!" Und beide strebten eilends ins Herrenhaus.

Gegen Mitternacht hörte man dann einen der Großväter singend nach Hause schlendern. Ab sofort passten aber alle auf Mercedes auf, damit sie sich ja nicht mit der Arbeit übernahm. Sie mochte das gar nicht und schimpfte deswegen.

„Ich bin doch nicht krank. Die machen mich alle noch richtig verrückt! Noch ist doch Zeit bis zum Januar!"

Es war gerade Juli geworden. Eines Nachts schreckte Josy plötzlich in den frühen Morgenstunden auf. Ein ziehender Schmerz durchfuhr ihren Leib. Eine Weile hoffte sie, es werde wieder vergehen, doch sie stöhnte und schwitzte, so dass auch Ben hochfuhr.

„Ben, ich glaube es geht los! Laufe schnell und hole Melinda, rasch!" Ben sprang aus dem Bett und rannte so wie er war, barfuß bis zur Hütte der alten Melinda. Sie war die Kräuterfrau auf der Plantage und kannte sich mit dem Kinderkriegen aus. Ben trommelte mit den Fäusten gegen ihre Tür. Endlich machte sie auf.

„Schnell, das Kind kommt!", rief Ben und hob die Laterne hoch, damit die alte Frau gut sehen konnte in der Finsternis. Kurze Zeit später betraten sie wieder die Hütte und Melinda tastete Josy ab und lächelte.

„Ja, ja Mädel, jetzt wird es ernst! Der kurze Spaß hat auch seine Schmerzen! Mach heißes Wasser und hole saubere Tücher! Und dann raus, du Mannsbild!", gab sie Ben resolut Anweisungen.

Eine gute halbe Stunde später krähte eine Babystimme durch die Nacht. Sarah Mosley war auf der Welt. Ein prachtvolles kräftiges Baby mit kohlschwarzen Haaren. Für eine Halbkreolin war sie reichlich hellhäutig. Josy und Ben waren überglücklich und der kleine Paul staunte über das kleine Wesen.

Und am Morgen brachte Ben die Nachricht ins Herrenhaus. Alle freuten sich sehr mit dem jungen Paar und gratulierten herzlich.

Lord Lesters Kommentar später während des gemeinsamen Frühstücks war kurz und knapp:

„Also, strengt euch mal an ihr jungen Leute! Der Pferdeflüsterer hat es euch vorgemacht!" Mercedes und Tony sahen sich kurz an und schmunzelten.

Und so vergingen die Tage und Wochen auf Dominika, und das Leben nahm einen friedlichen und sonnigen Verlauf. Und Ben Mosley schaute jeden Tag mindestens drei bis fünfmal in die Hängematte, in der das kleine Wesen lag, dass seine Tochter war. Und alle vier waren unendlich glücklich.

Mercedes machte sich wie fast jeden Tag auf den Weg zu ihrer Freundin Josy. Die saß vor dem Haus auf der Bank und hatte die kleine Sarah auf dem Arm, die selig schlief. Sie begrüßten sich leise. Josy stöhnte verhalten:

„Endlich schläft unsere Madam mal und schreit nicht. Sie hat uns schon die letzten Nächte wach gehalten, weil sie ihren ersten Zahn bekommt. Ben war nahe daran in den Pferdestall umzuziehen." Mercedes besah sich das kleine Wesen in den Armen seiner Mama.

„Machte es wirklich so viel Arbeit, so ein Baby?", fragte sie. Josy lachte leise und nickte.

„Na das kannst du aber wissen! Im Moment hält sie mich dauernd von meiner Arbeit ab, obwohl ich sie schon mit in den Garten oder das Feld mitnehme. Ich hoffe das Geschrei gibt sich bald mal."

Die Regenzeit war so gut wie vorbei, und es war Oktober geworden, als plötzlich ein Unglück über sie kam. Josy war ernsthaft erkrankt und schwebte in Lebensgefahr. Sie hustete rau, hatte Fieberanfälle, schwitzte und redete wirres Zeug. Doktor Lewis stellte bei ihr Malaria fest. Eine von Stechmücken übertragene Erregerkrankheit. Und dagegen gab es nur ein Mittel und das war die Rinde des Chinin Baumes, ein gelbliches Pulver. Doch das gab es auf Dominica nicht.

„Sie müssen rüber auf die Insel St. Lucia reisen. Dort arbeitet ein englischer Arzt Dr. Livingston, er stellte diese Präparate selbst her.“ Und so gab es kein langes Überlegen, als sich Ben von seiner schweißnassen fiebrigen Josy verabschiedete. Gemeinsam mit Tony segelten sie schon am nächsten Morgen bereits los und gerieten in einen Sturm, der sie um ein Haar an St. Lucia vorbei getrieben hätte. Nur mit Mühe erreichten sie mit einem halben Tag Verspätung die Rodney Bay, und dort den kleinen Ort Gros Islet. Eiligst begaben sie sich übermüdet auf die Suche nach Dr. Livingston. Als sie endlich sein Haus gefunden hatten, mussten sie feststellen, dass der Doktor irgendwo auf der Insel unterwegs war. Seine Haushälterin wusste nicht wo, und wann er zurückkam. Manchmal blieb der Doktor zwei bis drei Tage weg, weil er Patienten besuchte, die weit verstreut wohnten.

Ben war nur noch ein Nervenbündel, und Tony trichterte ihm am Abend eine halbe Flasche Rum ein.

Am nächsten Morgen, sie lagen noch in ihren Betten, hörten sie unten im Haus eine laute männliche Stimme. Tony weckte Ben, der recht verkatert war. Endlich hatten sie Dr. Livingston vor sich, der sie sofort aufgesucht hatte, nachdem ihm seine Haushälterin von den zwei Männern aus Dominica erzählt hatte. Sie erklärten ihm was sie brauchten. Der Doc reagierte wider Erwarten gelassen und ruhig.

„Also meine Herren, hier sind zwei Ampullen Chinin. Davon lösen sie dreimal am Tag einen Teelöffel voll auf und geben es ihrer Frau zu trinken. In drei Tagen müsste sich das ganze wieder beruhigt haben. Aber liebe Freunde, schlaft gefälligst unter einem dichten Netz, damit euch die Mücken nicht erwischen. Also das gesamte Bett muss darunter verborgen sein! Und außerdem, reiben sie sich mit dem Saft der Aloe Vera ein, das schmeckt den Biestern überhaupt nicht!“, schärfte er ihnen ein, bevor sie ihn wieder verließen.

Sie bezahlten den Doktor, besorgten sich für die Familie einige Netze und gingen wieder an Bord des Schiffes. Am nächsten Tag gegen Abend, waren sie wieder zu Hause. Der Zustand Josys hatte sich nicht verschlechtert, aber auch nicht verbessert.

Sofort nach Ankunft gab Ben seiner Frau eine Dosis dieser Medizin.
Den ganzen Tag und die folgende Nacht schlief Josy durch. Als sie am Morgen erwachte, ging es ihr schon deutlich besser. Am zweiten Tag bekam sie sogar schon wieder Appetit, und am dritten Tag konnte sie wieder aufstehen. Wenige Tage später hingen in allen Schlafräumen diese Netzte über den Betten. Es war eine Anordnung von Tony.
Der Alltag auf der Plantage hatte wieder Einzug gehalten

Bei Mercedes hatte die Übelkeit etwas nachgelassen und sie nahm ihre Aufgaben sehr ernst. Tony hatte mit Onkel Lester, oder besser mit seinem wirklichen Vater, alle Hände voll zu tun, um die Plantagen am Laufen zu halten. Nur einen Wehrmustropfen gab es, Wilson Owens war inzwischen auch erkrankt, und Doc Lewis war ziemlich ratlos. Alles hatte mit einer Erkältung begonnen, von der er sich nur schwer wieder zu erholen vermochte. Doc Lewis tippte auf eine Lungenkrankheit.
Auf Grenada gab es einen englischen Arzt, der sich besonders bei der Heilung von Lungenkrankheiten hervor getan hatte. Aber der Mann war auch ziemlich teuer. Doch Tony ließ keinen Zweifel daran aufkommen, dass er notfalls die Arztkosten übernehmen würde. Sie mussten nur ein Schiff finden, dass sie von Dominica nach Grenada brachte. Bis Grenada waren es 204 Seemeilen, also eine Dreitagesreise. Mercedes, die unbedingt ihren Vater begleiten wollte, verbot Tony die Reise. Am Ende blieb nur noch Tony und Moses übrig, die den Verwalter nach Granada begleiten sollten. Moses war ein fünfzigjähriger Mulatte, der lesen und schreiben konnte und sehr zuverlässig war.

Bereits wenige Tage später nahm sie ein Holländer mit an Bord, dem sie allerdings nichts von der Erkrankung Owens erzählt hatten. Der weitverbreitete Aberglauben unter den Seeleuten, dass man sich mit der „Franzosenkrankheit" anstecken könnte, hätte dazu geführt, dass man Owens nicht mitgenommen hätte.
Bei ruhiger See erreichten sie nach zwei Tagen und zwei Nächten die Insel Grenada und die Hauptstadt Georgtown.
Am Hafen hatte Tony eine Kutsche gemietet. Der Kutscher sah argwöhnisch auf den Mann, der in eine Decke eingehüllt hinten

auf der Bank saß und kein Wort sprach. Der Weg bis zu Doktor Taylors Haus war nicht weit. Als sie dort ankamen, stand eine ziemlich beleibte ältere Negerin in der Tür. Ihre Stimme knarrte wie eine alte, ungeölte Türangel.

„Was wollen Sie von Doktor Taylor? Der Doc ist sehr beschäftigt! Kommen Sie später wieder!" Aber Tony ließ sich nicht einschüchtern.

„Miss, wir wünschen Doc Taylor zu sprechen, weil mein Schwiegervater hier krank ist. Also melden Sie uns an oder gehen Sie schleunigst aus dem Weg!", fauchte er die verdutzte Frau an. Und tatsächlich trat die zwei Schritte beiseite und ließ die Besucher eintreten. Dann ging sie doch voran bis zu einer Schiebetür und klopfte an.

„Herr Doktor, hier sind drei Leute die zu Ihnen wollen!", flötete sie auf einmal. Der Doc wälzte sich von seinem Liegesofa und setzte den Kneifer auf. Man sah wie beschäftigt er war, sicher hatte er gerade seinen Mittagsschlaf begonnen.

„Meine Herren, was kann ich für Sie tun?", fragte er freundlich und begrüßte die Besucher. Toni erklärte ihm, dass sein Schwiegervater seit einigen Tagen an Husten und Fieber litt, und schlecht Luft bekam. Doc Taylor zog die Augenbrauen empor als er Brust und Rücken abhörte.

„Mein lieber Mister Owens, da drinnen rasselt es aber gewaltig! Wie lange schleppen Sie das schon mit sich herum?"

„Etwa zwei Wochen, Doc", antwortete Owens kleinlaut, und der Doc nickte.

„Das dachte ich mir schon! Gut! Da Sie von Dominica kommen und nicht hier auf der Insel wohnen, muss ich Ihnen zunächst diese Ampulle mitgeben. Davon nehmen sie dreimal täglich zehn Tropfen, aber nicht mehr! Diese Tinktur enthält einen Anteil von Opium, daher also die Medikation genau einhalten. Dazu erhalten Sie von mir diese geriebenen Blätter. Aus denen soll Ihre Frau einen Sud kochen, den heißen Dampf atmen Sie eine halbe Stunde täglich ein. Das machen Sie, bis beide Medikamente alle sind, also etwa zwei Wochen lang. Versuchen Sie viel Meeresluft zu atmen, und rauchen Sie um Gottes Willen nicht! Lange Spaziergänge am Meer sind die beste Medizin. In drei bis vier Wochen müssten die Symptome abklingen. Wenn nicht, schreibe ich Ihnen aus Vorsicht die Zusammensetzung der Tinktur noch auf. Ich hoffe Sie haben einen Apotheker oder zumindest Arzt auf Ihrer Insel, der diese Tinktur dann herstellen kann. Mehr kann auch ich nicht für Sie tun, mit dieser Franzosenkrankheit ist nicht zu spaßen! Nehmen Sie es also sehr ernst, Mister Owens!"

Er setzte sich an seinen Arbeitstisch und schrieb etwas auf einen Zettel und gab es Tony.

„So junger Mann, hat es geholfen empfehlen Sie mich weiter, hat es nicht geholfen vermeiden Sie es lieber meinen Namen zu nennen. Ich bekomme von Ihnen 20 Guineen, für die Tinktur und die Blätter. Die Beratung war kostenlos."

Und ehe sie sich versahen, standen sie wieder auf der Straße und Doc Taylor lag wieder auf seiner Ottomane und ruhte weiter aus.

Im Hafen wieder angekommen, nahm Owens sofort die ersten Tropfen ein. Tony fand nach einigem Suchen einen Segler, der noch am Abend auslaufen wollte mit Kurs auf Dominica. Sie saßen im Schatten eines großen Baumes und dösten vor sich hin. Owens war urplötzlich eingeschlafen.

Moses schlenderte ein wenig durch den Hafen und kaufte von Tony beauftragt, drei geöffnete Kokosnüsse. Der Saft schmeckte vorzüglich.

Gegen Abend, Owens war gerade wieder erwacht, begaben sie sich zu ihrem Schiff und gingen an Bord. Nachdem Tony seinen Schwiegervater in die Koje gebracht hatte, ging er wieder an Deck und sah zu, wie das Ablegemanöver des Seglers ablief. In diesem Moment fiel sein Blick auf das benachbarte, noch vertäute Schiff und den Mann, der wie er selbst an der Reling stand und rauchte. Tony erkannte den Mann sofort. Es war Johan Closter! Das Schiff hieß „Amorice". Ben steckte zwei Finger in den Mund und pfiff gellend. Der Mann drehte sich zu ihm herum und Tony winkte ihm zu.

„Mach`s gut Johan! Möge dich der Teufel des Meeres holen!", brüllte er hinüber zu dem anderen Schiff. Johan Closter hatte Tony erkannt und drohte ihm mit der Faust. Was er zurück rief konnte Tony nicht mehr verstehen.

Die gesamte Überfahrt nach Dominica schlief Owens in seiner Koje. Als sie nach 3 Tagen in Portsmouth anlegten, musste Tony den Verwalter wecken. Der sah ihn an und meinte dann ziemlich erholt:

„Na, Schwiegersohn, lebe ich noch? Was für ein Wundermittel hat mir dieser Doc nur verabreicht?" Tony lachte verhalten. „Verabreicht habe ich es dir, bereits noch im Hafen bevor wir an Bord gingen. Ab da hast du gepennt wie eine Schildkröte. Übrigens, ich habe im Hafen Johan Closter gesehen. Er stand an der Reling als wir ausliefen. Der Kahn hieß „Amorice", keine Ahnung wo der herkam." Wilson Owens richtete sich mühsam auf und versuchte dann aufzustehen. Etwas wacklig auf den Beinen stehend meinte er:

„Mit diesem Schiff hat es eine besondere Bewandtnis. Einmal hieß es, es sei bei einem Überfall auf das Handelskontor der Holländer auf Aruba aufgefallen, weil es wohl die Gauner und ihre Beute von der Insel brachte. Ein andermal erzählte man sich, dass dieses Schiff im Sturm vor St. Vincent durch einen Brand gesunken sei. Wenig später wurde es aber wieder vor Martinique gesehen. Fest steht, das Schiff und seine Besatzung sind mit Vorsicht zu behandeln! Alles Hallunken und verflucht!"

Eine gute Stunde später fuhr der zweirädrige Wagen mit dem Hengst davor am Herrenhaus der Plantage „Riviere la Croix" vor. Tony hatte sich sofort nach der Ankunft verabschiedet und war zu seiner Mercedes gerannt, die ihn schon sehnsüchtig erwartete. Tony nahm seine Frau in seine Arme und erzählte ihr dann von dem Arztbesuch.

Wilson Owens war wieder zu Hause und wurde sofort von der Köchin in Empfang genommen. Und es dauerte nicht lange und Mercedes stürmte zur Tür herein und umarmte ihren Vater überglücklich.

„Dad, Tony hat mir erzählt, dass es dir schon wieder besser ginge. Und du sollst viel Meeresluft einatmen. Wir sollten öfter hinauf zu den Klippen reiten, da oben ist die Luft am kühlsten und ganz klar." Wilson Owens streichelte Mercedes Gesicht.

„Mach dir keine unnötigen Sorgen, Mädel. Ich komme schon wieder auf die Beine, und das Wundermittel von diesem Doc scheint auch wirklich zu helfen. Bring mich bitte rüber in unsere Hütte, ich muss mich ein wenig hinlegen und schlafen."

Tony suchte derweil Ben, um mit ihm einen Rundritt zu den Kaffee- und Tabakfeldern zu machen, um nach dem Rechten zu sehen. Die Sträucher und Tabakpflanzen gediehen vorzüglich und sie konnten eine gute Ernte erwarten. Am Nachmittag besuchten sie dann Owens.

„Schön, dass Ihr wieder zurück seid Mr. Owens. Ich hoffe, es geht Euch bald besser" begrüßte Ben kurz den Verwalter und verabschiedete sich, um schnell zu seinen beiden Frauen zu eilen. In der Hängematte lag seine kleine Tochter und Ben nahm sie vorsichtig auf den Arm und trug sie leise summend durch die Stube. Als Josy zur Tür herein kam, schimpfte sie leise mit ihm.

„Mann, leg sie wieder hin! Ich bin froh wenn sie mal schläft und ich einiges im Haus machen kann!" Gehorsam legte Ben das kleine Bündel wieder zurück in die Wiege, dann gab er Josy einen Kuss.

„Meine Göttin, du hast mir gefehlt!" Josy nickte verschämt, weil sie ihn so gescholten hatte.

„Ich habe dich auch lieb, Benny! Aber Madam hat im Moment ihren eigenen Kopf. Am Tag schläft sie, nachts schreit sie! Sie macht mich noch ganz verrückt!"

Toni berichtete seinem Schwiegervater von dem Ausritt mit Ben.

„Wir waren vorhin auf den Kaffee- und Tabakfeldern, sie sehen sehr gut aus, wir werden eine gute Ernte bekommen. Aber bis dahin sind noch ein paar Wochen Zeit. Ihr lieber Schwiegervater, Ihr erholt Euch erst einmal. Und erst wenn Ihr ganz gesund seid, könnt Ihr wieder an die Arbeit gehen." Owens verzog das Gesicht zu einer Grimasse.

„Tony! Ich kann doch nicht ewig hier herum liegen! Mercedes macht mich mit ihrer Fürsorge erst recht krank. Sobald es geht stehe ich wieder auf!" Tony musste lachen und erwiderte darauf:

„Seid froh, dass Ihr so eine Tochter habt." Sie verabschiedeten sich voneinander und Tony ging auf die Suche nach Ben. Er fand ihn, welch Wunder, natürlich im Pferdestall bei seinem Falben. Ben stand da, hatte beide Arme um den Kopf des Falben gelegt und sprach leise mit ihm. Tony räusperte sich und Ben sah ihn an.

„Na Boss, hast du mit deinen Schwiegervater gesprochen?" Tony bejahte die Frage und ging zur Box seines Hengstes. Der gute Rubio stand da und fixierte seinen Herrn, während er fraß. Tony trat in die Box und redete leise auf ihn ein.

„Hallo! Rubio, mein Schöner." Er gab ihm eine Mohrrübe, die der Hengst vorsichtig aus seiner Hand nahm und zu fressen begann. Plötzlich stand Mercedes an der Boxentür und Rubio wurde auf einmal unruhig. Schnaufend begann er mit dem Vorderhuf zu scharren. Als Mercedes einen Schritt aus seinem Sichtkreis, also beiseitetrat, hörte er auf zu rumoren. Mercedes schaute Mann und Pferd spöttisch an.

„Na sieh mal an, dein Rubio ist doch wohl nicht eifersüchtig? Bekommt er etwa mehr Liebe als ich?", fragte sie schelmisch lächelnd. Tony verzog das Gesicht zu einem Grinsen und sah seine Frau von der Seite an.

„Also, wenn ich mir dich so anschaue, meine ich, du hast in letzter Zeit genug Liebe bekommen, und hast ganz schön davon zugenommen!" Dabei hatte er ihr rundes Schwangerenbäuchlein im Blick. Mercedes nickte.

„Ja, ja so ist das mit euch Männern! Erst verführt ihr einen und dann zieht ihr euch dezent in den Stall zurück, wo ihr noch eine Geliebte habt!" Tony musste lachen.

„Liebling, du vergisst, Rubio ist ein ER! Aber gut, ich bringe dich zurück zum Haus. Komm, nimm meinen Arm", und er reichte ihr seinen Arm. Als sie an Ben vorbei gingen meinte der:

„Ich weiß nicht was los ist Boss, aber die Pferde sind alle ziemlich unruhig! Das ist mir schon aufgefallen als ich zum Stall kam."

Spät in der Nacht rüttelte Mercedes Tony energisch wach.

„Tony, wach auf! Schnell, wach auf! Draußen ist die Hölle los!" Tony fuhr aus dem Schlaf hoch und musste sich erst sammeln. Und dann hörte er es auch. Denn draußen tobten die Naturgewalten! Der Sturm rüttelte am Haus, jaulte und orgelte wie ein gequältes Ungeheuer. Tony sprang aus dem Bett und begann sich anzuziehen. Als er sah, dass Mercedes sich ebenfalls anziehen wollte, wehrte er ab.

„Mercedes, du bleibst im Haus! Du gehst nicht hinaus, klar!" Sie widersprach natürlich wieder wie immer in solchen Situationen.

„Ich muss doch nach dem Rechten sehen, Tony" Doch er blieb eisern.

„Weib! Verflixt nochmal! Jetzt höre doch einmal auf mich! Es ist draußen zu gefährlich für dich und das Kind in deinem Bauch! Du bleibst drinnen, und damit Basta! Oder ich schließe dich hier oben ein!" Halb angezogen, mit wirrem Haar ließ sich Mercedes auf das Bett fallen und schimpfte leise vor sich hin.

„Das hat man nun davon, wenn man einen Mann hat! Immer wollen sie bestimmen was gut und was richtig ist! Ich kann doch selber auf mich aufpassen!" Noch an der Tür stehend drohte ihr Tony mit dem Zeigefinger, und Mercedes streckte ihm die Zunge heraus.

„Bäh, altes Ekel!" Tony grinste, hauchte einen Kuss auf die Hand und verschwand aus der Tür.

Als er versuchte die Haustür aufzumachen, war dies ein Problem. Der Wind kam genau von vorn! Und so sehr er sich auch dagegen stemmte, er bekam die Tür nicht auf. Also rannte er nach hinten zu seinem Arbeitszimmer, wo ebenfalls eine Tür auf die Terrasse hinaus führte. Und die ging endlich auf. Einen Moment schwenkte er, die Laterne über dem Kopf um etwas zu sehen. Irgendwo drüben bei den Scheunen rannten ein paar Leute mit Laternen herum und beim Pferdestall auch. Das waren sicher Ben und sein Gehilfe Moses. Ganze Palmenwedel flogen durch die Luft, ein Stuhl kam plötzlich mit Tempo auf Tony zu, so dass er zur Seite springen musste. Und immer noch donnerte und blitzte es im Sekundentakt und der Regen prasselt wie ein Sturzbach hernieder. Tony war längst durchnässt, ging aber in Richtung des Sudhauses, um sich auch dort noch umzuschauen. Sich gegen den Sturm anlehnend versuchte er vorwärts zu kommen. Die Sicht bei diesem Regen und dem Sturm war gleich null. Urplötzlich tauchte ein schwarzer Schatten vor seinen Augen auf. Und ehe er reagieren konnte, bekam von vorn einen Schlag gegen den Kopf. Mit einem Mal wurde ihm schwarz vor Augen und er stürzte zu Boden und alles war finster um ihn ...

Tony versuchte mühsam die Augen zu öffnen. Er registrierte, dass er im Salon auf dem großen Diwan lag, und neben ihm saß Mercedes und legte ihm ein nasses Tuch auf die Stirn. Es mussten noch mehrere Leute da sein.

„Was ist den passiert?", fragte er leise. Ben beugte sich zu ihm herunter.

„Boss, du hast eine Tür gegen den Kopf gekriegt! Zum Glück hat sie dich aber nur gestreift!", erklärte Ben.

„Und wer hat mich gefunden bei dem Sauwetter? Man konnte ja kaum was sehen." Ben lachte.

„Das war deine Frau, mein lieber Mann! Du kannst froh sein, dass sie unbedingt nach den Zicklein sehen wollte, die hinten im Garten in dem kleinen Stall zurzeit sind." Tony sah zur Seite wo Mercedes saß.

„Du warst also doch draußen und hast dich in Gefahr gebracht", resümierte Tony, dann musste er doch lächeln.

„Manchmal ist es eben doch gut wenn man nicht auf seinen Ehemann hört, stimmt`s Mercedes!" Sie beugte sich zu ihm herunter und gab ihm einen Kuss.

„Das hast du jetzt schön gesagt Schatz, den Satz merke ich mir!"

Am Ende der Nacht hatte Tony Winford eine richtig dicke Beule am Kopf und etwas Kopfschmerzen. Schlimmer getroffen hatte es aber die neue Plantage von Lester und Elisabeth Winford. Und so schickte Tony ein paar Arbeiter hinüber zu seinen Eltern.

Der Hurrikan hatte ziemlich auf der Insel gehaust und zahlreiche Schäden verursacht. Und so war gegenseitige Hilfe angesagt. Die Handwerker hatten mal wieder alle Hände voll zu tun, um alle Schäden so schnell wie möglich zu beseitigen.

Doch sollte dieser überraschende Hurrikan nicht die letzte Bedrohung in diesem Jahr 1792 für Dominica gewesen sein. Es gab Nachrichten, dass des Nachts an verschiedenen Stellen der Insel Leute an Land gingen. Die Einheimischen waren gewarnt worden. Irgendjemand hatte erzählt, dass französische Söldner und fremde Banditen versuchten auf Dominica Fuß zu fassen. Warum wusste niemand. Immerhin hatten die Franzosen bereits 1660, 1730 und 1778 die Insel erobert, ehe 1783 eine Armada englischer Schiffe in der Prinz Rupert Bey landete und die Insel endgültig für die englische Krone übernahm. Inzwischen waren immerhin schon neun Jahre vergangen, und die Insulaner und die Kariben hatten sich mit der englischen Lebensweise angefreundet. Sollte nun alles wieder von vorn beginnen?

Als Owens bei einem Krankenbesuch eines befreundeten Pflanzers von dieser Angelegenheit erfuhr, erhob er sich zum ersten Mal von seinem Krankenlager.

„Ich muss mit meinem Boss reden, Eduard. Würdest du mich bitte begleiten, meine Beine sind noch etwas unsicher." Eduard van Dahlen begleitete seinen Freund zu Tony ins Herrenhaus. Tony begrüßte beide freundlich und bat sie Platz zu nehmen.

„Darf ich Euch einen Wein anbieten?", fragte er und sah dabei seinen Schwiegervater an. Der grinste verhalten.

„Wenn du mich nicht an meine Tochter, also deine Frau, verrätst, dann trinke ich gerne mal wieder einen guten Tropfen." Tony schenkte beiden die Gläser voll.

„So, was verschafft mir die Ehre, meine Herren?" Owens sah seinen Schwiegersohn einen Augenblick an. Er hatte immer noch damit zu kämpfen, dass er den jungen Lord mit dem Vornamen anreden sollte.

„Ja also, mein Freund van Dahlen hat mir vorhin erzählt, dass es Gerüchte gibt, dass nachts Fremde auf unserer Insel landen und dann im Landesinneren verschwinden. Er meint, es könnten Franzosen sein oder anderes Gesindel. Und dabei dachte ich natürlich sofort an Johan Closter und seine Spießgesellen." Tony rieb sich die Nase, was er immer tat, wenn er nachdachte.

„Und wie lange geht das schon?", fragte er den Holländer. Der zuckte mit den Schultern.

„Genau weiß ich das auch nicht, Lord Winford. Solches Gerede gab es ja schön öfters in den vergangenen Jahren, diesmal scheint aber etwas Wahres dran zu sein." Der blonde Holländer, lang gewachsen und recht athletisch gebaut, sah seine Gastgeber an. Dann meinte er noch:

„Ich denke, man müsste der Sache auf den Grund gehen. Stellen wo sie an Land gehen können, gibt es ja nur auf der Seite der karibischen See. Das Ufer am Atlantik ist es viel zu schroff und sie würden den Kariben in die Arme laufen." Womit er meinte, dass an der Ostküste von Dominica eine ganze Anzahl von Kariben lebte, die das Massaker der Arawaks und später der Franzosen überlebt hatten. Sie verdienten sich ihr Brot mit Bootsbau und Fischfang, blieben aber im Allgemeinen unter sich. Man respektierte sich, aber man mied sich. Tony sah seinen Schwiegervater fragend an und überlegte, ob er ihm schon wieder leichte Aufgaben übertragen konnte. Und meinte dann:

„Dad, würdest du dich stark genug fühlen zum Kommandanten von Fort Shirley zu reiten und ihn zu informieren?"

Wilson Owens wurde es warm ums Herz. Der junge Lord hatte ihn doch tatsächlich mit „Dad" angesprochen, zum ersten Mal seit sie sich kannten, und so nickte er sogleich und stimmte zu. Was beide aber nicht bedacht hatten, war die Reaktion von Mercedes. Sie machte Tony heftige Vorwürfe, dass er ihren Vater schon wieder in die Arbeit einbezog. Tony hörte sich ihre Vorwürfe gelassen und ruhig an. Seit sie schwanger war, neigte Mercedes öfters zu lautstarken Äußerungen. Seine Mutter hatte ihm erklärt, dass dies bei Frauen in anderen Umständen üblich sei. Man musste sie nur beruhigen.

„Mercedes, Liebling! Dein Vater ist ja schon wieder gesund. Der Doc hat es uns doch bestätigt. Nur du behandelst ihn immer noch wie ein Baby! Er sehnt sich wieder nach einer Aufgabe, und deswegen schicke ich ihn in Begleitung von Ben zum Fort. Sie können sich Zeit lassen, und wenn es dich beruhigt, dann kannst du ihn ja begleiten. Obwohl ich dich nicht mehr gerne auf einem Pferd sehe! In dem Fall müsstet ihr die Kutsche nehmen", setzte er noch hinzu.

„Ich bin nicht krank, ich bin nur schwanger Lord Winford", kam es postwendend zurück. Tony nickte sanft.

„Ich weiß Liebling, aber genau deshalb mache ich mir eben Sorgen um dich." Plötzlich lachte Mercedes.

„Siehst du, und deshalb mache ich mir Sorgen um meinen Dad! Also was machen wir nun?" Er sah sie an und schmunzelte ein wenig.

„Was machen wir also, Lady Winford?" Sie holte tief Luft und strich sich mit beiden Händen über ihren doch schon beachtlichen Bauch. Dann meinte sie schelmisch lächelnd: „Wir schicken Dad und Ben zum Fort und Lady Winford bleibt hier bei dir! Einverstanden Lord Winford?" Tony war aufgestanden und trat hinter ihren Stuhl. Seine Hände glitten ein wenig in ihren weiten Ausschnitt des Kleides um dann zu schnurren: „Oh, die sind aber inzwischen auch ganz schön gewachsen, Lady Winford!" Sie gab ihm einen Klaps auf die Hände. „Raus da, alter Lustmolch! Heute Abend kannst du sie dir nochmal ganz genau anschauen, aber mehr auch nicht! Obwohl, ich hätte schon noch so das eine oder andere Mal eine heftige Lust in mir.", flüsterte sie ihm zu und grinste ihn verführerisch an. Er küsste sie und spürte ihr Verlangen. Als sie sich wieder trennten, war Mercedes rot im Gesicht. Sie sah scheu zu Boden. „War ich jetzt etwas zu unkeusch, Tony?" Er schüttelte den Kopf und erwiderte: „Überhaupt nicht, du liebst mich und ich liebe dich. Ich glaube da ist das normal."

Am nächsten Morgen, kurz nach Sonnenaufgang, bestiegen Ben und Wilson Owens die Pferde und ritten vom Hof. Sie hatten einen zweistündigen Ritt vor sich, bis hinauf unterhalb der Nordküste, dort wo die Prinz Rupert Bay lag.

Am Tor angekommen, hielt sie ein Posten auf und fragte nach ihrem Begehr.

„Wir sind Abgesandte der Plantage „Riviere la Croix", und haben eine wichtige Information für den Kommandanten!", gab Ben bereitwillig Auskunft. Der Posten rief einen zweiten Wachhabenden herbei.

„Bring die beiden Gentlemen hier zum Kommandanten! Und warte bis sie fertig sind." Der wesentlich jüngere Soldat salutierte kurz und marschierte los. Ben und Owens folgten ihm in ein großes gemauertes Gebäude, die Kommandantur.

Vor einer großen zweiflügligen Tür angelangt, klopfte der Soldat. Ein kräftiges „Herein!" erklang und sie traten ein. Oberst Higgins begrüßte sie freundlich. Er kannte die Besucher ja bereits von der Hochzeit. Higgins bot ihnen Platz an.

„Nun meiner Herren, was kann ich für Sie tun?", war seine erste Frage. Owens erläuterte ihm ihr Anliegen. Der Oberst hatte still zugehört und mehrmals die Augenbrauen angehoben.

„Und diese Informationen sind vertrauenswürdig, Mister Owens?", fragte er dann. William Owens wiegte seinen grauen Kopf hin und her.

„Nun Oberst, soweit man eben Informationen vom Hörensagen als zuverlässig einstufen kann. Ich denke aber, mein Informant, der Pflanzer van Dahlen ist ein zuverlässiger Mann. Man sollte zumindest die Augen aufhalten, und wir von der Plantage wollten das sie informiert sind." Higgins nickte.

„Eine löbliche Absicht, Mister Owens. Wir wissen das zu schätzen! Ich werde sofort Befehl geben, dass die nächtlichen Streifen an der Westküste verdoppelt werden. Aber nun doch noch eine Frage. Was ist aus der Absicht geworden, eine Einheit Beobachter aufzustellen und zu bewaffnen, die von den Pflanzern gelenkt werden, Mr. Owens?" Owens musste lächeln.

„Herr Oberst, wenn es ums liebe Geld geht, lässt bei manchen Menschen der Wille doch erheblich nach. Die Leute müssen schließlich von der Arbeit freigestellt, ausgerüstet und bezahlt werden, obwohl sie dann keinen Nutzen bringen im Moment." Oberst Higgins nickte mürrisch und dachte nach.

„Da muss ich Ihnen Recht geben, Mr. Owens. Aber gut, Ihr Herr wird da sicher nicht nachlassen, wie ich ihn kennengelernt habe. Ich schaue mal zu, ob wir nicht noch ein paar Musketen für ihre Leute übrig haben. Ich würde sie dann auf ihre Plantage schicken. Die Sicherheit der Insel verlangt das, denn auf das Wort der Franzmänner scheint kein Verlass zu sein." Er nahm die Glocke vom Schreibsekretär und läutete kurz, dann stand er auf.

„Meine Herren, grüßen sie seine Lordschaft und die Gemahlin. Ich werde sehen, was ich für sie tun kann!" Und damit waren sie entlassen.

Auf dem Heimweg beschlossen sie einen Umweg zu reiten und nicht direkt zur Plantage zurück zu kehren. Sie nahmen einen Schleichpfad oberhalb des Ufers auf der Westseite der Insel. Bald erreichten sie eine Stelle, an der Spuren vom Ufer herauf kamen und dann weiter in den Busch hinein führten. Offenbar hatten die Leute hier gerastet und schwere Lasten dabei gehabt. Man sah es an den tiefen Fußspuren.

Ben und Owens beratschlagten, ob sie den Spuren weiter folgen sollten oder ob sie noch weiter am Ufer entlang gehen sollten. Owens war für Weitergehen, da die Verfolgung der Spuren viel Zeit in Anspruch nehmen würde. Also zog man weiter.

Etwa eine Stunde später waren sie oberhalb des Ortes Colihaut angekommen. Auch hier gab es eine Spur vom Ufer herauf, aber unmittelbar in Nähe des Ortes? Das gab Rätsel auf. Gab es etwa im Ort Verbündete der Fremden? Ben und Owens entschlossen umzukehren. Bis zum Nordzipfel der Insel war es zu weit. Und so ritten sie wieder zurück bis Portsmouth und bogen dann zur Inselmitte ab, dort wo ihre Plantage lag.

Dort erwartete man sie schon mit Ungeduld, besonders Mercedes war ungehalten, weil es so lange gedauert hatte und schimpfte mit Ben. Doch Tony zwinkerte ihm zu, aber auch das blieb der jungen Frau nicht verborgen und sie ereiferte sich noch ein wenig mehr.

„Ich habe es schon gesehen wir ihr euch zugezwinkert habt! Ihr nehmt mich nicht ernst!" Und mit diesen Worten warf sie ihren Wäschekorb wütend zu Boden und stapfte von dannen. Die Männer sahen sich betreten an, Owens glaubte die Wäsche wieder zusammen und folgte Mercedes, nachdem er sich bei Tony entschuldigt hatte für das Benehmen seiner Tochter. Er traf sie am Tisch sitzend in der Küche an. Sie schniefte vor sich hin und wischte sich Tränen aus dem Gesicht. Wilson Owens setzte sich neben seine Tochter hin.

„Mercedes! Jetzt höre mir bitte einmal genau zu! Wie du dich gerade benimmst, ist einer Lady Winford unwürdig! Du bist erregt und sehr um mich besorgt. Das ist lieb von dir. Aber ich bin alt genug, um zu wissen, was ich tun kann und was nicht. Dieser Ritt war für mich erholsam, nach der wochenlangen Liegerei im Bett. Aber eines muss ich dir sagen, behandle Tony nicht weiter so wie du es heute getan hast! Er könnte eines Tages von solchen Vorwürfen die Nase voll haben und dich verlassen! Willst du das riskieren?" Er strich Mercedes über den Kopf, den sie auf die Arme gelegt hatte. Sie schnäuzte sich und stand plötzlich reumütig auf.

„Ich gehe jetzt zu ihm und entschuldige mich, Dad. Du hast Recht, er hat zu viel für uns beide getan, als das ich mich so undankbar erweisen darf. Es wird nicht wieder geschehen, Dad!" Owens nickte seiner Tochter lächelnd zu und zündete sich seine Pfeife an. Mercedes blieb noch einmal an der Tür stehen und drohte ihm mit dem Zeigefinger.

„Dad, aber nur zweimal ziehen und dann wieder ausmachen! Hat der Doc gesagt!", setzte sie noch hinzu und ging hinaus.

Sie fand Tony allein mit Ben beim Abendessen. Sie trat ein und stand still neben Tony am Tisch. Und weil die beiden Männer nicht reagierten, fragte sie leise:

„Darf ich mich zu euch setzen?" Tony stand wortlos auf, zog den Stuhl neben sich heraus und nahm ihre Hand. Ben stand auf und entfernte sich rasch.

„Komm, setzt dich zu uns Liebes! Du musst etwas essen, du warst heute den ganzen Tag auf den Beinen." Dann rief er die Köchin Lucia.

„Lucia, bringe meiner Frau etwas Ordentliches zu essen und dann noch etwas Obst!" Lucia eilte wieder hinaus und kam wenig später mit einer Platte mit Fleisch und Fisch, extra für Mercedes angefertigt." Sie sah Tony erstaunt an.

„Womit habe ich das verdient, Schatz?" Er lächelte ihr zu.

„Na weil ich dich liebe, und du immerhin für zwei essen musst!" Sie sah ihn erstaunt an.

„Und du bist mir nicht böse?" Tony schüttelte wortlos den Kopf und aß weiter. Als sie fertig waren mit dem Essen, wollte Mercedes sich entschuldigen. Doch Tony winkte ab.

„Mercedes, wir sind doch alles erwachsene Menschen und die streiten sich auch mal. Das ist kein Unglück, zumindest wenn es nicht zur Gewohnheit wird", setzte er noch lachend hinzu.

Nach dem Essen gingen sie beide Hand in Hand noch ein Stück spazieren. Überall in den Hütten waren die Familien dabei zu essen oder sich auf die Nacht vorzubereiten. Vor manchen Hütten saßen sie noch auf ihrer Bank und genossen die letzten Sonnenstrahlen des Tages. Alle grüßten freundlich zurück, wenn sie ihnen zuwinkten. Mercedes bemerkte es und meinte leise:

„Sieh sie dir an die Leute! Sie sind alle freundlich und froh, so einen prächtigen und freundlichen Herrn zu haben!" Tony holte tief Luft und half seiner Frau auf eine kleine Anhöhe hinauf.

Von hier aus konnte man die Klippen sehen und das Meer hören.

„Weißt du Mercedes, ich fühle mich bei dem Gedanken „ihr Herr" zu sein nicht gerade wohl. Natürlich gab es schon immer Knechte, Mägde und Herrschaften. Aber ist es gerecht, wenn das Schicksal entscheidet, ob du als Herr oder als Knecht geboren wirst? Und ob du arm oder reich bist? Ich habe es versucht bei unserer Ankunft hier Ben zu erklären. Wir haben damals beide gebadet. Also bin ich aufgestanden und habe Ben gebeten auch aufzustehen. Woran willst du da erkennen, wer Herr oder Bediensteter ist?"

Mercedes hatte sich bei Tony eingehängt, und so standen sie da und sahen in das Halbdunkel um sich herum. Nur der Mond blinzelte ab und zu durch die Wolken. Bald würde die Nacht herein brechen. Mercedes lachte leise.

„Was Ihr Euch für Gedanken macht, Eure Lordschaft! Aber im Grunde hast du ja Recht. Also entscheidet doch der Satz, der da sagt: „Kleider machen Leute". Stecke einen Bettler in einen Gehrock und er sieht aus wie ein Herr!" Tony lachte leise.

„Na ja, aber ein paar Pfund braucht er doch auch in den Taschen seines Gehrocks, sonst wirft man ihn aus der Kneipe!" Mercedes schüttelte den Kopf.

„Ich wette mit dir, er bekommt in der Kneipe ein Darlehen und kann doch sein Bier trinken! Eben weil er aussieht wie ein Herr!" Tony musste ihr zustimmen.

„Du hast sicher auch Recht, kluge schwangere Miss Winford!" Da lachte Mercedes herzhaft.

„Früher hätte ich als Tochter von Wilson Owens garantiert keinen Kredit beim Händler bekommen! Aber jetzt, wo ich Miss Winford bin, würde das bestimmt klappen. So sind nun mal die Leute, am Ende zählt nur der Name und der Stand!" Tony lächelte Mercedes an.

„Na komm, lass uns zurück gehen, ich werde langsam müde." Und so machten sie sich wieder auf den Heimweg. Man grüßte höflich seine Lordschaft mit seiner reizenden Frau, die ja eigentlich eine von ihnen war. Aber das war Mercedes auch nach ihrer Hochzeit geblieben, und auch das wussten die Leute.

Zwei Tage vor Weihnachten klopfte es in der Nacht zaghaft an der Haustür des Herrenhauses. Butler Jacob ging nachsehen wer zu so später Stunde noch Einlass begehrte. Als er die Lampe hochhebend die Tür vorsichtig öffnete, da stand draußen eine junge Frau im Regen. Aber Jacob hatte keine Lust die Kreolin eintreten zu lassen und herrschte sie daher unwirsch an: „Was willst du denn um diese Zeit hier? Verschwinde und komme morgen früh wieder! Meine Herrschaft schläft schon." Doch die junge Frau, den Tränen nahe, bettelte inständig: „Lasst mich doch bitte einen Augenblick eintreten, ich habe ja nur eine Frage!" Mit einer Handbewegung erlaubte Jacob ihr einzutreten. Sofort bildete sich eine Pfütze zu ihren nackten Füßen. Sie sah den alten Jacob flehentlich an.

„Bitte, sagt mir doch, ob bei Euch ein kleiner Junge lebt, so um die zehn Jahre alt?" Butler Jacob dachte kurz nach und meinte dann:

„Nun ja, ein paar solcher Lümmel gibt es bestimmt hier bei uns." Plötzlich aber fiel ihm der kleine Lümmel von Master Ben ein. Hatte seine Frau den Kleinen nicht von Basse-Terre mitgebracht? Und unschlüssig was er tun sollte, rieb er sich nachdenklich das Kinn. In diesem Augenblick hörte man Schritte auf der Treppe vom oberen Stockwerk. Tony Winford kam in einem Morgenmantel gehüllt herunter, um nachzusehen, wer da so spät noch Einlass begehrte.

„Was soll das bedeuten, Jacob? Was will die Lady hier?" Die junge Frau machte große Augen, weil Tony sie eine Lady genannt hatte. Sie sah Tony mit ihren großen dunklen Augen an.

„Seid Ihr der Herr dieser Plantage, Sir?", fragte sie schüchtern. Tony nickte lächelnd, dann gab er Jacob den Auftrag eine Decke zu holen, damit sich die junge Frau nicht noch erkältete, so nass wie sie war. Tony hatte ihr zugehört, als sie ihn nun ebenfalls nach dem Jungen den sie suchte, gefragt hatte. Er rieb sich das Kinn und sah Jacob an. Dieser verwies ihn auf den Kleinen von Master Ben. Tony nickte verstehend.

„Ist das Euer Kind, was Ihr da sucht?", fragte er die junge Kreolin. Sie schluchzte kurz um dann zu nicken.

„Ja Herr, mein Sohn wurde mir weggenommen als er vier Jahre alt war. Ich arbeitete damals in einer Bar in Grande-Terre, und mein Herr verlangte von mir, ich solle die Matrosen verführen. Aber dazu war mein Kleiner im Wege, denn wir lebten in einem engen Raum zusammen. Als ich mich weigerte ihn wegzugeben, war er eines Tages verschwunden und ich sah ihn nie wieder. Seit dem suche ich ihn. Ein Matrose hat mir kürzlich erzählt, dass ein Freund meines Herrn hier auf der Insel gelebt hatte. Vielleicht hat er meinen Jungen mitgenommen. Also fragte ich dort zuerst nach. Aber auch dort war er nicht. Und nun seid Ihr meine allerletzte Hoffnung!"

Tony Winford schüttelte den Kopf über diese traurige Geschichte und wollte gerade von dem Kleinen bei Ben erzählen, als nun auch noch Mercedes die Treppe barfuß herunter kam. Ihr wallender dünner Mantel verbarg ihren runden Laib.

„Was macht ihr denn um diese Zeit hier auf den Flur? Wollt ihr die junge Frau nicht herein bitten? Sie scheint mir auch tüchtig nass zu sein. Ach, ihr Männer!", setzte sie noch hinzu, nahm die junge Frau einfach an der Hand, und ging mit ihr weg. Tony schickte Jacob wieder ins Bett. Der verbeugte sich und entfernte sich dann.

Wenig später saßen die beiden Frauen bei einem heißen Tee im Salon, und Mercedes ließ sich die Geschichte von dem Jungen Paul noch einmal erzählen, ehe sie dann fragte:

„Wie heißt dein Sohn eigentlich? Die junge Kreolin schluckte und leise meinte sie lächelnd:

„Ich habe meinen kleinen Liebling Paul getauft, aber wir waren nicht in der Kirche damals. Ich konnte mir das nicht leisten, der Pfarrer verlangte für jede Taufe 5 Pennys." Mercedes musste lächeln.

„Paul heißt dein Sohn also. Ja weißt du, wir haben damals von Basse-Terre, als wir die Closter-Brüder suchten, einen kleinen Jungen mitgenommen, der sich uns einfach anschloss, weil er keine Eltern hatte, wie er sagte." Die junge Frau fuhr in die Höhe.

„Was sagen Sie da, Miss? Sie haben einen kleinen Jungen mitgenommen? Lebt er jetzt hier bei Ihnen?" Doch Mercedes beschwichtigte die junge Frau.

„Ja, ein Junge Namens Paul lebt in einer der Häuser der Angestellten bei einem Freund von uns. Aber wir sollten bis morgen früh warten, sicher schlafen sie jetzt da drüben ja auch."

Man sah Norma förmlich die Aufregung an, aber dann willigte sie ein bis zum Morgen zu warten. Und so brachte Mercedes sie zu den Quartieren der Stubenmädchen und gab ihr dort ein weiches Bett zum Schlafen. Ehe sie das Zimmer der jungen Frau verließ, fragte sie diese:

„Wie heißt du eigentlich?" Die junge Kreolin setzte sich auf das weiche Bett und meinte dann lächelnd:

„Ich heiße Norma Wittacker, Herrin. Und ich bin Euch sehr dankbar, dass Ihr mich heute Nacht hier schlafen lasst. Der Pflanzer bei dem ich heute Morgen war, hat mich vom Hof gejagt und mir mit den Konstablern gedroht. Ihr seid sehr gütig, Lady Winford." Mercedes verstand die Lage der jungen Frau sehr gut und deshalb meinte sie dann auch zum Schluss:

„Ich glaube Norma, wir werden deinen Sohn bestimmt finden! Jetzt schlaf dich erst mal aus, und morgen früh bekommst du ein Frühstück. Und dann gehen wir zu dem Jungen. Gute Nacht."

Als Mercedes zurück in das Schlafgemach kam, schnarchte Tony schon wieder leise vor sich hin. Sie legte ihren Morgenrock ab und legte sich neben ihren Mann ins Bett. Eine Weile dachte sie noch an Norma und den kleinen Paul, dann schlief auch sie ein.

Schon am frühen Morgen war Norma wieder wach und wartete bereits ungeduldig unten in der Diele. Mercedes sah sie und führte sie in den Salon zum Frühstück.

„Na komm Norma, du musst dich erst einmal stärken, dann gehen wir zu deinem Paul. Dankbar nahm Norma die Einladung an. Sie saßen kaum, als plötzlich an der Tür Ben auftauchte und nach Tony fragte. Der legte sein Brot beiseite und lachte verhalten.

„Komm zu uns an den Tisch, Ben! Wir haben einen Gast, den du begrüßen solltest." Ben kam erstaunt näher und Norma stand verlegen dreinblickend auf. Tony holte tief Luft.

„Ben, das ist wahrscheinlich die Mama von eurem Paul. Sie hat lange nach ihm gesucht." Und dann erzählte er Ben die ganze Geschichte. Als er geendet hatte, saß Ben da wie ein unglückliches Vogelkind, das gerade seine Mutter verloren hatte. Eine Weile sagte er gar nichts, doch dann aber nickte er verstehend.

„Ja, wenn es so ist, dann muss Paul wieder zu seiner richtigen Mama, das ist schon klar. Aber Josy wird es das Herz zerreißen." Er sah die junge Frau fragend an:
„Wollen Sie denn unbedingt wieder zurück nach Basse-Terre? Bei allem was Sie uns erzählt haben, meine ich, sind Sie dort nicht gerade sicher und Paul bestimmt auch nicht! Wisst Ihr, wir haben den Paul inzwischen sehr lieb gewonnen, beinahe wie einen eigenen Sohn. Und meine Frau und ich wären sehr traurig, wenn er jetzt wieder dorthin zurück müsste, wo wir ihn mitgenommen haben damals." Norma nickte bekümmert.
„Ja, das stimmt sicher Master Ben. Aber ich wüsste nicht wo wir sonst hingehen sollten. Ich habe keine Eltern mehr und auch keine Verwandten." Da überzog Bens Gesicht ein breites Lächeln und er sah Tony an.
„Sag mal Boss, braucht die Köchin Lucia nicht langsam eine junge Hilfe? Das Arbeiten fällt ihr oft schon schwer." Tony sah Mercedes an, welche die ganze Zeit geschwiegen hatte. Und Mercedes nickte plötzlich, lachte und stand auf. Als sie am Stuhl von Ben vorbei kam, fuhr ihre Hand durch sein kurzes rotes Haar, wohl wissend, dass er dies überhaupt nicht mochte.
„Ach Ben, du bist manchmal wirklich leicht zu ärgern! Komm, wir bringen jetzt gemeinsam die Norma zu ihrem Sohn!"
Und so brachen sie auf. Mercedes, Norma und Ben liefen nebeneinander hinüber über den Platz zu seiner Hütte. Dort saß Josy mit Paul und Sarah auf der Bank vor dem Haus. Sie zupfte mit Paul Bohnen in eine Schüssel. Als sie plötzlich die drei sahen die sich näherten, winkte Paul ihnen zu.
„Hallo Ben, wir zupfen gerade Bohnen und Sarah wirft alle unter den Tisch!", rief er und sah dann die fremde Frau an. Die ihrerseits war wenige Meter vor dem Tisch stehen geblieben, wartet einen Augenblick und meinte dann halblaut:
„Hallo Paul! Kennst du mich nicht mehr?" Währenddessen wechselten Josy, Ben und Mercedes einen kurzen Blick. Josy schien sofort zu verstehen und ihr traten Tränen in die Augen. Paul aber war bei dem Klang der Stimme der fremden Frau langsam aufgestanden, hatte das Messer auf den Tisch gelegt und starrte die Frau sekundenlang an. Und dann schien er plötzlich etwas zu begreifen und in seinen Augen flackerte es.

„Mama? Bist du es, Mama?", schrie er plötzlich auf und sauste seiner Mutter in die ausgebreiteten Arme. Alle Anwesenden hatten Tränen in den Augen. Und Norma herzte ihren wiedergefundenen Sohn immer wieder.

„Mein kleiner Sonnenschein, ich dachte ich sehe dich nie wieder!", schluchzte sie da kniend glücklich und weinte vor lauter Glück.

Ben hatte Josy bei dieser Szene in den Arm genommen. Josy machte sich wieder aus seinen Armen frei, wischte sich die Tränen ab und bat den Gast an den Tisch. Pauls Mutter stellte sich vor und als Ben ihr dann gar erzählte, dass sie mit Paul auf der Plantage bleiben würde, und damit auch Paul jeden Tag noch da war, konnte auch Josy wieder lachen. Ben musste sich verabschieden, er hatte noch viel Arbeit bei den Pferden, bei denen einige heute neue Hufeisen bekommen sollten.

Kurz entschlossen lief Ben bei Owens vorbei und erzählte ihm, dass sie eine Hütte brauchten für eine Hilfe der alten Köchin. Schnell räumten sie beide eine alte Hütte, in der Werkzeuge für das Feld aufbewahrt wurden, leer. Und so bekamen Norma und Paul ein neues Heim.

Im Laufe des Vormittags kamen zwei schwarze Arbeiter vorbei und bauten ein großes Bett und einen Ofen auf. Wenig später kam Josy und brachte Norma Töpfe, Pfannen und sonstiges Geschirr, welches die Köchin ausgeräumt hatte. Am Abend brachte Owens noch eine Bank und einen Tisch, die er vor die Hütte der beiden stellte, und Pauls Mutter war glücklich wie schon lange nicht mehr. Am nächsten Morgen würde sie dann bei Lucia in der Küche mithelfen.

Weihnachten und Neujahr waren vergangen, man hatte gearbeitet wie sonst. Nur zum Neujahr hatte man einige Feuerräder gebaut und sie angezündet, um so die bösen Geister zu vertreiben.

Am Abend saßen Mercedes und Tony wieder vor dem Haus auf ihrer Veranda. Es war ein warmer Sommerabend wie er in diesen Breiten ab Januar häufig auftritt. Mercedes lachte leise, streichelte ihr ziemlich gewachsenes kugelrundes Bäuchlein und Tony sah sie von der Seite an.

„Was ist, Liebes? Was freut dich so?" Mercedes verscheuchte zwei Leuchtkäfer von ihren bedeckten Beinen.

„Ach weißt du, wenn das bei uns so weiter geht, werden wir langsam die Plantage mit den meisten jungen Paaren mit Kind. Onkel Lester hat mir bei seinem Besuch einen interessanten Vorschlag gemacht. Er meinte, wir sollten uns doch Gedanken machen, ob wir nicht die kleinen Kinder alle einer Frau am Tage geben sollten, die auf die Kleinen aufpasst. So könnten die anderen Mütter und Väter unbeschwerter arbeiten. Erst habe ich herzhaft gelacht, aber dann erschien mir seine Idee gar nicht so abwegig. Was meinst du dazu?" Tony rekelte sich ein wenig.

„Fremde Tanten für mein Kind? Das finde ich eigentlich nicht so toll." Mercedes lachte wieder leise.

„Hallo, seine Lordschaft! Und wer hat auf Euch aufgepasst den ganzen Tag? Eure Nanny, stimmt es?" Tony nickte.

„Na ja das stimmt schon, aber unsere Arbeiter hatten auch keine Nannys." Mercedes sah ihren Gatten ernst an.

„Na und warum nicht?" Tony zuckte mit den Schultern.

„Dazu hatten die kein Geld, ganz einfach!" Mercedes schüttelte ihr volles Haar und band wieder eine gelbe Schleife fest.

„Aber du musst doch zugeben, dass die Mütter der Kleinen viel ruhiger arbeiten könnten oder nicht?" Tony lächelte seine Frau an.

„Natürlich haben Lady Winford Recht, wie immer wenn du dir etwas in den Kopf gesetzt hast. Also warum fragst du mich erst? Setzte es doch einfach um! Nimm dir Josy dazu und notiert mal, was man dazu brauchen könnte." Mercedes erhob sich leise und setzte sich vorsichtig auf seinen Schoß. Tony stöhnte leise auf.

„Du bist der beste Mann den ich bekommen konnte, Lord Winford! Ich bin richtig verliebt in dich." Tony strahlte über das Lob.

„Und ich habe die klügste und schönste Schwangere unter der Sonne der Karibischen See. Ich liebe dich über alles. Komm, gib mir einen Kuss, meine Göttin! Aber schwer bist du schon", stöhnte er wieder leise aus Spaß. Mercedes drohte ihm mit dem Zeigefinger.

„Nehmt Euch in Acht, Lord Winford! Mir erst einen dicken Bauch anhexen und dann mich als zu schwer beschimpfen! Das ist unfair! Wenn du das nicht sofort zurück nimmst, mache ich

sowas nie wieder mit dir, was mir den dicken Bauch eingebracht hat!" Tony kicherte.

„Wetten, dass Ihr es keine vier Wochen aushalten würdet, Lady Winford!" Sie sah ihn verführerisch lächelnd an.

„Wetten doch? Und was macht Ihr dann?" Tony grinste breit.

„Dann suche ich mir eine Freundin und treibe es jeden Tag
mit ihr!" Mercedes zeigte ihm ihre ebenmäßigen weißen Zähne.

„Ich würde Euch zerfleischen, Lord Winford, und Eure Dirne
gleich mit! Wir Owens können in unserer Rache furchtbar
sein", knurrte sie gespielt und ging auf Tony zu, der schnell lachend das Weite suchte und ins Haus lief. Im Haus hörte sie ihn
laut singen:

„Die Liebe, die Liebe, ist eine Himmelsmacht ..."

Am dritten Sonntag im Januar, morgens gegen 2.00 Uhr begann
Mercedes plötzlich verhalten zu stöhnen. Sofort sprang Tony
aus dem Bett und schickte nach der Hebamme.

Das zarte Mädchen ließ sich nicht mehr aufhalten und hatte es
sehr eilig. Die kleine Victoria Elisabeth Winford hatte das Licht
der Welt erblickt. Als Tony das Zimmer betrat hatte er weiche
Knie. Langsam ging er auf das Bett zu, aus dem seine Frau mit
einem kleinen Bündel im Arm ihm lächelnd entgegen blickte.

„Komm her, schau sie dir an, Tony! Sie ist so klein und zierlich, aber sie hat so ein liebliches Gesicht. Und schau mal die
vielen schwarzen Haare die sie hat! Ist sie nicht süß?"

Tony zog einen Stuhl heran und setzte sich neben das Bett hin.
Als er der Kleinen seinen kleinen Finger hinreichte, packte die
Kleine plötzlich fest zu. Tony musste lachen.

„Schau, sie hält ihren Papa schon ganz fest", meinte er mit zitternder Stimme und eine Träne rann ihm die Wange herunter.
Da war sie also, ihre Victoria!

Am Nachmittag kamen dann Tonys Eltern, um den kleinen Erdenbürger zu begrüßen. Das Neue Jahr 1793 hatte wunderbar
begonnen, trotz der schwarzen Wolken am Horizont.

Eines Tages gab es im Hause Mosley richtig Krach. Josy hatte
Klein-Sarah mit auf die Tabakplantage genommen, weil sie dort
ein paar Beete angelegt hatte, die sie pflegen wollte. Sarah hatte
sie ins Gras gesetzt, und sie werkelte schon eine Weile, bis es

plötzlich hinter ihr laut platschte und Sarah fürchterlich zu schreien begann. Josy fuhr herum und suchte Sarah. Doch wo war das Kind? Angstvoll schaute sie sich um und sah dann Sarah langsam im Bach abwärts treiben. „Sarah!" Mit diesem Schrei rannte Josy den kleinen Hang hinab und sprang dann ins Wasser. Sie erreichte Sarah gerade noch, ehe die Kleine in einen Strudel geraten und in einer Kaskade im Bachbett hinab sausen konnte. Prustend trug sie das schreiende Kind aus dem Wasser heraus wieder an Land und setzte sich mit ihr hin. Vor Schreck war sie einen Moment wie gelähmt. Sie trocknete das Mädchen vorsichtig ab und Sarah lachte schon wieder, als sei nichts gewesen. Josy zog ihr das nasse Kleidchen aus und setzte sie nackt auf eine Decke.

Als sie am späten Nachmittag wieder nach Hause gingen, war das Kleidchen schon wieder getrocknet. Und am Abend erzählte Josy ihrem Mann Ben was passiert war. Ben aber rastete völlig aus und nannte Josy eine Rabenmutter. Ein Wort gab das andere und schon war der schönste Ehekrach im Gange. Ben hatte die Hütte verlassen, die Tür zugeknallt und in seinem Zorn lief er hinüber zum Herrenhaus und traf dort auf Tony. Der schenkte Ben einen Schnaps ein.

„Komm trink den und dann beruhige dich wieder. Es ist doch nichts passiert", meinte er, nachdem Ben ihm erzählt hatte was zu Hause vorgefallen war. Ben ereiferte sich.

„Ja, aber es hätte was passieren können! Sie hat einfach nicht aufgepasst! Ich habe ihr schon ein paarmal gesagt, sie soll uns ein Kindermädchen suchen!" Tony lehnte sich in seinem Stuhl zurück.

„Ben, he alter Freund. Hätte, hätte, ist doch Quatsch! Es ist nichts passiert und Josy, wie ich sie kenne, wird das nächste Mal besser aufpassen. Also mach nicht so ein Theater! Josy ist doch eine wunderbare Frau, oder nicht?" Ben nickte wieder, nun doch etwas beruhigt.

„Also geh zu ihr rüber und nimm sie in den Arm und alles ist wieder gut! Hau ab Ben Mosley, los!" Ben nahm seinen Hut und stand wieder auf.

„Du hast ja Recht! Ich hab mich nur so erschrocken. Sarah ist ein süßes Kind, ich liebe sie genau wie Josy!", meinte er kleinlaut. Tony lachte leise.

„Dann sag das beiden auch gleich noch heute." Wenig später betrat Ben wieder die Hütte, doch niemand war da. Ein heftiger Schreck durchfuhr ihn. Wo waren seine beiden Frauen? Plötzlich aber kam ihm eine Idee. Hastig eilte er davon. Völlig außer Atem kam Ben in der Tabakplantage an. Neben dem kleinen See brannte ein Feuer. Aufatmend sah er, dass Josy mit Sarah im Arm, in eine Decke gehüllt dort saß, neben seinen beiden Leuten Leo und Frank. Sie begrüßten Ben, standen auf und gingen zu ihrer Hütte, die beiden Streithähne allein lassend. Offenbar hatte Josy ihnen etwas erzählt. Ben setzte sich neben Josy hin und wollte seinen Arm um ihre Schultern legen, doch die junge Frau schob seinen Arm wortlos weg.

„Josy, es tut mir Leid was ich zu dir gesagt habe. Du bist keine Rabenmutter. Das war blöd von mir, ich liebe euch doch beide so sehr. Ein Leben ohne euch beiden könnte ich mir überhaupt nicht mehr vorstellen. Sei doch wieder gut mit mir, bitte!" Josy drehte sich herum zu ihm und mit funkelnden Augen meinte sie halblaut:

„Halt lieber den Mund, alter Wüterich!", und verschloss ihm dann den Mund mit einem Kuss. Sarah, die aufgewacht war, lachte und fuchtelte mit den Armen nach Ben. Josy gab sie ihm in den Arm, und meinte:

„Hier, halte sie schön fest, ich gehe jetzt erst mal baden auf den Schreck." Und dann zog sie sich im Schein des Feuers nackt aus und stieg in die Badequelle. Kurz entschlossen stieg Ben aus Hose und Hemd, zog Sarah aus und ging mit ihr dann ebenfalls ins warme Wasser. Und so planschten sie alle drei im Mondlicht und bei dem Grillen und Zirpen des Regenwaldes im Wasser. Wenig später liefen sie gemeinsam wieder nach Hause, und Ben nahm sich fest vor, nie wieder so mit Josy so zu schimpfen.

Zwei Tage nach diesem Vorfall erschien ein berittener Bote auf der Plantage. Es war der Sergeant Norris, der vom Kommandanten des Forts Shirley geschickt wurde. Dieser bat darum, Tony am folgenden Tag aufsuchen zu dürfen, und Tony sagte selbstverständlich zu.

Am nächsten Vormittag, es war gegen 10.00 Uhr, ritt eine Eskorte von zehn Soldaten durch das Tor der Plantage. Angeführt wurde der Trupp vom Kommandeur des Forts persönlich. Während die Soldaten und deren Pferde auf der Wiese vor dem Herrenhaus versorgt wurden, und natürlich sofort die Aufmerksamkeit der älteren Kinder auf sich zogen, trafen sich der Kommandant des Forts Oberst Higgins, sein Stellvertreter Major Calvin, sowie Tony, Verwalter Owens und Ben im Salon zusammen.

Nachdem die Bediensteten Getränke gereicht hatten, kam der Oberst zum Grund seines Besuches.

„Lord Winford, Ihr habt Euch bereits in der Vergangenheit als ein loyaler und zuverlässiger Engländer gezeigt. Und so konnten wir damals die Gefahr von ihrer Plantage abwenden, die ja letztlich auch eine Gefahr für die ganze Insel hätte noch werden können. Diesmal sind wir es nun, die um Ihre Hilfe bitten!" Er nahm einen Schluck Rum, tupfte sich den ausladenden Oberlippenbart ab und fuhr weiter fort.

„Also kurz gesagt, uns droht ein neuer Krieg! Angezettelt von den Franzosen und einigen Einheimischen. Darunter auch ein gewisser Johan Closter! Deren Ziel ist es, die Insel wieder unter französische Herrschaft zu nehmen. Diese einheimischen Helfer würden dann natürlich entsprechende Posten in der Inselverwaltung übernehmen, sozusagen als Dankeschön. Fest steht aber, dass uns offenbar nur von Guadeloupe Gefahr droht, die Franzosen auf Martinique halten sich da vornehm zurück. Sie wissen natürlich auch warum. In der letzten Auseinandersetzung mit uns haben die Franzosen von Martinique 700 Soldaten verloren, und die verbündeten Holländer kamen ihnen damals nicht zu Hilfe."

Tony, Wilson Owens und Ben hatten die ganze Zeit atemlos zugehört und schon mal im Stillen überdacht, was das hieße, wenn hier der Kriegszustand ausgerufen würde.

„Und was wäre unsere Aufgabe, Oberst?", fragte Tony geradeheraus. Der Oberst nahm eine Prise Schnupftabak ehe er weiter fort fuhr.

„Nun, Ihr und Euer Onkel seid geachtete Bürger dieser Insel. Ich könnte mir vorstellen, dass Sie beide die Köpfe einer Bürgerwehr sein könnten. Eine Bürgerwehr die uns unterstützt, eine beweglich Eingreiftruppe, die schnell überall auftauchen und zuschlagen könnte. Was haltet Ihr davon? Natürlich übernimmt die Krone Ihre Ausrüstung und alles was Ihr benötigt!" Ben musste schmunzeln.

„Also wären wir so etwas wie Hilfssoldaten der Krone! Also die, die man zuerst ins Feuer schicken würde", meinte er deshalb ungerührt offen. Der Oberst sah den jungen Mann von oben herab an.

„Was wäre denn die Alternative, junger Mann?", fragte er kurz. Es schien ihm zu missfallen, dass der rothaarige Kerl hier mitreden konnte. Aber in dieser Sache hatte er bei Tony schon mal ins Fettnäpfchen getreten, damals im Fort oben. Also verkniff er es sich weiterzureden. Tony nickte.

„Gut, aber Sie werden verstehen, dass ich mich da erst mit meinem Onkel bereden müsste." Der Oberst lächelte süßsauer.

„Mit Ihrem Onkel haben wir anschließend ein gleiches Gespräch. Ich denke, er wird Sie dann wissen lassen, wie er entschieden hat", bemerkte der Stellvertreter des Kommandanten süffisant lächelnd. Und Tony schaltete sofort. Das ganze hier lief nach der Methode „Den jungen Schnösel werden wir alten Hasen schon erklären wie es zu laufen hat!" Tony lächelte ebenso zurück und meinte dann:

„Nun, dann wünschen wir Ihnen einen guten Weg, meine Herren. Ich werde mich mit meinem Onkel heute noch beraten und natürlich auch mit einigen Honoratioren der Insel. Wir werden uns beeilen Ihnen ein Ergebnis zukommen zu lassen!" Mit diesen Worten stand er auf, so dass auch die Herren Offiziere sich genötigt sahen, sich mit süßsaurer Miene zu erheben.

Und damit waren der Oberst und der Major der Britischen Überseearmee entlassen. Tony wusste genau, dass man Zivilisten nichts befehlen konnte, es sei denn, der König in London rief den Verteidigungsfall für die Inseln aus. Aber soweit war es offenbar noch lange nicht.

Und so geschah es dann auch, dass Lester Winford gegen Abend zu einem kurzen Besuch ins „Riviere la Croix" kam. Er hatte offenbar das gleiche Ergebnis bei dem Besuch der Offiziere erreicht – nämlich erst mal gar nichts! Trotzdem meinte er:

„Mein Sohn, ich glaube uns bleibt keine andere Wahl, als dem Ansinnen des Obersten zu entsprechen. Es dient letztlich unserer eigenen Sicherheit. Ich frage mich allerdings, wie wir das machen sollen, neben unserer Arbeit." Ben hatte bisher still zugehört, meinte dann aber plötzlich:

„Sir, wenn ich einen Vorschlag machen dürfte, jeder von uns stellt 20 Bewaffnete, die bei Tag und bei Nacht auf Streife gehen. Ich selbst stelle mich zur Verfügung die Einteilung vorzunehmen. Es geht ja um das Beobachten zunächst, und nicht um das Kämpfen. Könnte man da nicht auch ein paar junge Frauen oder schon ältere Kinder mit einbeziehen, Lord Winford?"

Lester Winford sah erst seinen Sohn und dann Ben an, bevor er anfing zu lachen. „Was sind das für neue Sitten bei euch? Ziehen jetzt die Frauen auch schon in den Krieg?", lachte er schallend. Ben sah Tony ernst an, sagte aber kein Wort mehr dazu. Mochten das die Adligen unter sich ausmachen. So war es immer und seit jeher, das gemeine Volk hatte zu gehorchen, aber mitdenken war nicht gefragt. Er lehnte sich zurück und starrte an die Decke, während Tony und sein Vater sich über die Bereitstellung von Leuten austauschten. Plötzlich stand Ben auf.

„Entschuldigt mich Sir, ich muss zurück in den Stall", meinte er kurz und ging dann aus dem Raum. Lester sah ihm erstaunt hinterdrein. „Was hat er denn der Rotschopf? Habe ich ihn verärgert?" Tony stützte beide Ellenbogen auf den Tisch und faltete die Hände unter dem Kinn zusammen.

„Dad, Ben ist nicht nur ein Bediensteter hier bei uns. Er ist fast wie ein Teilhaber, ein Geschäftspartner und Freund. Auch wenn er kaum lesen und schreiben konnte, als wir nach hierher abreisten. Aber inzwischen hat er viel gelernt, hat selber eine Familie, und ist gleichberechtigt in allem was die Plantage betrifft, genau wie Mercedes." Lester Winford schüttelte einigermaßen erstaunt, aber auch nachdenklich den Kopf.

„Entschuldige, das habe ich ja nicht gewusst. Aber der Boss bist doch nach wie vor du, oder?" Tony lächelte.

„Natürlich bin ich der Boss. Aber sowohl Mercedes, als auch Ben und unser Verwalter, wir vier lenken und leiten die Plantage, und jeder hat seine genau eingeteilte Verantwortung." Lester Winford war einigermaßen sprachlos, und das sah man ihm an. Er stand langsam auf und sah zur Uhr.

„Nun gut Tony, du wirst wissen was du machen willst. Ich rede dir da keinesfalls hinein, wie käme ich dazu. Bevor ich gehe, werde ich Master Ben nochmal aufsuchen und mich bei ihm entschuldigen. Übrigens deine Ma und ich haben vor im nächsten Jahr zu heiraten, wenn der Jahrestag des Todes deines Vaters vorbei ist." Tony war ebenfalls aufgestanden und umarmte seinen Vater, der so ganz anders war als sein vorheriger Dad.

„Dad, das freut mich! Vor allem auch für Mom, sie hatte es nie besonders gut - wahrscheinlich wegen mir." Lester Winford nahm seinen Hut, setzte ihn auf sein fast weißgraues Haar und lächelte Tony zu.

„Ich freue mich auch, Sohn! Vor allem weil du uns ja bald zu Großeltern machst. Grüße deine Frau ganz lieb von uns. Vielleicht können wir uns ja mal wieder bei uns treffen. Adieu, ich muss los, wenn ich noch vor dem Dunkelwerden zu Hause sein will."

Tony brachte seinen Vater nach draußen bis zur Freitreppe, wo bereits sein Pferd bereit stand und winkte ihm noch einmal zu als er davon hinüber zu den Ställen ritt. Nachdenklich ging er zurück ins Haus. Er nahm sich vor am nächsten Tag mit Ben zu reden, denn er hatte dessen Reaktion bemerkt.

Als er zurück in die oberen Räume kam, lag Mercedes bereits im Bett und schlief. Vorsichtig zog Tony ihre Decke noch etwas zurecht und schloss das Moskitonetzt. Er streichelte sanft über ihre rote wallende Haarpracht und schob sich leise neben sie. Da ergriff plötzlich ihre Hand die Seine und sie lächelte ihn mit halb geöffneten Augen an.

„Schön dass du endlich da bist, Schatz! Halte mich fest, Liebling." Und dann kuschelte sie sich in seine Arme und schlief einfach weiter."

Beim Frühstück trafen die beiden jungen Winfords wieder auf Ben und Josy mit Sarah. Ben war schweigsam wie selten, nur Josy verhielt sich wie immer und unterhielt sich mit Mercedes. Bis es Tony zu viel wurde und er seinen Gegenüber ansah.

„Sag mal Ben, hat dich mein Dad gestern beleidigt? Du warst so schnell verschwunden!" Ben legte das Messer beiseite und Josy sah ihn durchdringend an und hob ein wenig die Augenbrauen, als wenn sie ihn vor unüberlegten Äußerungen warnen wollte. Er schien tatsächlich zu überlegen was er sagen wollte, und räusperte sich.

„Nun, wenn du mich so fragst, ja er hat mich von oben herab behandelt. Also wie ein Lord Winford seinen Pferdeboy behandelt. Ich war plötzlich überflüssig, und deshalb bin ich auch gegangen, ich kenne meinen Platz, Tony. Er hat sich allerdings bevor er weg ritt, noch bei mir entschuldigt. Das rechne ich ihm hoch an." Er sah seinen Boss an und biss die Lippen aufeinander. Mercedes sah sofort, dass sich hier der erste Streit zwischen ihrem Mann und Ben anbahnte und versuchte zu vermitteln. Doch unvermittelt wies Tony sie plötzlich zurecht.

„Mercedes, das ist eine Sache zwischen Ben und mir! Ihr Frauen haltet euch da raus! Wir beide werden das nach dem Frühstück in meinem Office weiter bereden."

Und damit war die Sache für Tony zunächst erledigt, und das Frühstück wurde schweigend fortgesetzt, selbst die kleine Sarah schien schon zu begreifen, dass die Erwachsenen Ärger hatten und beobachtete alle mit großen Augen.

Schon kurze Zeit später begaben sich Tony und Ben in das Office.

„Schließ bitte die Tür hinter dir Ben und setzte dich zu mir."

Ben tat wie ihm geheißen und setzte sich auf den Stuhl vor Tonys Schreibsekretär. Damit blieb der dienstliche Abstand gewahrt, nach seiner Meinung. Tony lehnte sich zurück und sah seinen Freund einen Augenblick ruhig an.

„Ben, ich kann verstehen, dass dich mein Onkel damit gekränkt hat. Er war von dieser Situation, wie wir hier arbeiten, völlig überrascht. Und da reagierte der Lord eben wie ein Lord reagiert! Das musst du doch verstehen. Für uns hier ist das längst klar, aber für ihn ist sowas beinah der Untergang des Britischen Empires. Der Pferdejunge, der plötzlich mitzubestimmen hat! Aber hat das was mit uns beiden zu tun? Ich habe es ihm dann erklärt, ihn aber wahrscheinlich nicht überzeugt. Aber das ist allein unsere Sache, Ben! Und wir lassen uns da von niemand reinreden." Ben rutschte auf seinem Stuhl hin und her und meinte dann etwas kleinlaut:

„So habe ich das noch nicht gesehen, du hast Recht! Ich fühlte mich auf einmal wieder wie der Rotzbub mit den zerrissenen Hosen im Stall deines Vaters damals. Aber du hast Recht, so wie du denken unter den Adligen unseres Landes nicht sehr viele. Das habe ich nicht bedacht, da siehst du mal, wie schnell man sich an etwas gewöhnen kann. Aber ok, lassen wir die Sache ruhen. Kann ich jetzt an meine Arbeit gehen, Boss?" Tony sah kurz auf, grinste und meinte dann:

„Hau schon ab! Grüß deine liebe Frau von mir. Ihr Kleid war heute sehr hübsch." Ben sah seinen Boss mit großen Augen an. Was hatte der plötzlich mit seiner Frau? Doch Tony grinste nur und Ben verschwand ebenfalls grinsend.

Währenddessen hatten sich Mercedes und Josy im Garten getroffen. Josy drückte ihr schmerzendes Kreuz durch.

„Sag mal, weißt du was die Beiden heute beim Frühstück hatten?" Mercedes hielt ebenfalls inne und nickte, dann erzählte sie ihr die Geschichte vom Vorabend zwischen Onkel Lester, Tony und Ben. Josy verzog das Gesicht.

„Er hat mir kein Wort davon erzählt, der alte Sturkopf! Er war nur den ganzen Abend wortkarg wie ein Mufflon. Er muss doch wissen, wie seine Lordschaft nun mal reagiert! Ich werde nie vergessen wo ich herkomme. Wie ist das eigentlich jetzt bei dir?", fragte sie Mercedes. Sie stiegen aus dem Beet und setzten sich auf eine nahe Bank. Mercedes dachte kurz nach.

„Ja weißt du, da geht es mir oft noch genauso. Einerseits bin ich nun die Frau des Lords Winford, aber andererseits bin ich auch immer noch die Mercedes Owens, die Tochter des Verwalters. Zum Glück kommen wir selten unter die Leute in der Stadt, also muss ich auch keiner dieser Damen mit ihrem Stickrahmen begegnen. Das wäre sicher manchmal heikel. Aber hier auf unserer Plantage leben wir zum Glück ohne solche Sorgen."

Josy nickte und meinte dann ernst:

„Weißt du, wir sollten jeden Tag für unseren Tony beten, dass ihm nichts passiert! Denn ohne ihn, wäre das alles hier schnell wieder so, wie es früher war, das kannst du mir glauben!"

Mercedes sah ihre Freundin zunächst entsetzt an, schüttelte dann aber den Kopf.

„Das würde ich als seine Frau niemals zulassen, Josy", beteuerte sie. Aber wahrscheinlich hatte Josy nicht mal so sehr unrecht. Sie waren ja noch nicht beim Notar gewesen, so wie es Tony ihr versprochen hatte.

Und dabei wussten sie alle noch nichts von Tonys geheimen Plänen! Doch unaufhaltsam schoben sich weiter schwarze Wolken über Dominica zusammen.

Kriegsgefahr

Es begann in einer dunklen wolkenverhangenen, stürmischen Nacht, da gingen im Norden am Cape Melville zwölf dunkel gekleidete Männer an Land. Abgesetzt von einem französischen Schoner, ruderte man sie ans Ufer und ließ sie dort aussteigen. Aber auch diesmal waren sie beobachtet worden. Und bereits zwei Stunden später landete die Meldung im Fort Shirley. Oberst Higgins, den man deswegen aus dem Bett geholt hatte, schimpfte halblaut vor sich hin.

„Diesmal werden wir dieses Gesindel aber ganz schnell einfangen! Die werden sich wundern!"

Doch was Higgins nicht wusste, war die Tatsache, dass Closter seine Leute diesmal einzeln über die gesamte Insel schickte. Sie sollten ausspionieren wie die Stimmung unter den Inselbewohnern war, wo es Ärger gab, und wo man Gleichgesinnte treffen konnte.

Und so tauchte am frühen Morgen am Stand des Fischers Roberts ein Fremder auf und begutachtete dessen Fang. Nach einer Weile kamen sie ins Gespräch, und der Fremde erkundigte sich, ob die Steuern immer noch so hoch seien wie vor Jahren als er schon mal dagewesen war. Die Frage ob es im Ort Posten der Armee gab, ließ den Fischer aufhorchen. Ob dass einer von jenen war, vor denen man sie vor Tagen gewarnt hatte? Der Mann sah ziemlich heruntergekommen aus und trug ein großes Messer in einer Scheide am Gürtel. Kein Fischer lief hier so herum. Er rief nach seinem Enkel.

„Alex, kannst du mal bitte eine Weile auf den Stand aufpassen? Opa muss ganz schnell zu Oma sie etwas fragen!"

Der zehnjährige Bub sah seinen Großvater unsicher an. War die Oma doch vor einem Jahr gestorben. Doch der alte Mann kümmerte sich nicht weiter um den Buben und marschierte rasch los. Zwei Straßen weiter traf er einen Freund. Der war ebenfalls Fischer, und sie beratschlagten was zu tun sei. Henry erklärte sich bereit, dem Fremden unauffällig zu folgen und dann zu berichten. Und so geschah es dann auch.

Während der Fremde weiter ging, folgte ihm Henry in einiger Entfernung. Sie liefen hinunter zum Strand. Hier war für einen weiten Strandabschnitt die einzige Stelle, wo man ungehindert mit dem Boot rausfahren konnte oder auch an Land gehen konnte. Weiter oben und auch weiter unten war der Strand übersät mit riesigen Felsblöcken und eine wilde Brandung tobte zumeist.

Auf den Weg zum Strand traf Henry seinen Sohn Jacob, der gerade vom Strand herauf kam. Der Fremde war gerade an ihm vorüber gegangen. Erstaunt seinen Vater zu sehen, lachte Jacob.

„Was treibt dich denn um diese Zeit hier zum Strand herunter, Dad?" Henry deutete auf den Fremden der nun den Strand erreicht hatte und sich umsah.

„Der ist nicht von hier und stellt blöde Fragen! Er war schon oben im Ort und hat gefragt." Sie sahen nach dem Fremden, der aber plötzlich verschwunden war.

„He, wo ist der Kerl hin?" Jacob zuckte mit den Schultern.

„Am besten wir gehen gemeinsam nochmal zu meinem Boot zurück, als wenn wir was suchen, dann müssten wir ihn ja sehen!" Sie hatten gerade Jacobs Boot erreicht, als der Fremde zwischen zwei großen Felsen an einem steilen Anhang wieder auftauchte und dann gemächlich von dannen trabte. Als er den Weg wieder hinauf zur Straße lief, drehte er sich nochmal nach ihnen um. Doch die beiden Fischer taten als ob sie nichts bemerkt hätten und hantierten weiter am Boot herum. Als sie sich sicher waren, dass der Fremde weg war, sahen sie sich einen Augenblick an. Jacob grinste seinen Vater an.

„Komm, lass uns nachschauen was er da hinten gemacht hat!" Der Alte lachte verhalten.

„Vielleicht nur einen großen stinkenden Haufen!", erwiderte er spöttisch. Doch Jacob marschierte schon los und Henry musste ihm folgen.

Vorsichtig umkurvten sie den gewaltigen Felsblock an dem das Seewasser aufspritzte und sie nass machte. Endlich standen sie in einem schmalen Gang. Jacob deutete auf die Fußspur im Sand.

„Sieh her Dad, er war auf jeden Fall hier! Die Spur ist ganz frisch und noch nicht vom Wasser verwischt." Sie liefen vorsichtig weiter und standen plötzlich vor einer Wand aus Blättern und Zweigen. Jacob schob das grüne Gestrüpp ein wenig beiseite und pfiff plötzlich durch die Zähne. Sie standen vor einem Holzgitter welche den Eingang zu einer Höhle verdeckte. Im schwachen Licht sahen sie Musketen an die Wand gelehnt dastehen. Mehrere Kisten davon standen in einer der Nischen. Vorsichtig hoben sie das Gitter zurück und Henry fuhr zurück! Pistolen und Munition! Sie hatten ein Waffenlager gefunden! Henry wollte sofort zurückgehen, doch Jacob hielt ihn fest.

„Erst nehmen wir uns mal jeder eine Pistole, dann machen wir die Musketen unbrauchbar! Los Dad!" In kürzester Zeit hatten sie die Musketen unbrauchbar gemacht, indem sie mit dem Ladestock kleine Körnchen Sand in den Lauf stopften. Bei einigen gelang es den Abzug zu verbiegen. Mit je einer geladenen Pistole machten sie sich auf den Rückweg ins Dorf.

Henry suchte den Fischer Roberts zu Hause auf und berichtete ihm was sie am Strand gefunden hatten.

„Sie legen garantiert überall Waffenlager an, um so schnell bewaffnet zu sein. Wir müssen unbedingt die Leute im Fort benachrichtigen!"

Und so erreichte auch diese Nachricht noch am Nachmittag Oberst Higgins. Der freute sich besonders über die Aufmerksamkeit der Inselbewohner. Nicht anders war es an der Westküste. Egal ob in Colikaut, Salisbury, Massacre oder Soufriere, überall gingen besonders die jungen Leute auf die Suche nach solchen Verstecken und stöberten so in jedem Winkel am Strand herum. Oftmals auch mit Erfolg. Fest stand aber, hier handelte es sich nur um die Waffen der Freiwilligen, welche die Franzosen angeworben hatten. Die Franzosen selbst würden wohl wieder mit kanonenbestückten Galeonen kommen. Es lief wohl alles auf einen Angriff der Franzosen hinaus.

Seit Tagen schon überlegte Tony, ob er sich nicht doch mit Mercedes, Ben und Josy und den beiden Kleinen, Victoria und Sarah, lieber einschiffen sollte. Drüben in St. Vincent oder St. Lucia bestand derzeit keine Gefahr. Aber dann hätten sie ihre Plantage einfach verlassen müssen, und das wollte eigentlich keiner von ihnen. Und so war es auch eines Abends im Gespräch zwischen den beiden jungen Familien, Onkel Lester und Tonys Mom Elisabeth. Ben schüttelte den Kopf.

„Also Josy und ich, wir gehen hier nicht weg! Eher schaffe ich meine beiden Mädels wieder rauf in die Berge und verstecke sie da oben!" Onkel Lester nickte zustimmend.
„Das ist richtig, lieber Ben. Ich bin ebenfalls der Meinung, dass wir die Frauen da hoch bringen sollten."
„Dann schlage ich vor, wir bringen dich Mutter, Mercedes, Victoria und Josy mit Sarah rüber nach St. Lucia. Bei unserem Gewürzhändler Josef Taylor kommen sie bestimmt unter. Er hat genügend Platz in seinem Gartenhaus, das steht das ganze Jahr leer!"
Und so war es beschlossene Sache, die Frauen der Winfords und der Mosleys würden in den nächsten Tagen nach St. Lucia gebracht werden.
Doch das Schicksal hatte andere Pläne gemacht! Mitten in der Nacht wurden alle Plantagenbewohner plötzlich wach. Am nächtlichen Himmel zeichnete sich ein gewaltiger Feuerschein ab und heftiger Kanonendonner war zu hören. Im Nu versammelten sich alle auf dem Hauptplatz vor dem Herrenhaus. Die Schießerei dauerte keine viertel Stunde, dann war wieder Ruhe und die Leute gingen zurück in ihre Häuser.
Gegen Morgen kam ein Boot aus Portsmouth. Ein englisches Linienschiff hatte in der Nacht zwei französische Galeonen vor der Bucht von Portsmouth versenkt. Wer dabei nicht ums Leben kam, wurde gefangen genommen. Und so wurde am Vormittag in Portsmouth vom Vikar ein Dankgottesdienst abgehalten. Man dankte Gott und dem englischen Admiral Alexander Walker, der in der Gegend der Grenadinen gerade mit seinen Schiffen an einem Manöver teilgenommen hatte. Oberst Higgins hatte ihn um Hilfe gebeten. Und ausgerechnet die „Prince of Wales" mit ihren 120 Kanonen war in jener Nacht vor Dominica aufgetaucht. Und so hatten die beiden nur halb so großen französischen Schiffe keine Chance gehabt. Der Befehlshaber der „Prince of Wales" Admiral Walker wurde mit tosendem Jubel im Fort Shirley willkommen geheißen. Auf seinen Befehl hin, blieben zwei Kampfschiffe bis auf weiteres in den Gewässern um Dominica, St. Lucia und St. Vincent. Alles sah danach aus, als ob noch einmal ein Krieg abgewendet worden war. Zumal die Franzosen keine weiteren Schiffe mehr aussendeten und sich auf ihre Besitzungen auf Guyana zurückzogen. Nur einer

wollte sich mit diesem Ergebnis nicht abfinden, und dieser eine war Johan Closter!

Johan Closter saß weiterhin auf der vorgelagerten Insel Basse-Terre und schmiedete finstre Pläne. Zweimal schon hatte er versucht zumindest seine Waffenlager auf Dominica zu erreichen, und zweimal war dieser Versuch gescheitert. In einem Fall hatten mehrere Lausbuben aus Marigot aus reinem Zufall in einer Höhle am Strand mehrere Musketen und allerlei Schießpulver gefunden. Vier von ihnen hatten in der Höhle Zündschnüre gefunden, von denen sie wussten, dass sie wunderbar brannten. Also hatten sie beschlossen zwei Zündschnüre in die Höhle zu legen und diese unter einem Holzfass an einer Zündpatrone zu befestigen, um so das Fass in die Luft zu jagen. Was sie allerdings nicht wussten, auch in dem Holzfass und noch zwei weiteren, war Schießpulver in kleinen Säckchen abgefüllt. Also legten sie sich zwischen zwei Felsen auf ein Stück Gras und zündeten die beiden Zündschnüre an. Dann sahen sie alle vier gespannt zur Höhle hinunter ...

Plötzlich gab es drei gewaltige Explosionen hintereinander! Ein Feuerball schoss plötzlich aus der Höhle heraus und der gesamte Erdboden zitterte und bebte! Im Dorf fielen dem Krämer die Marmeladengläser aus dem Regal, ein Pferd scheute im Dorf und ging samt Wagen durch, und der Barbier schnitt seinem Kunden beim Rasieren in den Hals, so dass der blutete und aufgebracht schrie. Im Nu war der ganze Ort auf der Straße. Alles schrie durcheinander. „Der Krieg ist ausgebrochen!", brüllten einige alte Weiber und rauften sich die Haare. Und schon strömten alle zum Strand, um die Kriegsschiffe zu sehen die da geschossen haben mussten.

Doch nirgends war ein Schiff zu sehen, nur eine Staubwolke stand über dem Strand, dort wo gerade noch die Höhle gewesen war, und die langsam vom Wind verteilt wurde. Wenig später kamen vier kreidebleiche Jungen aus den Dünen herauf und wollten sich verdrücken. Doch bei einem klappte das nicht, weil dessen Mutter ihm blitzschnell am Ohr festhielt, und er dermaßen gemartert nach einer kurzen Weile eine Beichte ablegte, die ihm dann auch noch zwei Ohrfeigen einbrachte. Und am Abend saßen sie in der kleinen Dorfkneipe und lachten, dass sich die Balken der Gaststube bogen.

Einen Vorteil hatte diese Aktion der Jungen gehabt, jeder wusste jetzt, dass man tatsächlich in Gefahr war. Schon am nächsten Tag rief der Bürgermeister von Marigot alle männlichen Einwohner zusammen. Er stand auf der wackligen Veranda seiner Hütte und rief in die Menge:

„Männer von Marigot! Der liebe Herrgott hat uns durch einen Zufall vor Schrecklichem bewahrt! Daher rufe ich alle Christenmenschen in unserer Gemeinde auf, alle verstecken Waffen hervor zu holen! Ich selbst werde mit dem Konstabler reden, damit er euch nicht wegen Waffenbesitzes bestraft. Jetzt geht es um die Freiheit des britischen Empires und um unser Leben! Greift zu den Waffen und seid wachsam, bei Tag und bei Nacht!" Plötzlich rief einer der Anwesenden nach vorn:

„Und wie willst du dann deine Alte beschützen damit nicht wieder ein junger Kerl in dein Bett kriecht, wenn du in der Kneipe schläfst des nachts?"

Eine Lachsalve erschütterte den Morgen, und Bürgermeister Collins wäre um ein Haar von seinem Stuhl gestürzt auf dem er stand. Zwei Leute halfen ihm vom Stuhl herunter und führten ihn ins Haus, weil er sichtbar unsicher auf den Beinen stand. Offenbar hatte er schon wieder die erste Rumprobe hinter sich. Ab diesen Tag sah man überall in Marigot bewaffnete Männer herum laufen. Die Frage war aber, wo waren diese Halunken, die da des Nachts an Land gegangen waren?

An einem trüben regnerischen Morgen ritten Ben, der Verwalter Owens und Tony Winford hinauf zur Tabakplantage. Da die beiden jungen Kerle die sonst aufpassten mit auf Wache gegangen waren, hatte man den Posten nicht besetzt. Sie hatten die Hütte verschlossen und den Schlüssen versteckt. Mühsam trotteten die Pferde den glitschigen Weg entlang, der teilweise quer zum Hang in Serpentinen verlief. Von den Bäumen tropfte das Wasser in den Hemdkragen, und Owens fluchte missmutig. In einer Kurve hielt Tony an, der als erster ritt und drehte sich um.

„Was ist Schwiegervater? Ist es dir heute zu nass oder hast du nur schlecht geschlafen?" Der Verwalter hatte ein derbes Wort auf der Zunge, doch besann er sich im rechten Augenblick. Immerhin war dieser Schwiegersohn ja auch sein Herr, der Herr Lord Winford! Er grinste schief und schüttelte sich das Wasser aus dem wilden Haarwuchs seines Kopfes.

„Wenns beliebt, Lord Winford, ab einem gewissen Alter macht es keinen Spaß so nass zu werden, die alten Knochen quietschen immerhin schon beachtlich!", erwiderte er ironisch, mit Anspielung auf das Alter des jungen Lords. Tony grinste zunächst, dann griff er in seine Satteltasche und brachte ein Flasche zum Vorschein. Er reichte sie Owens.

„Hier Schwiegervater, ein ordentlicher Schluck Feuerwasser sollte deine Laune schnell verbessern!" Owens grinste breit, nahm die Flasche, entkorkte sie und trank einen großen Schluck. Dann rülpste er laut und wischte sich den Bart ab.

„Das hat mir gefehlt!", brachte er schnaufend hervor. Als er die Flasche zurückgeben wollte, winkte Tony ab.

„Behalte sie, aber nicht vor Mittag austrinken, sonst müssen wir dich auf dem Pferd festbinden, Schwiegervater!" Owens winkte ab.

„Das wäre halb so schlimm wie das Gezeter von meiner Tochter, deiner Frau", erwiderte der lachend. Dann ritten sie weiter bergan. Endlich erreichten sie die Tabakplantage. Ben stieß Tony an, der dicht neben ihm ritt.

„Sieh mal, da muss jemand in unserer Hütte sein! Der Schornstein raucht!" Gemeinsam sahen sie hinüber zu der alten Hütte. Owens hatte schon die Muskete schussbereit, auch Ben tat es ihm gleich. Tony zog seine Sattelpistole aus dem Halfter.

„Wir lassen die Pferde hier zurück und schleichen uns von drei Seiten an. Aber seit leise!", befahl Tony. Und schon war er im Dickicht verschwunden. Ben musste den größeren Umweg nehmen zur anderen Seite der Hütte. Beim Ruf des roten Ibis würden sie wissen, dass jeder an seinem Platz war.

Als erster rief Tony, danach Owens und zum Schluss Ben. Das hatte offenbar die Leute in der Hütte aufgescheucht, denn plötzlich ging die Tür auf und ein langer schwarzer Karibe mit gelber Mütze über seinem gewaltigen Haupthaar trat heraus und sah sich um. In der Hand hielt er eine Machete. Er sagte irgendetwas auf Patois, ein französisch-englisches Sprachgemisch, in die Hütte hinein. Zwei weitere Männer steckten ihre Köpfe aus der Tür und radebrechten mit dem Kerl mit der Machete. Sie sahen alle drei nicht gerade vertrauenserweckend aus. Tony überlegte noch was er tun sollte, als plötzlich Owens brüllte: „He ihr da! Kommt raus und lasst die Hände dort wo man sie sehen kann!" Doch statt seiner Aufforderung nachzukommen, verschwanden zwei wieder in der Hütte und die Tür flog zu. Der Dritte versuchte ins Gebüsch zu entkommen. Doch da knallten zwei Musketen Schüsse. Die Kugeln pfiffen durch die Blätter in Richtung Owens. Ein Schuss knallte in einen Stamm unmittelbar neben ihm. Owens fuhr erschrocken zurück. Plötzlich sah er den mit der Machete in Richtung Wald laufen. Er wollte gerade seine Büchse anlegen, als es schon krachte und der Kerl ins Stolpern kam und der Länge lang hinfiel und sich nicht mehr rührte. Das musste Ben gewesen sein. Tony grinste vor sich hin. Verteidigen konnten die beiden in der Hütte sich nur auf zwei Seiten. Zur rechten Seite zum Wald zu gab es kein Fenster. Er sprang auf und stürmte gebückt los, dann hatte er die fensterlose Seite erreicht. Er nahm Zunder, ein wenig loses Pulver und zog einen Socken aus. Pulver und Zunder stopfte er in den Socken, diesen band er an einem Stock fest, dann zündete er das Ganze an und warf es rasch im hohen Bogen auf das mit Moos und Blättern bedeckte Dach und wartete. Inzwischen riefen Ben und Owens, und Tony antwortete ihnen.

„Benny! Komm zu mir!" Er hörte Äste brechen und die Gauner schossen ebenfalls wieder ins Blaue hinein. Inzwischen begann es auf dem Dach zu schwelen und der laue Wind vom Meer blies das kleine Feuer an. Es dauerte eine Weile, weil der Dachbelag ja vom Regen feucht war. Tony ging Ben und Wilson Owens entgegen. Als er sie erreichte, brannte das Dach bereits lichterloh. Owens feixte.

„Es war höchste Zeit die alte Bude abzureisen, Sir! So geht das am schnellsten!" Im Nu stand der gesamt Dachfirst der Holzbude in Flammen. Plötzlich flog die Tür auf und beide Gauner sprangen schießend aus der Tür. Doch ihr Ausbruchsversuch scheiterte kläglich. Beide stürzten von Musketen Kugeln getroffen zu Boden und rührten sich nicht mehr.

Langsam näherten sich die drei Pflanzer dem am Boden liegenden, es war der Karibe. Ben stieß ihn mit dem Lauf seiner Muskete an.

„He! Lebst du noch, Franzmann?" Auf einmal schnellte der andere Kerl plötzlich herum, Tony sah nur noch eine Messerklinge blitzen, doch da hatte Owens schon ausgeholt und dem Kerl den Kolben seiner Muskete gegen die Kopf geknallt. Und diesmal war der aber wirklich k.o., sie fesselten ihn und den langen Kariben mit Seilen am Pferd. Owens warf den Kerl mit dem Bauch zuerst auf sein Pferd, dann fesselte er ihn an Händen und Füßen und zog alles unter dem Bauch des Tieres zusammen.

In der Zwischenzeit hatte sich Ben um die abbrennende Hütte gekümmert und die qualmenden Balken auseinander gezogen. Der Nieselregel würde sie rasch wieder löschen. Viel war aber nicht von der Hütte übrig geblieben, und er rechnete schon im Kopf zusammen, was er an Baumaterial herauf schicken musste. Oder besser gesagt, der Verwalter würde sich darum kümmern müssen.

Von den beiden Festgenommenen erfuhren sie nicht viel, und so entschloss sich Tony, die Halunken zum Fort Shirley bringen zu lassen. Mochten die sich mit den Kerlen herum ärgern.

Und so zogen sich die Ärgernisse mit den Halunken, die Closter immer wieder nach Dominica schickte, weiterhin.

Doch die Wochen vergingen und die Ungewissheit blieb. Tony und Ben waren Tag und Nacht auf der Plantage unterwegs und sahen nach dem Rechten.

Vier Wochen später

Mercedes saß auf der kleinen Bank vor dem Haus des Vaters und nähte Knöpfe an seinem Hemd an. Neben ihr saß Josy und die kleine Sarah spielte vor ihnen auf der Erde. Eine Weile schauten sie dem spielenden Mädchen mit den Rasta Zöpfen zu. Sie schwiegen schon geraume Zeit, bis Mercedes plötzlich zu Josy meinte:

„Ich hätte nie gedacht, dass die Geburt eines Kindes einen so in Freudengefühle versetzen kann. Man ist plötzlich ein ganz anderer Mensch! Und Tony wird ganz bestimmt ein lieber Dad. Er möchte die Kleine den ganzen Tag herum tragen. Aber meine Schwiegermutter meinte, dass soll man nicht machen, sonst schreien sie wenn sie in ihr Bettchen gehen müssen. Alle geben sich viel Mühe mit mir. Und Tony ist so geduldig mit mir. Ich liebe ihn mehr als je zuvor, einen besseren Mann als ihn, hätte ich hier unter den einheimischen Männern wohl kaum finden können. Er ist zwar ein Lord, aber das merkt man keinen Tag. Und du hast mit deinem Ben wohl auch das große Los gezogen wie mir scheint, oder?" Josy lächelte vor sich hin.

„Manchmal denke ich, ich habe zwei Kinder. Er ist manchmal so unbeholfen. Ich glaube, wenn ich es nicht gewesen wäre, hätten wir heute noch kein Kind. Ich habe ihn fast vergewaltigt damals. Aber erzähl das ja nicht deinem Mann! Du weißt, die Beiden sind wie Brüder, und Ben würde es erfahren und mich vielleicht umbringen." Sie mussten beide lachen.

„Aber ich denke, meine Herrin wird mich nicht verraten, lächelte Josy. Mercedes legte ihren Arm um die Schulter der um einen Kopf kleineren Freundin und drückte sie an sich.

„Ich bin nicht deine Herrin Josy, nur weil mich ein Lord geheiratet hat, ich bin deine beste Freundin! Wir beide stammen aus dem gleichen Volk, und kreolisches Blut fließt in unseren Adern. Da gibt es keine Herrinnen und Dienerinnen, das gibt es nur bei den Weißen. Mein Dad hat damals eine Kreolin geheiratet, und hatte es oft schwer deshalb. Aber sie haben zusammengehalten wie Pech und Schwefel. Ich kann nur hoffen, dass es bei Tony und mir einmal genauso sein wird." Josy musste auf einmal lachen.

„Ist schon eigenartig, mir geht es ja nicht anders. Nur dass Ben eben kein Lord ist. Aber ich sehe schon die Blicke unserer Schwestern und Brüder wenn wir in Portsmouth durch die Gassen gehen. Wie scheel sie mich anschauen, nur weil ich eben einen Weißen zum Mann habe. Eine hat sogar mal vor mir ausgespuckt, und gezischt:

„Du bist eine Hure, Schwester!" Zum Glück hat es Ben nicht gesehen, sonst wäre ein Auflauf unabwendbar gewesen. Aber sag, was haben wir denn verbrochen?" Mercedes setzte sich wieder neben Josy hin.

„Ach weißt du Josy, zulange haben die Weißen unser Volk gedemütigt und sie wie Sklaven behandelt. Es muss einen nicht wundern, dass es da alte Wunden gibt. Und wir beide und unsere Männer sind gerade dabei, daran was zu verändern. Das versteht nicht jeder sofort. Und ich sage dir was, ich bin stolz wenn ich mit Tony durch die Stadt laufe, ja richtig stolz! Denn es bedeutet mir, dass ich keine Bedienstete oder Sklavin mehr bin! Na klar sind wir beide eine Ausnahme auf der Insel. Aber glaube mir, mancher weiße Herr wird sich schon mal vorstellen, wie schön das ist, mit einer wie uns ins Bett zu steigen. Im Gegensatz zu ihren schmalbrüstigen oder auch fetten Matronen mit ihren bleichen Gesichtern. Also Schwester, genieße es, einen Weißen zum Mann zu haben, der dich dazu auch noch achtet und verwöhnt!" Und so saßen sie nebeneinander und sprachen noch eine ganze Weile über ihre Zukunft, aber auch über ihre Ängste.

Nach all den Widrigkeiten der letzten Monate war auch die Freundschaft zwischen den beiden Männern noch enger geworden. Ben war inzwischen tatsächlich so etwas wie ein Partner von Tony. Mercedes Dad hatte die Oberaufsicht über alle Arbeiten auf der Plantage, und Tony war mit Mercedes endlich beim Notar gewesen. Damit war sie als seine Gattin die erste Erbberechtigte. Des ehemaligen Verwalters Tochter war nun auch Herrin auf der Plantage „Riviere la Croix". Und sie war eine gute und gerechte Herrin. Wo immer es nötig war, half sie und war bei den Leuten hoch angesehen. Und Tony sah es mit voller Freude und überließ Mercedes so manche Entscheidung. Sie hatte einfach ein Gespür für heikle Situationen. Und eine solche Situation ereilte sie alle noch vor dem Jahresende.

Fünf Monate später

Alles begann damit, dass eines Nachts wieder drei Schiffe oben in der Rodney Bay auftauchten und über 50 Leute an Land setzten. Die beiden Wachposten konnten nur schleunigst fliehen und im Fort Bericht erstatten. Im Morgengrauen brannte weithin sichtbar auf dem Signalturm der Festung das Signalfeuer und verkündete „Alarm!"
Wie abgesprochen sammelten Tony und Ben ihre zwanzig Leute und verließen die Plantage bei anbrechendem Tag. Ihr Ziel war zunächst der Sammelpunkt Portsmouth. Als sie dort ankamen waren sie fast die ersten und Ben fluchte herzhaft. Offen-

bar hatten die anderen drei Pflanzer das Signal nicht gesehen oder nicht sehen wollen.

Der Verbindungsoffizier Colonel Hygwards teilte Tonys Truppe am Zugang zum Indian River ein. Es war einer der wichtigsten Punkte wo man per Ruderschiff Menschen in das Inselinnere bringen konnte. Über gut fünf Meilen war der Fluss schiffbar, ehe dann die Stromschnellen begannen.

An einer gut zu verteidigenden Stelle richteten sie ihr Lager ein. Es lag auf einer Anhöhe, von Felsen umgeben und unterhalb war eine seichte Furt, über die man die Boote tragen musste, wenn man weiterrudern wollte. Tony besah sich mit Ben den Ort und Ben deutete auf die andere Flussseite hinüber.

„Man müsste da drüben einen zweiten Posten einrichten, dann könnte man den Feind ins Kreuzfeuer nehmen!" Tony verzog das Gesicht.

„Das wären pro Lager zwölfeinhalb Leute, wen teilen wir?" Ben musste lachen.

„Erstens stimmt das, und zweitens halbieren wir unsere Feuerkraft wenn es schlimm kommt. Andererseits aber, egal wohin sich der Feind verkrümeln will, er läuft uns vor die Flinte. Also was machen wir?" Er sah Tony fragend an, und der meinte lapidar:

„Natürlich teilen, du Stratege!" Ben grüßte militärisch.

„Zu Befehl Colonel, ich gehe mit zwölf Mann rüber! Dir bleibt die böse Dreizehn!" Tony winkte lachend ab und sah zum Himmel hinauf, an dem sich zahlreiche dunkle Wolken gebildet hatten. Er schüttelte den Kopf und murmelte:

„Keine Regenzeit und dann sowas!" Denn wenn es richtig regnete, würden die Wassermassen aus den Bergen bald hier unten durch die Furt schießen. Und dann würde hier kein Mensch hoch kommen. Doch Petrus ließ sich Zeit und schien mit den Pflanzern im Bunde zu sein. Und es wurde Nacht! Da man nicht frühzeitig entdeckt werden wollte, durfte keine Feuer angezündet werden. Da sie aber zwei Hunde mit hatten, würden die jeden Feind sofort melden.

Und tatsächlich, gegen 22 Uhr schlugen die Hunde plötzlich an! Im Nu waren alle auf den Beinen. Tony lag mit zwei Leuten unmittelbar am einzigen Weg, der hier am Fluss entlang führte. Plötzlich hörten sie leise Schritte. Tony wunderte sich, den die

Schritte waren etwas ungewöhnlich. Und dann standen plötzlich zwei schemenhafte Gestalten auf dem Weg vor ihnen. Tony fuhr hoch.

„Stopp! Stehen bleiben oder wir schießen!", rief er halblaut. Auf einmal fingen die beiden Gestalten vor ihm an zu kichern.

„Tony? Bist du es?" Der so Angesprochene erkannte die Stimme sofort. Es war Mercedes. Und die andere Frau war natürlich Bens Ehefrau Josy. Tony war zunächst sprachlos.

„Was macht denn ihr beiden verrückten Frauenzimmer hier mitten in der Nacht?" Die beiden lachten verhalten.

„Zum einen bringen wir euch hier was Feines zum Essen und zum anderen wollten wir sehen, ob es euch gut geht. Die Männer bewachen mit Dad Owens die Plantage, und Sarah und Victoria sind bei deiner Mutter, die uns heute besucht hat." Tony schüttelte den Kopf.

„Ihr Beiden seid unmöglich. Übrigens, Ben ist drüben auf der anderen Seite des Flusses! Wie willst du da jetzt rüber gelangen?" Josy winkte ab.

„Natürlich schwimmen!" Tony wehrte ab.

„Bist du verrückt! Willst du, dass dein Mann auf dich schießt?" Er überlegte kurz, dann rief er nach einem jungen Mann.

„Joshua, komm bitte her zu mir! Ich habe einen Auftrag für dich. Bringe bitte diese junge Dame hier heil rüber auf die andere Seite! Sie ist Ben Mosleys Frau. Und sag Ben, er soll den vereinbarten Ruf machen, damit ich weiß, dass die junge Frau gut drüben angekommen ist. Und du kommst morgen früh zurück!" Und so geschah es. Joshua und Josy verschwanden in der Dunkelheit. Tony legte Mercedes fürsorglich eine Decke über die Schultern.

„Also sehr klug war das nicht von euch beiden", begann er das Gespräch mit ihr.

„Wenn es knallt, seid ihr hier nur im Wege und wir müssen noch auf euch aufpassen." Mercedes schüttelte ihre rote Haarmähne und zeigte auf ihren Gürtel, wo tatsächlich ihre Pistole steckte, die er ihr einmal geschenkt hatte. Er nickte stumm. Meinte dann aber resolut:

„Egal! Wenn es knallt verschwindest du dorthin wo du sicher bist, klar!" Mercedes nickte sich ein Lächeln verbeißend. Sie legten sich in einer Kuhle auf zwei Decken, und Arm in Arm schliefen sie tatsächlich ein. Die ersten Sonnenstrahlen weckten sie. Sie waren gerade auf dem Weg zu ihrem Koch, wo es heißen Kaffee gab, als plötzlich Josy wieder vor ihnen stand, und hinter ihr stand Ben.

„Was macht ihr beide denn um die Zeit hier?" Josy winkte ab. „Der alte Wüterich hat mich ausgemeckert, was ich hier will! Wir sollen uns wieder nach Hause scheren, meint er!" Ben stand daneben mit verbissenem Gesichtsausdruck. Dann wandte er sich Tony zu.

„Sag du doch bitte ihnen einmal, dass wir hier nicht zu einem Picknick sind! Wenn die Ballerei losgeht müssen wir dann noch auf sie aufpassen! Sowas ist doch Mist!" Obwohl Tony seinem Freund heimlich Recht gab, versuchte er die Situation zu retten.

„Ich habe da eine andere Idee, wenn sie schon mal da sind. Sie könnten runter gehen nach Portsmouth und die Augen aufhalten. Was meinst du dazu? Wir geben ihnen aber einen der Männer mit." Ben sah einen Moment stur zu Boden, ehe er meinte:

„Hm, das ginge natürlich. Na gut, meinetwegen, sollen sie runter gehen." Er wandte sich an seine Frau und umarmte sie plötzlich mit beiden Armen, meinte dann aber eindringlich:

„Hör zu Josy! Passt mir ja auf, dass ihr Closter nicht in die Arme lauft! Versprich mir das! Denn wenn der euch kriegt, dann gute Nacht! Erspare uns das, Frau. Ich brauche dich doch noch eine lange Zeit!" Dann gab er ihr einen sehr langen Kuss. Tony hatte Mercedes ein paar Schritte beiseite geführt.

„Ich kann dir nur das gleiche sagen, was Ben zu Josy gesagt hat." Sie lächelte ihn an.

„Vom ersten bis zum letzten Wort?" Er nickte.

„Ja, vom ersten bis zum letzten Wort! Ich möchte nämlich noch mindestens drei Kinder mit dir haben!" Diese Worte gingen Mercedes durch und durch und sie umarmte Tony und küsste ihn inbrünstig. Als sie sich wieder trennten, wartete schon Josy auf sie.

„Komm Herrin, wir müssen los!", meinte sie lachend.

„Bis heute Mittag müssen wir zurück sein wegen Victoria!" Sonst brüllt sie das ganze Haus zusammen. " Doch dann protestierte Mercedes sofort.

„Hör endlich mal mit dieser „Herrin" auf, verflixt!" Und so miteinander aus Spaß streitend gingen sie los. Sie winkten noch eine Weile sich immer wieder umdrehend, bis sie zu dritt im Wald verschwunden waren. Tony atmete insgeheim auf und sah Ben an, dem es sicher ebenso ging. Er gab ihm einen leichten Klaps auf die Schulter.

„Jetzt stell dir aber mal vor, du hättest so eine dicke Matrone, die den ganzen Tag am Klavier sitzt oder den Webrahmen traktiert! Da haben wir schon Glück gehabt, Bruder Ben!" Dieser nickte, sagte aber nur:

„Ich gehe jetzt wieder rüber auf die andere Seite", und verschwand flugs im Gebüsch.

Gegen Mittag, kamen Josy, Mercedes und Billy wieder aus Portsmouth zurück und berichteten was in der Stadt los war. Dort herrschte wie überall gespannte Erwartung was nun passieren würde. Aber von den Franzosen war weit und breit nichts zu sehen. Sie hatten den Anwalt Henk Colman getroffen, der gerade im Begriff gewesen war, mit seiner Frau das letzte Schiff des Tages nach St. Vincent zu besteigen. Ben schimpfte.

„Wiedermal typisch! Die feinen Herrschaften verkrümeln sich und wir können den Kopf hinhalten. Aber der hat ja auch keine Plantage, sondern nur ein Office." Tony nickte zustimmend.

„Da hast du mal wieder Recht! Nur ob wir die Franzosen aufhalten können, das bezweifle ich stark!" Ben sah ihn erstaunt an.

„Und was machen wir dann eigentlich noch hier?" Tony grinste.

„Als gute Staatsbürger der Krone unser Land verteidigen!" Ben musste nun ebenfalls lachen.

„Na fein, und gegen ihre Kanonen wehren wir uns dann mit Kokosnüssen oder was?" Als er dabei Tony ansah, hatte der auf einmal einen eigenartigen Gesichtsausdruck bekommen. Er stieß Ben an.

„Du hast mich auf eine Idee gebracht, Junge! Besorge uns schnellstens ein paar schöne große Kokosnüsse, möglichst keine frischen!" Schulterzuckend marschierte Ben von dannen. Was wollte Tony denn mit Kokosnüssen? Doch in Tonys Kopf keimte eine neue Idee! Als Ben nach einer Stunde wieder an ihrem

Unterstand auftauchte, hatte er drei Leute dabei, und alle hatten vier Nüsse in den Armen. Tony nahm die Machete und hieb der ersten Nuss den oberen Teil ab, wo der Stiel sonst war. Dann schabte er das ganze Mark heraus, bis die Nuss sauber war und nur noch aus der Schale bestand. Er sah Ben an.

„Besorgst du mal ein kleines Fass Pulver, Bruder?" Über Bens Gesicht flog das Lächeln der Erkenntnis. Jetzt wusste er was Tony vorhatte. Sie füllten die erste Nuss mit Pulver und kleinen Kieselsteinen aus dem Flussbett. Zum Schluss wurde der Deckel wieder aufgesetzt und abgedichtet, nachdem man vorher noch ein Stück Lunte hineingesteckt hatte. Tony besah sich sein Kunstwerk. Inzwischen hatten sich mehrere der Leute hinzugesellt und bestaunten die Konstruktion einer Bombe. Tony sah sich im Kreis um.

„So Männer, und jetzt baut so viel von den Dingern wie ihr bauen könnt! Notfalls holen wir uns noch Pulver vom Fort! Die Franzmänner werden sich wundern!"

Wie hilfreich sich diese Bomben noch erweisen sollten, zeigte sich ein paar Tage später.

Die „Amorice", Closters Schiff, tauchte vor der Mündung des Indian River auf. Tonys Beobachter gaben die Meldung sofort weiter. Und tatsächlich setzte man ein Boot mit zwanzig Leuten aus und ruderte es in die Mündung des Flusses hinein. Und das am helllichten Tage. Closter fühlte sich offenbar so sicher, dass er das Versteckspiel aufgab. Also mussten die Franzosen ebenfalls in der Nähe sein. Closter war nur sowas wie die Vorhut. Tony schickte Mercedes und Josy sofort zurück zur Plantage, sie sollten aber Kontakt halten.

Überall längs des Flusses saßen gut versteckt Beobachter im dichten Laub der Bäume. Die Männer im Ruderkahn schwiegen eisern und nur das Eintauchen und das Knarren der Ruderblätter waren zu hören. Langsam kamen sie der Furt näher. Tony konnte sie bereits im Fernrohr sehen, wenn sie eine Lücke zwischen den Bäumen passierten. Aber Closter selbst war nicht mit an Bord. Der schlaue Fuchs wollte also nicht seinen Pelz riskieren und schickte seine Leute vor. Und dann tauchte der erste Kahn in der Furt auf und lief natürlich auf Grund. Man hörte wie die Männer fluchten, denn nun mussten sie nicht nur das Boot entladen und die Sachen über die flache Strecke schleppen, sondern auch das Boot musste auf die andere Seite der Sandbank. Aber genau in dem Moment wo sie mit dem Ausladen begonnen hatten, und alle auf einem Fleck herum liefen und ihre Musketen beiseitegelegt hatten um mit anzufassen, gab Tony das vereinbarte Zeichen.

Da drei Bäume mit ihren langen dicken Ästen über den Fluss gewachsen waren, konnte man sogar in der Flussmitte ungesehen oben im Laub sitzen. Und mit einem Mal fielen plötzlich rauchende Kokosnüsse aus den Bäumen und explodierten beim Aufschlag am Boden. Ehe die Seeleute überhaupt begriffen was los war, befanden sie sich mitten im Kreuzfeuer von Musketen und Bombeneinschlägen. Es war das reinste Inferno und dauerte kaum zehn Minuten lang. Danach lagen alle Leute tot in der Furt, und nur ein Einzelner schaffte es vom Ort des Grauens zu flüchten. Was er am nächsten Tag auf der „Amorice" erzählte, ließ Closters Leuten die Haare zu Berge stehen. Denn wann hatte es schon mal rauchende Kokosnüsse gegeben, die dann auch noch explodierten? Dafür konnte es für ihn nur eine einzige Erklärung geben, dieser Winford war mit dem Teufel im Bunde. Seine Leute waren in eine Falle gelaufen! Da gab es vorerst nur eins – den Rückzug! War damit aber alles vorbei?

Diese Frage beantwortete sich dann eine Woche später im Morgengrauen eines Montagmorgens. Die Franzosen kamen mit drei Kanonenbooten von Guadeloupe herüber. Ihr Ziel war die Prinz Rupert Bay. Plötzlich schlugen Granaten auf dem vorgelagerten Strand des Ortes ein. Alle dort liegenden Boote waren im Nu vernichtet. Und dann setzten die Kanonenboote zunächst jedes ein Ruderboot mit zehn bewaffneten Soldaten ab. Der Kommandant des Forts Shirley nahm die Kanonenboote unter Feuer. Eins bekam einen Volltreffer und sank, ein zweites wurde schwer getroffen, das dritte nahm eiligst Reißaus aus der Rupert Bay. Und dann schlug den in den Booten befindlichen Soldaten plötzlich Musketenfeuer vom Strand entgegen. Das ganze Unternehmen schien sich in ein Debakel für die Franzosen zu verwandeln. Und das dicke Ende, wie man so schön sagt, kam dann mit dem Auftauchen von zwei englischen Fregatten. Was nämlich niemand auf Dominica bemerkt hatte, war die Tatsache, dass in der Dominica Passage ein Seegefecht zwischen Engländern und Franzosen stattgefunden hatte. Dabei war die französische Flotte stark dezimiert worden und hatte große Verluste erlitten. Danach hatten die Franzosen versucht auf Dominica zu landen, da ihre beiden Schiffe schwer angeschlagen waren.

Das bei diesem Versuch ausgerechnet die beiden englischen Kampfschiffe „HMS Pandora" und die „HMS Renowa" mit insgesamt 74 Kanonen auftauchten, war der reinste Zufall. Innerhalb einer halben Stunde hatten sie die französische „Ville de Paris" in Brand geschossen. Die Besatzung wurde entweder an Land oder vorher noch beim Übersetzen gefangen genommen.

Von all dem hatten Tony und Ben nichts als lautes Donnern mitbekommen. Erst gegen Abend kam ein Bote den Indian River herauf, um die Neuigkeit zu verkünden. Tony und Ben beschlossen wieder abzuziehen und zur Plantage zurück zu kehren. Der Krieg war so schnell beendet worden wie er begonnen hatte.

Wenige Tage später erreichte die Plantage „Riviere la Croix" eine Meldung, die alle mit Freude aufnahmen. Eine Handvoll Fischer hatte am nördlichen Kap in einer versteckten Bucht, eine kleine Höhle gefunden und darin fünf zerlumpte Halunken gefangen genommen. Und einer von ihnen war Johan Closter.

Die Verhandlung

Vier Wochen nach dem Überfall der Franzosen auf Dominica fand in Portsmouth die große Gerichtsverhandlung gegen Johan Closter statt.

Im Gerichtsgebäude waren am Morgen Wachen der Armee aufgezogen, und derartige Wachen gab es auch im Umkreis des Gebäudes. Jeder, der sich diesem nähern wollte, musste sich ausweisen, eh er es betreten durfte. Tony, Ben und Wilson Owens waren als Zeugen geladen worden, zumal ja auch noch die Vernichtung der Closter-Plantage auf der Tagesordnung stand. Und so kam es, dass auch Ben Mosley einigermaßen unruhig dieser Verhandlung entgegen sah. Man hatte sich vorher darüber geeinigt, dass Tony den Auftrag an Ben erteilt hatte. Das wiederum ging Ben gegen den Strich, er wollte sich nicht hinter seinem Herrn verstecken. Doch Tony befahl ihm barsch dieses Mal zu schweigen.

Die Verhandlung begann pünktlich um 10.00 Uhr. Der Saal im Gerichtsgebäude war brechend voll als Richter Josephs die Verhandlung eröffnete. Den Richter hatte man extra von St. Vincent herüber geholt. Johan Closters Anwalt Alex Kingston stammte aus St. Lucia. Und Ben erinnerte sich daran, dass er ja Closter damals in St. Lucia gesehen hatte, als sie die Medizin für Owens holten. Also bestand offenbar schon damals eine Verbindung zwischen dem Anwalt und Closter.

Ben flüsterte es Tony zu und der flüsterte es ihrem Anwalt Mr. Winterbodden zu. Der hob die Augenbrauen an als er es vernahm und notierte sich etwas.

Der Ankläger seine Majestät Emanuel Boxton verlas die Anklageschrift, die insgesamt vier Anklagepunkte umfasste.

1. Verbrechen gegen das Empire
2. Mord an insgesamt sieben Bürgern von Dominica
3. Räuberische Erpressung in drei Fällen
4. Vergewaltigung eines dreizehnjährigen Mädchens vor sieben Jahren

Der letzte Punkt war die damalige Entführung und Vergewaltigung von Mercedes Wilson, die damit ebenfalls geahndet werden sollte.

Am Ende seiner Ausführungen forderte er die Todesstrafe für Johan Closter. Für seinen jüngeren Bruder Peter forderte er zehn Jahre Haft. Für den dritten Bruder Richard konnte er keine Strafe mehr beantragen, denn dieser war bei den kurzen Kampfhandlungen am Indian River gefallen. Und so sehr Closters Anwalt darauf pochte, das Abbrennen der Closter-Plantage als Verbrechen darzustellen, Richter Josephs ließ keinen Zweifel daran, dass er dies als logische Konsequenz für das verbrecherische Handeln der Closters ansah und bestätigte, dass die Familie Winford ein Recht darauf hatte, dieses Land als Sühne in ihren Besitz zu nehmen.

Unter dem Beifall der versammelten Menge verurteilte er Johan Closter zum Tode durch den Strang! Dieses Urteil war innerhalb von drei Tagen auf dem Kanonenboot seiner Majestät „HMS Pandora" zu vollstrecken. Damit war das unheimliche

Wirken der Closter Brüder auf der Karibik-Insel Dominica ge-sühnt, dachte man zumindest auf Dominica.

Tony Winford, Ben Mosley und Wilson Owens bekamen für ihre Verdienste bei der Verteidigung der Insel, in einer Feier-stunde im Fort Shirley einen Verdienstorden seiner Majestät an die Brust geheftet und Wilson Owens wurde vom König in den Adelsstand erhoben. Ab sofort hieß er Sir Wilson Owens! Und damit war die junge Frau von Tony Winford ab sofort adliger Herkunft. Man munkelte später, ein gewisser Sir Lester Win-ford sollte dabei seine Hände in Spiel gehabt haben.

Closters Flucht

Am Tage der Hinrichtung von Johan Closter landete in den frü-hen Morgenstunden ein Trupp Soldaten im Hafen von Ports-mouth. Sie waren beauftragt, den Delinquenten vom Fort Shir-ley abzuholen, um ihn auf das Kanonenboot der Majestät „HMS Pandora" zu bringen, wo er hingerichtet werden sollte. Der Trupp bestand aus sechs Soldaten und einem First-Leut-nant. Eine Stunde später ritten sie wieder den steilen Weg von der Festung herunter. Auf halber Höhe mussten die Bewacher und Johan Closter einen kleinen Buschwald passieren, bevor sie den Ort Portsmouth erreichten. Plötzlich sprangen eine Hand voll vermummte Gestalten aus dem Dickicht. Noch ehe die Sol-daten ihre Musketen einsetzen konnten, schossen die Gauner mit ihren Pistolen die Soldaten aus dem Sattel ihrer Pferde, bra-chen den vergitterten Wagen auf und befreiten Johan Closter. Der hatte plötzlich wieder eine Pistole in der Faust und schoss dem Leutnant, der bereits verletzt am Boden lag, beim Wegrei-ten noch einmal in den Kopf. Dann verschwand der Räuber-trupp im dichten Buschwald. Johan Closter war wieder frei. Die Nachricht von der Befreiungsaktion gelangte noch am glei-chen Tag bis zur Plantage „Riviere la Croix". Tony Winford war außer sich. Der Kommandant der „HMS Pandora" hatte die Situation völlig falsch eingeschätzt, als er nur sechs Leute los-geschickt hatte. Aber nun kam eine Suchaktion in Gang, wie sie Dominica noch nie erlebt hatte. Während die „HMS Renowa" die Passage zwischen Dominica und der vorgelagerten Insel Basse-Terre abriegelte, gingen von der „HMS Pandora" diesmal

300 Soldaten an Land und begannen die Insel mit Hilfskräften systematisch abzusuchen.

Johan Closter aber saß vor einer kleineren Höhle oben am kochenden See und rauchte eine Pfeife. Sein Adjutant, ein langer dürrer Ire mit dem Namen Pete O Connor, trat an ihn heran und setzte sich neben ihn.

„Worüber denkst du nach, Johan?" Der paffte eine Qualmwolke in den morgendlichen Himmel ehe er antwortete. „Zunächst wie wir von dieser verdammten Insel wegkommen! Und dann, wo wir unser neues Lager aufschlagen werden. Hast du eine Idee?" Der Ire strich sich mit der Hand über seinen kurz geschnittenen roten Bart.

„Also, wenn du mich so fragst, ja ich hätte eine Idee. Das geht aber nur, wenn wir ein Gastgeschenk mitbringen würden." Closter sah den drei Jahre jüngeren Iren von der Seite an.

„Was meinst du mit Gastgeschenk? Geld oder Beute?" O Connor grinste breit.

„Am besten ein paar junge Weiber! Aber fange mir ja nicht an, dabei wieder an diese rothaarige Owens zu denken! Die hat dir um ein Haar den Strick eingebracht!", belehrte er seinen Boss. Johan Closter schüttelte den Kopf.

„An die denke ich jetzt nicht, versprochen! Aber irgendwann werde ich sie mir noch holen! Und wo soll das neue Versteck sein?" Pete O Connor grinste wieder und zeigte dabei seine Zahnlücken.

„Drüben auf Grande-Terre. Da wohnt ein Bekannter von mir, auch ein Ire. Er hat dort eine Pinte und eine Menge Beziehungen. Nur eins fehlt denen, und das sind junge Weiber für den Puff." Closter dachte eine Weile nach.

„Wo liegt unser Schiff?", fragte er Pete. Der Ire schmunzelte.

„Dort wo es niemand findet. Die einheimischen Hilfskrieger hier von der Insel haben die Einfahrt vom Layou River wieder verlassen. In dem kleinen Seitenarm am Anfang liegt unsere „Amorice" gut versteckt. Wir könnten jederzeit auslaufen bei Nacht." Johan Closter nickte.

„Gut Pete, du ziehst heute Nachmittag los und gehst mit ein paar Leuten runter in Richtung Portsmouth. Da ist um diese Zeit Markt, wäre doch gelacht, wenn wir da nicht ein paar von den

Vögelchen einsammeln und zum Schiff bringen können! Aber ohne großen Auflauf, klar? Wir brechen um zwei Uhr auf."

Josy besah sich nochmal die Waren auf dem Wagen, die sie mit dem jungen Herold zum Markt bringen wollte. Mehrere Bananenstauden, einige Ananas, zwei Körbe mit reifen Mangos waren gut verpackt. Sie verabschiedete sich von der kleinen Sarah, die den ganzen Tag mit Paul spielte, der sich fürsorglich um die Kleine bemühte. Gerade als sie auf den Wagen stieg kam Ben noch angeritten und sprang aus dem Sattel.

„Hallo Liebling! Bleib nicht so lange weg, wir wollen heute Abend bei Pauls Mama vorbei gehen und ihre neue Hütte begutachten." Er gab Josy einen langen Kuss, den die junge Kreolin leidenschaftlich erwiderte.

„Mach`s gut, mein Prinz! Bis zum Abend sind wir wieder zurück. Ich muss dir auch etwas Wichtiges erzählen!", hauchte sie und dann ruckte der Wagen an. Sie winkten sich noch einmal zu, dann verließ der Wagen die Plantage.

Wo ist Josy?

Gegen 17.00 Uhr fuhren Josy und Herold wieder nach Hause, durchquerten ein kurzes Waldstück und unterhielten sich angeregt. Herold erzählte Josy gerade von seiner neuen Liebe Eileen, als urplötzlich aus einem großen Baum zwei Männer auf den Wagen herab sprangen. Herold bekam einen Schlag auf den Kopf, der ihn kampfunfähig machte, und Josy stülpte einer der Kerle einen Sack über, nachdem auch sie einen Schlag auf den Kopf erhalten hatte. Dann warf man sie über ein Pferd und galoppierte davon.

Nach wenigen Minuten wachte Herold wieder auf. Schmerzverzerrt richtete er sich vom Boden auf und sah sich um. Der Wagen und die Pferde waren noch da, nur die Frau von Master Ben war spurlos verschwunden, so laut er auch rief. Hastig sprang er auf den Wagen, gab den Pferden die Peitsche und preschte mit Tempo in Richtung Plantage. Tony und Ben, die gerade auf der Veranda standen und sich unterhielten, sahen wie das Gespann die Auffahrt zum Herrenhaus herauf gerast kam. Tom wollte schon losschimpfen was der Kutscher sich denn dabei dachte, als Ben ihn am Arm festhielt.

„Warte, das ist Herold! Er war mit Josy auf dem Markt! Aber wo ist sie?" Mit wenigen Sprüngen über mehrere Stufen stand er unten und hielt das Pferd auf, dessen Flanken schweißnass waren und das Maul voller Schaum.

„Was ist los Herold? Wo ist meine Frau? Red schon!", schrie er den jungen Schwarzen an, der bibbernd neben dem Wagen stand.

„Massa Ben, man hat uns auf dem Heimweg überfallen! Und die Missis hat man entführt!", versuchte er dem aufgeregten Ben die Lage zu erklären. Tom versuchte beide zu beruhigen.

„Herold, nochmal ganz langsam, was ist passiert?" Und so erzählte Herold wie der Überfall abgelaufen war. Ben und Toni sahen sich kurz an und Ben sagte nur eine Wort: „Closter!" Tom nickte mit zusammengebissenen Zähnen.

„Dieser Sauhund gibt noch keine Ruhe! Jetzt ist es aber genug! Ich werde ihn suchen und töten!" Ben nickte kurz.

„Und ich werde mitkommen! Und wir werden nicht ruhen bis wir ihn erwischt haben!" Er hielt Toni seine Hand hin, dieser nahm sie und drückte fest.

„Lass uns alles vorbereiten, Ben! Ich rede jetzt mit meiner Mercedes!" Plötzlich ertönte es einige Stufen hinter ihnen:

„Ich habe alles gehört, Tony Winford!" Mercedes stand dort und starrte beide an. Langsam kam sie die Stufen herunter, bis sie neben den beiden Männern stand.

„Ihr müsst Josy finden, koste es was es wolle! Und befördert diesen Closter endlich ins Jenseits, damit hier auf der Insel Ruhe wird! Aber passt auf euch auf! Und du Tony, denk daran, wir haben ein Kind! Es soll seinem Dad noch lange Freude bereiten! Das mit der Plantage schaffen wir schon ein paar Tage alleine! Gott sei mit euch!" Sie küsste zuerst Tony leidenschaftlich und dann Ben freundschaftlich und sah beiden in die Augen, ehe die sich verabschiedeten.

Tony Winford und Ben Mosley ritten als erstes nach Portsmouth. Dort erfuhren sie, dass an diesem Abend insgesamt sechs junge Frauen verschwunden waren. Väter und Ehemänner hatten sich bei den Konstablern gemeldet.
Für Tony stand fest, man würde die Frauen von der Insel schaffen wollen. Und das ging nur mit einem Schiff. Also hieß das,

wohin würde man diese jungen Frauen bringen? Edgar Halifax, der Kneiper vom „Grand Elias" brachte den ersten Hinweis.

„Hört mal Leute, wenn das dieser Closter war, dann hat der nur ein Ziel, entweder Basse Terre oder die Nachbarinsel Grande-Terre! Und auf Grande-Terre gibt es in Pointe-à-Pitre ein Bordell! Ich könnte mir vorstellen, dieser Closter verkauft die Mädels an diesen Puff! Der Betreiber heißt Lulu Seogan und kommt aus Guayana, das ist ein ganz zwielichtiger Schurke!"
Im Nu brandete die Stimmung auf unter den Leuten in der Gaststube. Jeder hatte was gehört oder schon mal gesehen. Aber wo waren Josy und ihre Leidensgenossinnen jetzt? Im Nu hatten sich gut zwanzig junge und ältere Männer bewaffnet und zogen los hinauf in den Norden der Insel.
Tom und Ben aber zog es zum Layou River, dort wo sie vor Wochen Closters Haufen geschlagen hatten. Zwei junge Kerle hatten sich ihnen angeschlossen. Und so ritten sie durch die Nacht im Schein des Vollmondes. Sie kamen gerade aus dem Wald heraus und erreichten den Kanal in dem das Wasser aus den Bergen in die Karibische See floss, als sie weit draußen die Umrisse eines Schiffes sahen, dass offenbar vor wenigen Minuten erst den Kanal verlassen hatte. Ben deutete auf das Schiff.
„Sieh hin, sie fahren ohne Positionslampen bei Nacht! Das müssen sie sein!" Tony nickte verärgert. Eine Stunde eher, und wir hätten sie noch geschnappt! Ben knurrte wie ein bissiger Hund.
„Auf dem Kurs, den sie jetzt fahren, kommen sie aber nicht nach Basse Terre!" Tony nickte, dann gab er seinem Pferd die Sporen und rief:
„Los! Wir müssen höher hinauf, vielleicht sehen wir dann wo sie hin wollen!" Und schon jagten sie den Hang hinauf, der langsam ansteigend bis auf eine Anhöhe führte. Dort oben angekommen, sahen sie das Schiff wieder. Aber diesmal mit angezündeten Positionslampen.
„Halifax hat Recht gehabt, Tony! Der Kahn will bestimmt nach Grande-Terre!" Tony starrte durch sein Fernrohr und verfolgte drei winzig kleine blinkende Punkte draußen auf hoher See. Er setzte das Glas ab und sah seinen Freund an.
„Ja, es stimmt, sie wollen nach Grande-Terre!" Er legte dem traurigen Ben den Arm um die Schultern.

„Wir werden deine Josy wieder heim holen, Ben, so wahr ich Tony Winford heiße!" Ben wischte sich verstohlen die Tränen ab und nickte.

„Danke, ich weiß Tony!" Und dann standen zwei junge Männer im hellen Mondlicht und ließen eine Weile den Tränen freien Lauf. Wortlos reichten sie sich plötzlich wie auf ein geheimes Kommando die Hände. Sie erneuerten einen Treueschwur, der für alle Zeit gelten sollte.

In der Kombüse des Kapitäns der „Amorice" saßen Closter, der Ire Pete und der Kapitän Amoros, ein Schwarzer aus Guyana. Nacheinander führte man die sechs Frauen herein und begutachtete die Beute lachend. Plötzlich wurde eine junge stramme Kreolin herein geschoben. Stur nach unten schauend stand sie da. Beim Anblick der jungen Frau war Closter aufgesprungen und keuchte plötzlich:

„Verdammt, wer hat denn dieses Teufelsweib eingesammelt? Die ist von der Winford-Plantage! Sie ist die Frau von dem Rothaarigen!" Lachend umkreiste er in gebührenden Abstand die junge Frau. Die sah ihn plötzlich starr an. Eine kleine Puppe in Richtung Closter hochhaltend, flüsterte sie leise:

„Johan Closter! Ich verfluche dich bis in alle Zeiten! Du sollst als Untoter unter dem Himmel nie deine Ruhe finden! Closter! Ich verfluche dich bis ins zehnte Glied deiner Nachkommen! Du wirst jämmerlich bei lebendigem Leib verfaulen! Deine Seele wird nie Ruhe finden!" Dann spuckte sie aus. Closter war mit einem Schlag bleich geworden, er schnappte nach Luft. Dann schrie er plötzlich mit sich überschlagender Stimme:

„Schafft diese Hure hinaus! Sondert sie von den anderen Weibern ab! Raus! Raus! Los!"

Die anderen Halunken standen starr und steif da und hielten den Atem an. Einer von ihnen war verflucht worden, das konnte übel ausgehen!

Als Josy den Raum wieder verlassen hatte, sank Closter keuchend auf seinen Schemel. Die anderen sahen sich unschlüssig und verwundert an. War dieser Closter tatsächlich derartig abergläubig? Hatten sie da etwa eine Hexe an Bord geholt? Eine die alle anderen verzaubern und sterben lassen konnte? Eine sogenannte „Voodoo- Frau"! Amoros hatte die Augen aufgerissen und zitterte. Solche Frauen kannte er aus seiner Heimat Guayana.

„Wir sollten sie über Bord werfen, Boss! Oder sie verbrennen!", entfuhr es dem Kapitän. Doch Closter schüttelte den Kopf.

„Niemals, Amoros! Wir dürfen ihr nichts antun! Ansonsten überleben wir dieses Abenteuer alle nicht!"

Nur Pete, der Ire, verdrehte die Augen und dachte bei sich: „So ein Humbug! Aber wenn der die Alte nicht wollte, er würde sie sich ganz gerne zu Gemüte führen. Er würde sie Closter einfach abkaufen!"

„Hör mal Closter, wie wäre es, wenn du mir diese Kreolin überlässt? Ich zahle dir den gleichen Preis wie ihn dir Lulu gezahlt hätte!" Johan Closter sah seinen Spießgesellen an.

„Bist du verrückt, sie wird dich verhexen!" Pete lachte frech heraus.

„Quatsch! Ich werde sie eine Zeitlang kräftig besteigen und dann eines Tages den Haien zum Fraß vorwerfen! Das wäre doch nicht die Erste die wir uns gönnen! Mich verhext keine, verlass dich darauf!" Closter nickte auf einmal.

„Gut, fünfzehn englische Pfund hier auf den Tisch und sie gehört dir!" Der Ire grinste breit und holte seine Geldkatze hervor. Dann aber meinte er plötzlich:

„Ach Johan, ich gebe dir fünf Pfund und wir sind quitt!" Closter schüttelte den Kopf und hielt seinem Gegenüber die Hand hin.

„Zehn Pfund, mein letztes Wort!" Pete schlug ein.

„Abgemacht, zehn Pfund weil sie so knusprig ist und festes Fleisch hat!"

„Und ein paar tüchtige Euter mit sich herum trägt!", warf Amoros ein, und alle lachten. Pete O Connor saß still in seiner Ecke und stellte sich vor, wie er die kleine Kreolin nehmen würde. Plötzlich stand er auf und verließ die Kapitänskajüte. Closter und Amoroso sahen sich an und feixten.

„Ich glaube, der Pete will es gleich ausprobieren wie es läuft mit der kleinen Hexe", nuschelte Amoros. Sie öffneten eine Flasche Rum und gossen die Becher voll, dann tranken sie sich gegenseitig zu. Closter dachte in diesem Augenblick an Mercedes Owens, die er im Alter von 13 Jahren im Wald abgefangen, in eine Höhle verschleppt und dort vergewaltigt hatte. Niemand hatte ihm damals diese Tat beweisen können, vor allem weil die Kleine damals eisern schwieg. Er hatte ihr angedroht beide Eltern umzubringen, wenn sie ihn verriet. Aber dann kam dieser missglückte Überfall, und dieser Rotschopf hatte geredet. Nur knapp war er dem Strick entgangen diesmal. Er nahm sich vor in Zukunft mehr im Hintergrund zu bleiben. Doch eines Tages würde er sich dieses rothaarige Weibsstück holen, und wenn es das letzte war, was er in seinem verpfuschten Leben noch tun konnte! Plötzlich gab es oben an Deck einen Tumult und lautes Geschrei. Er stand auf und ging hinauf an Deck. Dort standen ein paar Matrosen und sahen hinauf zur Rah. Als er hochsah, erblickte er im hellen Mondschein die Kreolin. Und unten stand Pete und hielt sich sein blutendes Ohr, das zur Hälfte fehlte. Der Ire war fassungslos und schrie:

„Das dumme Weib hat mir das halbe Ohr abgesäbelt! Sie hat ein Messer!" Closter schüttelte den Kopf.

„Was hab ich dir gesagt, lass die Finger von der! Jetzt ist das dein Problem, du hast sie gekauft! Sie gehört dir, Pete!" Dann drehte er sich wieder um und stieg die Stufen wieder hinunter und ging in seine Kajüte.

„So ein Idiot!", murmelte er vor sich hin. Von ihm aus konnte dieses Teufelsweib drei Tage da oben sitzen bleiben. Doch beim Einlaufen in den Hafen musste sie da oben verschwunden sein. Josy spähte hinunter auf das Deck und sah wie sie unschlüssig dastanden und sich berieten. Einen Moment dachte sie daran ins Wasser zu springen, aber dann würde sie Ben und ihre kleine Tochter Sarah nie wiedersehen. Es gab zu viele Haie, und bis zum Strand von Grande-Terre war es noch zu weit zum Schwimmen. Denn das diese Reise nach Grande-Terre ging, dessen war sie sich inzwischen sicher. Sie hatten inzwischen Basse Terre schon passiert, sie hatte es an den zahlreichen Lichtern in der Dunkelheit gesehen. Man hatte sie mit den anderen Frauen in einem Raum gesperrt, dessen Bullauge vergittert war. Es war der Raum in den man Gefangene einsperren konnte.

Immer wieder ertappte sie sich dabei, dass sie am Einschlafen war. Und dann passierte es doch. Zwei Matrosen warfen ihr ein Netz über den Kopf. Sie waren heimlich barfuß nach oben geklettert, und sie hatte es nicht bemerkt. Wie ein Netz voller Fische ließ man sie am Seil hinunter auf Deck und schleppte die sich wie der Teufel wehrende Frau unter Deck und warf sie in die Bilge. Hier unten schwappte das faulende Wasser und meist war man in Gesellschaft von Ratten.

Am nächsten Vormittag kam das Schiff in Pointe-à-Pitre an und lief an einem kleinen Steg an der Seite des Hafens ein. Pete hatte Josy fesseln lassen und schaffte sie persönlich zu Lulu dem Bordellbetreiber. Er hatte sich entschlossen dieses verrückte Weib wieder zu verkaufen. Seogan war ein Kerl wie ein Schrank. Er hatte Oberarme, da konnte mancher sich ein Bein daraus machen lassen. Und er war ein Mulatte, trug sehr bunte Hemden und bunte lange Hosen. Der Ire schubste die Kreolin in den Gastraum und sah sich um. Lulu saß hinter der Bar und rechnete. Beim Eintreten von Pete und Josy sah er auf und grinste breit. Er stand auf und kam ihnen entgegen. Er sprach Pete auf Französisch an.

„Was bringst du denn hier, ist das deine neue Flamme? Und so schön verschnürt, reißt sie sonst aus?" Pete nickte und deutete auf sein desolates rechtes Ohr. Lulu verzog schmerzhaft das Gesicht.

„Oh, die scheint aber rabiat zu sein beim ficken!" Pete schüttelte den Kopf und meinte auf Französisch:

„Bei der kommst du nicht mal an die Schuhbänder ran." Mit einem Mal holte Lulu aus und knallte Josy eine mit der linken Hand. Es patschte und Josy lag am Boden und blutete aus der Nase.

„Hast du es schon mal damit versucht, mon cher? Jedes Mal wenn sie bockt, knallst du ihr eine! Das wirkt Wunder! Oder willst du sie loswerden?" Pete nickte erleichtert und Lulu grinste zynisch.

„Hm, was soll sie denn kosten?" Pete O Connor schnaufte mitleiderregend.

„Lulu, sparen wir uns das! Gib mir zehn Pfund und wir sind quitt!" Lulu grinste.

„Ich gebe dir acht und du hast sie los!" Pete nickte, ihm war nicht nach längerem Feilschen zumute. Lulu ging zum Tresen, schrieb etwas auf einen Zettel und brachte ihn Pete.

„Hier, unterschreib mir das. Damit hast du sie verkauft und sie gehört rechtskräftig mir!" Dann reichte er Pete das Geld. Der steckte es flugs ein und verabschiedete sich schnell. Lulu schob Josy zu einem Stuhl. „Setzt dich hin, Kreolin!" Und als Josy nicht reagierte, holte er schon wieder aus. Doch Josy plumpste auf den Stuhl und Lulus Schlag ging ins Leere, und das hätte ihn fast von den Füßen gerissen. Er starrte Josy einen Moment überrascht an, dann musste er doch grinsen. „Na du bist mir vielleicht eine", murmelte er, und in seinen Augen lag sowas wie Achtung vor der taffen Kreolin. Er dachte einen Augenblick nach, dann fragte er sie: „Wo kommst du her und wie heißt du?" Josy verzog das Gesicht und biss sich auf die Lippen. Lulu deutete wieder eine Backpfeife an. Da lehnte sie sich zurück und meinte plötzlich: „Gib mir erst mal was Ordentliches zu trinken! Einen schönen Rum!" Lulu erstarrte förmlich, schüttelte den Kopf stand auf und holte tatsächlich einen Glas Rum und stellte es vor Josy auf den Tisch. Die nahm es und kippte das Gesöff mit einem Ruck hinunter und stellte das Glas wieder ab, als habe sie gerade Limonade getrunken. Dann meinte sie:

„Ich heiße Josy Mosley, mein Mann ist drüben auf Dominica Verwalter auf einer Plantage. Ich habe eine Tochter, die heißt Sarah und ist zwei Jahre alt." Lulu wischte mit dem Zeigefinger über den nassen Fleck den das Glas auf dem Tisch hinterlassen hatte. Ihm kam eine Idee. Denn fest stand, die Kleine war kein Hasenfuß. Mit solchen Weibern hatte man nur Ärger!

„Sag mal Josy, würde dein Mann dich wieder hier rauskaufen? Oder hast du ihm auch schon das halbe Ohr abgesäbelt und er ist froh dich los zu sein?" Josy schüttelte den Kopf.

„Nö, das mache ich nur, wenn mich einer besteigen will und mich nicht vorher fragt! Ich bin ordentlich verheiratet." Lulu sah die junge Kreolin beinahe wohlwollend an, und Josy schöpfte schon Hoffnung.

„Hör zu Josy! Ich lass dich da aus deiner Verkleidung frei. Du musst auch nicht am Abend mit den Männern vögeln. Du bekommst ein eigenes Zimmer hier im Haus. Deine Aufgabe ist es, auf die Mädels aufzupassen. Wenn sie nicht spuren, kannst du sie verdreschen. Aber nur so, dass sie am Abend noch die

Beine breit machen können. Du kannst ansonsten machen was du willst. Solltest du jedoch versuchen abzuhauen, werden wir dich mit den Hunden finden. Und dann endest du als Fischfutter draußen auf See, verstanden?" Josy sah ein, dass es jetzt besser war, auf sein Angebot einzugehen. Irgendwann würde sich die Gelegenheit ergebenen abzuhauen. Und außerdem würden Ben und Tony sie ganz bestimmt suchen und auch finden, wie damals Mercedes. Sie nickte bereitwillig und lächelte.

„Einverstanden Lulu, wir machen es so! Aber sorge dafür, dass sich keiner aus Versehen in mein Bett verirrt! Wie das endet, hast du bei dem Iren ja gesehen, ich hätte ihn auch die Eier abschneiden können!" Lulu ging zum Tresen und holte ein Messer, dann schnitt er die Maschen des Netzes durch und Josy war wieder frei. Sie stand auf.

„Lulu, ich hab Hunger! Auf dem Kahn gab es nix zu essen." Er lachte nur.

„Komm mit, ich bring dich zur Küche. Und Klara zeigt dir auch dein Zimmer oben unterm Dach." Und so landete Josy Mosley im Bordell „Blume von Sava"! Sehr schnell hatte sie in Lulu einen Beschützer gefunden, was in dieser zwielichtigen Gegend unabdingbar war. Und sie passte tatsächlich wie ein Luchs auf die Mädels auf, aber sie war immer freundlich und konnte zuhören, wenn die jungen Dinger Sorgen und Probleme hatten. Und so vergingen die Tage. Jeden Abend saß Josy am Fenster ihres Zimmers und sah hinaus auf das Meer und ihre Gedanken waren bei ihren Lieben zu Hause …

Mit dem Sonnenaufgang waren Tony Winford und sein Freund Ben Mosley bereits im Hafen von Portsmouth eingetroffen. Mit zwei Pferden, einer Menge Gepäck und weiteren fünf jungen Männern, waren sie am Morgen an Bord eines Lastenseglers gegangen. Aber dieser Lastensegler war ein besonderes Schiff, denn er hatte vier sonderbare Aufbauten längs der Reling auf beiden Seiten. Und unter Deck logierten weitere 24 Männer, neben denen von Tony und Ben. Am Tag hatten sie keinen Zugang zum Deck, nur des Nachts konnten sie an die frische Luft gehen.

Zu Hause regierten ab sofort Tonys Vater Lord Lester Winford und sein Schwiegervater Sir Wilson Owens. Dazu natürlich

Mercedes, die auch ihren Teil dazu beitrug, dass die Plantage „Riviere la Croix" gut bewirtschaftet wurde. Tony und Ben hatten sich zwei Wochen Zeit gegeben, um Josy wieder zu finden. Ihr Gepäck enthielt zahlreiche Waffen verschiedener Art. Ihr offizielles Auftreten gab sie als Handelsreisende des Commonwealth aus, die im Auftrage des Königshauses unterwegs waren. Lester hatte ihnen extra Pässe drucken lassen die sogar vom Kommandanten der Festung unterstempelt worden waren. Das heißt, sowohl der Festungskommandant als auch Chief der Konstabler wusste Bescheid, was Tony und Ben vorhatten. Obwohl Tony anfangs dagegen gewesen war, so viele Personen einzuweihen, aber so war man sicher, auch Hilfe zu erhalten wenn man sie brauchte. Immerhin waren sie im Auftrag der Krone, sozusagen als Spione bei den Franzosen! Und das konnte, wenn es schief ging, fatale Folgen für beide haben. Denn mit Spionen machte man kurzen Prozess.

Tony lehnte neben Ben an der Reling. Unter ihnen rauschte das Wasser der See dahin. Das Wetter war wunderbar, so wie es um diese Zeit sein musste. In sechs Wochen war Christmas, und Ben hatte schon fleißig gebastelt.

„Ich wette mit dir, dass wir Josy in Pointe-à-Pitre finden werden" sagte Tony zu Ben. Der seufzte tief.

„Wenn ich mir vorstelle, Josy muss in diesem Bordell anschaffen, dann brenne ich den Laden eigenhändig ab!", stieß er hervor. Tony legte seinem Freund den Arm um die Schulter.

„Hab Mut, Ben! Wir werden sie finden, so wir damals Mercedes gefunden haben. Und außerdem, unser alter Lastensegler hat insgesamt neun Kanonen an Bord. Was glaubst du was wir veranstalten, wenn wir Josy gefunden haben?" Ben nickte lächelnd.

„Und Closter!", setzte er noch hinzu. Tony nickte.

„Ja, auch diesen verdammten Hund Closter werden wir diesmal wieder erwischen, so Gott es will!" Ben deutete nach vorn, wo sich über dem Bug eine dunkle Linie anzeichnete, die stets zu wachsen schien. Sie näherten sich Grande-Terre. Zur Mittagszeit sahen sie bereits deutlich die Berge der Insel, und am Nachmittag lag ihr Schiff im Hafen von Pointe-à-Pitre. Tony und Ben schifften aus und mit ihnen ihre fünf Helfer. Die hatten den Auftrag, die Gegend rund um das Bordell zu erkunden. Um aber nicht aufzufallen, logierten sie sich im Gasthof „Zum Anker" ein. Das war ein kleines, aber für die Verhältnis auf Grande-Terre, beschauliches und sauberes Hotel. Die Pferde standen im Stall und sie bezogen ihre Zimmer.

Gegen Abend begaben sie sich in den Ort und schlenderten in leichter Verkleidung durch die Gassen. Als ersten trafen sie auf Malcolm, dem Boss der fünf Hilfskräfte die sie mitgebracht hatten. Mit einem Kopfnicken, lotste sie der Mulatte in eine Ecke neben einer Bäckerei.

„Sir, ich war bis zum Eingang des Bordells. Sie machen erst in einer halben Stunde auf. Vorn stehen zwei bullige Typen, die jeden genau anschauen und abtasten." Tony bedankte sich bei dem Mulatten und bat ihn, am Eingang des Bordells zu bleiben. Dann gingen sie weiter, überquerten einen Platz und fanden dort den Schwarzen Edwin auf einer Bank sitzend. Ungezwungen setzten sie sich daneben und unterhielten sich. Bis Edwin sie leise ansprach.

„Sir Winford, hier um die Ecke beginnt eine Gasse die bis hinüber zum Bordell und dann weiter bis zum Hafen führt. Da müssten wir zwei Mann hinstellen." Tony lobte den jungen Schwarzen.

„Gut kombiniert Edwin, wir schicken dir Sulaiman noch dahin. Verkriecht euch irgendwo, wo euch keiner gleich sehen kann. Und haltet auf jeden Fall die Waffen schussbereit!" Der schlaksige Inder nickte wortlos, und Ben und Tony standen auf und liefen weiter. Tatsächlich führte die Gasse hinter dem Bordell und drei weiterer Gebäuden entlang und endete dann unmittelbar am Hafen. Dort trafen sie dann auf George, einen jungen Engländer und Maurice, einen gleichaltrigen Franzosen, dessen Eltern schon lange auf Dominica lebten. Beide waren angezogen wie junge Männer aus gutem Hause, aber auch sie trugen zwei Pistolen unter dem Rock. Ben sah vorsichtig auf seine Taschenuhr, ein Geschenk Tonys.

„So Jungs, ihr könnt euch auf den Weg machen! Aber passt auf, an der Tür wird man abgetastet. Legte also eure Pistolen in die kleine Weinkiste, dort wo der Eingang zu den Toiletten ist. Wir gehen als erste rein und holen die Kiste dann ab und verteilen sie wieder. Auf geht´s Leute! Viel Glück!"

Langsam entfernten sie sich wieder von den beiden und liefen zunächst zu dem kleinen Häuschen neben dem Eingang zum Bordell. Hier konnte man seine Notdurft verrichten, und hier war der Eingang zum Keller des Hauses. Ungesehen legten sie ihre beiden Pistolen in die Holzkiste, die von zwei alten Teppichen verdeckt war. Dann gingen sie gemächlich zurück zum Eingang, wo sich bereits eine Anzahl von Männern eingefunden hatte. Zum größten Teil Matrosen aus aller Herren Länder, aber auch feinere Herrschaften, die etwas seitlich standen. Tony spürte wie Bens Aufregung langsam anstieg und drückte seinen Arm. Als Ben ihn ansah lächelte er und nickte unmerklich.

Plötzlich wurden die beiden Flügeltüren geöffnet und einer der Türsteher rief zu ihnen herüber:

„Meine Herrschaften, bitte hier entlang zu den Separees und der Bar!", und geleitete sie unter dem Geschimpfe der Anderen ins Haus. Fest stand also, hier gab es zweierlei Publikum. Ein gut zahlendes und die Straßenjungs. Aber wo würden sie dann Josy finden? Plötzlich stand der junge Maurice neben ihnen und stieß Tony an.

„Sir, ich habe gerade Closter gesehen! Er ist oben auf der Dachterrasse, da wo die Herrschaften dinieren! Hier sind Ihre Waffen!" Er steckte ihnen die Waffen zu. Tony und Ben sahen sich an und nickten gleichzeitig.

„Gut, der muss noch warten. Erst müssen wir Josy finden!"

Sie wandten sich ab und liefen in einen Gang hinein, der zum Saal führte. Dort angekommen, setzten sie sich neben der Tür an einen Vier-Mann-Tisch und sahen sich um. Die Beleuchtung war bunt und gedämpft, eine Kapelle begann gerade zu spielen. Plötzlich stieß Ben seinen Herrn an und deutete mit dem Kopf in Richtung Bar.

Dort stand ein Mann in einem bunten Hemd und einer ebenso bunten Hose und unterhielt sich mit einer jungen Frau. Die trug ein langes Kleid mit tiefem Ausschnitt. Als sich die beiden ein wenig herum drehten schnaufte Ben auf einmal tief auf und starrte die Frau an – es war Josy!

„Der Papagei muss dieser Lulu sein!", zischte Ben wütend. Und dann kam die junge Frau langsam mit einem runden Servierbrett in der Hand in ihre Richtung. Fünf Schritte vor ihrem

Tisch blieb sie ruckartig stehen. Ihr Gesicht verzog sich zu einem Lächeln und sie kam langsam näher.

„Was wünschen die Gentlemen zu trinken?", fragte sie mit vibrierender Stimmlage und drückte ihr linkes Knie gegen Bens Bein. Der wusste nicht ob er zufassen sollte oder was er tun sollte. Josy zischte leise:

„Steck mir einen Geldschein in mein Strumpfband, los!", und hob das Kleid leicht an. Ben tat wie ihm geheißen und sah, dass Josy schon allerhand Trinkgeld eingesammelt hatte. Dann notierte sie ihre Bestellung und ging mit wiegenden Hüften zurück zur Bar. Dort angekommen gab sie die Bestellung beim Barkeeper auf und meinte zu ihm:

„Hör mal, Jaspar! Ich gehe eine halbe Stunde mit einem der noblen Herrn hoch. Nur damit Lulu mich nicht sucht! Alles klar?" Der Barkeeper sah sie erstaunt an.

„Das machst du doch sonst nicht! Warum ausgerechnet heute?" Josy feixte breit.

„Den kenne ich noch von St. Vincent. Der hat eine Menge Kohle und ist sehr freigiebig. Und ich muss die Beine nicht mal breit machen." Jaspar schüttelte den Kopf.

„Und dafür gibt der Idiot Geld aus? Nicht zu glauben! Und wenn ich dir mehr gebe als der, machst du bei mir dann die Beine breit?" Josy lachte gehässig.

„Das würdest du nicht überstehen, Jaspar! Also lass es lieber!" Der Barkeeper winkte ab.

„Hau schon ab, verrückte Nudel!" Josy lächelte wieder ihr schönstes Lächeln und zog los. Am Tisch von Ben und Tony angekommen, blieb sie stehen mit ihrem Tablett mit einer Flasche Wein und Gläsern.

„Folgt mir in Zimmer 11! Macht schnell, wir haben nur eine halbe Stunde Zeit!", meinte sie zu dem überraschten Ben. Dann drehte sie sich um und stolzierte voraus die Treppe empor. Der Barkeeper Jaspar stand mit offenem Mund da und sah dem Trio hinterher.

„Die geht mit zweien gleichzeitig hoch! Na so ein geiles Luder!", brummte er und wandte sich wieder seiner Arbeit zu. Inzwischen waren die drei vor Zimmer 11 angekommen und Josy schloss auf. Rasch huschten sie hinein, und während sich Ben und Josy in den Armen lagen, schloss Tony zunächst die

Tür wieder ab. Dann inspiziere er das Fenster und sah hinunter in den Hof. Eine schnelle Flucht war von hier oben unmöglich. Josy war überglücklich und umarmte nun auch Tony. „Wollt ihr mich jetzt rausholen hier?", fragte sie. Beide nickten einhellig und erklärten ihr, mit welcher Streitmacht sie da waren. Josy dachte einen Moment nach. „Hört zu! Ihr wartet bis heute Nacht hier Schluss ist. Bevor die letzten Gäste raus sind, verzieht ihr euch dann in den Keller. Ich komme dort hin und dann aber nix wie weg! Klar?" Die beiden nickten gehorsam, Josy hatte sich eigenartig verändert. Sie war auf einmal nicht mehr die kleine Kratzbürste oder Schmusekatze, sie war eine erwachsene Frau, die wusste was sie wollte! Ben wollte wissen wie Josy in den Keller kam. „Ich gehe jede Nacht vor Schluss mit Lulus Mops nochmal raus und immer unten durch den Keller."

Nach einer halben Stunde ließ sie die beiden Männer wieder aus ihrem Zimmer, verrutschte ein wenig ihr Kleid, so dass es aussah, als wenn sie es erst rasch wieder angezogen hätte und ging zurück an die Bar. Jaspar sah sie grinsend an, weil Lulu auf einmal hinter ihr stand.

„Man hat mir erzählt, du hast heute zwei Freier gehabt? Seit wann denn sowas?" Josy verzog das Gesicht und grinste vielsagend. Plötzlich holte Lulu aus und gab ihr eine schallende Ohrfeige. Und dann brummte er zornig:

„Wenn du heute mit Astor draußen warst, kommst du anschließend in mein Büro! Vergiss es aber nicht!", meinte er noch vielsagend.

Und diese Szene hatte ein junger Mann mit roten Haaren gesehen, der am Eingang zur Bar gestanden hatte. Dieser junge Mann folgte Lulu, der den Saal verließ und einen Gang entlang lief, ein Zimmer aufschloss und darin verschwand. Kaum war die Tür wieder zu, klopfte Ben an die Tür. „Herein!", kam es von drinnen. Ben stieß die Tür auf und trat ein. Lulu stand gerade mit einem Glas da und sah den fremden Mann an.

„Was wollen Sie hier, Sir? Hier sind meine privaten Räume!" Ben nickte freundlich lächelnd und trat an den etwa gleichgroßen Mulatten heran. Einige Sekunden musterte er ihn, dann meinte er leise:

„Machte es Ihnen Spaß Frauen zu schlagen, Lulu?" Der sah ihn an, in seinen Augen begann es zu flackern. Aber er kam nicht weiter weg von diesem Rothaarigen, denn hinter ihm kam die große Liege und dann die Wand. Er versuchte forsch dagegen zu halten.

„Was geht Sie das an, Sir? Es sind meine Mädchen, mit denen kann ich machen was ich will!" Ben schüttelte den Kopf.

„Sie irren sich Lulu, die Sie eben draußen geschlagen haben ist meine Frau! Und deswegen poliere ich dir Gockel jetzt die Fresse!" Kaum ausgesprochen, verabreichte Ben ihm zwei Faustschläge, die seinen Kopf hin und her pendeln ließen. Plötzlich aber blitzte in Lulus Hand ein kurzes Messer auf. Doch ehe er sich versah, sauste seine Hand mit dem Messer unter seinem Kinn entlang und ein Blutschwall schoss heraus. Er wollte noch etwas schreien, doch brachte er nur noch ein Röcheln zustande, dann fiel er zu Boden, zuckte noch ein paarmal und dann war es vorbei. Lulu Seogan war tot! Ben wischte sich die Hände am Tischtuch ab und verließ wieder den Raum. Auf dem Weg zurück zum Saal begegnete ihm niemand, bis er auf einmal vor Tony am Treppenaufgang stand. Der sah ihn fragend an.

„Wo warst du auf einmal?" Ben grinste.

„Ich habe Lulu erledigt, der schlägt keine Frau mehr!" Tony sah ihn erschrocken an.

„Hat er Josy geschlagen?" Ben nickte nur. Plötzlich kam Josy wieder an die Bar. Man sah es an ihrer rechten Wange, was vorgefallen war. Sie sah Ben an und Tränen standen in ihren Augen. Er umfasste sie einfach an der Hüfte und flüsterte ihr zu:

„Dein Boss ist gerade ums Leben gekommen. Wir müssen unseren Abgang etwas vorziehen. Wir gehen jetzt sofort, komm mit!"

Plötzlich schrie eine Frauenstimme gellend um Hilfe. Offenbar hatte man Lulu schon gefunden. Im Nu war im Saal die Hölle los. Ben zerrte Josy an der Hand die Stufen zum Keller hinunter. Dort standen plötzlich zwei bullige Typen und wollten sie aufhalten.

„Halt! Das Weib bleibt hier!", schrien sie und fuchtelten mit den Armen. Ben zog die Pistole und feuerte sofort. Einer der beiden Kerle kippte nach hinten über und fiel die Treppe hinab. Den anderen erwische Tony, und auch er verlor auf dieser Treppe sein Leben. Kaum hatte sie den Hof erreicht, peitschten wieder Schüsse durch die Nacht. Die Kugeln klatschten gegen die Wände und surrten dann als Querschläger weiter. Tony und Ben schossen nun mit der zweiten Pistole zurück. Einen der oben auf der Terrasse stehenden Schützen mussten sie erwischt haben. Denn ein Schrei gellte durch die Nacht und eine Gestalt fiel herunter in den Hof. Doch da standen die Drei schon auf der Straße und mit ihnen ihre fünf Männer Verstärkung. Abwechselnd schossen sie im Laufen auf das Gebäude hinter ihnen. Dann hatten sie endlich eine Gasse erreicht, in die sie einbiegen konnten. Eine Weile liefen sie noch, dann blieben sie kurz stehen. Eingehängt, zwischen ihrem Mann und Tony liefen sie nun zu dritt die Gasse entlang. Doch plötzlich standen mitten auf der Gasse drei Männer mit gezogener Waffe. Tony fluchte leise. Ben schob Josy zu Malcolm und sah ihn starr an.

„Malcolm, bring meine Frau zum Schiff! Wir halten die Bande auf! Wenn wir in zwei Stunden nicht da sind, lauft ihr aus! Verstanden?" Malcolm nickte. Ben gab Josy einen Kuss.

„Geh jetzt mit ihm! Wir komme nach!" Und noch ehe Josy etwas erwidern konnte, hatte Malcolm sie gepackt, in ein Gebüsch gezerrt und dann liefen sie los. Es musste so etwas wie ein Garten sein. Denn sie trampelten durch Gemüse und rissen Stauden um. Malcolm wusste wo er hinlaufen musste. Er kannte sich hier im Hafen aus, weil er hier aufgewachsen war. Hinter sich hörten sie die Schießerei. Josy betete zu allen Schutzheiligten die sie kannte, damit sie ihren Ben und Tony heil wieder bekam.

Wenig später betraten sie die Planke zum Schiff und verschwanden unter Deck. Josy legte sich auf das Bett und weinte bitterlich. Irgendwann räusperte sich jemand an der Kajütentür und meinte halblaut:

„Wieso flennst du denn? Denkst du ich bin schon tot? Da wird nix draus, Josy Mosley!" Sie sprang auf und fiel Ben um den Hals und küsste ihn leidenschaftlich. Sie lagen schon eine Weile in der Koje als Josy ihn fragte:

„Laufen wir noch nicht aus?" Ben schüttelte den Kopf und stöhnte leise, weil ihm der Fuß schmerzte. Als er hinsah, sah er auf einmal Blut. Da hatte ihn eine Kugel doch tatsächlich seitlich am Fuß gestreift. Josy verband die Wunde.

„Nein, wir laufen noch nicht aus. Tony will unbedingt diesen Closter noch erwischen. Außerdem müssen wir nochmal zurück zum Hotel unsere Habseligkeiten abholen. Er ist sich sicher, dass einer von denen, die im Bordell auf uns geschossen haben, Closter gewesen sein muss."

Irgendwann in der Nacht als Ben kurz aufwachte, spürte er, wie sich das Schiff bewegte. Tony setzte offenbar seinen Plan um, den Lastensegler in eine andere Position zu bringen. Dorthin, wo die Kanonen ein gutes Schussfeld hatten. Tony Winford hatte beschlossen, den Ort Pointe-à-Pitre dem Erdboden gleich zu machen. Dieses verrufene Nest, wo es außer Kakerlaken nur noch Bordelle, Spelunken und Verbrecher aller Nationen gab. Und die Franzosen taten nichts dagegen. Dieses Räubernest sollte ausgeräuchert werden.

Josy hielt Ben fest umschlungen als er aufstehen wollte. Sie sah ihn ernst an.

„Versprich mir, dass du und Tony gesund wieder kommt! Du bist schließlich werdender Vater, Tonis Kind und deine brauchen euch noch sehr lange, bis sie mal solchen Unfug treiben können wie ihr gerade!" Ben sah seine Josy einen Augenblick starr und wortlos an.

„Heißt das, dass du wieder schwanger bist?" Josy nickte schuldbewusst.

„Ja, ich wollte es dir an dem Abend sagen, als man mich entführte. Und jetzt weißt du es, halte dich bitte auch danach!" Liebevoll streichelte er ihre braunen Wangen und gab ihr einen Kuss.

„Ich verspreche dir was du willst, meine Göttin, Josy Mosley!", meinte er und ging dann, ihr noch einmal zuwinkend, aus der Kajüte. An Deck traf er auf Tony, der an der Reling stand und hinüber zum Ufer sah. Tony lachte.

„Die Schießerei heute Nacht muss ganz schöne Aufregung verursacht haben. In der Stadt laufen seit früh schon vermehrt Streifen der Konstabler. In einer Stunde gehen wir wieder an Land! Das Schiff bringt uns bis auf 500 Meter in Strandnähe, dann steigen wir um auf die schwimmenden Plattformen und gehen an Land." Ben nickte vor sich hin.

„Und was machen wir mit den beiden Pferden auf dem Rückweg?" Tony deutete auf die langgestreckte Sandbank auf halber Strecke.

„Wenn wir sie bis dorthin bringen, können die es garantiert schaffen den Rest zu schwimmen." Ben schüttelte den Kopf. „Das geht nicht! Selbst wenn sie bis zum Boot schwimmen, wie willst du sie an Bord hieven? Das ist viel zu aufregend für sie. Eventuell von da bis zum Boot mit den Plattformen, das könnte eventuell klappen." Ben dachte eine Weile nach, doch dann schüttelte er den Kopf.

„Das ist alles Quatsch, Tony! Wir nehmen beide Pferde und reiten sie bis da links rüber zum Ende des Hafenbeckens. Dort muss dann unser Schiff festmachen und uns aufnehmen. Anschließend laufen wir aus, drehen auf die hiesige Höhe und feuern eine richtige Ladung in dieses Nest! Und dann ab nach Hause, ich muss eine Wiege bauen, Josy ist wieder schwanger!" Tony lachte schallend.

„Das gibt's doch nicht! Kaum haben wir auch ein Kind, musst du schon wieder eins vorlegen! Mann, wo soll das denn noch hinführen?" Ben zuckte mit den Schultern.

„Unsere Frauen werden uns schon rauswerfen, wenn sie genug davon haben", erwiderte er und grinste.

Zwei Stunden später waren die beiden Pflanzer schon wieder auf Grande-Terre. Ben starrte auf den großen Fahnenmast am Bordell, wo die Trikolore wehte. Tony sah es und fragte ihn warum er die Fahne so anstarrte. Ben grinste.

„Das ist genau der Punkt, den die Kanoniere anpeilen müssen, wenn sie den Puff in Schutt und Asche legen wollen."
Sie liefen die sogenannte Chaussee de Terre entlang. Wobei die etwas breitere Gasse so gar nichts von einer Chaussee hatte. Am Straßenrand floss das Schmutzwasser entlang und es stank fürchterlich in der Wärme. Tony sah sich die Häuser an.

„Wo würdest du Closter vermuten?", fragte er Ben beim Laufen. Der schniefte verächtlich.

„Entweder im Puff oder in einer der Bars! Sein Freund Lulu wird ihm fehlen." Tony machte „Juhu!" Ben sah ihn erschrocken an.

„Ben, meinst du nicht, dass er versuchen wird Lulu zu ersetzen? Jetzt hat er das ganze Geschäft in der Hand, und du hast ihm einen großen Gefallen erwiesen." Tony drehte sich zu seinen Männern um, die ihnen in gehörigen Abstand gefolgt waren, und deutete auf eine kleine Bar mit dem Namen „Die Blume von Sava". Sofort verteilten sie sich auf dem Weg dorthin. Tony und Ben strebten dem Haupteingang zu, der doch tatsächlich um diese Zeit bereits offen war. Im Vorraum zogen sie ihre Waffen. Tony und Ben hatten jeder einen Drilling mit, damit konnten sie dreimal schießen ohne zu laden. Plötzlich stand ihnen ein Weißer im Wege. Tony erkannte ihn sofort wieder. Vor ihnen stand Pete O Connor, die linke und rechte Hand von Closter. Auch der hatte sie erkannt und erbleichte sichtlich. Ben meldete sich zu Wort.

„Pete! Lass um deiner Gesundheit Willen deine Hände dort wo ich sie sehen kann, sonst bist du tot ehe du zweimal geatmet hast!" Der Ire spreizte sofort die Arme auseinander. Ben nickte.

„Gut so, Pete! Und wo ist dein Boss?" O Connor zögerte und Ben spannte den Hahn der Waffe. Das metallische „Klick" war gut zu hören. Ben fragte ihn noch einmal.

„Wo ist dein Boss, Pete O Connor? Ich zähle jetzt bis drei, dann hast du es ausgespuckt oder du bist mausetot! Mein Boss hier schießt genauso gut wie ich!" O Connor schien sich entschieden zu haben, sein bisschen Leben zu retten und antwortete diesmal.

„Er ist oben in seinem Landhaus. Das weiße Haus über der Bucht." Tony stieß einen Pfiff aus, und seine fünf Helfer traten auf den Plan. Pete erbleichte erneut. Dieser Winford war also nicht alleine gekommen.

„George und Maurice, ihr bringt diesen Gentlemen zum Schiff und sperrt ihn ein, aber fesseln nicht vergessen Jungs!" Im Nu hatten sie Pete O Connor entwaffnet, mit einem Strick die Arme nach hinten gebunden und dann ging es ab zum Schiff.

„Malcolm, Edwin und Sulaiman, besorgt euch Pferde und folgt uns hinauf auf diesen Hügel da über der Bucht! Beeilt euch aber!"

Im gestreckten Galopp ging es nun hinauf zu Closters Anwesen. Sie hatten noch zehn Minuten zu reiten, als die anderen drei bereits wieder hinter ihnen waren. Ben lächelte anerkennend.

„Die drei sind gute Leute, Tony!" Der nickte.

„Das weiß ich doch, sonst wären sie ja nicht mit dabei!" Endlich erreichten sie das Plateau wo Closters Haus stand. Der Wald war hier oben ziemlich dicht. Sie stiegen von den Pferden und führten sie nun per Hand weiter. Vorsichtig näherten sie sich dem Grundstück von der Rückseite. Eine Weile beobachteten sie das Haus, aber nichts regte sich. Sie teilten sich auf und rückten nun sternförmig vor. Einen von ihnen konnte Closter eventuell treffen, mehr aber nicht. Tony und Ben drangen von hinten in das Haus ein und durchsuchten ein Zimmer nach dem anderen. Überall standen wertvolle Beutestücke von seinen Raubzügen. Aber er war nicht da. Tony gab Malcolm ein Zeichen.

„Brennt ihm die Bude ab! Dann wird er bestimmt kommen. Also los! Legt Feuer!" Minuten später stand das Palmdach in Flammen, nach einer halben Stunde standen nur noch rauchende Trümmer da. Plötzlich hörten sie Hufschlag. Alle verschwanden in ihrer Deckung. Der Reiter brachte den wiehernden Hengst zum Stehen und sprang ab. Lästerlich fluchend umkreiste er den Brandort und brüllte etwas in den Himmel. Er musste ziemlich betrunken sein.

Tony stand als erster mit gezogener Waffe auf, ihm folgte Ben und dann die übrigen Drei. Closter fuhr herum und stierte Tony und Ben an. Seine Hände glitten langsam tiefer doch Tony herrschte ihn an:

„Closter! Lass die Hände von dem Schießeisen!" Plötzlich fing Closter an hysterisch zu lachen.

„Ich wusste es doch! Ich wusste es doch, dass du diesen Zauber da unten in dem Puff angefangen hast! Und nur weil man dir so ein Kreolen-Flittchen geklaut hat!" Er hatte es noch nicht ganz ausgesprochen, als ein Schuss peitschte und Ben ihm mal wieder in den Zeh geschossen hatte.

„Bezeichnest du unsere Frauen noch einmal als Flittchen, dann fehlt dir mehr als nur ein Zeh, Closter!", schrie Ben erbost. Tony drückte Bens Waffe nach unten.

„Johan Closter, früher warst du ein Säufer aber auch ein Pflanzer. Heute bist du nur noch ein elendiger Mörder, den die halbe Welt sucht. Dein Leben ist verwirkt!" Auf einmal begann Closter breit zu grinsen, als man im Hintergrund lautes Pferdegetrappel hörte. Ben fluchte. „Verfluchter Mist, das sind gut 20 Leute die den Berg herauf kommen! Wir müssen verduften, Boss! Es nützt nichts, wir müssen unsere Rache auf später verschieben! Los ab!" Und schon hatte er seine Pistole noch einmal abgeschossen und traf dabei Closter nur in die Schulter.

Im Eiltempo verließen sie den Platz, erreichten ihre Pferde und ritten was das Zeug hielt hinunter zum Hafen. Wie geplant ritten sie bis zum Ende der Pier an dem ihr Schiff festgemacht hatte. Im Nu waren die Pferde an Bord gebracht und die Segel gehisst. Gerade als der Lastensegler den Hafen verlassen hatte, erreichten die Verfolger den Hafen, aber sie waren zu spät gekommen.

Tony und Ben standen mit Josy an der Reling und sahen hinüber auf die dunklen Umrisse von Grande-Terre. Wieder einmal war ihnen der Halunke Closter entwischt. Tony sah seine beiden Begleiter an.

„Das heißt aber, wir werden immer noch keine Ruhe kriegen auf unserer Insel, solange Closter nicht das Zeitliche gesegnet hat!" Josy sah die beiden Männer an.

„Was ich noch sagen wollte Lord Winford, danke, dass Ihr für mich Euer Leben riskiert habt. Ich werde immer in Ihrer Schuld sein!" Und dann geschah etwas, was sogar Ben einen Moment sprachlos machte. Denn sein Boss nahm das Gesicht seiner Frau zwischen seine beiden Hände und gab ihr dann einen ganz kleinen Kuss auf die Nasenspitze.

„Lady Mosley, es war mir eine Ehre Euern Mann bei Eurer Befreiung begleiten zu dürfen. Ab heute sind wir gute Freunde und wie eine große Familie, sag einfach Tony zu mir!" Josy sah mit offenem Mund erst ihren Ben und dann Tony an und stotterte dann:

„Oh Gott, Mister, Tony was für eine Ehre!" Und dann gab sie ihm doch geradewegs einen Schmatz auf die rechte Wange. Ben stand daneben und sah seine Frau ernst an.

„Josy, ich will deinen Gefühlsausbruch mal auf deine Schwangerschaft schieben, meine Liebe! Ansonsten müsste ich nämlich eifersüchtig werden! Du kannst doch nicht einfach meinen Boss küssen, du loses Weib!", lachte er nun bereits und umarmte seine Josy. Sich aus seinen Armen freimachend, meinte sie aber grinsend:

„Er hat aber damit angefangen! Ich bin völlig unschuldig!"

Auf diese Redensweise meinte Ben dann:

„Das Letztere wiederum bezweifle ich ganz stark, Miss Mosley! Aber Frauen müssen ja immer das letzte Wort haben."

Eifersucht im Hause Winford

An einem sonnigen Montagmorgen ritt Tony Winford nach Portsmouth zu seinem Anwalt Henk Winterbodden um ihn zu bitten, das Grundstück für Ben Mosley endlich in das Grundbuch einzuschreiben. Als er den Anwalt wieder verließ, begegnete ihm die jüngste Tochter des Pflanzers Van Deuth. Die junge blonde Dame war 20 Jahre alt, sehr zierlich und außerordentlich freundlich. Sie begrüßten sich herzlich, obwohl Tony die junge Dame erst einmal gesehen hatte. Doch die junge Dame schien das nicht zu stören, denn sie plauderte lustig drauflos und warf Tony immer wieder auffallend liebe Blicke zu. Doch Tony dachte sich nichts dabei und lud die junge Lady anstandshalber zu einem Besuch auf die Plantage ein. Wenn er da schon gewusst hätte, was diese Einladung für Auswirkungen auf sein Familienleben nehmen würde, hätte er es sich sicher noch einmal überlegt.

Keine drei Tage später kam die junge Lady bereits zu Besuch. Den Butler wies sie an, sie zu seinem Herrn zu bringen. Marie Deuth hatte sich fein gemacht, und als sie in das Office von Tony eintrat, hielt der erst einmal die Luft an. Und Marie Deuth umarmte Tony wie eine alte Bekannte und küsste ihn auf die Wange. Gerade in diesem Moment trat aber auch Mercedes ein und brachte ihrem Gatten eine Limonade. Marie Deut sah es und meinte dann so ganz nebenbei:

„Hallo Sie! Würden Sie mir auch so ein Getränk bringen? Aber bitte etwas schnell, ich habe nicht viel Zeit!" Offenbar hielt sie Mercedes für eine Bedienstete. Die, schon im Weggehen begriffen, drehte sich wieder um und kam drei Schritte zurück, dann sah sie Tony an, der die ganze Szene wie erstarrt zur Kenntnis genommen hatte.

„Liebling, würdest du mich bitte dieser jungen Dame vorstellen?" Tony stand ruckartig auf.

„Natürlich mein Schatz! Unsere Besucherin ist die Tochter von Pflanzer van Deuth. Wir haben uns kürzlich in Portsmouth getroffen und ich hatte sie zu uns eingeladen", erwiderte er sichtlich betroffen von dieser ganzen Szene. Mercedes nickte lächelnd.

„Sehr schön Miss van Deuth, ich werde Ihnen gleich eine Limonade von Bessy bringen lassen. Mich entschuldigen Sie bitte, ich habe noch wichtige Arbeiten im Hause zu erledigen." Drehte sich um und ließ eine perplexe junge Lady zurück. Marie van Deuth überlegte kurz, dann meinte sie kleinlaut:

„Entschuldigt Sir Winford, ich wusste nicht, dass die Kreolin ihre Frau ist." Tony lächelte süffisant.

„Wo es doch die ganze Insel weiß, Miss Deuth?" Wenig später lud Tony die junge Frau zu einem kurzen Rundgang über die Plantage ein. Und als sie das Haus verließen, nahm die junge Lady plötzlich Tonys Arm und henkte sich ein. Dabei himmelte sie ihn mit ihren blauen Augen an. Und Tony, der nicht unhöflich sein wollte, ließ den Arm dort wo er nun bereits lag - in seinem Arm. Er hoffte inständig, dass sie beide niemand gesehen hatte, als sie den Hof überquerten. Doch das war ein Trugschluss. Zwei weibliche Augenpaare hatten es doch gesehen. Und das waren die von Mercedes und Josy. Mercedes schimpfte leise vor sich hin.

„Na die traut sich ja was! Was bildet die sich eigentlich ein wer sie ist? Macht meinem Mann einfach mal schöne Augen! Ich glaube es nicht!" Josy schüttelte den Kopf.

„Die ist doch nicht ganz normal, sag mal! Tony ist ein verheirateter Mann. Aber mache nicht den Fehler und schimpfe mit ihm darüber. Tue so, als wenn es dich nicht berühren würde. Tony würde dich doch nie hintergehen, und dann noch mit so einer blonden Ziege."

Mercedes aber dachte im Stillen:
„Na wollen wir mal hoffen, dass es so ist. Immerhin hatten wir schon seit vielen Wochen keinen Verkehr mehr. Das macht Männer oft unruhig." Doch sie nahm sich vor mit keiner Silbe auf das Geschehen vom Tage einzugehen, als sie beim Abendbrot saßen. Trotzdem frage sie Tony.

„Was wollte denn diese Blondine heute bei uns?" Tony schmunzelte, war ihm doch klar, dass Mercedes ein wenig eifersüchtig war.

„Sie interessierte sich für unseren Tabakanbau. Offenbar will ihr Vater ebenfalls Tabak anbauen und ihn nach Holland verschiffen. Mehr war da nicht", setzte er noch bewusst hinzu. Und sicher wäre diese Angelegenheit auch in Vergessenheit geraten, wäre Marie Van Deuth nicht am Samstag wieder aufgetaucht und hätte Tony zu einem Ausritt überredet. Und Tony willigte auch diesmal widerwillig ein und ritt am Vormittag mit der junge Dame vom Hof, hinaus in Richtung Regenwald, wo die Tabakplantage lag.

Mercedes kam gerade aus dem Haus ihres Vaters heraus, als sie die beiden vom Hof reiten sah. Wütend ging sie ins Herrenhaus, packte einige Sachen zusammen und trug sie zurück in ihr Elternhaus. Eine Betthälfte hatte sie abgezogen bevor sie das Herrenhaus verließ.

Tony und Marie van Deuth kamen erst gegen Nachmittag wieder vom Ausritt zurück. Auf dem Hof verabschiedete er die junge Holländerin, die ihn liebevoll anhimmelte. Dies bewog Tony zu einem offenen Wort, ehe sie ihn verließ.

„Marie van Deuth, Ihr seid eine hübsche junge Dame, aber ich bin ein verheirateter Mann, mit einer Frau und einem Kind. Und für mich gibt es nur diese eine Frau und sonst keine. Und für kleine Liebeleien stehe ich nicht zur Verfügung. Ich hoffe, Ihr seid jetzt nicht allzu sehr enttäuscht, aber ich möchte Euch bitten, in Zukunft auf weitere Besuche bei uns zu verzichten."

Als das die junge Lady hörte, veränderte sich ihr lieblicher Gesichtsausdruck urplötzlich und aus ihren blauen Augen schossen förmlich Pfeile. Wütend meinte sie:

„Ich dachte ja nicht, dass Ihr so unter dem Pantoffel dieses Kreolenweibes steht, Lord Winford! Adieu!" Sprachs, schwang sich auf ihr Pferd und verließ die Plantage auf Nimmerwieder-sehen.

Als Tony ebenso wütend im Herrenhaus ankam, rief er nach Mercedes. Doch stattdessen kam die junge Zoe und meinte ganz traurig:

„Sir, die Herrin ist heute früh wieder mit Ihrer Tochter in ihr Elternhaus zurück gegangen. Sie hat einen Brief hinterlassen oben im Schlafzimmer." Wortlos stürmte Tony die Treppen hinauf, riss die Tür auf und sah den Brief auf dem Bett liegen. Hastig riss er ihn auf und begann zu lesen.

Lieber Tony! Ich habe verstanden, dass ich nun mal keine feine Lady bin, die an der Seite eines englischen Lords ein schönes Leben führen könnte. Ich bin und bleibe eine Kreolin, eine Niedere aus dem Volk, und für die gibt es keinen Platz in der Welt der Adligen.

Ich werde unser gemeinsames Kind alleine aufziehen. Ich will nur hoffen, dass du es mir nicht eines Tages wegnehmen wirst, dies würde mir das Herz brechen. Ich werde mit Dad reden, dass wir gemeinsam die Insel verlassen werden. Ich habe dich, und liebe dich immer noch aus vollem Herzen, und werde immer an die schönen Stunden auf den Klippen von La Source denken.

Deine dich ewig liebende Mercedes

Tony ließ den Brief sinken und zwei Tränen tropften auf das Blatt. Mein Gott, was hatte er nur angestellt. Wild entschlossen stand er auf, ging in den Stall, holte zwei Pferde und spannte sie vor eine zweirädrige Kutsche. Damit fuhr er zum Hause seines Verwalters Owens. Als er klopfte, öffnete sich die Tür und Wilson stand da und sah ihn traurig an. Wortlos machte er den Weg frei und setzte sich auf die Bank vor dem Haus.

Tony ging leise auftretend hinein und sah Mercedes in der Wohnstube auf dem Sofa liegen. Dick eingepackt in eine bunte Decke, sie schien zu schlafen. Daneben lag die kleine Victoria. Kurz entschlossen fasste er Mercedes unter, hob sie vorsichtig auf und trug sie ganz leise aus dem Haus. Dann packte er sie in eine Ecke des Wagens und holte noch die kleine Victoria. Dann setzte er sich daneben und gab den Pferden ein Zeichen loszulaufen. Mercedes war inzwischen wach geworden und sah ihn verständnislos an.

„Was soll das jetzt werden, seine Lordschaft? Wollt Ihr mich jetzt irgendwo festhalten und verstecken oder so was?", fragte sie ihn wütend. Tony schüttelte den Kopf.

„Nein Mercedes! Ich will nur versuchen dir zu helfen deinen Kopf wieder klar zu bekommen! Denn du hast dich offenbar in eine dumme Idee verrannt, in die der verratenen Ehefrau!" Er hielt den Wagen an, sie hatten die Klippen erreicht. Mercedes sah ihn starr an als sie oben standen.

„Muss ich jetzt springen, Lord Winford? Ein kleiner Unfall anstatt Trennung?" Tony fuhr wie von der Tarantel gestochen herum. Und zum ersten Mal seit sie sich kannten, schrie er Mercedes wütend aus vollem Halse an.

„Hältst du endlich mal deinen Mund, Lady Winford! Wie kann eine erwachsene Frau solch einen Blödsinn von sich geben? Nur weil mal eine Blondine aufgetaucht ist! Ich habe ihr gesagt, dass ich für kleine Spiele nicht zur Verfügung stehe, und sie uns nie wieder besuchen soll! Ich habe eine Frau die ich liebe, verdammt nochmal!"

Noch ehe er weiter lautstark schimpfen konnte, hing Mercedes schon an seinem Hals und verschloss ihm den Mund mit einem langen Kuss. Als sie sich wieder trennten und sich hinsetzten meinte Mercedes:

„Entschuldige Liebling. Ich werde nie wieder so töricht sein und an deiner Liebe zu mir zweifeln. Kannst du mir noch einmal vergeben?" Tony atmete zunächst erst einmal tief durch und sah seine Mercedes in die Augen.

„Ich werde dich lieben bis ans Ende unserer Tage, Miss Winford! Wir zwei werden uns niemals trennen, egal was noch auf uns zukommt. Das schwöre ich vor Gott!"
Und so endete die erste Krise im Hause Winford friedlich.

Als Tony am nächsten Tag Ben im Stall sah, sprach der ihn vorsichtig an.

„Und wie sieht es aus bei euch beiden? Josy hat mir erzählt, Mercedes sei mit Victoria aus dem Herrenhaus ausgezogen."
Tony lehnte sich gegen die Bretterwand des Stalles und verschränkte die Arme über der Brust.

„Freund Ben, ich bin noch nie so erschrocken in meinem Leben wie gestern, als ich von diesem Ausritt zurückkam. Ein Brief lag auf dem Bett in dem sie sich von mir verabschiedet hat. Sie wollte mit meinem Kind weggehen von der Insel." Ben sah seinen Herrn blass werdend an.

„Und was hast du gemacht?", fragte er erschrocken. Tony lächelte.

„Ich hab zwei Pferde und den Wagen geholt, beide darin eingepackt und bin mit ihnen zu den Klippen gefahren. Und dort fragt mich dieses verflixte Weib doch tatsächlich, ob sie nun springen soll. Von wegen keine Scheidung, sondern ein kleiner Unfall! Um ein Haar hätte ich sie zum ersten Mal geohrfeigt, so in Wut hat sie mich gebracht. Ich hab sie angebrüllt wie noch nie seit wir uns kennen. Aber nun ist alles wieder gut. Und – was lernen wir daraus?" Er sah Ben an. Der war zunächst reichlich verwirrt ehe er antwortete:

„Geh fremden hübschen Frauen aus dem Weg, solange du zu Hause ein kreolisches Eheweib hast, meine ich." Tony nickte.

„Merk es dir gut, Bruder Ben, denn unser beider Frauen sind was das Temperament betrifft, beide so gut wie gleich." Ben lachte leise:

„Ja fast gleich, nur meine versteht auch noch mit dem Messer umzugehen! Das ist noch gefährlicher!"

Tja, soll also keiner sagen, dass auf der Plantage „Riviere la Croix" nur eitel Sonnenschein gewesen wäre. Am nächsten Morgen aber schaffte Mercedes ihre Sachen wieder zurück zum Herrenhaus, und ein erleichterter Vater sah ihr dabei freudestrahlend zu.

Mercedes und Tony Winford hatten ja inzwischen ein Mädchen mit dem Namen Victoria-Elisabeth, sehr zur Freude von Elisabeth Winford, da die Grandma mütterlicherseits ebenso geheißen hatte.

Victoria-Elisabeth sah aus wie ihre Mama. Die gleiche volle rote Haarpracht die kaum zu bändigen war, und ein Temperament, welches Tony noch Schlimmes ahnen ließ.

Die Situation im Hause Mosley hatte sich wesentlich geändert. Ben musste zwei Frauen versorgen, was ihn abwechselnd in so manche Katastrophe stürzte. Einerseits nahm er Josy wie schon beim ersten Mal alle schweren Arbeiten ab. Andererseits musste er sich am Abend dann auch um die kleine flinke Sarah kümmern. Bei Tag hatte er ein junges Mädchen angeheuert, die auf Sarah aufpasste. Aber Ben war ziemlich mit den Nerven fertig, und Josy amüsierte sich darüber oder schimpfte mit ihm. Das junge Glück hatte mächtig zu kämpfen, um die Wogen zu glätten. Aber Tony sprach eines Tages mit Ben sehr eindringlich. Ab da wurde Ben tatsächlich ruhiger. Und Tony verriet niemand, nicht einmal Mercedes, was er mit Ben besprochen hatte. Eines Tages im April 1794, genau an Josys Geburtstag setzten plötzlich bei ihr die Wehe ein. Sie schrie aus Leibeskräften nach der jungen Cantal die gerade mit Sarah herumalberte.

„Cantal! Komm schnell her! Lauf rüber ins Haupthaus und hole die Herrin! Ich glaube, das Kind kommt!" Cantal sauste los wie der Blitz und holte Mercedes. Die wiederum schickte nach der Hebamme, und so kam nach drei Stunden Henry Mosley zur Welt. Ein stattlicher Junge von fünf Pfund, der schon schreien konnte wie ein kleiner Dragoner. Ein Knabe mit braunen Wuschelhaaren wie sie seine Mutter hatte, aber den Gesichtszügen seines Vaters Ben.

Als Ben am Abend auf die Plantage ritt und gerade zum Stall abbiegen wollte, hörte er Babygeschrei!. Einen Moment erstaunt, zügelte er seinen Falben und lenkte ihn zu seinem Haus. Und tatsächlich, das Geschrei kam von drinnen. Mit einem Satz war er aus dem Sattel und stürmte in die Stube. Und da lag seine Göttin im Bett und hatte im Arm ein kleines Bündel, welches heftig zappelte und versuchte an Josys Brust zu trinken. Da das aber nicht so klappte wie er wollte und sich dabei dauernd verschluckte, schrie er noch mehr. Ben hielt sich die Ohren zu. Doch genau in diesem Augenblick, als der kleine Wicht das Gesicht seines Vaters sah, schwieg er abrupt. Josy musste lachen.

„Sieh mal an, vor seinem Dad hat er Respekt, vor mir wohl noch nicht! Ich hab ihn ja auch nur auf die Welt gebracht."
Und wieder legte sie den Knaben an, und welch Wunder, er trank gehorsam wie es sich gehört. Ben grinste und nickte.

„Siehst du Frau, das ist die Autorität des Vaters!" Josy verzog das Gesicht und spitzte den Mund. Und der liebe Ben drückte ihr einen Kuss auf ihre vollen Lippen.

Am nächsten Vormittag kamen sie alle den neuen Erdenbürger zu begrüßen. Und Ben Mosly, der rothaarige Pferdejunge von einst, war stolz wie ein König auf seinen Stammhalter. Und damit hatte Ben mal wieder vorgelegt und es stand 2:1 für die Mosleys. Tony nahm sich im Stillen vor, das zu ändern. Aber dazu musste er erst mal seine liebe Mercedes davon überzeugen, doch die zeigte wenig Verständnis für diesen Wettstreit der beiden Männer.

Jahre später - Osterfest 1799

Zum ersten Mal traten Victoria und Sarah zum Osterfest in den Mittelpunkt des Geschehens. Zwei ältere Jungs hatten die Oster-Dekoration am Herrenhaus gestohlen und waren gerade dabei, die Köstlichkeiten zu probieren. Da tauchten Victoria und Sarah auf, einen Kopf kleiner als die beiden Jungen, aber ohne jegliche Angst.

„Gebt sofort die süßen Ostereier wieder heraus, die meine Mutter extra für das Fest gemacht hat! Ich sage es euch nicht zweimal!", herrschte Victoria die beiden Burschen an und stützte sich dabei auf einen langen Ast aus Zedernholz. Die Jungs aber lachten sie rundweg aus.

„Was wollt ihr adligen Ferkelchen von uns, hat euch eure Mama heute schon gesäugt und trocken gelegt?", rief der dickliche schwarze Jonas ihr zu und stopfte sich das nächste Ei in den Mund. Sein Kumpel Finn warf mit kleineren Steinen nach Victoria und traf sie an der linken Schulter. Mit schmerzverzerrtem Gesicht schrie Victoria auf. Und ehe sich die beiden Lümmel versahen, waren die beiden Mädchen auch schon mitten zwischen ihnen und verabreichten nun ihrerseits den beiden heftige Schläge mit ihrem Ast. Jetzt war es an der Zeit, dass die Buben wehklagten, denn Victoria nahm keinerlei Rücksicht. Und Sarah schlug den dicken Jonas mit der Faust mitten auf die Nase, die sofort zu bluten anfing. Schreiend und wehklagend rannten die beiden Buben nach Hause, und die beiden Mädels sammelten die übrig gebliebenen Süßigkeiten wieder auf und brachten sie zurück zum Herrenhaus.

Gerade als beide ankamen, trat Josy mit dem kleinen Henry aus dem Haus.

„Halt! Wo wollt ihr beiden denn mit den Süßigkeiten hin?", rief Josy streng. Victoria erklärte ihr, wie sie dazu gekommen waren.

„Tante Josy, der Finn und der Jonas drüben aus dem Hause des Radbauers hatten diese Ostereier gestohlen! Sarah und ich haben sie ihnen wieder abgenommen und sie tüchtig verhauen!" Josy traute ihren Ohren nicht. „Was habt ihr gemacht? Die Jungs verprügelt? Die sind doch gut zwei Jahre älter als ihr!" Sarah nickte mit ernstem Gesicht. „Das stimmt Mama! Ich habe dem dicken Jonas die Nase blutig gehauen mit meiner Faust!" Dabei schüttelte sie die kleine zierliche Faust. Weil genau in diesem Augenblick Mercedes mit der Köchin heraustrat, erfuhren auch die von der Heldentat ihrer Töchter. Und so blieb Mercedes nichts weiter übrig als ihre Tochter und deren Freundin zu loben. Und zur Belohnung gab's neben dem Osterei aber auch eine kleine Belehrung.

Am Abend war das in beiden Familien Anlass für ein Gespräch. Tony lobte Victoria wegen ihres Mutes. Meinte dann aber:

„Victoria, ein adliges Mädchen schlägt sich nicht auf der Gasse wie ein Junge! Du hättest zu mir oder auch zu Mama kommen müssen, um es uns zu erzählen." Victoria mit ihren dunklen Augen sah ihren Vater an, wie ein Staatsanwalt einen Angeklagten und meinte dann altklug:

„Aha, und die Lady Winford hätte ihm dann ein paar Ohrfeigen gegeben, ja? Darf eine Lady Winford denn das?"

Tony sah ein, dass er sich mit dieser Argumentation selber gefangen hatte und Mercedes schmunzelte vor sich hin und versuchte ihrem Gatten nun zu helfen.

„Liebling, was Papa sagen wollte ist, dass man sich als Mädchen nicht prügelt! Sowas machen doch nur die Jungs, die viel stärker sind als Mädchen." Victoria-Elisabeth sah ihre Mutter von der Seite ernst an und runzelte die Stirn.

„Warum soll ich mich denn nicht wehren, wenn mich jemand verhauen will, Mama?", fragte sie unsicher. Einen Augenblick dachte Mercedes daran, wie sie im Alter von zwölf Jahren einen gleichaltrigen Jungen mit einem einzigen Schlag die Nase gebrochen hatte. Sie strich ihrer Tochter liebevoll über ihren roten wuscheligen Haarschopf.

„Ach weißt du Victoria, das haben sich Leute ausgedacht, deren Töchter den ganzen Tag mit dem Stickrahmen verbringen und keinen Mut und keine Kraft haben. Du hast das aber schon ganz richtig gemacht, du hast unser Eigentum verteidigt!" Tony sah von seiner Zeitung auf und sah seine Frau an, dann nickte er wortlos und las ohne weiteren Kommentar aufatmend weiter.

Bei Familie Mosley war das Gespräch etwas anders verlaufen. Josy erzählte Ben am Abendbrottisch von Sarahs Heldentat.

„Hör mal Ben, unsere Tochter hat heute dem dicken Jonas vom Radmacher die Nase blutig geschlagen, weil der mit seinem Freund die süßen Ostereier drüben am Herrenhaus gestohlen hatte. Du solltest mal mit seinem Vater reden!" Ben setzte die Bierkanne ab und wischte sich den Mund ab, dann lachte er schallend.

„Gut gemacht, Sarah! Gut gemacht! Ich bin stolz auf dich! Und wie hat sich Victoria dabei verhalten?"

„Die hat mit ihrem Zedernast beide tüchtig verhauen, so dass sie dann abgehauen sind!" Ben nickte stolz.

„Du bist schon eine richtige Mosley, das muss ich sagen! Wenn reden nicht mehr hilft, muss man manchmal auch Gewalt anwenden, Sarah! Oder habt ihr gleich angefangen zu hauen?"
Sarah schüttelte den Kopf.

„Nö, Victoria hat ihnen erst gesagt, sie sollten die Eier zurückgeben. Da hat uns der dicke Jonas kleine adlige Ferkelchen geschimpft und dann ging's aber los!" Josy gab Sarah einen roten Apfel.

„Hier, das ist die Belohnung für deinen Mut, mein Mädchen!" Dabei sah sie Ben selig an und lächelte vor sich hin. Denn für sie hatte sich, seit sie Ben kennengelernt hatte, ein ganz neues Leben eröffnet, so wie sie es sich immer als Kind gewünscht, aber nie gehabt hatte.

Seit Closter kein Lebenszeichen mehr von sich gab, war es auf der Insel ruhig geworden. Vater Owens hatte sich nach langer Überlegung auf das Altenteil zurückgezogen, die Arbeit Ben Mosley übergeben und kümmerte sich nun rührend um die Enkel, wobei es keinen Unterschied gab, ob es nun um die Kinder

der Winfords oder der Mosleys ging. Auch diese wuchsen auf wie Geschwister.

Etwas Sorgen bereitete Ben dabei sein Sohn Henry, denn der Junge hatte wenig Freude an den Pferden. Dafür interessierte er sich für alles was mit Musik zu tun hatte. Egal ob es das Piano im Herrenhaus war oder seine zwei Flöten zu Hause, Henry übte den ganzen Tag und nervte mehr als einmal seine Eltern damit.

Eines Tages saßen die vier Freunde nach getaner Arbeit abends wieder beisammen und Ben erzählte von seinen Sorgen. Denn nach seiner Auffassung musste ein Junge als erstes gut reiten und als zweites gut Schießen können. Aber wann immer Ben ihm mit einer Pistole vertraut machen wollte, lief der Junge schreiend davon und hielt sich die Ohren zu. Ganz im Gegenteil zu Sarah. Und so bemerkte Josy es des Öfteren, dass Ben seinen Sohn nicht so aufmerksam behandelte wie Sarah. Und schon waren sie im schönsten Disput. Bis Mercedes plötzlich zu Ben meinte:

„Was hast du denn gegen einen Musiker? Schau wie viele es gibt, die um die Welt reisen und anderen Leuten vorspielen! Ich denke, ihr solltet Henry einen guten Lehrer suchen. Wenn die Musik wirklich seine Passion ist, dann wird er eines Tages auch gut sein. Und wenn nicht, kann er immer noch Pferde züchten. Aber du musst ihm zeigen, dass du ihn ernst nimmst und nicht ablehnst!" Josy sah ihre Freundin dankbar lächelnd an. Sie hätte es nicht besser sagen können. Und Ben gab große Stücke auf Mercedes Meinung.

Henry brachte eines Tages vom Referent der Gemeinde Portsmouth ein Schreiben mit. Darin stand, dass die ganze Gemeinde am Pfingstsonntag um 15.00 Uhr in das Gemeindehaus eingeladen sei. Die Kinder der Gemeindeschule wollten ein Konzert geben. Und als Höhepunkt der Feier würde Henry Mosley am Piano vorspielen.

Schon am frühen Morgen war Henry ganz aufgeregt, und so ging Josy mit ihm und Sarah ein Stück spazieren. Henry hatte seine Flöte dabei und spielte am Waldrand ein wenig vor. Mama und die Schwester saßen im Gras und hörten zu.

Es dauerte nicht lange und eine ganze Anzahl von Kindern kam hinzu, setzten sich im Kreis und hörten andächtig zu. Bis plötzlich ein Mädchen näher kam und das gleiche Lied spielte wie Henry, und dieses Mädchen war Victoria, Mercedes Tochter. Gebannt lauschten die Kinder und Josy staunte über die beiden kleinen Musiker. Als das Lied zu Ende war, gab es viel Beifall von den Kindern und sie baten Henry noch etwas zu spielen. Doch der Herr Künstler hatte keine Lust mehr.

„Sagt mal, man könnte ja meinen ihr habt beide zusammen geübt, Victoria?" Das Mädchen mit dem roten Haarschopf und den Sommersprossen auf der Nase nickte verschämt.

„Ja Tante Josy, Henry und ich haben die letzten Wochen in der Gemeindeschule viel geübt, damit wir heute auftreten können. Ich bin ganz aufgeregt ob es klappen wird."

Wieder zu Hause fragte nochmal Josy bei Victoria nach:

„Wissen es eigentlich deine Eltern, dass du mit Henry zusammen spielen wirst?" Victoria schüttelte den Kopf.

„Nein Tante Josy, das ist ein Geheimnis! Ich wette mit dir, Mama wird bestimmt weinen vor Freude!" Josy lachte.

„Gut, Miss Winford, die Wette gilt! Wenn sie weint, bekommst du so ein schönes selbst genähtes Kleid wie Sarah."

Josy hatte aus allerhand Stoffresten für Sarah ein kunterbuntes Kleidchen genäht, auf das die Kleine ganz stolz war.

Im Kirchensaal der Gemeinde war kein Platz mehr frei, so viele Menschen waren an diesem Nachmittag gekommen. Zuerst sang der Kinderchor dem auch Sarah und Victoria angehörten. Und dann traten Henry und Victoria Hand in Hand auf die Bühne. Im Saal war es so still, dass man das Blätterrascheln hören konnte. Der kleine Henry erklomm den Stuhl und setzte sich an das Piano und die kleine Victoria stellte sich mit der Flöte daneben. Tony und die ganze anwesende Familie Winford sahen es mit Erstaunen, dass ihre Kleine plötzlich mit Henry da oben stand. Und dann begann Henry zu spielen. Sanft und gleichmäßig schwebten die Töne dahin. Plötzlich hob Victoria ihre Flöte an den Mund und begann ebenfalls zu spielen. Mercedes und Tony saßen da und wussten nicht was sie sagen sollten. Gemeinsam spielten die Kinder ihr Lied zu Ende. Unter den „Bravo-Rufen" der Versammelten verbeugten sich beide Hand in Hand dastehend. Victoria flüsterte Henry plötzlich etwas ins Ohr, der nickte und setzte sich wieder an das Piano und begann erneut zu spielen. Und dann begann Victoria-Elisabeth das Ave Maria zu singen. Rein und zart klangen die Töne durch den Saal, und Victoria sang, als wenn sie ihr ganzes junges Leben nichts anderes gemacht hätte.

Mercedes liefen die Tränen über die Wangen und Oma Elisabeth musste sich auch schnäuzen. Sogar Lester Winford und auch Tony wischten sich rasch über die Augen. Dann waren die beiden kleinen Künstler am Ende ihres Vortrages angelangt und Beifall brandete auf.

Nach der Veranstaltung traf man sich dann vor der Kirche, und Mercedes war immer noch gerührt und umarmte ihre Tochter ein ums andere mal.

„Jetzt weiß ich auch, warum du freitags immer keine Zeit hattest mir im Garten zu helfen, du warst mit Henry üben", lachte sie. Onkel Lester brachte es mal wieder auf den Punkt, als er meinte:

„Wer hätte das gedacht, dass aus der Dynastie der Winfords nochmal eine weltbekannte Opernsängerin hervortreten würde!" Und alle lachten darüber.

Tony, Mercedes, Ben und Josy und die Kinder fuhren wieder zurück zur Plantage. Tony musterte immer wieder seine Tochter mit Wohlgefallen und meinte dann plötzlich zu ihr:

„Wenn du mit der Musik weiter machen willst, werden Mama und ich dir einen Lehrer suchen." Victoria lachte ein wenig verlegen, dann schüttelte sie den Kopf.

„Ach nein Dad, ich würde viel lieber mal die Plantage übernehmen und Sarah hat mir versprochen mir dabei zu helfen."

Ben begann zu lachen.

„Boss, merkst du was! Der Nachwuchs drängt uns aufs Altenteil!" Und alle lachten herzlich.

Und alles wäre so schön und harmonisch gewesen, wenn nicht bei ihrer Abfahrt von der Kirche, dort ein Mann an der Friedhofsmauer gestanden hätte, der ausspuckte und die Fäuste ballte. Und dieser unfreundliche Mensch war kein anderer als Johan Closter gewesen! Das Glück dieser Menschen brachte sein Blut zum Kochen, und er schwor ihnen Rache solange er leben würde. Viel Zeit sollte nicht vergehen, bis sich neues Unheil über der Plantage zusammen ziehen sollte.

Die Entführung der Kinder

An einem lauen Abend beschlossen Mercedes und Tony wieder einmal ihren Lieblingsplatz auf den Klippen aufzusuchen. Mit einem Picknickkorb ausgerüstet, ritten sie kurz vor dem Dunkelwerden hinauf zur Tabakplantage, und von dort den kurzen Weg bis zu den Klippen von La Source. Als sie dort ankamen, war die Sonne bereits bis auf einen schmalen Rand, hinter dem Horizont verschwunden. Im Regenwald begann das Konzert der Pfeifffrösche und ein Schwarm Glühwürmchen mit den zwei Leuchtpunkten schwebten um einen Bwa Kwaib Baum. Mercedes breitete rasch eine Decke aus, entnahm dem Korb eine Flasche Wein und zwei Gläser und füllte diese. Als sie ein Glas Tony gab, lächelte der nachdenklich.

„Hast du schon mal daran gedacht, dass wir hier vor sechs Jahren unsere Victoria gezeugt haben? In genau einer Nacht wie dieser?" Mercedes stieß mit Tony an.

„Trinken wir auf die Gesundheit unserer kleinen Prinzessin!"

Tony schmunzelte und meinte dann:

„Nun ja, sie hätte wohl eher ein Junge werden sollen. Sie reitet wie ein Junge, sie prügelt sich wie ein Junge." Mercedes lachte.

„Ja das stimmt, aber manchmal ist sie auch eine kleine verwöhnte Dame, die ihren Dad um den Finger wickeln kann!"

Tony nickte.

„Du hast Recht Frau, genau wie du!" Lachend setzten sie sich nieder und schauten über die im Halbdunkel am Ufer anrollenden Wellen der Karibischen See. Der große runde Mond hatte inzwischen sein gelbliches Licht eingeschaltet und schaffte eine Atmosphäre, die man mit einer Schneekugel beschreiben konnte, über die ein schwarzblaues Himmelsgewölbe mit tausend Leuchtpunkten gespannt war. Und die laue Seeluft strich über ihre erhitzten nackten Körper …

Eben zu dieser Zeit erreichte Wilson Owens eine Nachricht, die er sofort an Ben Mosley weitergab. Ein Mann aus der Stadt behauptete, am Nachmittag Johan Closter gesehen zu haben. Bens erste Frage war:

„Wo ist der Boss?" Wilson Owens kratzte sich am Kopf.

„Sie sind vor dem Dunkelwerden mit einem Picknickkorb weggeritten." Ben nickte nachdenklich.

„Dann weiß ich, wo sie garantiert hin geritten sind. Wir müssen sie warnen! Ich meinte, ich muss sie warnen! Und du Vater Wilson alarmierst einstweilen unsere Jungs! Sie sollen rund um die Plantage die Augen aufhalten. Ich glaube nicht, dass schon heute Nacht etwas passieren wird, aber besser ist besser! Ich reite gleich los!" Sprachs und lief zurück zu seiner Hütte. Josy, die auf dem Bett lag und beim Kerzenschein las, sah zu ihm auf als er eintrat.

„Was gibt's denn um diese Zeit noch, Schatz?" Ben stieg in seine Stiefel und sah Josy ernst an.

„Johan Closter ist am Nachmittag in der Stadt gesehen worden, Liebling! Du weißt was das bedeutet! Ich muss auf jeden Fall Tony warnen! Nur der wird wohl mit Mercedes auf den Klippen sein." Josy hielt sich die Hand vor dem Mund.

„Nähere dich ja vorsichtig und mach die beizeiten bemerkbar!" Ben grinste.

„Du meinst, die sind gerade dabei, na du weißt schon?" Josy grinste ebenfalls.

„Das könnte gut sein! Also benimm dich, Verwalter!", schärfte sie ihm ein. Mit einem Kuss verabschiedete sich Ben von Josy und ging zum Stall.

Tja, und auf den Klippen kühlte der leichte Wind gerade zwei erhitzte Leiber, als sich Ben laut pfeifend und singend näherte. Mercedes fuhr empor!

„Hast du das gehört, Tony? Da singt einer laut mitten in der Nacht! Was für ein Dummkopf ist das denn?" Tony zog sich hastig wieder an und sah Mercedes an, die immer noch völlig nackt im Mondlicht auf der Felsenklippe stand.

„Zieh dir lieber rasch etwas an, denn ich glaube, ich kenne diesen Dummkopf! Irgendwas muss los sein, wenn der um diese Zeit hier herauf kommt!" Rasch zogen sie ihre Sachen wieder an und kletterten dann vorsichtig zwischen den Felsen hinunter zu ihren Pferden, die dort angeleint waren. Und tatsächlich, kaum waren sie unten, trat auch schon Ben Mosley aus dem Schatten der Felsen heraus. Leise meinte er:

„Hallo, Boss! Ich hoffe, ich habe euch nicht bei wichtigen Angelegenheiten gestört!", und grinste dabei verlegen, weil Mercedes versuchte ihr wirres Haar zu bändigen. Tony sah seinen Verwalter an.

„Was gibt's denn so Wichtiges, dass du uns hier oben stören musst, Ben Mosley?" Ben sagte nur einen Satz.

„Johan Closter ist wieder auf der Insel!", der reichte aus, dass in Tony Bewegung kam. Mit einem Satz saß er auf seinem Pferd.

„Kommt, wir müssen schleunigst zurück!", war alles was er noch sagte, dann ritten sie im leichten Galopp in Richtung Plantage davon.

Als sie dort ankamen herrschte bereits Alarmstimmung. Wilson Owens hatte alle jungen Männer bewaffnet und auf ihre Posten geschickt. Die Frauen standen in Gruppen auf dem Platz vor dem Herrenhaus und sahen den Reitern entgegen, die gerade ankamen. Tony versuchte sie zu beruhigen.

„Frauen! Geht zurück in eure Hütten und haltet Ruhe! Eure Männer werden euch heute Nacht bewachen. Noch ist nichts passiert, also geht morgen früh jeder wieder an seine Arbeit. Aber haltet die Augen auf! Wir wissen nicht ob Closter allein gekommen ist oder ob er wieder ein paar Halunken bei sich hat. Das alles wird sich aber morgen im Laufe des Tages noch klären."

Tony, Ben, Owens und Mercedes trafen sich danach im Salon. Es war 1.00 Uhr in der Nacht. Tony sah seine Frau an.

„Schatz, du kannst ruhig zu Bett gehen. Es gibt morgen genug Arbeit." Mercedes schüttelte den Kopf.

„Wie kann ich denn jetzt zu Bett gehen? Ich kann sowieso nicht schlafen. Also, was habt ihr morgen vor?" Wilson gähnte und lächelte seine Tochter an. So war sie eben, dickköpfig aber auch liebenswert, wie seine Frau es war. Tony schenkte vier Gläser voll roten Wein ein und reichte jedem eines.

„Grandpa, du reitest morgen, also heute Früh zum Fort und gibst dem Oberst Higgins eine Nachricht von mir. Du Ben, kontrollierst als erstes die Posten, damit mir keiner pennt! Ich übernehme die Sicherung hier und Mercedes, du suchst dir mit

Josy ein paar junge Frauen aus, die dir helfen einen Raum herzurichten, wo wir eventuell Verwundete versorgen können."
Mercedes nickte zufrieden, so hatte sie das gewollt. Und nicht ins Bett geschickt werden. Ben meldete sich nochmal zu Wort. „Ich denke, wir sollten die anderen Pflanzer auch informieren. Closter ist schließlich nicht nur unser Problem!" Wilson und Tony nickten einhellig, das stimmte natürlich auch.

Als es wieder hell wurde, war nichts weiter geschehen in der restlichen Nacht. Und auch an den nächsten Tagen blieb alles ruhig. Tony glaubte schon langsam, dass diese Meldung von Closter nur eine Finte gewesen sei. Wenn da nicht ein kleines Mädchen am Vormittag, als sie in der Schule beim Unterricht des Kaplan aus dem Fenster geschaut hätte, einen Mann sah, der unter einem Baum stehend die Schule beobachtete. Referent Hornett rügte sie für diese Unaufmerksamkeit.

„Victoria Winford, warum schaust du aus dem Fenster und lässt deine Gedanken woanders hinfliegen, als zum Katechismus und den Zehn Geboten?" Doch Victoria schwieg eisern und sah nur die neben ihr sitzende Sarah an und zwinkerte ihr zu. Sarah machte nun ebenfalls einen langen Hals und machte plötzlich ein erschrecktes Gesicht. Schnell hob sie die Hand und meldete sich. Der Referent rief sie auf, weil er dachte Sarah wollte etwas zum Achten Gebot sagen, welches sie gerade behandelten.

„Herr Kaplan! Herr Kaplan! Da draußen steht der böse Mann, der unsere Plantage anzünden wollte!", rief sie aufgeregt. Der Kirchenmann erbleichte, eilte zum Fenster und sah hinaus. Doch niemand stand da draußen. Langsam drehte er sich herum und sah die kleine Mosley durchdringend an.

„Sarah Mosley, wolltest du deiner Freundin Victoria gerade helfen?" Sarah wurde puterrot und schüttelte erbost den Kopf.

„Nnnein, Hochwürden!", stammelte sie erschrocken.

„Er stand wirklich da draußen unter dem Baum!" Victoria stand auf.

„Herr Kaplan, Sarah hat Recht! Er stand da draußen, ich habe ihn ja auch gesehen! Ich muss das unbedingt meinem Dad sagen!" Der Kirchenmann war unschlüssig geworden und dachte nach, was er tun sollte. Johan Closter war ein Geächteter. Wenn die Mädchen ihn wirklich gesehen hatten, musste er handeln.

„Gut, wir beenden den Unterricht! Aber ihr beiden von der Winford-Plantage, ihr geht mir nicht allein nach Hause! Ihr wartet bei mir in der Kirche, bis ihr abgeholt werdet! Habt ihr mich verstanden?" Weil Victoria Widerspruch einlegen wollte, hob er die Stimme.

„Lady Winford! Ich sagte, ihr wartet hier bis ihr abgeholt werdet! Habt ihr mich verstanden?"

Puhhh, in der Klasse war alles mucksmäuschenstill. So laut hatte der Referent noch nie mit ihnen geredet. Und Victoria und Sarah standen mit gesenkten Köpfen da und nickten, doch keiner merkte, dass sie sich hinter dem Rücken mit einer Hand festhielten und diese fest drückten. Das war ihr Zeichen, wenn es galt der Obrigkeit oder anderen Bedrohungen Widerstand zu leisten. Geordnet verließen alle das Zimmer und eilten nach Hause, froh darüber, dass der Unterricht schon so zeitig beendet war. Nur Victoria und Sarah mussten unter Bewachung warten, der Herr Referent kannte seine Schäfchen eben.

Aber die beiden Mädchen hatten Recht gehabt. Johan Closter hatte tatsächlich in der Nähe der kleinen Schule gestanden. Sein Plan war einfach. Um an die Winford heran zu kommen, wollte er diesmal deren Kinder in seine Gewalt bringen und von der Insel wegbringen. Sie sollten ihr zu Hause nie wieder sehen. Und dann wollte er Mercedes holen, deren Schicksal er sich schon so oft ausgemalt hatte.

Pünktlich zur vereinbarten Zeit kam der alte Moses mit dem Pferd und Wagen, um die Mädchen wieder von der Schule abzuholen. Referent Hornett warnte ihn:

„Moses! Sag deinen Herrschaften, dass wahrscheinlich Closter in der Stadt herumschleicht! Bring die Mädchen schnell nach Hause und sei wachsam!" Der Schwarze riss die Augen weit auf vor Schreck.

„Oh Gott, oh Gott, so ein Unglück!", jammerte er und half den Mädchen in den Wagen steigen. Und dann preschte er los. Wie von Furien gehetzt jagte er mit dem leichten Wagen dahin, so dass sich die Mädchen gut festhalten mussten. Sie passierten gerade den Anfang des Regenwaldes, als eine gewaltige Kraft den alten Moses aus dem Sitz hob, der Wagen mit dem Pferd unter ihm durchpreschte und er unsanft auf dem Waldboden landete. Und dann hörte er ein grässliches Lachen. Als er sich mühsam wieder aufrappelte, stand er plötzlich tatsächlich Johan Closter gegenüber. Und ein Kumpan von ihm hatte gerade beide Mädchen wie ein Paket unter die Arme geklemmt und trug die schreienden Kinder davon in den Regenwald.

„Hör zu Alter! Sag deinen Herrschaften, ihre Bagage werden sie nie wieder sehen! Und dann hole ich mir die beiden Frauen! Ich werde euch auslöschen!" Sprachs, verschwand im Busch und ließ den alten Moses einfach stehen. Der zitterte am ganzen Körper und rannte nun seinerseits dem Gespann hinterdrein, dass einige Meter entfernt von ihm zum Stehen gekommen war. Eilig sprang er wieder auf den Kutschbock und jagte zur Plantage zurück. Als der Wagen vor dem Herrenhaus zum Stehen kam schrie er laut:

„Herr! Herrin! Die Kinder sind gestohlen worden!" Als erste kam Mercedes auf die Freitreppe. Angstvoll sah sie den Schwarzen an.

„Was sagst du da? Die Kinder sind gestohlen worden? Von wem denn? Sag schon Moses!" Der Schwarze erzählte völlig aufgelöst, was ihm widerfahren war. Als er fertig war, flossen Tränen aus Mercedes Augen. Hastig rannte sie hinüber zu Bens Haus, wo sie auch ihren Tony vermutete und traf ihn dort auch an. Mit den Worten:

„Die Kinder sind entführt worden!", stürmte sie in Josys Stube, wo beide Männer gerade saßen und mit Wilson Owens diskutierten. Für einen Wimpernschlag war Stille im Raum, dann sprangen alle auf. Tony war kreidebleich im Gesicht, Bens und Josys Gesichter waren krebsrot. Wilson Owens atmete schwer.

„Holt die Hunde!", war alles was Tony sagte, dann lief er aus dem Haus hinüber zum Pferdestall. Ben rannte ihm hinterdrein, holte aber erst die drei Hunde aus dem Zwinger. Die Fox-Terrier bellten aufgeregt. Josy brachte je ein Kleidungsstück von Sarah und von Victoria und ließ sie schnuppern. Dann ritten Ben und Tony davon. An der von Moses beschriebenen Stelle hielten sie an und ließen die Hunde schnüffeln. Nicht lange und die drei Hunde liefen an der langen Leine in den Regenwald hinein. Sie kamen bis zu einem Bach und dort war die Spur zu Ende. Auf der anderen Seite fanden die Hunde keine

Spur mehr und winselten. Tony und Ben waren ratlos. Die einzige Erklärung dafür konnte eigentlich nur die sein, dass Closter hier auf ein Pferd gestiegen war. Unverrichteter Dinge kehrten sie wieder um. Ben mutmaßte, dass Closter die Kinder von der Insel bringen würde. Also nahmen sie den Ritt zum Hafen in Angriff. Dort trafen sie als erstes auf Konstabler Joster.

„Konstabler, stimmt es, dass Closter wieder auf der Insel ist?", fragte ihn Tony harsch. Der Polizist druckste erst einen Moment, dann meinte er:

„Man sagt sowas, Lord Winford. Aber Genaues wissen wir auch nicht." Tony rieb sich das Kinn.

„Liegt ein Schiff in der Bucht?", fragte er erneut. Der Beamte nickte.

„Ja, eine „Amorice" liegt draußen, schon seit vorgestern." Ben brauste auf.

„Und da wisst Ihr nicht, dass dieses Schiff Closter gehört, verdammt nochmal! Warum unterrichtet uns niemand? Er hat unsere Kinder entführt!", schrie ihn Tony an. Dem Konstabler fielen fast die Augen aus dem Kopf vor Schreck.

„Was hat der?", flüsterte er. Dann machte er schnurstracks kehrt und lief im Eiltempo zu seinem Boss im Office. Eine Stunde später wusste ganz Portsmouth, dass die Kinder der Winfords und Mosleys entführt worden waren. Vereinzelt kamen nun Männer mit Gewehren. Es war die neugegründete Bürgerwehr des Ortes. Einige Männer schwangen sich in ein Boot und ruderten hinaus zur „Amorice" und wollten an Bord gehen. Doch mehrere Männer mit Gewehren bewaffnet, verwehrten ihnen den Zutritt auf das Schiff. Kurz entschlossen konfiszierte der Konstabler eines der größeren Fischerboote, fuhr hinaus und hängte sich mit zwei starken Taus an die „Amorice" an. So konnte das Schiff nicht unbemerkt entfliehen. Tony und Ben beschlossen wieder zur Plantage zurück zu kehren. Als sie dort ankamen, sahen ihnen die Frauen schon von weitem entgegen. Tony zuckte mit den Schultern und schüttelte den Kopf. Josy und Mercedes begannen zu weinen.

„Er wird sie aus Rache umbringen, Tony", schluchzte Mercedes. Und obwohl er seine Frau zu trösten versuchte, dachte er im Stillen das Gleiche, denn Closter war unberechenbar. Plötzlich aber fuhr Mercedes hoch und sah die anderen an.

„Er wird sie nicht von der Insel bringen! Er wird sie in die Höhle bringen, in der er mich damals gefangen gehalten und missbraucht hat! Er handelt immer gleich! Am Ende will er nur mich, wie er es angekündigt hat! Ich werde zu ihm gehen, damit Victoria und Sarah frei kommen!" Tony und Ben sahen sie entsetzt an. Josy schüttelte den Kopf.

„Bist du von Sinnen! Er wird die Mädchen nicht mehr frei lassen! Er hat ausrichten lassen, er will euch vernichten! Er wird dich genauso töten, wie er die Mädchen umbringen wird, dieser Hundsfot", ereiferte sich Josy. Tony sah Mercedes starr an, plötzlich schrie er los:

„Du wirst nirgends hingehen, verstanden! Mach es doch nicht noch schlimmer wie es schon ist, Weib! Wir werden die beiden Mädchen holen und das Schwein umbringen! Dann ist endlich Ruhe!" Mercedes fuhr erschrocken zurück. So hatte Tony sie erst einmal angeschrien, damals auf den Klippen. Wortlos ging sie zurück zum Herrenhaus, holte dort ein paar Sachen und brachte sie zurück in die elterliche Hütte. Josy schüttelte den Kopf.

„Was macht sie da nur?" Tony ging nun ebenfalls ins Herrenhaus. Als er den Salon betrat, starrte er auf den Tisch, dort lag Mercedes Ehering. Für einen Augenblick zitterten ihm die Knie und er musste sich setzen. Sollte nun alles in einer Katastrophe enden? Als er hinter sich leises Hüsteln hörte, drehte er sich um. Ben stand in der Tür und meinte leise:

„Boss! Mercedes ist gerade weggeritten! Ich konnte sie nicht aufhalten! Sie hatte zwei Pistolen bei sich!" Tony stand wortlos, grau im Gesicht auf, ging zum Waffenschrank und nahm dort eine der Schnellladebüchsen heraus und dazu zwei Pistolen. Er sah sich zu Ben um.

„Kommst du mit? Wir müssen versuchen zu retten, was noch zu retten ist, notfalls auch nur Mercedes! Er wird sie alle drei abschlachten und seinen Spaß dabei haben! Und er wird sich vorher an Mercedes vergehen, da bin ich mir ganz sicher!" Ben nickte.

„Na klar komme ich mit! Schließlich geht es ja nicht nur um deine Victoria, er hat ja auch Sarah, dieser Drecksack! Er kennt keine Grenzen mehr, er ist wie eine reißende Bestie! Man muss ihn töten, Boss! Und wir werden ihn erwischen, das schwöre ich dir! Und wenn es das Letzte ist, was ich noch tun kann! Also komm schon!" Nach dieser für Ben ellenlangen Rede, stapfte er wieder hinaus zu seinem Pferd, das bereits von Josy gesattelt, dastand. Er nahm Josy in die Arme und sie flüsterte mit tränenreicher Stimme:

„Bring unseren Liebling zurück, Schatz! Aber komm auch du gesund wieder!" Ben nickte kurz.

„Ich werde tun, was ich tun muss! Behalte mich in guter Erinnerung, wenn mir was passieren sollte." Dann riss er das Pferd herum und galoppierte davon, und Tony folgte ihm.

Tatsächlich hatte Closter am Abend noch die beiden Mädchen in die von Mercedes genannte Höhle gebracht. Beide hatten ihn heftig in die Hand gebissen, beiden hatte es ein paar Ohrfeigen eingebracht. Nun lagen sie an Händen und Füßen gefesselt in einer Ecke der Höhle, und Closter dachte darüber nach, wie er weiter vorgehen wollte. Seinen Kumpan hatte er runter zur Plantage der Winfords geschickt. Der sollte auskundschaften, wie man am besten an dieses rothaarige Weib heran kam. Und so hockte der nun schon seit zwei Stunden in einer Astgabel eines Mangobaumes, gut getarnt vom vielen Laub, und starrte hinüber über den Zaun zum Herrenhaus. Doch alle Fenster waren dort dunkel, nichts regte sich dort. Irgendwann war er in der Dunkelheit plötzlich eingenickt. Plötzlich weckte ihn ein Stoß gegen seine Kehrseite. Und so aus dem Gleichgewicht gebracht, plumpste er vom Baum, direkt vor die Füße von Wilson Owens. Ein Donnerschlag mit dem Schaft von Owens Muskete ließ ihn wieder der Länge lang hinstürzen.

„Was willst du hier auskundschaften, du Mistvieh?", brüllte ihn Wilson an. Als der Mann verstockt schwieg, richtete Wilson seine Muskete auf ihn und spannte den Hahn.

„Rede oder du stirbst hier auf der Stelle!", knurrte Owens in an.

„Also, was hat Closter vor? Rede jetzt!", fauchte er wieder. Der Halunke begann zu zittern, der Alte meinte es wohl ernst.

„Er will die beiden kleinen Mädchen umbringen, ausschlachten und an einem Baum der Plantage aufhängen! Ich glaube, er ist verrückt geworden!" Owens begannen die Beine zu zittern als er das hörte.

„Und warum dienst du ihm dann noch?", fragte er den Halunken. Der zuckte mit den Schultern und meinte dann lapidar: „Er zahlt gut!" Wilson Owens nickte langsam und erwiderte, seine Worte widerholend. „Er zahlt gut. Wen ich mehr zahle, hilfst du mir dann?" Der Gauner nickte gleichmütig. Und Owens fragte ihn:

„Und wo hat er die Mädchen versteckt?" Der Gauner holte tief Luft und schielte auf Owens Flintenlauf, der immer noch auf ihn gerichtet war.

„Er ist oben in der Höhle unterhalb der Roten Berge, nicht weit weg von den Klippen von La Source!" Wilson nickte wortlos. Und der Gauner sah mit Erschrecken, wie sich Owens Zeigefinger am Hahn seiner Muskete krümmte. Ein Feuerstrahl aus dem Lauf beendete sein verpfuschtes Leben.

„Wir sind quitt!", murmelte Owens und ging in der Nacht davon. Der Schuss mitten in der Nacht aber schreckte die Bewohner der Plantage auf. Josy schreckte hoch und sah nach ihrem Sohn, der friedlich schlief. Tränen liefen ihr über die Wangen, als sie an Sarah und Ben dachte. Ob sie noch lebte, die kleine freche Sarah. Und wenn nicht, wie war sie dann gestorben? War sie gequält worden? Ein herzzerreißendes Stöhnen entrang sich Josys Brust.

Mit Tränen in den Augen war Mercedes einfach losgeritten. Tony liebte sie nicht mehr, sie hatte ihn zu viel zugemutet. Jetzt musste sie es allein zu Ende bringen, was mit ihrem 14ten Lebensjahr begonnen hatte, als sie dieser eklige Pflanzer da oben in dieser Höhle mehrfach missbraucht hatte. Einen ganzen Tag und eine ganze Nacht lang. Jetzt würde sie ihn dafür töten. Und dann? Würde sie Victoria nehmen, wenn sie noch lebte und von Dominica weggehen und nie wieder zurückkehren. Doch da kam ihr der Vater in den Sinn. Sie würde ihm damit das Herz brechen. Nein, das ging nicht. Sie zügelte ihre Stute, die nun langsamer lief. Wohin ritt sie eigentlich? Sie brachte das Pferd zum Stehen und sah sich in der Dunkelheit um, soweit das

Mondlicht es zuließ. In ihrem ziellosen Dahinreiten war sie tatsächlich unterhalb der Klippen angekommen. Hier, wo sie sich noch vor wenigen Tagen mit Tony atemlos geliebt hatte. Sollte das alles jetzt vorbei sein? Sollte das alles nur ein schöner kurzer Traum gewesen sein? Jetzt wo sie wahrscheinlich wieder schwanger war.

Sie band das Pferd an einem Ast fest und kletterte die Felsen hinauf, bis sie oben auf der breiten glatten Fläche stand. Unter ihr der Regenwald, etwas weiter weg das Meer, das man leise rauschen hören konnte. Als sie nach Westen schaute, glaubte sie in der Dunkelheit einen flackernden Lichtschein zu sehen. War da drüben nicht diese verruchte Höhle, wo jetzt ihre Tochter sicher um ihr Leben bangte? Natürlich war dort die Höhle!

Plötzlich hörte sie leise Stimmen und das Schnaufen zweier Pferde. Sie zog ihre Pistolen hervor und spannte die Hähne. Er würde sie nicht lebend bekommen, dieser Closter, diese Bestie in Menschengestalt. Doch dann vernahm sie eine bekannte Stimme die sagte:

„Bleib unten Ben, ich gehe alleine rauf! Ich bin mir sicher, sie sitzt da oben! Ihr Pferd steht ja da drüben am Baum." Und dann tauchte eine große Gestalt in der Dunkelheit auf und kam langsam auf sie zu.

„Mercedes Winford! Nicht schießen, ich bin es! Tony!" Sie entspannte die Hähne der beiden Pistolen und stand auf. Im Mondschein standen sie sich Aug in Aug gegenüber. Er legte beide Hände an ihre Hüften.

„Warum läufst du denn einfach davon, Frau? Wir wollen doch unsere Tochter gemeinsam retten oder nicht?" Sie sah ihn etwas verwundert an.

„Liebst du mich denn überhaupt noch?", fragte sie ihn leise. Tony presste sie fest an sich und schluchzte ihr halblaut ins Ohr:

„Mehr als mein Leben, du dummes Weib!" Dann küsste er sie. Von unterhalb des Felsens hörten sie plötzlich Räuspern.

„Kommt ihr nun wieder runter? Wir müssen weiter!" Es war Bens Stimme. Und so stiegen beide wieder die Felsen hinab und Mercedes umarmte Ben herzlich.

„Danke, dass du mitgekommen bist, bester Freund!" Er nickte und antwortete:

„Ja, aber auch sorgenvoller Vater! Also kommt nun endlich, wir müssen den Lumpen finden, ehe er noch mehr Unheil angerichtet hat. Wenn Sarah nicht mehr lebt, werde ich ihn bei lebendigem Leib verbrennen! Das schwöre ich euch!" Gemeinsam ritten sie in der Nacht nun weiter nach Westen, dort wo die Roten Felsen waren und dort wo diese verfluchte Höhle lag.

Der Morgen graute inzwischen bereits, Nebelschwaden zogen von der See herauf über den Regenwald, als die drei Reiter ein Felsengebilde erreichten, welches aus rotem Sandstein bestand. Hier inmitten von lauter Granitfelsen, hinter denen das karibische Meer lag. Sie fröstelten, obwohl sie von den Pferden abgestiegen waren und sie am Zaum geführt hatten. Mercedes lief als erste, sie kannte sich hier oben gut aus. Sie war damals, als dieses Unglück über sie kam, hier oben gewesen um diese roten Cranberry Beeren zu pflücken, von denen Mutter immer herrlichen Saft gemacht hatte. Und dann war plötzlich dieser Weiße vor ihr gestanden und hatte sie angegrinst. Plötzlich hatte er sie gegriffen und in diese Höhle gezerrt, ihr die Kleider vom Leib gerissen und sich an ihr vergangen. Und das geschah dann einen Tag und eine Nacht lang. Weil er dann ermattet eingeschlafen war, hatte sie fliehen können. Tagelang hatte sie nicht geredet, bis es eines Tages dann aus ihr herausgebrochen war. Man hatte Closter verhaftet, dann aber wieder frei gelassen, er hatte alles bestritten und Zeugen gebracht, die für ihn gelogen hatten, er sei die ganze Zeit mit ihnen zusammen gewesen und habe gefeiert. Und so war die Kreolentochter zur Lügnerin gemacht worden. Aber was war sie denn schon? Eine Wilde mit roten Haaren und einer ausladenden Phantasie, also nur eine Kreolin!

Sie lagerten etwa eine halbe Meile vor der Höhle im Busch. Die Pferde hatten sie weiter unten in einem Canyon angebunden. Tony und Ben wollten sich teilen und von zwei Seiten zur Höhle vorrücken. Mercedes sollte ihnen den Rücken freihalten, falls Closter noch Kumpanen hatte. Dass dessen letzter Freibeuter schon längst bei den Engeln war, wusste der zu diesem Zeitpunkt nicht. Er hatte ihn losgeschickt, um zu erkunden wo sich die Rothaarige aufhielt. Hätte er gewusst, dass die bereits in seiner Nähe war, wäre er wohl unruhiger gewesen. So aber sah er kurz nach seinen beiden gut verschnürten kleinen „Schweinchen", die er heute noch töten wollte, um sie dann den Winfords vor die Tür zu hängen, und verließ die Höhle. Neben seiner Pistole hatte er neuerdings einen französischen Degen bei sich. Scharf geschliffen, herrlich mit Gold verziert am Griff. Man sagte, es sei der Degen eines französischen Generals gewesen. Closter brannte sich seine kurze Pfeife an, als es plötzlich hinter ihm knackte. Er fuhr herum und starrte in das Gesicht von Tony Winford und in den Lauf von dessen Pistole.

„Closter! Du Bestie in Menschengestalt, heute ist dein letzter Tag auf dieser Erde!", knurrte ihn Tony an. Langsam, Schritt für Schritt kam Tony auf ihn zu.

„Wenn unseren Mädchen etwas passiert ist, hat mein Freund Ben geschworen, dich bei lebendigem Leibe im Feuer zu rösten!" Closter brach in wirres Lachen aus.

„Euch beiden wird der Spaß noch vergehen, wenn ihr seht, wie ich eure kleinen adligen Schweinchen ausgeweidet und zum Trocknen aufgehängt habe!", kam es von ihm zurück. Tony musste sich zwingen nicht sofort abzudrücken. Sie umkreisten sich langsam, Schritt für Schritt, bis Tony vor einem schmalen Stamm eines Baumes stand, der am Boden lag. Blitzartig zum Degen greifend zuckte Closter vor. Tony wollte einen Schritt rückwärts machen, drückte dabei ab und stürzte rücklings zu Boden. Die für Closter gedachte Kugel pfiff in das Laub der Bäume. Mit einem Mal stand Closter breitbeinig über Tony, umfasste mit beiden Händen den Griff seines Degens und wollte ihn gerade mit Wucht in Tonys Brust stoßen, als ein zweiter Schuss durch die Stille peitschte. Closter, mit überraschten weit aufgerissenen Augen förmlich von den Füßen riss und ihn zu Boden plumpsen ließ. Keine fünf Meter entfernt stand Mercedes, und eine kleine Rauchsäule kräuselte aus dem Lauf ihrer Pistole, die ihr Tony einmal geschenkt hatte. Tony sprang blitzschnell wieder auf. Im gleichen Augenblick stand auch Ben zitternd auf dem Weg und starrte sie aufatmend an. Mit drei Schritten war er bei Closter und gab ihm einen Stoß mit dem Fuß.

„Das Schwein ist hin!", war alles was er sagte, dann stürmte er zur Höhle. Mercedes und Tony folgten ihm. Einen Augenblick sich im Halbdunkel orientierend, sahen sie plötzlich in der Ecke zwei verschnürte Bündel, aus denen jeweils zwei Füße herausschauten. Mit einem Aufschrei sprang Mercedes hinzu und drehte das erste kleine Bündel um und sah in zwei aufgerissene braune Augen, die sie anlächelten.

„Victoria!", schrie sie auf. Auch das zweite schwarz behaarte Bündel rührte sich und zwei braune Augen sahen die Erwachsenen an, um dann zu sagen:

„Na ihr habt aber lange gebraucht um uns zu finden!" Zum ersten Mal brach Ben in Tränen aus und drückte seine Tochter fest an sich. Die sah ihn an und meinte:

„Dad, du weinst doch nicht etwa? Mach mich mal bitte los, ich muss unbedingt mal pullern! Der dumme Kerl hat gemeint, wir sollten uns in die Hose machen, igitt!" Ben schnitt vorsichtig die Fesseln aus Stricken durch, und dann standen sie alle da und umarmten sich. Victoria hielt ihre Mama an der Hüfte umarmt und legte ihren Kopf an Mercedes Bauch.

„Mama, ist der böse Mann jetzt wirklich tot?", fragte sie. Die nickte nur wortlos. Tony nahm sie an der Hand und führte sie ins Freie, dort wo Closter lag.

„Sieh ruhig hin Victoria, da liegt er! Mama hat Papa retten müssen, denn ich bin rückwärts gestolpert, da musste Mama schießen." Ben drückte Mercedes die Hand von Sarah in die ihre.

„Wir müssen den Halunken mitnehmen und nach Portsmouth bringen. Es wird bestimmt eine Verhandlung geben, weil wir ihn erschossen haben. Im Übrigen habe ich geschossen, nur damit das klar ist! Es war ein Kampf Mann gegen Mann, um die Kinder zu retten, merkt euch das gut!" Mercedes umarmte Ben dankbar.

„Danke, dass du mein Freund, es auf dich nimmst. So gibt es sicher keine große Untersuchung mehr."

Und so war es dann auch. Sie brachten die Leiche Closters in die Stadt zu den Konstablern. Die notierten den Sachverhalt und der Richter winkte sofort ab.

„Was sollen wir noch großes Aufhebens machen! Er ist in der Hölle, dort wo er hingehört. Beerdigt ihn, und die Winfords übernehmen die Kosten. Damit ist die Sache erledigt! Amen!"

Und somit war der jahrelange Kampf zwischen den Familien Closter und Winford endlich zu Ende.

Weihnachten 1799 verkündete Mercedes freudestrahlend Tony, dass er nochmal Vater werden wird. Und neun Monate später gebar Mercedes einen gesunden Jungen und die Eltern tauften ihn auf den Namen Howard-Wilson, den Namen seiner beiden Großväter, von denen einer ja bereits verstorben war. Als sie am Abend alle gemeinsam auf der Veranda des Herrenhauses beisammen saßen, bestanden die Familien Winford und Mosley aus insgesamt zehn Personen. Und Dad Lester meinte, dass man mit der Zahl eigentlich bei der Familienplanung Gleichstand erzielt hätte.

„Dies selbst zu verändern, muss ich aus Altersgründen leider ablehnen, Herrschaften. Aber ich glaube, die beiden jungen Herren, werden nicht ruhen, ehe sie ihren Wettkampf zu Ende gebracht haben." Das Gelächter war allgegenwärtig. Und so ruhten an diesem Abend aller Augen auf Josy Mosley und ihrem Mann Ben, sowie Mercedes und Tony. Tony setzte sich neben seinen Freund, drückte ihm ein Glas Rum in die Hand und meinte dann selig dreinschauend:

„Hör mal Ben, du warst uns doch immer so ein leuchtendes Vorbild. Rede doch mal deiner Josy liebevoll zu!" Doch Josy protestierte ziemlich lautstark mit einer etwas losen vom Rum gelösten Zunge:

„Nix gibt es mehr! Nochmal versaut er mir nicht die Figur! Ich habe jetzt schon an Gewicht zugenommen! Da schaut mich doch kein Mann mehr an!" Da sah sie Ben an und drohte ihr mit dem Zeigefinger.

„Frau denke dran, es gibt nur einen einzigen Mann auf dieser Insel für dich und das bin ich, Ben Mosley!" Josy grinste selig.

„Und wie viele Inseln gibt es mit willigen jungen Männern?" Das Gelächter hallte durch die Nacht. Und irgendwann, es war schon fast im Morgengrauen, fehlten Tony und Mercedes.

Das Pflanzerehepaar und Plantagenbesitzer Mercedes und Lord Tony Winford lagen auf ihrem Felsen in den Klippen von La Source und schauten empor zum Sternenzelt, bereit für weitere Abenteuer und ein Leben voller Liebe. Und über ihnen schien ein großer gelber Mond und erleuchtete die Szenerie, die Palmen, die Klippen und das Meer. Und Mercedes Winford strich sacht über ihren leicht gewölbten Leib in dem ein neues Leben heranwuchs.

Ende

Bereits erschienene Bücher von Hans-Peter Ackermann

2007 bis 2008 (Nicht mehr im Handel erhältlich)   ISBN 978-3-8370-1381-8

2009   2010   2011
ISBN 978-3-8391-1346-2   ISBN 978-3-8391-8116-4   ISBN 978-3-8685-8725-8

2012   2013   2014
ISBN 978-3-86858-894-1   ISBN 978-3-86858-999-3   ISBN 978-3-95631-167-3

2015   2017   2018
ISBN 978-3-7347-5602-3   ISBN 978-3-7431-1874-4   ISBN 978-3-7481-0762-0